CW01666670

L.G.A.

Con tutto il cuore

Baldini Castoldi Dalai
Editori dal 1897

www.bcdeditore.it - info@bcdeditore.it

© 2009 Baldini Castoldi Dalai *editore* S.p.A. - Milano
ISBN 978-88-6073-399-3

A Elena, che ha creduto in me quando neppure io riuscivo a farlo.

Ad Alfredo, Maria e Agnese, la cui limpidezza d'animo
ha illuminato il cammino di chi li ha incontrati.

1990

L. I vetri erano ancora appannati dai nostri respiri. Non mi ero neanche tolto il Moncler mentre inginocchiato al tuo fianco ti accarezzavo i capelli e piangevo. Non ce l'avevo fatta, non ero riuscito a mantenere quella promessa così stupida e piena d'amore. Dopo aver vagato per ore nella neve che paralizzava Milano in quel gelido gennaio del 1986, ero rientrato di corsa per venirti a salvare. Forse non credevo che l'avresti fatto davvero. Ti sarebbe mancato il coraggio, o forse avresti ripensato a me e ai sentimenti che ci legavano, e anche questa volta non ti saresti arresa. Odiavi perdere. In quanti casini mi sono ficcato per seguirti nelle tue bizzarre sfide. «Cimenti» le chiamavi tu, perché le paragonavi alle gesta dei cavalieri e perché ti piaceva, anche se lo negavi, spiegare agli altri il significato di quella parola oscura.

Ero tornato perché una promessa così non era valida, mi avevi ingannato. Avevamo passato la mattina sdraiati sul tuo letto ad ascoltare i Sex Pistols e i Clash, a parlare del «no future», a bere cioccolata calda. Poi, all'improvviso, mi avevi abbracciato guardandomi tutta seria da sotto il tuo cappellino blu dei New York Yankees e mi avevi fatto promettere che non ti avrei mai dimenticata: «Promettimi che per te sarò sempre la Francesca dei cimenti». Io non avevo capito niente, ma i tuoi occhi erano cosí profondi e tristi che promisi, con il cuore che mi si allagava d'amore. Mi avevi dato il tuo libro preferito, letto mille volte e tutto sottolineato. Era per me, ma non dovevo aprirlo prima di arrivare a casa. «Prometti», si era raccomandata. «Ancora?» avevo risposto, poi avevo promesso. Mentre camminavo non avevo resistito alla tentazione e avevo letto:

Ti voglio bene,
perché riesci a parlarmi quando gli altri nemmeno mi vedono,
perché sei al di fuori di tutte le convenzioni,
perché credi in quello che fai e fai sempre quello in cui credi,
perché ti meravigli davanti alla vita,
per mille altre piccole cose, che le parole non riescono a spiegare ma che hanno reso la mia vita più bella da vivere.

Tua amica per sempre,
Francesca

«Amica», riuscivo a leggere solo quella parola mentre la neve copriva i tratti blu della penna, cancellando il tuo grido d'aiuto. Mi domandavo come mai ti definissi così dopo quello che c'era stato tra noi, e mentre mi torturavo con questo pensiero all'improvviso capii e un'immagine mi spinse a correre da te.

Nessuno apriva quella maledetta porta e io suonavo il campanello come impazzito, tirando calci e pugni che rimbombavano nel silenzio del tuo palazzo. Poi la portinaia allarmata mi aveva chiesto cosa stessi combinando e non riusciva a capire che avevo tutte le ragioni del mondo per volerti vedere in quel preciso momento, per vedere i tuoi occhi aperti e sentire il tuo respiro sulla mia pelle. Mi aveva fatto entrare più per il mio cognome che per le mie grida, perché mio padre era una persona tanto «distinta e a modo» e molto amica dei tuoi genitori.

Ti avevo trovata a letto sotto le coperte, sembravi addormentata. Ti avevo scosso ma non mi avevi risposto. Avevo gridato alla portinaia che chiamasse un'ambulanza, che stavi male, e intanto ti tenevo stretta a me per non farti scappare via, per impedire che la vita si staccasse dal tuo corpo ormai freddo. Ti carezzavo i capelli mentre un filo di saliva dalla tua bocca si appoggiava sui miei jeans e il tuo respiro spariva sotto il ticchettio della neve sulla finestra.

I barellieri mi avevano strappato via da te. Li guardavo mentre ti infilavano una tubo in gola e ci attaccavano un pallone per pomparti l'aria nei polmoni. Con i loro modi sbrigativi non si prendevano cura di te nel modo dolce e delicato che meritavi. Uno parlava e gli altri eseguivano. Polso: debolissimo. Pupille: non reattive. Che cosa si è ingoiata? Cercate il flacone.

Ti avevano avvolta in un telo blu e portata giù dalle scale. Bene, pensai, perché tu hai paura dell'ascensore e anche se vuoi farci credere che prendi le scale per essere sportiva ti avevo sempre letto negli occhi l'ansia di rimanere chiusa in quella scatoletta. Poi ti avevano caricato sull'ambulanza ed erano spariti lontano nella neve, solo la luce blu riusciva a seguirti volando via con te.

Era tutto bianco attorno, senza più spigoli né angoli, solo morbide onde candide. Niente più fango e merda sui marciapiedi, niente fiori nelle aiuole, niente cielo, niente strade. Tutto era immobile e dello stesso colore. Inciampavo, e cadendo non mi facevo male, correvo e non mi allontanavo, tu eri sparita per sempre, e forse era proprio così che doveva essere. Avevo allungato una mano per prendere un fiocco di neve. Era bellissimo, perfetto nella sua simmetria come non mi era mai capitato di vederne, come mi avevano detto a scuola e avevo sentito nei film. Era sulla mia mano ma non era mio. Era stato con me per un po', poi si era sciolto e se ne era andato. Avevo abbassato la mano e l'avevo scrollato via.

Nei giorni che seguirono dovetti rispondere a tutte le domande della polizia che cercava una trama inesistente, e dei tuoi genitori che cercavano una ragione per non sentirsi falliti. Io parlavo e mi spaventava sentirmi tranquillo, scoprirmi integro dopo la tua scomparsa. Il panico era svanito, ed era svanito anche il terrore che il tuo gesto avrebbe dovuto evocare in me. Continuavo ad amarti, anche se te n'eri andata così. Mi avresti lasciato tre anni di analisi e pochi risultati, l'odio per la neve, un libro che non ho mai letto e un amore che non è mai stato e non sarà mai.

Ma soprattutto mi hai lasciato i tuoi cimenti, quest'anno sarà il quinto. Il primo l'avevo organizzato alla fine del primo anno di liceo, quasi sei mesi dopo che te n'eri andata. Sapevo che le prime settimane di vacanza sarebbero state le più dure perché era proprio durante quel periodo che ti avevo conosciuta, al Forte. E allora mi era sembrato naturale ricordarti con un'impresa folle e senza scopo, se non quello di rischiare e spingersi al limite: un tuo cimento in tutto e per tutto. Quella volta avevo coinvolto soltanto Filippo e Giulio perché erano anche tuoi amici e non si sarebbero tirati indietro. Siamo rimasti all'interno del Gonzaga, il tuo liceo di preti, fino a notte inoltrata e abbiamo portato via dalla lavanderia tutte le tonache nere che siamo riusciti a trovare. Ne abbiamo indossate tre a caso e siamo venuti davanti alla tua lapide perché volevamo condividere con te la nostra esaltazione. Abbiamo brindato lì dentro al cimitero, a te e a tutto quello che ci hai lasciato.

Gli anni successivi ho allargato il gruppo ad altri amici, mi servivano per imprese sempre più audaci e complicate. Con il passare del tempo i gesti spontanei della prima volta si sono codificati in rituali precisi, anno dopo anno si sono aggiunti nuovi significati. Abbiamo dovuto scervellarci per inventare i cimenti più arditi. Noi siamo cambiati, le nostre sfide sono cambiate con noi.

Francesca. Sono passati quasi cinque anni e il tuo nome mi ritorna ancora in mente, ma la tua immagine sfuma in quella di Paola, i tuoi capelli si confondono con quelli di Isabella, le tue labbra prendono la forma di quelle di Emy. Mi sono innamorato tante volte per riempire il vuoto che mi hai lasciato e sempre mi sono scrollato in fretta di dosso quelle relazioni con fastidio. Sto ancora aspettando che finisca l'incantesimo che hai gettato su di me, perché tu possa essere veramente solo l'amica che nel tuo libro mi hai scritto di essere.

G. Al tono irritato e aggressivo della voce di mio padre apro gli occhi: è una specie di reazione automatica, indipendente dal mio stato di coscienza.

Qualche secondo per realizzare che il letto in cui mi trovo è quello della mia stanza, e bussano alla porta dell'anticamera. La voce di mia madre filtra nella stanza: «Giacomo? Vieni a tavola che tuo padre è nervoso». Il tempo di compiacermi per la notte appena trascorsa e mi vesto in modo consono per affrontare l'atmosfera estranea della domenica a pranzo: mi infilo la Ralph Lauren nei pantaloni e rimetto a posto le espressioni del viso mentre attraverso i corridoi per raggiungere i miei nella sala da pranzo rosa pastello.

Bene, l'attenzione è catalizzata da un'accesa discussione su non so quale casino politico.

«Il governo Andreotti *(il terzo, il quinto o il sesto? Non penso che abbia importanza)* deve essere sostenuto ad ogni costo. Se i comunisti dovessero andare al potere, in pochi anni riuscirebbero a trasformare l'Italia in una provincia dell'Unione Sovietica», argomenta mio padre, rosso in viso.

Lui può pensare ciò che vuole, tanto non saranno certo i comunisti a fottere il mio destino.

Ad ogni modo non partecipo al dibattito, che in realtà è poi un monologo, e tengo la testa bassa sul tavolo. La discussione mi permette di evitare gli abituali sguardi di disapprovazione di mio padre, talmente usuali che la ragione della loro esistenza si è ormai persa.

Non mi è ancora chiaro se il mio ruolo in famiglia è solo quello del capro espiatorio, una valvola di sfogo per una vita insoddisfacente. Ad ogni modo ho accettato di pagare questo prezzo per poter vivere secondo gli schemi confortanti degli altri ragazzi che ho intorno: locali alla moda, un'auto veloce, vestiti di marca, una strada già tracciata per me che devo soltanto seguire.

Un giorno tutto sarà più facile, quando gestirò la mia azienda oppure sarò il braccio destro di qualche Gordon Gekko, come nel film *Wall Street*. Cosa diventerò non mi importa, in ogni caso sarò un uomo di successo.

Prima che arrivi il dolce approfitto di un altro monologo di mio padre, questa volta sui tassi d'interesse delle banche, per alzarmi e chiamarmi fuori dalla recita.

«Giacomo, mi auguro che tu abbia la decenza di rimanere a casa a studiare oggi pomeriggio. Possibile che non ti veda mai sui libri?» Sostengo lo sguardo intimidatorio di mio padre: «Possibile. Sei sempre fuori...»

«Sono sempre fuori perché lavoro da mattina a sera e lo faccio unicamente per voi! Ricorda che alla tua età *io*, oltre a studiare, lavoravo già da un anno: per riuscire nella vita ci vuole sacrificio e tutto il resto non conta niente.» Sottolinea queste ultime parole con orgoglio.

Mio padre rimane l'ultimo, fra tutte le persone che conosco, a non apprezzarmi come merito. Sempre pronto ad aprire il portafoglio ma mai a riconoscere i miei risultati: «Lo so, papà. Ed è per questo che i miei voti all'università sono ottimi».

Oggi non mi va di continuare a discutere, e il pomeriggio lo passo disciplinatamente chiuso tra le bianche pareti stuccate della mia stanza, fingendo di essere lo studente modello che desiderano i miei genitori.

Il lunedì mattina Mario mi aspetta diligente all'entrata dell'università, l'università Luigi Bocconi di Milano. Essermi guadagnato l'ingresso in questo tempio dell'economia mi aveva garantito l'acquisto di una Golf G60 da 160 cv che stamattina ho lasciato gelosamente in custodia al mio portinaio.

Provo sempre un senso di superiorità quando vedo Mario, e sorridendo gli do una pacca sulla spalla: lui, rigido nelle scarpe con la suola di due centimetri, abbozza un sorriso cercando di camuffare le proprie insicurezze.

«Sempre accompagnato da un nugolo di fighe, eh? Quand'è che mi farai una sorpresa e ti vedrò con qualche modella?»

«Quando tu me ne presenterai una, Giacomo.» Ribatte lui senza guardarmi in faccia.

«Ottima risposta. Solo non aspettarti che ne tiri fuori qualcuna dal cilindro in questo posto di secchione.»

Lo guardo bene: con mio continuo stupore sembra refrattario a ogni regola di gusto ed eleganza. Ricomincia: «Ieri sera sono uscito con dei miei ex compagni del liceo e siamo andati in una birreria vicino a corso Sempione. È su due piani, con un grosso bancone all'entrata; magari la conosci».

«No, Mario. Mai stato.» *E non oso pensare che genere di posto sia.*

«Abbiamo parlato della vacanza in tenda che vogliamo fare quest'estate e ci siamo bevuti tre pinte a testa: sono uscito che ero completamente storto.»

Niente ragazze, una sbronza con tre birre, la tenda.

Mentre camminiamo lungo i corridoi penso a quanto il suo mondo sia distante dal mio. La sua innocenza e la sua semplicità mi trasmettono una sensazione mista d'invidia e fastidio.

Entriamo nell'aula e la massa omogenea di studenti, così privi di stile, spegne la mia curiosità. Mario sembra invece riceverne linfa vitale. Sono le ultime lezioni prima dell'estate, ci sediamo nelle ultime file e lui inizia a descrivermi con entusiasmo il pomeriggio che sta per cominciare: un panino al bar affollato della via qui dietro, il bar Bocconi, l'incontro in biblioteca con i colleghi, la ragazza mora cha avrebbe trovato al solito posto, in terza fila. Cerca la mia complicità in ognuno di questi eventi che in lui destano una sorta di eccitazione, ma che a me fanno l'effetto opposto.

No. Non ce la faccio proprio: l'ovvietà di questo programma spegne qualsiasi entusiasmo. Ho bisogno di qualcosa di stimolante o di qualcosa di completamente privo di contenuti: se non posso avere il nirvana, allora il limbo.

Lo interrompo: «Mario ti ringrazio per l'invito, ma oggi non riesco proprio a fermarmi. Magari domani».

Finita la lezione lo saluto con un cenno della mano e mi dirigo al parcheggio delle moto camminando senza fretta, attraverso gruppi di studentesse, sicuro degli sguardi che ricevo in cambio dei movimenti studiati del mio corpo. Mi siedo con calma sulla sella: l'accensione della moto è un rituale, una sequenza di azioni che richiedono una platea e un attore protagonista.

Prima l'allacciamento del casco che mi sono fatto personalizzare con i colori della bandiera americana, poi due colpi all'acceleratore prima di caricare il peso sulla leva di avviamento del bicilindrico due tempi. Qualche secondo per assaporare, attraverso il doppio scarico, il suono acuto dei pistoni che si muovono impazziti nei cilindri, un ultimo sguardo alla gente attorno. La partenza rappresenta il punto di discontinuità tra i miei movimenti volutamente lenti e l'accelerazione che sto per imprimere alla moto: mi butto in strada e spalanco la manopola del gas, del tutto indifferente alla posizione delle auto attorno o al colore dei semafori, mentre la gomma posteriore sbanda a destra e a sinistra graffiando l'asfalto.

A. Ho sempre posseduto un sesto senso per sapere esattamente quello che succederà. Lo capisco dagli sguardi, o dalle parole non dette. Sono anticipazioni che nascono da dentro, in profondità, non ragionate e non elaborate. Uno sguardo, e so chi sei.

Uscendo da quella camera sapevo che non ti avrei più rivisto e che non ci saremmo più potuti parlare.

Mi pareva una vita che entravo e uscivo da lì. In realtà erano solo poche settimane, ma il tempo perde la sua definizione quando in gioco c'è la vita.

Uscendo ti ho detto: «Ciao, a domani». Tu, seduto sulla poltrona, con la testa tra le mani, perso e confuso da un'iniezione di morfina, hai sollevato il braccio a malapena e mi hai salutato senza guardarmi, senza sollevare la testa. Eri troppo sfinito per farlo e un domani non ci sarebbe stato.

Sono rimasto bloccato, paralizzato dall'orrore. Era il nostro ultimo scambio di battute, ne ero certo. Non ho avuto il coraggio di aggiungere nulla, non sono riuscito a fare nulla. Avrei potuto correrti incontro e abbracciarti un'ultima volta. Ma non ho fatto nulla.

Semplicemente, me ne sono andato dalla camera 421.

Ho passato la serata a casa di amici dei miei genitori, amici molto cari, gli stessi che anni prima avevano ricevuto una mia telefonata mentre ero disperato e spaventato. Poche parole tra noi, sapevamo che le ultime ore erano cominciate.

Mi hanno riaccompagnato a casa. Nell'enorme casa vuota ho pregato Dio che la tortura avesse fine.

Dio mi ha ascoltato e forse è stata l'unica volta. Già, l'unica.

Ho dormito profondamente finché una telefonata non mi ha svegliato. Ho sentito la mamma che diceva: «Non c'è più bisogno di nulla, è tutto finito». L'ho saputo così.

Mi sono alzato ma non avevo neanche la forza di piangere. Sono tornato alla clinica nella camera 421, ci sono tornato per un ultimo saluto.

Tutto sembrava svolgersi al rallentatore in quell'alba del Primo maggio 1990, la festa dei lavoratori. Il contrasto tra la tranquilla mattina di sole tiepido e il cielo azzurro e quello che è avvenuto sembrava studiato, quasi voluto, stridente nella sua infinita violenza.

Il bianco e il nero. Il giorno e la notte.

Ci sono entrato da solo nella camera, seguito da un infermiere di cui non ricordo neanche il viso. Mi ha detto: «La accompagno per scoprire il lenzuolo, lasci che la aiuti». Mi sono fatto aiutare. Forse questo mi ha salvato.

Il sole filtrava dolcemente dalla finestra. I suoi raggi, frammentati dalla veneziana, si disponevano sul pavimento con un preciso disegno geometrico: a sinistra il letto, e lì sopra un corpo senza vita coperto da un lenzuolo. Sembrava un film. Sì per Dio, un film ed era tutto finto, non era mai successo niente. Un sogno. No, anzi, un incubo.

Deve essere così! Solo un incubo.

L'infermiere aveva scoperto il lenzuolo ed era apparso un volto, il tuo volto, quello di mio padre. Un volto provato da un cancro devastante. Ma finalmente in pace.

Ti ho sfiorato la guancia con delicatezza, con infinito amore. Poi ti ho passato una mano fra i capelli, sussurrando: «Mi dispiace, mi dispiace davvero».

All'improvviso si è aperto un occhio, il destro. Mi sono voltato di scatto, verso l'infermiere rimasto lì a proteggermi.

«A volte succede.»

«Come "a volte succede"?» ho gridato. «È vivo, è vivo e questo è un maledetto incubo!»

Poi, in preda allo shock, ho pensato la cosa più tremenda, quella capace di annientarti. Ho pensato che se eri ancora vivo questa sofferenza non avrebbe avuto mai fine.

Sono rimasto a fissare l'occhio, paralizzato dal terrore. Miliardi di emozioni e di pensieri mi hanno assalito tutti insieme. Un occhio freddo e spento che mi fissava, che mi accusava: «È colpa tua se è successo questo». In questo dialogo a senso unico riuscivo solo a rispondere: «No, non è colpa mia, ti sono stato vicino e ti ho sempre voluto bene, non è colpa mia!»

Non era colpa di nessuno, ma non l'ho capito subito.

In quegli attimi la Vita e la Morte si sono mischiate, diventando una cosa sola. Niente più confini tra l'una e l'altra, niente a separarle. Quel giorno i morti sono stati due. Una parte di me se n'è andata all'istante uscendo per l'ultima volta dalla camera 421. Questa volta correndo e senza più voltarsi indietro.

L. È la mia ultima sera a Milano, da domattina mi lascerò alle spalle questa parte della mia vita, un po' di vacanze e poi in America per l'università. La città, il liceo, i locali e gli amici diventeranno cartoline ingiallite nei cassetti della memoria, cui la nostalgia regalerà colori che non hanno mai avuto.

Intorno a me il solito ambiente di una solita festa meneghina diciottanni-e-cravatta-nera, villa in Brianza, smoking e abiti da sera, top dj direttamente dall'Hollywood, unici adulti i camerieri e i baristi sorridenti e disponibili. Sono in piedi sul bancone che verso gin e tonica direttamente in bocca a chi si fa sotto e nel frattempo mi chiedo se anche io sono come loro, figli della Milano da bere che giocano a fare i loro padri, con uno stile rubato ai film di De Sica. Lo specchio del bar riflette il mio volto tra le mille bottiglie colorate, e l'immagine che vedo mi rassicura. Tutto tranne De Sica, con quegli occhiali dalle lenti rosse che mi nascondono lo sguardo e un cannone acceso in bocca. Il vestito forse stona un po', troppo preciso ed elegante, ma siamo solo all'inizio della festa e chissà come sarà ridotto tra qualche ora. Dietro una bottiglia di vodka vedo il riflesso di un volto nuovo, mai visto, una ragazza bellissima e strana.

La cerco nelle prospettive invertite del mondo reale e appena incrocio i suoi occhi l'angoscia mi assale, come se fossi in immenso ritardo sulla vita e avessi sprecato anni interi alle feste sbagliate, con la gente sbagliata, in un ambiente sbagliato, omologato, preconfezionato, come se dalla morte di Francesca mi fossi lasciato vivere senza più decidere la direzione. Adesso, sotto lo sguardo di questa ragazza, vorrei solo uscire da questo smoking firmato e tornare semplicemente me stesso e vivere daccapo tutte le esperienze e gli anni del liceo, ma nella maniera giusta questa volta, nella maniera di Francesca...

Salto giù dal bancone e la raggiungo. Si mette a ridere prima ancora che io inizi a parlare.

«Scusa», mi dice. «Ma quegli occhiali sono terribili.»

Giusto. Li lancio all'indietro.

«Nient'altro da eliminare?» le urlo all'orecchio sopra la musica, e prima che possa rispondere proseguo: «Esclusi i presenti, ovviamente».

Con l'indice pieno di anelli indica il farfallino, sottolineando la scelta con una smorfia di disapprovazione.

Lo slaccio, ma senza ottenere cambiamenti di rilievo nella sua espressione.

«Senti, prima di ridurmi in mutande dovresti almeno dirmi come ti chiami. Così, per creare intimità.»

Le labbra si muovono ma non riesco a sentirla. La prendo per mano portandola in una zona più calma.

Si chiama Arianna, fa l'accademia di Brera e non conosce nessuno a questa festa, neppure il ragazzo che l'ha portata qui, un figlio di amici dei suoi che ha incontrato ieri per la prima volta. Parlare con lei è facilissimo e io sono in ritardo e devo recuperare tutto il tempo che ho sprecato e non voglio smettere perché potrebbe anche sparire e non tornare mai più.

Perso nei suoi occhi nocciola, la porto con me tra le stanze della villa o forse è lei a guidarmi in questo vagare. Inciampiamo sui corpi distesi di chi si è appartato nel buio, rimbalziamo su chi si dimena ballando, schiviamo il collassato di turno, facciamo spazio a Tommaso, d'altronde ci hanno detto che è il padrone di casa, che con una mazza da golf spedisce bignè al cioccolato in mezzo alla gente, ma niente può distrarci dai nostri discorsi.

In giardino l'aria è più fresca e la gola secca di parole e sigarette rende il bar davanti alla piscina ancora più invitante. Guardo l'ora, nonostante Arianna non posso fare tardi al cimento. Sono già volate via quasi due ore da quando l'ho conosciuta, e di nuovo mi assale la sensazione di ritardo e di fretta. Meglio bere qualcosa. Faccio il primo passo lontano da lei e vengo investito di colpo da un treno in corsa. Qualcuno ha deciso di rendere questa serata più memorabile e in un secondo finisco in acqua assieme a lui. Nemmeno il tempo di capire cosa stia succedendo e la piscina si riempie di spruzzi, di grida, di altra gente che salta dentro. Le ragazze osservano da fuori, ridono e sembrano rimaste tutte lì, sul bordo, a osservare il bianco e il nero degli smoking che si inzuppano e fanno la lotta. Poi vedo Arianna prendere la rincorsa e saltare, e mentre lei è ancora in aria con la gonna gonfia e sollevata, capisco che mi sto innamorando. Di nuovo.

Ci sediamo sul prato, grondanti e col fiatone, e non la smettiamo di schizzarci con i lembi inzuppati dei nostri vestiti. Mi tolgo il fazzoletto dal taschino, lo strizzo e glielo offro per asciugarsi il viso. La osservo ascoltarmi e parlare, a volte si lascia guardare poi all'improvviso mi scruta con strane espressioni che mi fanno sorridere. Le luci della piscina si spengono di colpo, qua fuori siamo rimasti solo noi due e stiamo entrambi tremando dal freddo.

«Sto morendo congelato», le dico sincero. «Andiamo a bere qualcosa per riscaldarci e a cercare degli abiti asciutti.»

Il cameriere ci porta due White Russian. Io bevo il mio in un sorso solo, in parte per il freddo, in parte perché, ora che si è rotto l'incantesimo che ci proteggeva là fuori sul prato, sento la mia disinvoltura evaporare sotto le luci della sala. Faccio segno al barista di prepararne un altro.

Con le mani ghiacciate e lo stomaco in fiamme, provo un impulso irrefrenabile a raccontarle tutto di me.

«Arianna, senti. Ti vorrei raccontare una cosa che mi sta molto a cuore. Non è una cazzata qualsiasi. Non l'ho mai detta a nessuno», e vedo dal suo sguardo che lei mi crede.

Saliamo una larga scalinata ed entriamo in una stanza silenziosa. Mi siedo sul letto, e lei al mio fianco mi guarda in attesa.

«Senti», tossisco nervoso. «Scusa. Non so come verrà fuori. Non sono molto bravo in queste cose.» Mi alzo. Poi mi risiedo. Sento che sono ancora tutto bagnato, ma ormai non ha più importanza. Mi tolgo la giacca impregnata d'acqua e la lascio cadere.

«Non ti preoccupare. Ti ascolto», dice Arianna con il sorriso più dolce cha abbia mai visto.

«Allora», quasi sussurro nel mio modo male allenato di essere serio.

Lei annuisce.

«Il mio gruppo di amici è sempre stato molto unito, anche se non eravamo tutti compagni di scuola. Con noi c'erano anche quattro ragazze. Una di loro si chiamava Francesca.» Con una mano mi pettino il ciuffo gocciolante, e cerco di nascondere le emozioni che mi chiudono la gola. «Ci eravamo conosciuti a Forte dei Marmi l'estate prima di iniziare le scuole superiori. E mi ero innamorato subito di lei.» Avvicino il bicchiere alle labbra senza bere, lascio che il mio sguardo si perda per qualche istante nei riflessi iridescenti del cristallo.

«Io e Francesca non siamo mai stati assieme ufficialmente, ma lei non si apriva con nessun altro come faceva con me. Poi ho iniziato a rendermi conto delle sue tendenze autodistruttive. Forse per insicurezza, o perché avevo paura che quel periodo magico finisse, o forse solo per quieto vivere, in quei mesi non ho mai detto niente a nessuno. Neanche quando Francesca ha passato la soglia, e nei discorsi che facevamo parlava sempre più spesso della morte, quando i suoi occhi hanno smesso di cercare un brivido sempre più forte e si sono rassegnati.» Sento un'unica lacrima scivolare calda lungo il viso. Arianna è immobile, ma il suo sguardo mi fa sentire protetto e coccolato. «Gli altri non hanno capito niente, o forse anche loro lo hanno semplicemente ignorato. Continuavamo a uscire e a fare le solite cazzate. Poi, poco dopo Natale, lei ha deciso. Senza pianti, senza domande e tanto meno risposte. Mi ha fatto promettere di lasciarla sola per un po', e io ho promesso perché il suo sorriso mi riempiva il cuore. Perché mi portava via delle aule chiuse, dai professori con la tonaca nera, dal mondo grigio di Milano. Perché quando mi abbracciava potevo chiudere gli occhi e sentire il mondo intero.» Mi alzo piano e raggiungo la finestra. Vedo la gente in giardino e il mio riflesso sui vetri. Sento le braccia di Arianna e il tepore della sua guancia. «Se n'è andata. Mi ha lasciato solo il ricordo. E allora ho voluto far vivere questo ricordo continuando con le sue sfide folli, i cimenti. Per tenere in vita il suo spirito pazzo e irriverente.» Mi volto, per trovare ancora conforto nei suoi occhi. «Tutti gli amici hanno accettato. Ma le ragazze no. Loro dalla morte di Francesca non sono più uscite con noi. A me i cimenti sembravano un giusto tributo a una persona tanto speciale, ma in realtà non avevano alcun senso. E il poco che avevano lo hanno perso con gli anni. Adesso li facciamo tanto per fare, come una cosa qualunque.»

Prendo il viso di Arianna tra le mani e le sorrido. «Però quest'anno sarà diverso! Quest'anno lo renderò una vera sfida... L'ultimo cimento sarà questa sera. Vuoi venire con me?»

Attraversiamo il giardino mano nella mano e raggiungiamo la piscina illuminata ormai solo dalla luce della luna. Sono rimasti soltanto i miei amici.

«Bella, ragazzi!» li apostrofo prima di mettermi comodo sulla poltrona lasciata libera per me. Mi accendo una sigaretta e il fumo materializza le mie parole: «Questa è Arianna e indovinate un po'... Mi sono innamorato di lei!»

La osservo mentre stupita si gira verso di me. Tutti mi guardano increduli, poi Arianna mi tira un cuscino e in un secondo gli altri mi saltano addosso per massacrarmi di pugni e ginocchiate. Quando credo di essermi liberato, mi immobilizzano di nuovo e cominciano a farmi il solletico.

«Tregua, tregua» urlo fra le risa, felice di essere con loro.

La voce di Filippo rotola verso di me per ultima: «Innamorato? Di nuovo? Scusa Arianna, senza offesa. È un ottimo ragazzo, ma un po' facile all'innamoramento. Ragazzi, secondo me si merita un'altra dose». Mi si buttano di nuovo tutti addosso e io penso che l'amicizia vera è proprio questa: parole, casino e contatto fisico.

G. Alle sei e mezza la giornata comincia a prendere forma. Gli altri mi staranno sicuramente già aspettando al Fashion, in Brera. Il bar è diventato il punto fermo della giornata, il luogo dove tutto inizia e il mio mondo e quello degli altri perdono i loro contorni per diventare uno solo.

Appena il locale è a tiro, lascio che gli occhi esplorino i dintorni: spero che non ci sia Annalisa, oggi non ho proprio voglia di moine da fidanzatini.

Parcheggio la moto sul marciapiede e subito mi viene incontro un Claudio raggiante, almeno al suo terzo drink: «Allora, Giacomo! Dove sei stato?»

Prima che possa rispondere mi prende un braccio e mi trascina di forza verso il bancone: «Carlo, due gin tonic!»

Non facciamo altro che bere gin tonic, mai un vodka lemon o un Negroni. E dire che io non ho niente contro vodka o Campari.

Poi rivolto verso di me con espressione annoiata: «Cosa facciamo questa sera? C'è una festa al Caffè Roma. Gli altri ci vanno».

Gli altri. Tutti amici del liceo, o meglio, di quegli storici licei milanesi dai quali erano usciti anche i nostri genitori: il Leone XIII, il San Carlo, il Gonzaga.

«Non lo so, Claudio. Un'altra volta al Caffè Roma? Neanche fosse ancora il locale dove andava Gigi Rizzi... Troviamo una festa in casa.»

Appoggiato al bancone con il gin tonic in una mano e la sigaretta nell'altra, ascolto distratto le parole di Claudio mentre faccio passare lo sguardo sui ragazzi e le ragazze intorno: magliette colorate della Polo, mocassini, occhiali Ray-Ban Wayfarer di tartaruga appoggiati con cura sopra la testa.

«Giacomo, chi sono quelle due tipe con Fabbri di fianco alla vetrata, le conosci?»

«Mai viste. Dall'aspetto saranno due sciampiste che avrà recuperato nel ristorante di suo padre. Che cavolo di scarpe hanno addosso? Cosa sono, sandali da spiaggia? Speriamo che per fare il figo non venga qui a presentarle, altrimenti faccio finta di non conoscerlo. Ohi, guarda, arriva Giorgio.»

«Ecco dove siete! Be'?! Perché ve ne state qua da soli?» Alto, biondo, sempre molto curato, Giorgio è una specie di Big-Jim provvisto di personalità.

«Niente, sono appena arrivato. Claudio mi ha portato di peso al bar. E poi mi ha forzato a prendere da bere in questo modo», mi giro di scatto verso il bancone: «Tre gin tonic Carlo!»

«Cazzo Giacomo, no! Stasera ci sono amici dei miei a cena, non posso presentarmi ubriaco.»

A Claudio si illuminano gli occhi e sorride: «Su Giorgio, non ti preoccupare, un paio di bicchieri ti daranno un po' di creatività nelle discussioni. Per una volta riuscirai a dire qualcosa di sensato sulla medicina senza aggiungere particolari da pervertito alle tette che ha rifatto tuo padre alla madre di Sabrina. A proposito, cos'è? Una quarta o una quinta?»

Giorgio fa una smorfia, ma poi allunga il braccio e prende il suo bicchiere.

Raggiungiamo il nostro gruppo tra vari saluti di cortesia, gli sguardi indugiano sulle marche d'abbigliamento, valutano la popolarità delle persone che ci accompagnano e in generale il nostro conto in banca.

A volte non è facile, anche se sai di essere tu a guidare gli sguardi: l'impressione è sempre quella di essere in equilibrio precario, devi mostrare che chi ti circonda non ti interessa perché tu sei superiore.

Giro la testa verso Claudio, che nel frattempo mi sta scaricando tutto il suo quintale sulla spalla: «Per caso sai dov'è quel cretino di Tommaso? In carcere per quella storia di violenza sessuale in ospedale?»

Risponde Giorgio: «No, ha preso stamattina l'aereo per Mosca per andare a vedere la partita. L'hanno stampato all'esame di diritto pubblico: i suoi volevano fargli la pelle e lui pospone la sua crocifissione dicendo che dorme a casa mia. Per la trasferta ha usato la carta di credito di suo padre, tra un mese lo beccano comunque. Se stasera chiamano e non rispondono direttamente i miei, provo a raccontargli la storia dell'ospedale».

«Ciao Giacomo, che bella camicia. Ciao Claudio.»

Claudio sobbalza preso alla sprovvista e allunga le labbra in un sorriso assurdo che sembra più una smorfia.

Io le rispondo con il mio solito self-control: «Ciao Sabrina, grazie». Mi danno fastidio questi complimenti: primo, non so come rispondere. Secondo, ho l'impressione che gli altri vestiti che indosso non siano all'altezza.

Sabrina. La madre. Le tette. «Stavamo proprio parlando di te. Come sta tua madre?»

Sabrina si ritrae, anche se in maniera impercettibile: «Bene, grazie. Ma perché mia madre?»

Giorgio, capendo dove sto andando a parare, alza la testa al cielo, borbotta qualcosa e si allontana. «No, niente. Così per sapere. Come sei abbronzata, sei già stata a Santa?»

«No, sono andata a St. Moritz con i miei lo scorso weekend. Che palle la montagna in questo periodo. Domani ci tornano, ma io a questo giro passo.»

Ho un'illuminazione: «Perfetto! Allora organizziamo qualcosa da te domani sera? Claudio cucina e noialtri ci occupiamo del bar. Solo amici, chiaramente... Cosa ne dici?»

Sabrina sembra dubbiosa, con le mani in tasca e bloccata com'è nelle sue Superga immacolate. Ma il mio sorriso non le lascia scampo.

«Dài, va bene. Lo dico anche a mia sorella, così mettiamo insieme un po' di amici. Ci vediamo dopo.»

La mia mente vola a una festa cui mi ero infilato a marzo con alcuni amici del parco della Guastalla e dove, completamente sbronzi, eravamo crollati su un tavolo di cristallo, sfasciandolo. Allargo ulteriormente il mio sorriso, mi avvicino il bicchiere alla bocca e lo svuoto.

«Cazzo Giacomo, io di cucinare non ne ho proprio voglia!»

«Non ti preoccupare: ha due persone di servizio fisse che si occupano sempre di tutto. Non dovrai muovere un dito. Avvisa gli altri: portiamo un botto di gente.» Esplodo in una risata eccessiva: «Gliela facciamo esplodere, la casa!»

A. Arrivo al liceo che sono da poco passate le 8. Ultimo giorno di scuola.

Sistemo lo Zündapp girando lo sterzo a destra per controbilanciare l'effetto del cavalletto che invece tende tutto a sinistra. Come sempre un gioco di fragili equilibri che da un momento all'altro, per una spinta o un soffio di vento, potrebbero andare in pezzi.

Sì, così dovrebbe stare su, mi dico. Ma so bene che la mia è un'illusione vana. Ogni volta spero che riesca a stare in piedi tutta la mattina, ma all'uscita da scuola lo ritrovo sempre per terra o coricato su un'altra moto.

Salgo i gradini del Gonzaga, entro nell'atrio e mentre mi guardo intorno pensando a cosa fare, come se potessi scegliere se salire in classe o andare al bar a far colazione, mi sento strattonare lo zainetto.

«Ciao Andrea.»

«Ciao Carolina, sei arrivata con la mamma?»

Carolina, boccoli d'oro e occhi azzurri, mi guarda dal basso e mi dice: «Sei triste anche stamattina».

«Non sono triste, Carolina.»

«Sì che lo sei!»

Suona la campanella e lei dice: «Vado, se no la maestra s'incavola.»

«Non dire parolacce, Carolina.»
«Cavolo non è una parolaccia», mi contesta.
«Sì. Lo è e l'hai detta ancora.»
«Uffa! Come sei noioso… Ciao.»
La vedo scappare via, trotterellando con la cartella sulle spalle, che la fa sembrare più bassa del suo metro e dieci centimetri, diretta verso il corridoio delle elementari.
È passato più di un mese ma lei ancora non ha capito cos'è successo. Ha sei anni, e le abbiamo detto che il papà è partito e che sarebbe stato via per un po'.
Decido di andare in classe anche io. La Quinta C, due piani più sopra e tredici anni dopo il mio primo giorno di scuola, che si era consumato tra queste stesse mura.
La campana è già suonata da un pezzo, Scaruffi mi guarda e dice: «S-s-sei in ritardo».
Che palle, ci risiamo.
«C'era traffico, professore.»
«I-i-insomma, in questa c-c-classe vige l'ana-ana-ana-rchia più completa, gente che-che entra e che e-e-esce a tu-tu tut-tut-tutte le ore», comincia a balbettare, sputacchiandomi addosso.
Guardo la mia compagna di banco Camilla, due tette esagerate – avrà una quinta – e vedo già che comincia a ridere come una cretina.
«V-vai a po-posto ora.»
Anche se è l'ultimo giorno di scuola adesso mi chiama e mi interroga, matematico.
Lo vedo scorrere il registro, i nomi sfilano sotto la sua penna.
«De Nardi.»
Prevedibile quest'uomo, mi dico mentre mi alzo e vado alla cattedra.
Do un'occhiata al mio orologio, un Patek Philippe cronografo degli anni Quaranta, un dono di mio nonno: segna solo le 8.20, e mi sono già rotto i coglioni.

L. Arianna ha iniziato a parlare con gli altri, sembra davvero a suo agio, e Filippo ne approfitta per agitarmi una mano davanti agli occhi: «Base terra a Luca! Base terra a Luca! Rientrare immediatamente alla base!»

Mi siedo sull'erba fresca e osservo le stelle. Poi mi lascio scivolare molle fino a sdraiarmi.

«Allora è deciso, te ne vai in America?» mi domanda Filippo buttandosi i capelli indietro con una mano. Inizia a rollare una canna e mi incalza: «Fammi capire, lasci la patria dello stile e del design per andare a studiare in California? Non ha molto senso».

«Certo che ne ha.» Mi giro su un fianco e Filippo mi passa la canna. «Prima di tutto il sistema universitario italiano è bacato. Di passare quattro anni a leccare il culo a qualche professorone per riuscire a lavorare su un progetto interessante non se ne parla nemmeno. E poi l'Italia sarà pure la patria del design ma l'avanguardia non è più qui. O vai nell'Europa del Nord oppure, per quello che voglio fare io, in California.»

Prendo un'altra boccata profonda di fumo e passo la canna.

«Secondo me sei il classico esterofilo italiano che sputa su tutto quello che è vicino e raggiungibile, e idolatra il resto del mondo.»

Mi metto a sedere. Voglio vederlo bene in faccia e capire se è serio o mi prende in giro. Filippo continua a restare sdraiato e a fissare il cielo. Il tizzone tra le sue dita si fa sempre più incandescente.

«Stai dicendo una stronzata e mi meraviglio. Vorresti dirmi che vivere per un po' in un altro Paese non è un'esperienza che ti arricchisce, ti apre la mente e che merita di essere fatta?»

«Nel caso dell'America potrebbe chiudertela definitivamente, la mente.»

Lo guardo sorpreso, un commento del genere da un reaganiano come lui non me lo sarei mai aspettato. Si tira su e i suoi occhi sono tristi mentre li fissa nei miei.

«Non lo so. So solo che mi mancherai.» Si abbandona nuovamente sull'erba e continua: «Cazzo, chissà se ci rivedremo mai più!»

«Ti ha preso malissimo 'sta canna. Passa dài, che stai diventando più triste di una puntata di Remì.»

Dentro la villa la festa continua, la musica esce dalle finestre aperte e dilaga in ogni angolo del giardino, chiedendo anche a noi di lasciarci coinvolgere. Ma Filippo sembra essere immune da questa euforia.

«Comunque questa scelta è proprio un tuo classico», mi dice finalmente con un sorriso.

«Perché?»

«Perché devi sempre fare il diverso! Non ti piace proprio essere parte del gruppo, vero?»

«Certo che sono parte del gruppo. Ma mi piace farlo a modo mio.»

«Non lo so. Non ho mai capito questo tuo atteggiamento. Vuoi fare l'alternativo, ma continui a uscire con la gente più regolare e pettinata di Milano. Ti ecciti fantasticando di filosofie orientali e spiritualismi vari, ma vai a vivere nel Paese più materialista del mondo. Cioè, a te piace fare il diverso tra gli uguali.»

«Guarda che stai iniziando a parlare come Marzullo.»

«Però è vero. Se tu fossi veramente alternativo faresti esperienze diverse da quelle che fai, frequenteresti gente diversa, vestiresti in modo diverso. Invece fai solo il minimo indispensabile per poter dire che non sei come noi. Discuti in classe di politica come se la tua prospettiva fosse completamente opposta a quella del resto della scuola, ma poi torni in una casa uguale alle nostre, in una famiglia che ha scelto la stessa scuola delle nostre famiglie e non fai niente per cambiare la situazione. Cazzo, andiamo al Jamaica e ti lamenti che c'è sempre la stessa gente e si fanno sempre le stesse cose e allora ci trascini al Sorpasso e ti diverti come un matto a vedere la gente vestita da Bardelli spaventata da quelli che pogano. Ma da solo non ci vai. E non ti cerchi un'altra compagnia. Perché?»

«Perché voi siete i miei amici. Sarete anche dei pettinati, regolari di merda, ma sono cresciuto con voi, ci conosciamo e sappiamo quello che ci piace e non ci piace. Io so che se adesso ti tiro un coppino ti incazzi come una bestia, saprei indicarti la tipa che ti prende di più in questa festa, so che posso stare sdraiato su questo prato a parlare della vita con te ed essere felice, senza fare nient'altro. Saranno anche stronzate, ma in fondo cosa credi che sia l'amicizia? Siamo cresciuti in un certo modo e questo sarà parte di noi per sempre. Non voglio rinnegare niente di quello che ho fatto, ma lasciami la libertà di migliorarlo. Io non voglio fare l'alternativo, è che alcune cose non mi piacciono e voglio cambiarle. Se per me il Jamaica è un posto di merda e non mi ci diverto, cerco di convincervi che ci sono cose più divertenti da fare che bere gin tonic seduti sulle moto e fare i galletti con le ragazzine. Soprattutto se alla fine non si combina mai un cazzo.»

Filippo si alza all'improvviso quando Arianna gli ruba la canna. Poi si passa le mani sulla giacca nera spazzando via la terra e l'erba, fingendo indifferenza.

«Hai rischiato grosso, Arianna. Mai rubare una sigaretta a Filippo», le dico mentre anche io mi alzo in piedi.

Ma lei sembra quasi non avermi ascoltato, e sorridendo ci dice: «Allora, che ne dite? Andiamo a ballare?»

G. Io e Claudio arriviamo alla festa con un ritardo spropositato. Oltre la metà del centinaio di persone che bivaccano nell'attico di Sabrina le abbiamo invitate noi. La cosa ci mette un po' a disagio, ma per fortuna l'euforia generale ci permette di evitare gli sguardi accusatori della padrona di casa e dei suoi amici.

L'adrenalina non mi è ancora scesa: mezz'ora fa, all'uscita del Tombon in via San Marco, ho urtato un ragazzo vicino alla porta, facendogli versare addosso il contenuto del bicchiere che teneva in mano. Io ero troppo ubriaco per accorgermi che aveva iniziato a urlarmi contro, ma Claudio, che era subito dietro a me, se n'è accorto eccome.

Al solito è stato tutto troppo veloce per ricordare i dettagli, ma nella testa mi risuona ancora l'eco di frammenti di suoni e immagini: l'urlo acuto di una ragazza, Claudio che si muove come una furia, un tizio steso tra due macchine, un portacenere che sbatto contro la faccia di qualcuno, un altro tizio per terra di fronte all'ingresso che si tiene la pancia, gli sguardi impauriti di un gruppo immobile sulla sinistra e la luce intermittente degli stop delle auto mentre corriamo via.

Sorrido come in preda a una paresi e gesticolo per salutare tutti quelli che incontro. Ho bisogno di bere e ci spostiamo in quella che deve essere la «sala giochi» del padre di Sabrina: pareti decorate con trofei di caccia di animali di tutti i continenti, dallo gnu al puma, e un lungo bancone in noce dove questa sera il domestico in uniforme serve ogni tipo di alcolici, e poi salatini, pizze e affettati.

«Non ti sembra un po' scialbo?» mi chiede Claudio adesso che ha riacquistato la sua aria da ragazzo a modo.

«Claudio, è Krug! Se ti nutri a gin tonic non puoi certo aspettarti che il tuo palato apprezzi lo champagne. Sei veramente un primitivo. Anzi... Un "pvimitivo" come direbbe il Gianni Agnelli.»

Sabrina viene verso di me, e fortunatamente dal viso le è sparita l'espressione di rimprovero che aveva al nostro ingresso in casa. «Giacomo! Ho provato a chiamarti a casa tutto il pomeriggio: tu e Claudio non dovevate venire a cucinare?»

«Scusami, hai ragione, ma è successo un casino. E a 'sto giro non è neanche colpa mia.»

Sabrina si guarda intorno e dice: «Un sacco di gente non so neanche chi sia».

«Se fossi in te non mi preoccuperei: saranno amici dei tuoi amici, tutti bravi ragazzi...» e faccio partire un occhiolino all'indirizzo di Claudio.

«Già. Posso offrirti qualcosa da bere?»

«Grazie, gentilissima. Ma mi sono già servito.» Intanto cerco di capire chi si è imbucato alla festa, stavolta. Ma un sacco di gente non lo so nemmeno io chi sia.

Per un attimo rimango rapito da una ragazza seduta sul divano di fronte a me: un viso dai lineamenti delicati e due gambe di rara bellezza incorniciate in un abitino Blumarine. I nostri sguardi si incrociano e le sorrido.

Sabrina si frappone tra me e lei: «Sai Giacomo, c'è una cosa che volevo dirti da un po': prima di conoscerti ti trovavo troppo stravagante e impostato. Adesso che ti conosco invece...» si ferma un attimo titubante guardando a terra. «Ti trovo molto interessante».

Questo suo fissarmi sicura mi innervosisce. *Adesso che mi conosci. Chi credi di conoscere? Adesso te lo mostro io chi sono, bella mia.* «Andiamo sul terrazzo?» le prendo il braccio e mi faccio strada attraverso il corridoio.

Sono concentrato sulle mie prossime mosse, ma non posso fare a meno di meravigliarmi del posto in cui siamo: un terrazzo con il pavimento in cotto antico, panchine inglesi in legno fine '800, piante dai fiori rossi e bianchi, le cupole del Duomo davanti a noi e Milano ai nostri piedi. Lei sembra accorgersi del mio stupore e sorride compiaciuta.

Giro la testa per una frazione di secondo e reimposto tutti i segnali che il mio viso e il mio corpo devono mandarle: «Splendido qui, Sabrina. Sembra che tutte le cose che hai attorno debbano avere la stessa intensità che hai tu». Ora è di nuovo vulnerabile e mentre sorride piega la testa verso il basso, senza però distogliere il suo sguardo dai miei occhi.

Siamo seduti a una decina di metri dalla vetrata di accesso al terrazzo, di fronte alla ringhiera in ferro battuto, incuranti del casino alle nostre spalle. Dopo mezz'ora di discorsi collaudati e qualche bicchiere di gin tonic, ho la sua mano fra le mie. Sono però a corto di argomenti e decisamente sbronzo: «Sai che credo di non aver mai visto la tua stanza? Sono curioso di vedere se rispecchia la tua personalità».

Sabrina cerca di sembrare disinvolta, per mostrarmi che sì, la mia richiesta non ha certo secondi fini e quindi lei non ha niente da temere o da rimproverarsi. Mentre mi guida per i corridoi della casa, faccio appena in tempo a incrociare gli sguardi di Giorgio e Claudio. Vorrei urlargli che ormai sono riuscito a farmela, ma rimando questo piacere alla fine della serata.

La sua stanza è al termine di una scala. Lei entra per prima e tiene la mano sulla maniglia per chiudere la porta dietro di me. Appoggio la mia mano sulla sua e, senza smettere di guardarla, spingo lentamente il suo corpo contro la porta. Rimaniamo immobili per alcuni secondi, poi il suo mento sfiora la mia guancia accarezzandola. È il segnale di una nuova vittoria.

Passo la mia mano sinistra dal suo fianco al sedere, la muovo lentamente ma in modo deciso, assaporando i piccoli brividi di sorpresa che sento attraversare il suo corpo.

Aspetto qualche istante prima di baciarla, visto che sarà forse l'unico momento di autentica emozione che proverò nella prossima mezz'ora o giù di lì.

A. L'atmosfera è tesa, una leggera brezza attraversa i vecchi ippocastani che circondano il cortile della scuola, ma neppure l'aria riesce a portare un po' di sollievo nel caldo di questo luglio.

È da più di mezz'ora che rispondo alle domande del commissario di storia, quello che sin dall'inizio della sessione di esami si è presentato a bordo di una Porsche degli anni Sessanta.

Moti del 1848? Primo Stato invaso dalla Germania nazista? Quali sono stati i più importanti campi di concentramento? Sequenza di battaglie durante l'invasione degli Stati Uniti in Europa? Cosa le ricorda Pearl Harbour?

Comincio a essere stufo di questo sterile interrogatorio, ho passato un anno sui libri a preparare l'esame di maturità e so tutto degli ultimi duecento anni, come se avessi vissuto personalmente ogni singolo episodio, anche il più pulcioso e dimenticato. Adoro la storia, mi ricorda che il tempo non è affatto lineare, non si muove in avanti o all'indietro, non esiste passato o futuro. Il tempo è ciclico, si ripete sempre uguale a se stesso.

Chiedimi qualcosa che non so, polemizziamo, dài. Lo so che dietro alla Porsche sei solo un sessantottino del cazzo.

«Mi dica qual è stato l'atteggiamento verso gli Stati Uniti dopo la Seconda guerra mondiale, prego.»

Ci siamo, ora comincia il giro.

«Ci fu una forte corrente di sentimenti anti-americani, in larga parte strumentalizzati e fomentati dalla sinistra italiana, per nulla favorevole all'ingresso degli Stati Uniti nello scenario politico ed economico del nostro Paese.»

«Guardi che si sbaglia, il Piano Marshall fu accolto con favore da Togliatti, sebbene venisse avanzata qualche critica da parte della sinistra più estrema, evidentemente cieca di fronte agli innegabili vantaggi che tale generosità avrebbe portato all'Italia.»

Sottolinea il tale generosità, questa me la segno.

«No, guardi. Non ci siamo proprio. Tutti gli storici negano che il Piano Marshall fu accolto anche da Togliatti. Infatti egli voleva portare l'Italia sotto il controllo dell'Unione Sovietica e già aveva preso accordi con il Pcus per ricevere finanziamenti sottobanco», gli rispondo seccamente.

«Lei non sa quello che dice! Togliatti era un politico lungimirante e aveva capito i benefici della politica economica statunitense.»

Brontolii di disapprovazione alle mie spalle. Li codifico in parole: De Nardi lascia perdere e non fare cazzate.

«Guardi che è lei che non c'è. Cioè: se proprio vogliamo riscrivere la storia, va bene. Allora facciamolo. Bruciamo i libri e gli atti ufficiali e riscriviamola!»

«Come fa a dire una pazzia di questo genere? E come si permette lei, studente di liceo, di rivolgersi a una commissione di esame di Stato in questo modo?»

Prendo il voluminoso libro di storia dalla copertina arancione, e glielo sbatto in faccia senza pietà: «Guardi cosa dice Denis Mack Smith, le basta?»

C'è scritto chiaramente: il Piano Marshall, cento milioni di dollari di aiuti economici all'Italia nel secondo dopoguerra, viene bocciato da Palmiro Togliatti.

Sussurri e gridolini di entusiasmo alle mie spalle.

«Mack Smith non è uno storico significativo», mi risponde in sua difesa.

«Non è uno storico significativo? È il più importante storico del Novecento!» gli rispondo incredulo.

«Passiamo ad altro», cerca di chiudere lui.

«No non passiamo affatto ad altro», rispondo caparbiamente.

«Ah sì? Allora passi pure alla seconda materia di interrogazione, geografia. Arrivederci.»

«Ha ragione De Nardi», dice una voce, bassa ma inconfondibile, alle mie spalle.

«Lei chi è?» scatta il commissario.

«Sono il suo professore di storia e filosofia da tre anni, quello che l'ha sempre promosso con dieci e lode», risponde la voce bassa.

«Concordo», afferma il presidente della commissione. «De Nardi ha ragione. Stia zitto lei commissario.»

Boato d'incredulità alle mie spalle. I miei compagni sono fuori di sé dall'eccitazione.

Mi alzo, ho bisogno di bere un sorso d'acqua ma la mia mano trema senza controllo sospinta dal vero Andrea, quello che rimane soffocato dentro di me. Rimetto il bicchiere sul banco e mi volto verso il mio professore. Mi sta guardando fisso, e non riusciamo a trattenere un sorriso.

Cambio sedia e mi metto di fronte alla sbalordita commissaria di geografia, una materia che forse so anche meglio della storia: i nomi di 340 minerali, tutti a memoria e in latino sono scolpiti nella mia testa.

«Allora? Distanza media Terra-Sole in chilometri, metri o la vuole in centimetri?» le chiedo fissandola dritta negli occhi.

«Quello glielo chiedo dopo. Ora iniziamo con qualcosa di più difficile.» Sembra deliziata della scena cui ha appena assistito, mi guarda con una punta di ammirazione e gli occhi le brillano.

L. La festa si è spostata tutta all'interno della villa, e la sala dove si balla è piena. La gente fuoriesce dalle porte, dalle finestre, si allunga sulle scale e arriva fino in giardino. Passiamo a fatica tra i corpi che sussultano cambiando colore al ritmo della musica. I tavoli e le poltrone sono palcoscenici improvvisati per le ragazze che osano di più, quelle nuove in questo giro che ancora non sanno quanto facilmente saranno accese e consumate.

«Luca! È una vita!»

Riconosco quella voce, quel parlare tremolante che potrebbe essere scambiato per affettazione, ma che invece è solo entusiasmo che vibra per uscire.

«Cazzo ci fai tutto bagnato?»

Sento il suo alito caldo di whisky e tabacco. Alzo gli occhi e mi ritrovo Mao a due centimetri dal volto. Cerco velocemente nella mia mente annebbiata l'atteggiamento adatto con cui affrontare questo rapporto usurato da troppi litigi insignificanti.

«Te ne accorgi solo adesso?» rispondo risentito. «E poi praticamente non ci parliamo da quasi due anni e tutto quello che ti viene in mente è che sono bagnato?»

Lui mi guarda allibito, con quel suo modo spontaneo di far trasparire ogni emozione, poi mi stringe in un abbraccio vigoroso.

Filippo e Arianna mi fanno cenno che si spostano verso il centro della sala per andare a ballare. Rispondo a gesti che li raggiungerò dopo.

«Bene... Quindi Filippo ha invitato anche te al cimento di stasera...» cerco di cambiare discorso, ma sono un po' impacciato.

«Eh, già...» risponde lui aggiustandosi il papillon per darsi un'aria importante.

Rimaniamo in silenzio a guardarci oltre le spalle cercando qualcosa da dire.

«Che ne dici di smuovere un po' questo mortorio?» mi chiede all'improvviso, e senza aspettare la mia risposta tira fuori una boccettina dalla giacca, si guarda attorno, svita il tappo e se la avvicina al naso aspirando profondamente.

«Una bella sdrusata e vedrai che ci scrolliamo di dosso questo imbarazzo», annuncia euforico mentre mi allunga il popper.

La curiosità e il brivido della sfida mi fanno accettare. Aspiro anch'io e l'odore acre di medicinale, alcol e benzina mi sale velocissimo alla testa. Il cuore inizia a battere all'impazzata, la vista si riduce come se guardassi dal buco rotondo di una serratura, la testa diventa leggera e si allontana man mano che il collo si allunga sempre di più. Mao cerca di controllarsi ma non riesce a smettere di ridere e anch'io scoppio in una risata fragorosa che mi scuote lo stomaco e la testa. Dobbiamo appoggiarci l'uno all'altro per non cadere. Ci incamminiamo senza una direzione precisa, cerchiamo di rimanere seri, ma ogni movimento di chi balla, ogni espressione dei volti attorno a noi, ogni pensiero che si forma nella mia mente mi causa un'ilarità irrefrenabile. Vaghiamo in questo stato per qualche minuto e riusciamo a trovare un momento di riposo solo nel foyer d'ingresso, dove l'aria è fresca e la musica appena sussurrata. Appoggio la schiena e la testa al marmo freddo di una colonna e scivolo come una lumaca fino al pavimento, ho gli occhi chiusi e la testa gettata all'indietro, scruto l'immensità nascosta dietro le mie palpebre.

«Allora vecchio bastardo, devi sempre fare lo schizzinoso, eh?» dice Mao con un sorriso incontenibile che gli contorce tutta la faccia.

«Vorrei ben vedere! Quante cazzo di volte ho provato a chiamarti, a passare a casa tua, a scuola. Ma dove ti eri ficcato?»

«Luca, ancora? Basta con questo discorso! Io sono fatto così. E poi la nostra amicizia non ha bisogno di conferme e rassicurazioni. Non siamo mica fidanzati!»

Lo fisso per alcuni istanti, come se cercassi di recuperare qualche frammento del nostro passato. Invece sono semplicemente concentrato per non scoppiare a ridere di nuovo.

Mao inizia a rollare una canna e iniziamo a raccontarci cosa ci è successo negli ultimi anni. Il fumo ci avvolge accogliente e lubrifica le parole. I discorsi si incrociano, le immagini si fondono e, superato l'imbarazzo dei primi momenti, la nostra amicizia si riscopre intatta.

«Come mai hai deciso di partecipare al cimento questa volta?» Le parole, bloccate in gola, schizzano fuori troppo rapide e si sovrappongono l'una all'altra nello sforzo di liberarsi.

«Filippo mi ha detto che te ne vai in America...» dice Mao cambiando improvvisamente discorso. «Quindi questa volta non sarà soltanto per Francesca, ma anche per te.»

A queste parole i miei argini crollano. Sento il cuore inondarsi di malinconia e speranze tradite. Soffoco sotto il peso di un amore interrotto troppo presto e troppo in fretta. Tra me e Mao vedo solo immagini sfocate che cerco di afferrare ma che ormai non mi appartengono più. Le lacrime iniziano a scendermi sul viso come carezze gentili e vorrei non essere più qui. Questo sentimento mi colpisce con violenza, scuotendomi da dentro. Leggo l'incredulità sul volto di Mao e dentro di me rido, ma il mio corpo continua a piangere e a sussultare in singhiozzi disperati.

G. «Giacomo, svegliati!»

Questa voce mi proietta nel panico, anche se in realtà non sono ancora completamente sveglio. Ma il mio inconscio sì.

«Per Dio! Non è possibile che tu non abbia mai voglia di fare niente!»

Mi siedo sul letto, i piedi malfermi appoggiati sul pavimento e le spalle curve in avanti. L'espressione del viso, tirata, cerca di simulare quella di una persona pronta da ore.

Mio padre è sull'ingresso della mia stanza, i nervi tesi sotto un abito marrone a quadri di Tincati: «Sono le otto e tu sei ancora a letto! Pensi che questo ti aiuterà a diventare qualcuno nella vita? Cazzo! Io non so più cosa fare con te».

Mentre si allontana urlando, tendo l'orecchio per capire se sta uscendo e posso abbandonare il mio finto stato di coscienza vigile.

Il rumore della porta. Chiudo gli occhi e butto la testa all'indietro: devo pensare ad altro.

La serata di ieri al bar, poi la rissa, Claudio! Sorrido compiaciuto.

Poi penso alla festa... Sabrina. Ho un conato di vomito mentale. Lo stomaco è a posto. Ho sempre una reazione di disgusto quando scopo una ragazza che non mi piace. Ma questa è solo la reazione fisica, perché dentro di me sto gustando un piacere difficile da esprimere, e spero che mi abbiano visto tutti mentre salivo le scale con lei. Spingo il pulsante della radio sveglia e guardo la proiezione dell'ora sul soffitto: «08.12» *Che palle.*

Il contatto con il mondo reale inizia sempre troppo presto. Mi giro su un fianco, chiudo gli occhi e ripasso mentalmente i fotogrammi della nottata di ieri.

Non so quanto tempo sia passato. Riapro definitivamente gli occhi e sono... *merda: le 9.15*

Varco l'ingresso della Bocconi con solo un'ora di ritardo: per sicurezza, entro comunque in aula dalla porta laterale. Non che mi sconvolgano eventuali rimproveri dell'assistente del professore, ma potendo evitare...

Apro la porta quanto basta per infilarmi dentro, ma tutta l'aula si accorge che è entrato qualcuno. Mi sento gli occhi di tutti addosso.

In realtà ho sempre questa sensazione, ma ora ci sono duecento teste girate verso di me.

Comunque è molto più facile fronteggiare queste che non la sensazione che ti assale all'ingresso del Nepentha il sabato sera, quando non sai se la tua carta di credito ti permetterà di tenere testa al resto dell'aristocrazia milanese. Abbasso per una frazione di secondo lo sguardo, poi lo rialzo con la consapevolezza del mio essere diverso, migliore.

Nelle prime file scorgo l'espressione ingenua di Mario che mi invita a sedermi accanto a lui, ma proseguo fino in fondo all'aula.

Lezione di diritto privato: seguo per alcuni minuti poi mi rendo conto che sto scarabocchiando il foglio.

Al momento della pausa Mario scatta in piedi e si fa strada tra le facce perplesse e stanche: «Giacomo! Sei un po' in anticipo sulla seconda lezione o sei estremamente in anticipo su quella del pomeriggio?»

Lo fisso e mi scappa un sorriso. Mario, sempre così lontano da me, ma è l'unico che riesce a rendermi accettabile questa parte di mondo che condividiamo: «Allora?! Oggi non mi sembrava corretto uscire di casa troppo presto. Dài, andiamo al bar: non riuscirei comunque a seguire la lezione più di venti minuti!»

In lui c'è sempre un tentativo di emularmi, ma in positivo: come se cercasse di essere «con me» più che «come me».

Per strada mi parla entusiasta delle sue immersioni all'isola d'Elba l'estate scorsa e del film francese che ha visto domenica pomeriggio. Mi racconta del suo desiderio di andare a studiare all'estero, in Spagna o in Portogallo, così lo interrompo: «Mario. Tu non sei stato molto in giro. Prima devi ripulirti un po'. Non puoi certo andartene per l'Europa vestito in quel modo».

Si ferma di colpo e mi guarda con un'espressione indecifrabile. Non so perché gli ho detto questo, o almeno perché glielo sto dicendo ora e in questo modo. Lui ha lo sguardo fisso su di me e non capisce. Ma io sì: è il mio benvenuto in un mondo nel quale, fino ad ora, non l'avevo ancora fatto entrare.

«Chiara, la mia amica, ti ha visto ieri sera fuori dal Tombon, che cosa è successo?»

«Annalisa, niente. Un tipo voleva fare il figo, ma gli è andata male.» Guardo avanti fingendo di essere concentrato sulla guida, nella speranza che faccia cadere il discorso.

«Giacomo, cosa gli avete fatto?»

Alzo il tono della voce: «Ti ho detto niente! Se l'è cercata».

«Perché non mi hai telefonato ieri?»

«Ascolta, non ti ho telefonato perché ieri sera non avevamo in programma di fare niente di particolare. Stasera siamo fuori insieme, no? Ci sono anche Tommaso e gli altri, perché ti lamenti sempre?»

Sono sei mesi che io e Annalisa usciamo insieme. Prima stava con Tommaso: strano come tutte le ragazze del nostro gruppo, una volta che si mollano, si vanno a mettere con un altro della compagnia. Se invece non c'è l'interesse da parte di qualcun altro, vengono prima isolate e poi tagliate fuori. Un circolo chiuso, un club di soli uomini.

Quando la sera arriviamo al Coquetel in piazza Vetra, un locale nuovo che non ha niente di particolare se non il fatto che dà sul parco e che è stato eletto come ritrovo «in» del momento, la zona lì attorno è un pullulare di vestitini svolazzanti e lunghi capelli biondi: se questo non è il paradiso, poco ci manca.

Appena arrivato incrocio gli occhi di Tommaso e individuo subito uno strano luccichio: le ragazze lo hanno già mandato in fibrillazione. Tiro una lunga boccata dalla sigaretta e ricambio con un'espressione d'intesa.

Annalisa si accorge della complicità nei nostri sguardi e gira offesa la testa verso il parco. Non c'è niente da fare: essere qua con lei si scontra con tutto ciò che desidero.

«Ragazzi, vado dentro a prendere da bere. gin tonic per tutti?» Annalisa alza la testa verso di me dissimulando il suo nervosismo: «Per me un succo d'ananas, per favore».

L'espressione del mio viso non riesce a nascondere il disgusto che provo nel sentire queste parole: «Ananas?! Poi non dirmi che quando usciamo insieme viviamo su due mondi paralleli». Non aspetto neanche la risposta, giro la schiena e mi dirigo verso il bar.

«Certo che ci vai giù pesante con lei.»

«Tu invece Tommaso eri un santo quando uscivate insieme, vero? Il nostro rapporto è così», allargo le braccia.

«Guarda che io non me la meno: per me se sei contento tu...»

«Il punto è che quando ci siamo conosciuti facevamo casino insieme, ci ubriacavamo... Adesso io non ho più voglia di fare bordello con lei.»

«Scusa, ma perché non la molli allora?»

Lo guardo per un attimo e mi chiedo se non sia ancora interessato a lei. Faccio finta di niente e proseguo: «Se poi sono l'unico a bere, lei si fa mille paranoie e iniziamo a litigare».

Ride: «Paranoie sbagliate? Come due settimane fa quando ti ha visto uscire dal bagno del La Gare con la mano sul fianco di quella mora?»

Sorrido: «Ma Tommaso! Per una mano appoggiata e neanche sul culo! E cosa potrà mai voler dire?»

«Giacomo, siete usciti insieme dal bagno degli uomini...»

«Tu dici, eh?» gli passo un braccio sulle spalle. «Vabbe', beviamoci 'sti gin tonic.»

A. Arrivo a Linate con la tipica indolenza che mi prende quando devo partire, una sorta di ansia da separazione che mi confonde i pensieri e mi rende nervoso...

Mia mamma mi lascia al banco partenze, riesco a salutarla solo dopo le immancabili raccomandazioni di rito su droga, sesso e il non fare tardi la sera. Abbraccio mia sorella Carolina che si trascina dietro il suo orsacchiotto preferito senza smettere mai di guardarmi dal basso verso l'alto, totalmente affascinata dal fatto che vada in vacanza con gli amici per un mese.

Sarò ospite a casa di Tommaso in Costa Azzurra. Gli esami di maturità sono appena finiti e hanno lasciato il vuoto di un futuro troppo lungo e tutto da riempire. Il ricordo della perdita di mio padre è ancora troppo vivo perché abbia voglia di fare casino con gli amici.

Per convincermi ad andare, Tommaso mi ha detto: «Tu vieni e pensa solo a divertirti, e basta». Avrei voluto rispondergli: «E basta cosa?»

Quest'estate volevo prendere un biglietto aereo per la Grecia e perdermi tra le mille isolette dell'Egeo. Senza meta, senza sapere dove avrei passato la notte o quali persone avrei incontrato. Avevo voglia di ridare un senso alla mia vita, di sentirmi semplicemente vivo, di dormire all'aperto e lavarmi in mare. Alla fine mi sono lasciato convincere ad andare in Costa Azzurra rinunciando ancora una volta al piacere di sentirmi libero per adeguarmi invece a quello che altri decidono per me.

Trascino fino al check-in il mio bagaglio, un mix variegato di vestiti scelti a caso in alcuni negozi dietro a piazza Duomo, per lo più camicie ampie e pantaloni sdruciti e usati, ma anche qualche capo firmato comprato nei soliti posti della moda milanese. Mi siedo su una delle panche della sala d'attesa in aeroporto, chiudendomi al mondo esterno con il walkman, il tempo passa e comincio ad annoiarmi. «Ma perché non chiamano il mio volo?» mi chiedo. Mi assale un dubbio atroce: «Sarà mica che l'hanno già chiamato e mi hanno lasciato a marcire su questa panca del cazzo?»

Spengo la musica e immediatamente sento: «Il signor Andrea De Nardi è desiderato con la massima urgenza all'uscita 9. Ripeto: il signor Andrea De Nardi è desiderato con la massima urgenza all'uscita 9».

Mi dirigo di scatto verso l'uscita e la hostess addetta all'imbarco dei passeggeri non sembra così felice di vedermi arrivare con il mio zainetto blu e gli auricolari dietro le orecchie. Sprezzante mi dice: «La stiamo attendendo da più di venti minuti, si vuole muovere per favore?»

Corro sulla pista, grondante di sudore nei 35 gradi del tardo pomeriggio milanese, salgo a bordo dell'aereo e centocinquanta facce pallide e stravolte mi guardano contemporaneamente. Parte qualche applauso ironico, e io non so se mettermi a ridere o fare finta di nulla.

Atterriamo all'aeroporto di Nizza con mezz'ora di ritardo e io non perdo l'occasione di lamentarmi con la hostess per questo servizio a dir poco vergognoso. Lei mi fulmina con lo sguardo, facendomi notare che la maggior parte del ritardo è dovuta a qualche passeggero che si è dimenticato di imbarcarsi. Sottolinea il *qualche* e mi volta le spalle.

Tommaso mi sta aspettando fuori dal *gate* nella sua classica divisa estiva: occhiali da sole in tartaruga, polo a maniche corte fuori dai bermuda e scarpe da tennis.

Ci abbracciamo come due fratelli e mentre usciamo velocemente dal terminal per andare nel parcheggio a prendere la macchina, lui mi dice: «Sei appena arrivato e c'è già una sorpresa per te».

«Quale sorpresa?»

«Solo un secondo e vedrai», mi risponde facendomi l'occhiolino.

Vicino alla macchina, ad aspettarci, ci sono due ragazze: una si chiama Carlotta e si presenta in modo frettoloso, guardando altrove come se fosse in attesa di qualcuno che non arriva mai.

L'altra, Sonia, ha invece un qualcosa di misterioso e di adulto, un lieve disagio inespresso e impalpabile. Un'aura che sembra renderla impermeabile agli urti dell'ambiente esterno. Ha degli splendidi çapelli castano chiari già schiariti dal sole e dal sale e un bellissimo sorriso. Gli occhi verdi le illuminano il viso e subito penso che non ho mai visto un corpo così bello.

«Sì, voglio davvero conoscerla», penso mentre saliamo in macchina e per un istante mi volto verso di lei, rivolgendole un sorriso obliquo e cercando di apparire sicuro di me.

Ma, immediatamente, sento una paura strisciante e indefinita.

L. Dobbiamo andare, tra poco saranno tutti là, pronti per l'ultimo cimento. Ho recuperato Arianna strappandola a una conversazione di una noia mortale e lei mi ha seguito senza accennare ai miei occhi ancora lucidi, al mio naso arrossato o alle guance rigate di lacrime. Le quattro sono passate da un pezzo e le strade deserte del centro sono perfette per riscaldare la moto. Sento la presa di Arianna sui fianchi, controllo le sue reazioni con improvvisi cambi di peso e rapidi scivolamenti laterali. L'avvicino con frenate profonde e la spingo a stringermi più forte con accelerazioni violente e improvvise. Il senso di potere e controllo è totale. Arianna, le sue emozioni, la sua stessa vita sono nelle mie mani. Sono io che creo il nostro mondo, che modello il presente e decido il nostro futuro.

Le insegne degli hotel a una stella, aperti tutta la notte, ci accompagnano lungo il percorso con la loro fredda cordialità. Mi fermo in via Vitruvio 41. Un palazzo austero e grigio. Cancellate dipinte di fresco per tenere lontano il resto della gente che abita attorno, ma che è indegna di un simile istituto. Istituto Gonzaga, uno dei licei della Milano bene. Il padre di Francesca l'aveva scelto «per tenerla lontano dagli spinelli che girano nelle scuole pubbliche, dalle occupazioni dei fannulloni di sinistra, e per garantirle un'educazione adeguata al ruolo che le spetta nella società.» Ottimo. Tutto perfetto. In effetti, della merda che gira nelle scuole pubbliche qui se ne vede ben poca. Qua solo roba sopraffina, di prima qualità.

Ci sediamo sulle scale davanti all'ingresso. Arianna accende due sigarette e me ne passa una.

«Dove vai quest'estate?»

«Non so ancora. Penso di andare con mia sorella a Formentera la prossima settimana e poi vediamo», risponde Arianna appoggiata con la schiena alle mie gambe. «Sto cercando qualcuno con cui andarmene in India, ma sono tutti spaventati dal caldo che farà. Tu, invece?»

Io vado a farmi un giro del Sudamerica... o dell'Africa equatoriale... o del Sudest asiatico, vorrei dire.

«Saint Tropez. Andiamo tutti gli anni, ormai.» Cerco di giustificarmi. «E poi questo probabilmente sarà l'ultimo che riusciremo a fare tutti assieme. Comunque dopo penso di andare a fare un giro in barca con Filippo.» Dico questa frase tutto d'un fiato, poi prendo un respiro profondo e mi apro in un sorriso imbarazzato.

Arianna mi sta guardando con la testa inclinata all'indietro sulle mie ginocchia. I suoi occhi brillano. Ha capito esattamente come mi sento. Ho una voglia incredibile di baciarla, sto per farlo, sento il suo respiro sulla mia bocca e poi...

«Ehi, voi due!» grida qualcuno in un sottofondo di clacson.

Un gruppo di macchine si ferma rumorosamente in doppia fila davanti alla scuola.

«Che bello che siete arrivati! Ci stavamo proprio chiedendo dove foste finiti. C'era Arianna che non ci stava più dentro dall'ansia.»

«Si vede che è un tipo ansioso...» commenta Filippo chiudendo la portiera della sua seconda Golf in neanche un anno di patente. Anche questa blu. Anche questa due porte. Anche questa sedici valvole. «Arianna, non ne vale la pena. Te lo posso dire subito io come sarà con Luca...» e fa un gesto ridicolo con il mignolo davanti all'inguine.

Lei mi guarda e mi regala una carezza di compassione.

«Non ti preoccupare, non sono le dimensioni che contano...»

mi dice. Poi scoppiamo tutti in una risata liberatoria. È la tensione, ma nessuno lo vuole ammettere.

«Ragazzi, direi che potremmo anche iniziare.»

Mi metto di fianco a Filippo seduto sul cofano della Golf, e osservo i miei amici sulle scale.

L'ultimo cimento. Chissà se se ne rendono conto, se gliene importa qualcosa... Parlano tra loro eccitati, agitati come elettroni attorno al nucleo della nostra amicizia. Ogni loro espressione mi ricorda i momenti vissuti insieme e ora che stiamo per separarci mi sembra di riconoscere ciò che ho sempre cercato in loro, ma che solo poche volte sono riuscito a trovare. Le mie certezze si assottigliano, la mia determinazione sembra svanire: il futuro mi fa più paura che mai. Aspiro coraggio dalla sigaretta e batto con la mano aperta sul cofano come se fosse un gong. Aspetto che tutti si siano sintonizzati sui miei occhi, poi mi alzo e divento il padrone della scena.

«Allora, l'idea è semplice, ma realizzarla non sarà una cazzata. Entriamo nel museo egizio del Castello Sforzesco, prendiamo l'oggetto funerario più facile da rubare e lo portiamo sulla tomba di Francesca come ultimo omaggio alla nostra ispiratrice.»

«Tu sei malato!» sento commentare.

«Nessuno è obbligato a venire se non se la sente.» Attendo per vedere la loro reazione, ma nessuno si alza.

«Siamo giunti alla fine di un ciclo. L'insegnamento di Francesca rimarrà sempre con noi, ma adesso dobbiamo slegarci dalla sua presenza. Francesca è morta, e stanotte moriranno anche i suoi cimenti.»

Continuo a parlare, spiego i dettagli operativi, ma ormai non mi ascolto più.

«Chiaro per tutti? Allora andiamo.» Poi verso Arianna che sta salendo sulla sella dietro di me: «Tieniti forte». Un colpo di clacson e le immagini attorno a me si sciolgono sulle pareti curve e rilucenti della mia visiera. Il freddo annulla le sensazioni e mi isola nei pensieri che si addensano lenti attorno all'idea di questa rivoluzione imminente. Stasera si innescherà la miccia. Un brivido: sarà di freddo o di paura? Allargo le braccia contro l'aria arancione della notte milanese e mi lascio investire dalla realtà. Un camion verde dell'Amsa sbuca all'improvviso da destra. Affondo il piede sul pedale del freno cercando di afferrare le manopole, mentre il peso del corpo mi proietta in avanti. Scalo in terza e mi appendo al manubrio. La moto si piega, troppo leggera, sbilanciata. La ruota posteriore perde aderenza. Metto una suola di cuoio sull'asfalto. Scivolo un paio di metri con il manubrio in controsterzo. Apro il gas e la moto riprende a spingere con il posteriore. Si raddrizza. Scoda a destra. Sono passato.

Guardo indietro. Avanti. Indietro ancora. Ma dove cazzo mi sono infilato. Sono un dio.

«Sìììììììììììì!!!» urlo più forte che posso. «Cazzoooooo!!!» Rilascio la manopola del gas e la riapro di colpo. La moto si alza sulla ruota posteriore. Il cuore mi pulsa nelle tempie. «Nel culo alla vitaaaa!!!»

Sono io che comando il mio destino.

G. «Oggi sono andata con Chiara a vedere lo stereo nuovo per il mio compleanno e ho trovato un Bang&Olufsen bellissimo, ha due piastre per i cd a scomparsa, delle casse piccolissime. Pronto?! Giacomo, ci sei, mi ascolti?»

Il ticchettio sordo della pioggia sulla vetrata attira tutta la mia attenzione.

«Sì Annalisa. Ti ascolto. Ti piace? Tuo padre è d'accordo? Te lo prende?»

Con le dita disegno attorno alle gocce dei cerchietti che poi prendono velocità e scivolano giù.

«Mi piace tantissimo. No, per la verità a lui non gliene ho ancora parlato, ma mi aveva già detto che gli andava bene qualsiasi cosa. Senti Giacomo, stasera i miei non ci sono, perché non vieni qui a vedere un film con me? Volevo noleggiare l'ultimo con River Phoenix.»

«Non posso, stasera c'è tensione in casa. Stasera proprio no.»

«Giacomo, non ci vediamo mai! Andiamo almeno in campagna da mia sorella, questo weekend?»

«Ascolta, ne parliamo venerdì. Adesso devo andare.»

Tutti i giorni mi chiedo perché la chiamo, poi mi ritrovo sempre con il telefono appoggiato all'orecchio ad annoiarmi.

Appoggio incerto il bicchiere di Drambuie sul tavolo. Passo rapidamente in rassegna i cd disposti ordinatamente nella libreria alla ricerca di qualcosa che sento di voler ascoltare ma che ancora non trovo.

Eccolo. *Appetite For Destruction*. I Guns.

Giro la manopola del volume e le quattro casse saturano l'aria con le note acute di *Sweet Child O' Mine*.

Where do we go, Where do we go now, Where do we go…

Butto la testa all'indietro, chiudo gli occhi, e lascio che le braccia si abbandonino molli oltre i braccioli di pelle della poltrona Curvilineo. Mi perdo nella sensazione di vuoto, ma non per molto: stasera ho un puntello per una serata allo sfascio con gli altri. Ho detto tante volte a Mario che l'avrei portato con noi, e stavolta lo porto davvero.

Quando arrivo sotto casa di Mario con la macchina lui è già lì che mi aspetta, i capelli ricci scarmigliati senza un taglio definito.

«Meno male che non ti ascolto e sono sceso solo dieci minuti fa», esordisce.

«Già, scusa. Non trovavo i jeans che mi avevano messo in lavanderia. Passiamo al Fashion a trovare alcuni amici e a bere un paio di gin tonic.»

Accelero tra i semafori nelle vie attorno a piazza della Repubblica.

I fari di una macchina si spostano improvvisamente sul mio lato destro: è una Jaguar XJ5 guidata da un uomo sui trent'anni.

Mi supera. La sua macchina è più potente, ma in città non è una questione di quanto puoi andare, ma di quanto *vuoi* andare: cambio in terza e non stacco il piede dall'acceleratore.

Lancio uno sguardo a Mario. Le gambe puntate. Lo sguardo fisso sulla strada. È visibilmente spaventato ma non dice niente.

Bastioni di Porta Nuova, 80, 90, 110 all'ora: la Jaguar sempre davanti. Sui rettilinei mi stacca, vicino ai semafori e in curva la riprendo. Alla curva dell'Arena ritardo la frenata e stringo sulla destra: la macchina perde aderenza e va in diagonale per alcuni metri, ma riprende quasi subito. Sono passato, la Jaguar è dietro!

«Cazzo, Giacomo. Rallenta!»

Sono teso. Riesco solo a sentire il motore in fuori giri e lo stridere delle gomme sull'asfalto: «Non ti preoccupare».

Guardo nello specchietto: il tipo con la Jaguar rallenta. Gira al semaforo verso l'Arco della Pace e se ne va.

Sento l'adrenalina che mi pulsa nelle vene e inizio a ridere. Mario sorride nervoso: «All'ultima curva pensavo di finire fra gli alberi. Sei proprio un pirla».

Arriviamo al Fashion e parcheggiamo in doppia fila. Il locale è pieno di gente, fuori e dentro. Gli altri sono seduti a un tavolo in fondo, accanto alla vetrata che dà sull'esterno.

«Aloha a tutti! Vi presento Mario, un mio caro amico dell'università.» Tutti salutano a turno e abbozzano dei sorrisi cordiali, per poi riprendere indifferenti una conversazione attorno alla nuova barca del padre di Giorgio.

La cameriera si avvicina al nostro tavolo per chiederci cosa prendiamo. Lei e Mario iniziano a chiacchierare. È una tipa carina, lavora qui da quando frequentiamo il locale, ma credo che nessuno di noi abbia mai pensato di provarci. Blocco la loro conversazione ordinando due gin tonic. Vuotiamo i bicchieri e ne ordino altri due.

Claudio è euforico e fa conversazione solitaria con le tre ragazze portate da Giorgio, che invece è decisamente troppo pieno di sé mentre parla della sua nuova barca. Io mi diverto a interromperlo in continuazione.

«Le vele del tuo Swan sono decisamente scarse, le aveva mio zio sul Grand Soleil e non si muoveva un cazzo.»

All'ennesima battuta, quando mi giro verso Mario per ottenere anche la sua approvazione, vedo che sta scrivendo qualcosa su un foglietto. Mi pento di averlo portato, non c'entra proprio un cazzo. Ma il mio gioco mi sta piacendo troppo per interromperlo.

«Ok, adesso che Giorgio ha finalmente esaurito la sua "interessante" descrizione della barca, direi che possiamo anche andare allo Shocking.»

Giorgio fa una smorfia, ma sta zitto e segue il gruppo fuori dal locale.

Sulla porta mi rendo conto che non ho pagato i quattro gin tonic: torno al tavolo e mentre appoggio le quarantamila lire, vedo che c'è un foglio insieme ai soldi:

Brindo alle donne,
a quelle che mi hanno fato sentire nudo con un piccolo sguardo,
a quelle che mi hanno desiderato, ma solo per un istante,
o che non mi hanno desiderato mai.
Alle donne imbarazzate senza ragione,
alle donne fra le cui labbra avrei voluto passare il mio primo giorno,
tra le cui labbra vorrei lasciare questo mondo.

Fisso per un attimo il foglietto. Cazzate. Lo appallottolo e lo butto a terra.

Il giorno dopo mi trovo con Mario al parco che c'è in via Mario Pagano, dove un mio amico mi ha detto che gli spaccini sono sempre ben forniti: «Tutto bene? Divertito ieri sera?»

Allo Shocking avevamo fatto chiusura e Claudio e Mario si erano stranamente trovati: alla grande. Infatti lui subito mi dice: «Claudio è veramente un fenomeno: le ragazze le prende per sfinimento da parola o per ubriachezza manifesta».

«Sì, sì. Hai ragione. Verso le tre era andato oltre ogni limite. Tra una slinguata e l'altra l'ho sentito urlare alla tipa che era una porca.»

Mario sorride e mi chiede: «Devi comprare qualcosa?»

«Volevo fare un po' di scorta: dopodomani vado a Saint Tropez da Tommaso, un vecchio amico. Sai, no… Stesse scuole, stesse frequentazioni, genitori amici tra loro…»

«Sì, si capisco» ma non sembra molto convinto della risposta.

«Penso che ti starebbe molto simpatico. A parte il fatto che deve farti partecipe di tutte le cose che ha, che ha il pallino di Ralph Lauren di cui ha anche le mutande… È veramente forte. Dài, andiamo da quel tagliagole là in fondo.»

«Ehi!» mi irrigidisco. «Ce le hai duecento carte?»

«Quanto? Duecento?» il magrebino mi studia per capire che tipo sono. «Aspetta.» Apre un pacchetto e intanto gira la testa in continuazione controllandosi alle spalle.

«Tieni» e mi allunga due pezzi della grandezza del pacchetto di cartine.

So che sta cercando di fregarmi, lo fanno sempre. Oltretutto non mi ha mai visto e sa che probabilmente non mi vedrà neanche più.

«Per questa roba ti do centocinquanta», e gli ripasso il fumo.

Lui inizia ad agitarsi: «Amico. Ti sto trattando bene, queste sono duecento». Mi allunga di nuovo i pezzi.

Mario non capisce dove voglio arrivare e resta due passi dietro di me, cercando nel buio del parco movimenti sospetti.

Sono fermo di fronte allo spacciatore, le mani nelle tasche posteriori dei jeans: «Quello è centocinquanta. Se vuoi duecento dammene duecento».

A questo punto inizia a innervosirsi. Ci stiamo mettendo troppo e iniziamo a dare nell'occhio.

Il magrebino si infila una mano in tasca e tira fuori un altro pezzo, grande quasi come gli altri. Me li allunga tutti e tre e con un'espressione aggressiva mi fa un gesto per avere i soldi.

Esito. E se non glieli dessi? Cosa succederebbe? Un paio di schiaffi? Pugni? Una coltellata? Alla fine prendo il fumo, gli mollo i soldi e mi allontano.

All'improvviso Mario mi fa: «Non mi avevi detto che partivi questa settimana».

«Già. L'ho deciso ieri mentre parlavo al telefono con Annalisa: mi ha chiesto di andare con lei e i suoi a Porto Cervo e a quel punto ho capito che mi servivano due settimane di Papagayo a Saint Tropez. Non hai idea di cosa sia quel posto, è veramente il massimo del divertimento. Se poi vai al…»

«Giacomo. Ho accettato la borsa di studio per andare in Spagna: parto alla fine dell'estate.» Mario mi sta fissando. La sua espressione è un misto di attesa e preoccupazione.

Per un attimo mi sento perso in una situazione che non conosco e non capisco. Rivolgo di nuovo lo sguardo verso di lui, fermo di fronte a me. Adesso lo vedo, è imbarazzato.

«Hai fatto bene. Non è male la Spagna. Adesso però devo andare, Annalisa mi sta aspettando: ci sentiamo prima che tu parta.»

Mi allontano in fretta, come poco fa con lo spacciatore. Non ho proprio voglia di convenevoli.

Mi siedo sulla moto e nella semi-oscurità della sera tutto mi sembra così banale e scontato. Ho voglia di fumarmi una canna e bermi un gin tonic.

A. *Due Corpi nell'Universo si attraggono con una Forza che è direttamente proporzionale al prodotto delle loro Masse e inversamente proporzionale al quadrato della Distanza che li separa.*

Isaac Newton, «Principio di Gravitazione Universale»

Arriviamo a casa di Tommaso ed entrando dal vialetto noto il nome della villa, inciso in una pietra di arenaria: «JaKazaa». Che strano nome. Chissà cosa significherà quello «Ja» davanti a «Kazaa»...

Il vialetto è piuttosto un viale del tramonto, semplicemente non finisce mai... Ma all'improvviso, dopo l'ennesima curva, appare una villa molto simile a quelle che da bambino avevo visto in America: un porticato di cinque colonne bianche le fa da ingresso, e ampie vetrate guardano su ogni angolo della proprietà. Rimango colpito dal maestoso salone che ci accoglie. Da qui partono quattro scale: due verso un livello sottostante, segno che la villa è stata costruita su un terreno a sbalzi, e altre due verso i piani superiori. Al piano di sotto c'è il soggiorno principale, con ampi divani ad angolo e porte a vetri che si possono aprire completamente, creando l'effetto di essere direttamente all'esterno, a diretto contatto con la natura e con il mar Mediterraneo che spicca blu al di là della vegetazione.

Nel patio c'è un'amaca così grande che potrebbe portare anche quattro persone contemporaneamente. In quel momento è vuota, ma ondeggia lievemente, come se stesse ospitando il riposo di un uomo invisibile. Mi affaccio al basso muretto che cinge il patio e lascio che lo sguardo vaghi per il prato all'inglese, oltre il quale si intravede la spiaggia privata. In rada è ormeggiato un ketch con lo scafo bianco e la coperta in tek. Un Sangermani. Lo riconosco dai tre puntini sulle mura a poppa e ne stimo la lunghezza in circa trenta metri. Il suo nome è Xanadù, scritto in azzurro con caratteri futuristici che mi ricordano quelli di Star Trek.

Sono amico di Tommaso da diversi anni e so che appartiene a una delle famiglie più ricche di Milano, ma questo scenario mi toglie il fiato. Lui mi riscuote dal mio stato di trance dicendomi: «Alloggerai nella seconda casa, con le mie ospiti Sonia e Carlotta». Sottolinea il «mie», per far capire chi è che ne ha la proprietà.

Mentre mi accompagna nei «miei appartamenti» do un'occhiata alla piscina, che al centro ha una grossa pietra di granito rosso su cui ci si può sdraiare a prendere il sole. Di tanto in tanto osservo Carlotta, ho l'impressione che sia sempre un po' assente, mentre Sonia mi guarda obliqua da lontano. Sembra scrutare i miei occhi che forse tradiscono una punta di malinconia.

Sistemo in fretta le mie cose nella stanza, faccio una doccia veloce e, con un pareo alla vita, i capelli ancora bagnati e una sigaretta accesa, esco sulla veranda: nel mare pochi metri sotto di me, Sonia sta nuotando agilmente verso Xanadù, si aggrappa alla scaletta di poppa e si issa a bordo salendone sinuosa i gradini. L'acqua le scivola via dal corpo abbronzato, dorato nei riflessi del tramonto: la osservo mentre si passa dolcemente tra i capelli una spazzola, come se in quel gesto semplice volesse rinnovare le sicurezze dell'infanzia. Si volta per un attimo verso di me e credo di vedere un sorriso che le illumina il viso. Ma è ancora lontana, e forse l'ho solamente immaginato.

L. Appoggiato alla moto, attraverso il fumo della sigaretta osservo Arianna sullo sfondo del castello. Siamo tutti quanti davanti al piccolo cancello sul lato est delle mura.

«E adesso?» si lamenta Mao. «Che facciamo?»

«La grata lì sopra è mezza marcia. Basta scrostare qualche mattone e verrà via.»

«Se lo dici tu...» commenta qualcuno non troppo convinto.

Appoggio la schiena al cancello e con le mani formo uno scalino sopra il ginocchio.

«Sali.»

«Perché io?»

«Dài, non rompere i coglioni. Sbrigati.»

«No. Vado io», dice Arianna passando davanti a Mao. Si sfila le scarpe col tacco e mi si arrampica sulle spalle.
«Ci sei?»
«A posto», mi fa lei. Le stringo leggermente le caviglie e vorrei portarmela via. Adesso. Lontano da qui, verso il futuro.
Arianna comincia a smuovere la grata, che cigola come un gatto in calore.
«Guarda dove il primo tondino della grata entra nel muro.»
«Ok.»
«Quel mattone dovrebbe sfilarsi.»
«Si muove, ma non riesco ad afferrarlo. Ci vorrebbe qualcosa per fare leva.»
Filippo tira fuori un coltellino Opinel e ne estrae la lama. La punta è completamente annerita. La osserva compiaciuto poi lo passa ad Arianna.
«Si muove... Eccolo...» ma insieme al mattone esce anche un tenebrione che zampetta fulmineo sulla mano di Arianna.
Gridando «Cazzo!» lancia il mattone, il coltello e il povero insetto con un colpo di polso improvviso. Palleggia il mattone tra le mani, lo fa roteare in aria due, tre, quattro volte. Finché non ne perde definitivamente il controllo... Preciso sul mio naso. Il rumore di una mela che cade sullo spigolo del tavolo in cucina; migliaia di lucciole di fronte ai miei occhi e il sangue inizia a colarmi piano fino al mento.
«Porca puttana, che male!» riesco solo a dire stringendo i denti.
Mi gira la testa e mi sento le gambe molli. Faccio un passo in avanti e poi barcollo di lato. Arianna cerca di scendere dalle mie spalle, si scusa a ripetizione «Scusa! Scusa! Scusa!» ma perde l'equilibrio e si aggrappa alla grata per non cadere. Lancia un grido e la grata si stacca del tutto, franando a terra inseme a noi in una nuvola di polvere rossiccia.
Mi accascio con la testa tra le ginocchia. E da qui lo vedo, il tenebrione immobile sull'erba, infilzato dall'Opinel conficcato nel terreno. L'immagine mi si fissa sulla retina e continuo a vederla anche quando chiudo gli occhi.
«Vi siete fatti male?» sento la voce di Filippo come un rimbombo lontano.

«Tutto a posto.»

Poi la voce di Arianna preoccupata: «Sopravvivi?»

«Penso di sì», dico non troppo convinto.

Gli altri iniziano a scavalcare il cancello per entrare. Gli ultimi siamo Arianna e io, che con una mano mi tengo un fazzoletto stretto al naso. Ci spostiamo nell'ombra per attraversare la piazza d'armi, mi appoggio a lei con la testa che mi pulsa a ogni passo. Penso che forse il tenebrione infilzato me lo sono immaginato tra i lampi di dolore. Ma non importa, è un simbolo che non posso ignorare. La parte oscura della mia vita è morta, squartata da quegli stessi vizi che le donavano sapore. È uscita allo scoperto, e faceva schifo. È morta, morta. Ma solamente io me ne sono reso conto.

Arrivo davanti all'obiettivo del nostro cimento per ultimo, gli altri stanno già spostando due scale da un'impalcatura che serve al restauro dei quartieri ducali per metterle di fianco a una piccola finestra.

Un colpo ben assestato e il vetro si infrange. Qualche istante di attesa. Niente allarme, le informazioni erano corrette. Ci addentriamo tra scale e corridoi. Il tenebroide, l'Opinel, i lampi di luce continuano a balenarmi davanti agli occhi. Devo essermi rotto il naso e quando ci penso il dolore si fa più acuto.

Dentro al museo ci muoviamo come se nuotassimo sott'acqua, ipnotizzati dall'atmosfera surreale e inquieta che circonda i sarcofagi e le mummie. Nessuno parla. Nessuno sembra respirare. Poi scorgo Filippo immobile davanti a una bambola di legno.

«Questa», dice guardandomi.

Annuisco. Non c'è traccia di sistemi d'allarme sulla teca, solo due lucchetti alla base del vetro. Mao si mette subito al lavoro e nel giro di cinque minuti riesce a scassinarli entrambi.

«Dài! Abbiamo già fatto anche troppo casino. Prendiamo la bambola e togliamoci dalle palle.» La voce sussurrata di Filippo si confonde con i suoni della notte e sfuma nell'eco dei sotterranei.

Quando la teca è sollevata a sufficienza, infilo la mano sotto e prendo la bambola. Andiamo!

Lascio sfilare tutti gli altri e poi li seguo. Arianna si ferma davanti a me e con le sue dita leggere mi sfiora il naso dolorante: «Ti fa male?»

«Un po'.»

«Ti dona questa gobbetta...» e la percorre avanti e indietro provocandomi un brivido indefinibile che mi fa lacrimare gli occhi.

Le carezzo i capelli. Ho voglia di essere abbracciato stretto. Ora siamo vicinissimi, sento il suo corpo contro il mio e le sue labbra mi sfiorano la bocca.

«Luca! Arianna! Cazzo, non è il momento!»

«Arianna», la mia voce è roca come un grattare di unghie sulla lavagna. Tossisco. «Qualunque cosa succeda, ricordami così, in questo momento.» Un altro colpo di tosse.

Lei stringe gli occhi come se mi fossi allontanato tantissimo e non riuscisse più a vedermi: «Da quando ti sei messo a parlare come un film di Schwarzenegger?» L'accento sarcastico non riesce a nascondere la sua inquietudine.

Abbozzo un sorriso malinconico, ma sento una fitta di dolore in mezzo agli occhi.

È giunto il momento. Mi giro di colpo e sferro un calcio al maniglione antipanico dell'uscita di sicurezza. Le sale si accendono di lampi arancioni e un fischio acuto riempie l'aria. La prendo per mano e iniziamo a correre verso la finestra.

Fuori non c'è più nessuno, solo Mao e Filippo ci aspettano al cancello incitandoci a correre più in fretta.

«Sei il solito pirla, devi sempre esagerare!» mi urla addosso Filippo mentre aiuto Arianna ad arrampicarsi.

«Buone vacanze» è tutto quello che riesco a rispondere, prima che lo stridere modulato delle sirene della polizia si faccia vicinissimo.

Poi comincia il futuro.

In un secondo siamo in sella, il pollice sullo starter e il gas già tutto aperto. Sfrecciamo tra gli alberi e le panchine con i lampeggianti della polizia che illuminano la città attorno e si fanno sempre più vicini. Spengo il faro e urlo ad Arianna di coprire la targa, mentre sbuco tra i cespugli del parco direttamente sullo stradone che circonda il castello col tachimetro che ha già superato i cento. Palette bianche e rosse si agitano dalle due macchine che ci stanno affiancando. Blocco i freni, lascio sfilare le volanti e mi butto a sinistra, infilandomi tra le macchine parcheggiate davanti al Palazzo della Triennale. Ci lasciamo dietro una scia di frecce e sirene impazzite mentre scendiamo gridando lungo i gradini di via XX settembre. Nessuno per strada. I semafori lampeggianti mi invitano a passare. Taglio per via Vincenzo Monti, giù per via Mario Pagano fino a via Telesio. La luce gialla a intermittenza ci saluta già accesa all'angolo di via Pallavicino, il garage si sta aprendo. Aspettiamo in silenzio con l'orecchio sulla saracinesca per quasi mezz'ora prima di azzardarci a muovere un muscolo.

In casa recupero il mio biglietto per Cannes, le chiavi della macchina di mio padre e della casa di Saint Tropez, tutti i soldi che riesco a trovare, e il coraggio per uscire di nuovo. Porto Arianna a casa. Lei dice di capire perché voglio andare da solo al cimitero, ma i suoi occhi tradiscono la sua menzogna. Ci sentiamo quando torno, sono le ultime parole che le dico, e mentre mi allontano inizio a piangere.

L'aeroporto sta aprendo. Mi siedo al bar con cappuccino, brioche e «Corriere», pronto a passare le prossime quattro ore in uno stato di trance comatosa. La polizia non mi preoccupa, non hanno il minimo indizio. È bello crearsi certezze dal nulla. Aggrapparsi a loro come fossero le fondamenta della nostra esistenza. È bello finché non ti sbagli e devi ricominciare tutto da capo. Io sto ricominciando da qui, e Arianna è il primo pilastro che ho piantato in terra.

Non sono nemmeno alle pagine dello sport che un'ombra mi sfiora e si siede di fronte a me. Abbasso piano il giornale, come se scoprissi con cautela una mano di poker e vedo sorgere dalle pagine il ciuffo ribelle di Filippo. «Non ti sei neanche cambiato. Fai proprio schifo.» Sottolinea le sue parole esagerando una faccia disgustata da premio Oscar.

«Grande Filippo! Lo sai che venendo qui sei entrato ufficialmente a far parte del mio nuovo futuro?»

Mi racconta la loro fuga dalla polizia e di come si sono dileguati nel parco Sempione, non senza avermi prima insultato di nuovo per aver fatto scattare l'allarme. E dopo otto caffè sul tavolino, un pacchetto di Philip Morris gialle accartocciato, varie brioche e due focacce farcite, le quattro ore sono già passate.

«Be', e anche questo cimento... se lo semo levato da 'e palle!»

«Che fai, citi?»

«A parte gli scherzi, mi mancherai.»

Filippo mi guarda serio, poi mi abbraccia. Allontanandosi mi mette qualcosa in testa e se ne va senza girarsi. Rimango imbambolato finché non scompare oltre le porte a vetri. Abbasso la testa e mi sfilo un cappello. È blu, con le lettere N e Y ricamate bianche sulla fronte. Mi sembra che profumi ancora di lei.

All'aeroporto di Cannes provo a chiamare tutti i numeri che mi vengono in mente, ma alle 11 del mattino di sveglio non c'è ancora nessuno. Col cazzo che prendo un autobus nello stato in cui sono. Auto a noleggio con autista, ecco cosa ci vuole. Salgo e crollo addormentato.

Mi sveglia l'autista scuotendomi e ricoprendomi di insulti incomprensibili. La mia valigia l'ha gettata sul marciapiede. Faccio per alzarmi con aria minacciosa, ma la pancia e gli avambracci sono umidicci e appiccicosi. Non ci posso credere, mi sono sboccato addosso nel sonno. Riacquisto l'agilità e balzo fuori dall'auto più in fretta che posso. Merda. Il bastardo mi ha lasciato in tutt'altro posto di quello che gli avevo chiesto. La nausea mi assale. Sento in bocca tutti insieme i caffè, le sigarette, il viaggio, la notte in bianco, l'alcol, la droga, le emozioni e la mancanza di Arianna. Mi infilo nel primo bar, ordino un caffè e mi precipito in bagno.

Con la mano appoggiata alle piastrelle umide e tiepide, vomito tutto in una turca pulita a colpi di varechina. Ho la testa pesante e non riesco ad alzarla. A stento riesco a rimanere in piedi, mentre cerco di sciacquarmi il viso con manate di acqua fredda. Quasi non mi riconosco riflesso nello specchio incrostato: il naso è enorme e violaceo, un ematoma ha colorato di rosso l'occhio destro e il resto del viso ha l'apparenza di uno straccio. Mentre fuori dal bagno cerco di abbottonare la giacca dello smoking per coprire le macchie di vomito, finisco addosso a un ragazzo in piedi al bancone.

«Pardon», abbozzo e mi accingo a pagare il caffè che non berrò mai.

«Tranquillo», risponde sereno. Sembra finita lì, poi mi pianta gli occhi addosso e fa una smorfia con la bocca.

«Problemi?» mi irrigidisco immediatamente.

«Cosa ti meravigli, sei ridotto da far schifo… Serataccia, eh?»

Non riesco a trattenere una risata. All'inizio amara, ma poi finalmente liberatoria.

«Con che faccia… Guarda come sei vestito tu!»

Il suo ciuffo biondo in mezzo ai capelli castani mi ispira simpatia. Peccato sia vestito di merda, con una camicia della Polo, oxford a righe verdi, jeans Levi's chiari e Sebago da vela ai piedi. Ma questi sono ancora i giudizi del vecchio io e da oggi di queste cose non me ne frega più niente. Quindi gli faccio un sorriso e me ne vado.

G. Cosa prendo? Church's, Stan Smith, le camicie con il cavallino, le polo, la cintura di coccodrillo, i pantaloni di Tincati. I profumi Fahrenheit e Grey Flannel, il giubbotto di Aspesi. Svuoto la metà di una crema L'Oréal per infilarci il fumo incartato nella stagnola. Butto tutto sul letto, metteranno poi la roba in valigia le donne di servizio, ma nel farlo mi rendo conto che il giubbotto è usurato in fondo alla manica destra: deve essere stato quando sono caduto con la moto tre settimane fa. Non me ne ero neanche accorto.

Non posso andare a Saint Tropez con il giubbotto in queste condizioni, sembrerei un barbone. Mi siedo sul bordo del letto e fisso l'interno della cabina armadio: potrei usare quello della Stone Island. Eh no, cazzo. Devo assolutamente portare anche quello di Aspesi. Sono le sette: ho ancora mezz'ora prima che Bardelli chiuda.

Corro in garage e salto sulla moto: attraverso in velocità piazza Castello e in un attimo sono in corso Magenta.

Supero spedito i saluti servili dei commessi, che mi squadrano impettiti nei loro abiti di sartoria. Ecco Fabrizio, il commesso che segue la mia famiglia. Mi ha visto e mi viene incontro: «Giacomo, buona sera! Come stai? Tutto bene? Il papà e la mamma stanno bene?»

«Ottimamente Fabrizio, grazie. Anzi, stavamo proprio parlando di te poco fa: ti mandano i loro saluti.»

«Persone deliziose i tuoi genitori. Salutameli tanto. Posso fare qualcosa per te? Ho delle camicie nuove per il prossimo autunno che sono spettacolari, te le vado a prendere?»

Il corpo girato verso le cassettiere in radica, la testa ancora in attesa del mio assenso: «No grazie, Fabrizio. Sono qua con un'esigenza precisa: ho rotto il giubbotto di Aspesi che avevo preso qualche settimana fa. Domani parto per Saint Tropez e me ne serve un altro uguale».

«Devo controllare in magazzino: l'ultimo l'ho messo da parte per un cliente ieri mattina», mi mette una mano sulla spalla e con un sorriso ammiccante aggiunge: «Se non ce ne sono più ti do quello».

Mi rilasso e vado verso la vetrina per osservare meglio un golf di cotone con le scritte di un'università americana; alla cassa un cliente sta parlando animatamente con il commesso come fossero grandi amici. Tira fuori l'American Express dal portafoglio e se la rigira in mano: «Guarda, la uso talmente tanto che il nome non si legge più!» la porge orgoglioso alla cassiera e aspetta il foglio per la firma.

Vado rapido con il pensiero alla mia carta e realizzo che non è usurata come la sua. Penso che dovrei farmene una seconda, una Diners Oro o qualcosa di simile, che non abbia nessuno.

Nel frattempo torna Fabrizio con il giubbotto e rivolgendosi alla commessa della cassa le dice a voce alta: «Il signore ha lo sconto speciale, riservato agli amici del titolare. Giacomo, hai visto altro che ti interessa?»

«Sì, dammi anche il pullover bianco e blu che hai in vetrina. Passa mio padre in settimana a pagare.»

Esco dal negozio e sono a disagio: non riuscirò ad avere la nuova carta per Saint Tropez.

Carico le valigie sulla macchina. Mio padre mi ha lasciato la sua Mercedes 500 SEL, perché dice che per un viaggio fino in Francia è più sicura. Fortunatamente non ha aggiunto molto alle solite raccomandazioni sulla velocità e sull'evitare le situazioni pericolose: aveva una riunione importante e si fida ciecamente di Tommaso, secondo lui un ragazzo con la testa sulle spalle.

Rollo una canna mentre sono ancora in garage, inserisco la cassetta dei Depeche Mode, mi infilo i Ray-Ban e mi butto la città dietro le spalle... *And your own, personal Jesus, someone to hear your prayers, someone who cares...*

Prima di abbandonarmi completamente alla guida sollevo il portatile della Mercedes e chiamo Annalisa: «Ciao, sto uscendo da Milano. Come va?»

«Come va...» pausa. «Bene.»

«Uffa, non sarai ancora incazzata per la storia delle vacanze?»

«Giacomo, avevi detto che saremmo andati insieme al mare e adesso tu te ne vai da solo da Tommaso.»

«Ascolta, ti ho già spiegato che ho bisogno di stare qualche giorno per conto mio e poi da Tommaso non c'era posto.»

«Be', lo sai che ci tenevo. Poi ho sentito Mario: mi ha detto che parte per la Spagna.»

Una via d'uscita.

«Ecco, è per questo che sei così di cattivo umore. Cosa vuoi che ti dica, sono rimasto meravigliato anch'io: pensa che non mi aveva detto niente. Vabbe', adesso lasciamo stare che altrimenti girano anche a me, anzi, ti chiamo poi da Saint Tropez che adesso devo guidare.»

Penso che nelle ultime settimane Mario e Annalisa sono diventati molto amici. *Sono geloso... ma che cazzata. È anche grazie a Mario che riesco a tenere in piedi la storia con Annalisa senza grossi problemi.*

Dopo quattro ore di macchina e tre canne ho già passato Nizza. Compongo il numero di casa di Tommaso a Saint Tropez: «Tommaso! Sto arrivando, sarò lì tra mezz'ora al massimo. Cosa prevede il programma?»

«Adesso sono qua con Andrea De Nardi e un paio di amiche. Lo conosci Andrea, vero?»

«Sì, certo», rispondo poco convinto.

«Ci stiamo devastando di gin tonic. Ce l'hai il fumo?»

«Affermativo. In dogana gli sbirri mi hanno fatto paranoie per la procura sulla macchina, ma la crema della L'Oréal non se la sono cagata.»

«Fantastico! Con Andrea stavamo pensando di andare alla Caves du Roy. Adesso chiamo per prenotare un tavolo.»

«Grande! Preparami un drink. E mi raccomando la scorza di limone. E lavalo quel cazzo di limone prima di affettarlo, delinquente!»

Quando arrivo alla villa, una domestica francese mi viene incontro per indicarmi la mia stanza: mollo le valigie e le chiedo degli altri. Mi riaccompagna sul terrazzo, mi indica la piscina e rientra in casa.

La casa la conoscevo già: sontuosa. Tommaso, nel suo immancabile costume Sundek, bianco per far risaltare l'abbronzatura, è seduto sul bordo di un lettino e con lui c'è una ragazza che ride. Andrea De Nardi è steso sulla sdraio a fianco, gin tonic e sigaretta, la testa buttata all'indietro a raccogliere tutti i raggi del sole. Sul lettino accanto al suo c'è un'altra ragazza che non conosco.

Cammino verso di loro tenendo bene in vista una canna: «Gentili signori, graziose signorine, è arrivato il dottore con la medicina di cui avete tanto bisogno!»

A. *Due Corpi nell'Universo, che si muovono lungo la stessa orbita ellittica ma in direzioni opposte e convergenti, sono destinati, prima o poi, a collidere in uno qualsiasi dei punti appartenenti alla medesima orbita.*

O a incontrarsi.

Andrea De Nardi,
«Primo Corollario al Principio
di Gravitazione Universale»

«Ciao Giacomo. Allora anche tu qui?» gli dico senza sollevare la testa più di tanto e allungandogli la mano.

«Ehi Andrea, come potevo mancare a questa bella riunione di amici?»

Penso al tono con cui Giacomo ha detto «amici». Io non mi sento suo amico, non ho niente in comune con lui. Anzi, lo trovo irritante, vuoto e troppo pieno di sé. Mi sa che lui si è accorto subito del mio tono distaccato, mi guarda con un'aria di sfida.

Si avvicina a Sonia e si presenta, tenendole stretta la mano un secondo più del necessario e con lo sguardo che indugia sul reggiseno.

Questo mi fa proprio incazzare.

Del resto non vanto nessuna proprietà su di lei, penso che può anche prendersela e che posso mettermi in disparte ad osservare. Sprecherei senz'altro meno energie e all'improvviso non mi interessa più stare qui. Mi alzo e vado in stanza.

«Sei proprio matto a buttarti in piscina vestito», la voce di Sonia portata dal vento mi giunge chiara come se fosse a pochi centimetri da me. Sta parlando con Giacomo, che ha già cominciato a portarsi via quello che per un attimo ho immaginato potesse essere mio.

Mi tolgo il costume da bagno e mi sdraio sul letto fissando l'enorme ventilatore appeso al soffitto che ruota lentamente, allargo le braccia e le gambe in modo da raccogliere sul mio corpo quanta più aria fresca possibile, e in un attimo mi addormento.

«Andrea, prontoooo ci sei?»

«Ciao Sonia, che ore sono?» dico farfugliando svegliandomi di soprassalto.

«Sono quasi le dieci, è da un pezzo che dormi.»

«Le dieci di cosa?» le chiedo.

«Dato che è buio, prova a indovinare», replica lei.

«Gli altri dove sono?»

«Stanno preparando una grigliata in piscina. Dài, muoviti a vestirti sennò non troverai più niente da mangiare.»

Mi guarda per qualche secondo con i suoi occhi verdi e mi passa una mano tra i capelli, sento la tensione svanire e vorrei che continuasse ad accarezzarmi. Penso che sia bello svegliarsi così e forse non è del tutto vero che non mi interessa stare qui.

Mi infilo un paio di pantaloncini e una camicia bianca, che lascio slacciata, ed esco a piedi nudi sul patio verso la piscina, illuminata dalle luci interne che esaltano il blu dell'acqua.

Giacomo e Tommaso si stanno rollando l'ennesima canna, avrei voglia di farmene una anche io, vorrei essere come loro, leggero e stupido, leggero e vuoto. Leggero e basta.

Do volutamente le spalle a Giacomo, mi avvicino a Tommaso e gli dico: «Dài, passa».

Giacomo si intromette: «Non sapevo fossi dedito a questi vizi, fumi per dimenticare qualche evento spiacevole?»

Tommaso interviene svelto e prendendolo sotto braccio si allontana con lui di qualche passo.

Quando tornano Giacomo mi dice: «Scusa, ho fatto una gaffe. Mi dispiace per tuo padre. Ma com'è successo?»

«Un incidente aereo», gli dico bruscamente.

«Un incidente aereo?» chiede Tommaso sbalordito. «Ma io pensavo che...»

«Dài Tommaso. Lascia perdere», concludo.

Mi allontano, mani in tasca e sguardo verso il mare e mi avvicino a Sonia: «Sei bellissima questa sera».

«Grazie, perché questo complimento?» sembra davvero sorpresa.

«Così. Avevo voglia di dirtelo. E poi lo sei davvero.»

Sorride imbarazzata, e gira la testa verso il mare.

Ci sdraiamo sugli scogli piatti che si affacciano sulla spiaggia privata, accendo una sigaretta e passandogliela avverto che l'elettricità tra noi due continua a crescere sempre più.

Ci sfioriamo: ora è solo una barriera invisibile a separare le nostre anime e le nostre emozioni, un vetro sottilissimo.

«Dài! Proviamo a cercare qualche stella cadente!» e gli occhi le si accendono di una gioia improvvisa.

«Ehi, guarda che le stelle cadenti mica si cercano, si lasciano guardare», le dico abbassando di un tono la voce. «E poi bruciano in un attimo...»

«No. Non bruciano le stelle cadenti. Brillano più delle altre, ma solo per un tempo più breve...» sussurra lei.

Sonia si fa più vicina a me, appoggia la testa sul mio petto nudo.

Ora è troppo vicina, davvero troppo.

Sento il profumo dei suoi capelli e della sua pelle, e il suo respiro si sincronizza al mio. Le nostre braccia si sfiorano, e le accarezzo le spalle. Sento la vita che finalmente torna a scorrermi nelle vene, e sono felice. Felice per il solo fatto di esistere.

«Ragazzi, sono già le due. Ci vogliamo muovere?» urla Carlotta.

Giacomo, seduto su una sdraio con la gamba destra a penzoloni sul bracciolo, la guarda con indifferenza, come se fosse un'intrusa.

«Dove andiamo questa sera? Giù a fare il carico di birra e poi come stabilito alla Caves du Roy?» propone Tommaso.

«Io approvo tutto», dice Giacomo. «Basta che ci sia da bere e possibilmente da scopare. È finita la canna?»

Questa sera ho io il volante del Deltone di Tommaso, lui è troppo fatto per guidare, anche se dice che quando è fumato guida da dio e ha i riflessi tirati a mille. Arriviamo all'incrocio con la strada che collega Ramatuelle e Saint Tropez, è deserta tranne per una Bmw M3 Cabrio ferma allo stop. Sopra ci sono due ragazzi, ma non distinguo i loro lineamenti, solo il fumo chiaro delle sigarette.

Quello seduto sul lato passeggero però mi sembra di conoscerlo: assomiglia al tipo che avevo incontrato dal tabaccaio qualche giorno prima. Li affianco e lui si volta a guardarmi, capello sciolto e camicia sbottonata fino al petto.

«Non ci siamo già visti?» mi dice.

«Ciao, come stai? Be' mi sembra che tu ti sia ripreso un po' da quando ci siamo visti.»

«Chi è il truzzo?» sento biascicare ad alta voce Giacomo, già pronto ad attaccare briga.

Il ragazzo sulla Bmw si sporge cercando di inquadrare Giacomo: «Con che coraggio parli seduto su una macchina del genere?» E poi rivolto a me: «È tua?»

«No, è del mio amico qui dietro» e indico Tommaso che però in quel momento è impegnato con le mani sotto la maglietta di Carlotta.

«Ah», dice il ragazzo girandosi verso il pilota, che inizia a premere il pedale del gas tenendo su di giri il motore. Poi senza dire nulla inserisce la prima e parte sollevando una nuvola di terra. Decido di andargli dietro.

La strada la conosco bene e con Tommaso abbiamo anche preso nota delle curve: collega il centro di Saint Tropez con casa nostra, quattro chilometri tutti curve e tornanti, rettilinei e staccate al limite, burroni e precipizi a strapiombo sul mare. Ogni sera registriamo il nostro «percorso tempo»: i minuti che impieghiamo a percorrerla. Guida sempre Tommaso e io gli faccio da navigatore, leggendogli l'ampiezza delle curve.

«Tommaso, ora destra tre e via per cinquecento, stacca al palo per tornante sinistro in chiusura.» È il nostro codice, che non manca mai di far presa su tutti.

Questa notte però guido io. Comincio a tallonare il mio avversario sempre più da vicino, sempre più sotto, sfioro le sue ruote posteriori e mi attacco agli scarichi.

«Andrea, accelera! Mettiti di fianco a lui, fagli paura!» urla Giacomo preso dal delirio della sfida, e anche le ragazze sembrano più eccitate che impaurite.

Il cabrio riesce ad allungare in uscita di curva e nei brevi tratti rettilinei, ma la Delta reagisce pronta ai miei comandi: grazie all'assetto modificato e agli oltre duecento cavalli parcheggiati sotto il cofano, riesco a tornargli sotto velocemente.

Spengo la radio per essere ancora più concentrato, mi gusto le incredibili accelerazioni del Deltone e la precisione delle traiettorie in curva, mentre i fari supplementari illuminano ogni singolo centimetro dell'asfalto che ho di fronte.

Mi sento un tutt'uno con la macchina, con il volante in pelle, i sedili avvolgenti e la strumentazione illuminata di arancione. Mi sento come all'interno di un caccia.

Ci avviciniamo a velocità folle al tornante del Capo, l'ultimo prima del lungo rettilineo che conduce al porto.

All'improvviso un bagliore bianco, e la sequenza di immagini si confonde nella mia mente. Rimango un attimo indeciso, poi spingo fino in fondo il pedale del freno e urlo: «Frena anche tu!»

La macchina si imbarca e comincia a derapare leggermente verso sinistra. Giacomo viene sbalzato in avanti contro il cruscotto: «Andrea, cristo! Mi è caduta la canna!»

Una macchina nera si materializza dietro la curva. Davanti a me gli stop della Bmw si accendono, ma è troppo tardi. Poi sono solo fotogrammi uno scollegato dall'altro: la Bmw mette le ruote di destra sullo sterrato e si intraversa iniziando un vorticoso testacoda. L'auto nera riesce a schivarla e sfila sinuosa nella notte per sparire dietro di noi, mentre l'M3 finisce la propria corsa contro il basso e inutile parapetto in legno che separa la strada dal bosco sottostante. Il parapetto sembra esplodere ma riesce miracolosamente a trattenere la macchina sul ciglio, anche se il tipo del bar è scaraventato fuori dall'auto e prosegue la sua corsa fino a sparire nel bosco. Quello al volante sembra illeso, scuote la testa, rimette in moto e scappa via senza voltarsi.

Scendiamo tutti e cinque dalla macchina, sento Giacomo dire: «Che botta, ragazzi. Questo è morto di fisso».

Corro verso il parapetto, scavalco i frammenti rimasti agganciati ai paletti di supporto e, guardando sotto, non credo ai miei occhi quando lo vedo impigliato tra i rami di un albero. Sonia esplode: «Cazzo! Guarda cosa hai combinato!»

L'ho sentita chiaramente, ma il mio cervello si rifiuta di registrare le sue parole. Carlotta sta piangendo e io grido a Tommaso: «Mi sembra svenuto. Presto, tienimi per la cintura che provo a vedere se riesco a tiralo su».

Poi mi sembra di sentire le sirene dell'ambulanza e della Gendarmerie che ci vengono ad aiutare. Ma è solo un'illusione: la notte è silenziosa e nessuno, tranne cinque stupidi diciottenni lì intorno, può aiutare il ragazzo.

L. Sono immobile. Braccia e gambe spalancate, e cerco di galleggiare sui rami sottili che mi sostengono. Sento fitte di dolore dappertutto. Una resina appiccicosa mi cola dalla fronte negli occhi, fino in bocca.

Ancora sangue! Non ci posso credere. Mi viene da ridere, ma dalla bocca mi esce soltanto un gemito per il dolore che i singulti mi provocano nel costato.

«Oh mio Dio», un grido di ragazza sopra di me, «sta avendo una crisi, sta avendo una crisi!»

Mi viene da ridere ancora più forte, ma il dolore e la posizione mi fanno mugolare come se stessi esalando l'ultimo respiro.

«Dài Tommaso, fammi scendere ancora un po'», una voce di ragazzo stavolta. Preoccupata e ansiosa. «Ancora, ancora… Ci sono quasi.»

«Non ce la faccio! Qualcuno mi aiuti!» una terza voce, probabilmente quella di Tommaso. Ma chi cacchio c'è là sopra? «Tienimi per la cintura. E butta quella cazzo di canna... Ma dove ce l'hai il cervello?»

Cerco di ruotare la testa per capire cosa sta succedendo, ma i rami iniziano a oscillare in maniera preoccupante. Provo a parlare, ma ricomincio a tossire.

Una mano mi afferra una caviglia.

«L'ho preso!»

«Bravo, e adesso?» un'altra voce ancora. Sembra che stasera tutti gli italiani di Saint Tropez si siano dati appuntamento qui per me.

La mano inizia a tirare. Adesso sì che posso darmi al panico... Questi mi fanno fare un altro volo. Cerco di fare un gesto di cautela con la mano, ma ne esce fuori un saluto tipo reginetta di bellezza che però funziona.

«Andrea! Si sta muovendo!» di nuovo una voce di ragazza.

La mano smette di tirare.

Bravo Andrea, sei un tipo sveglio.

«Ehi, mi senti?» Questa dovrebbe essere la voce di Andrea. La mano mi scuote la caviglia.

«Ce la fai a muoverti?»

Faccio no con l'indice.

«Allora cerco di tirarti su io.»

Faccio di nuovo no con l'indice, tento anche di urlarlo ma riesco solo a tossire.

«Qualcosa dobbiamo fare, non puoi rimanere lì.»

Porto una mano alla cintura, provocando onde tempestose sui rami. «Fermo! Così cadi!»

«Vuole che lo portiamo su per la cintura!» suggerisce la ragazza.

Bravissima, sei anche meglio di Andrea.

«Io non ci arrivo alla sua cintura», dice Andrea.

«Per forza, sei un tappo!» sghignazza qualcuno.

«Le cinture di sicurezza!» esulta la voce che ormai ho riconosciuto come quella di Tommaso. «Se le leghiamo assieme dovrebbero essere lunghe abbastanza!»

Davvero una compagnia di geni. Sento le voci confabulare, allontanarsi e poi ritornare.

«Adesso ti tiriamo una fune. Legatela in vita che ti tiriamo su.»

Al quarto tentativo il nastro nero si adagia di fianco alla mia mano. In un inquietante fruscio di rami riesco con movimenti lentissimi a cingermelo in vita e ad annodarlo. I miei ignoti salvatori iniziano a tirare. Mi faccio scivolare lungo i rami ma appena perdo il sostegno dell'albero la cintura di sicurezza mi scivola fin sotto le ascelle, facendomi gridare e tossire di dolore. Il campo visivo si riduce a un puntino, poi sparisce del tutto.

Quando riapro gli occhi ci sono persone in camice verde che mi parlano, ma l'audio non è sincronizzato con il video. Hanno i volti allungati e le luci fortissime ne bruciano i contorni. Uno di questi volti sorride, mentre mi avvicina una garza bianca all'occhio sinistro. Sul braccio ho un tubicino che mi entra sotto pelle. Inizio a fissarlo, ma poi va fuori fuoco e scompare nel bagliore candido delle luci. E tutto torna buio.

Quando mi risveglio definitivamente, un infermiere mi consegna un messaggio con un numero di telefono, firmato da un certo Andrea. Dopo qualche giorno, quando vengo dimesso dall'ospedale, lo chiamo, e Andrea, il ragazzo con il ciuffo biondo incontrato al bar, arriva a prendermi dopo meno di un'ora e mi offre di portarmi a casa di amici. È gia notte, e non ho voglia di tornare a casa da solo. Gli sorrido e accetto la sua offerta.

«Ben svegliato!»

Seduta in veranda su una sedia di vimini c'è una bella ragazza in costume.

«Come ti senti?»

«Discretamente male, a parte il dolore alla testa. Ma toglimi una curiosità: tu chi sei?»

Sorride.

«Sonia. Ehi, ma lo sai che sei proprio conciato bene? Ti è andata bene che non hai perso un occhio. E tutto per una stupidissima gara del cavolo.» Mi guarda seria, poi il volto le si accende in uno splendido sorriso: «Adesso però sembri Capitan Harlock!» e scoppia in una risata leggera e contagiosa.

«Che male! Non farmi più ridere, ti prego», dico portandomi le mani al petto.

Uno spicchio di luce, filtrando dal pergolato, le dipinge il volto di sole. Gli occhi verdi splendono di riflessi misteriosi, e il suo sorriso brilla allegro sulla pelle abbronzata.

Un gorgoglio animale del mio stomaco interrompe l'idillio.

«Perdonami», le dico fingendomi umiliato. «È da un bel po' che non mangio.»

«Vieni con me.» Si alza e mi prende per mano.

Il marmo della cucina è freddo e piacevole sotto i piedi. Sonia apre il frigo e inizia a elencarmi i piatti di un menu improvvisato. Decido per una quiche lorraine e una bottiglia di pinot grigio.

Dopo mangiato ci sdraiamo di fianco alla piscina. Accendo una sigaretta e mi perdo nel blu profondo del cielo.

«Bella la vita, eh?» rompe il silenzio uno dei ragazzi apparsi improvvisamente dal nulla assieme ad Andrea. Si chiama Tommaso ed è il padrone di casa. L'altro è Giacomo, impassibile dietro gli occhiali scuri.

Giacomo sposta una sdraio nel mezzo e ci si lascia cadere con soddisfazione, mentre Andrea si defila per andarsi a sdraiare assieme a Sonia.

«Quello ha già ricominciato», dice Tommaso indicando Giacomo che sta scaldando un po' di fumo sul palmo della mano. Un odore acre si leva nell'aria, mischiandosi al profumo intenso di macchia mediterranea. Un insieme di essenze che per sempre mi ricorderà questa vacanza.

La giornata scorre lenta, consumata dal frinire delle cicale, costante e ipnotico. Si gettano parole come reti, per imbrigliare concetti che ci sfuggono e rimbalzano tra noi senza farsi catturare. Quando poi si levano troppo in alto, i commenti cinici di Giacomo li affloSciano come mongolfiere sgonfie. Arriva così la sera. E poi la notte, tra i bar e il Papagayo. Ed è di nuovo mattina, con la colazione a base di *café au lait* e *pain au chocolat*. Dormire fino alle due del pomeriggio per poi ricominciare.

Dopo tre giorni sono ancora a casa di Tommaso. E sento che sto bene con queste persone. Soprattutto con Andrea e Giacomo, a dire il vero. Degli altri non me ne frega più di tanto. Certo, Sonia ha un suo fascino e un culetto da non sottovalutare. Ma in fondo ce ne sono mille come lei. Sono gli amici, e non le ragazze, quello di cui ho bisogno ora. Giacomo e Andrea concordano, mentre ci fumiamo l'ultima sigaretta sul bordo della piscina, sfatti sotto il sole del mattino. Mi piace andare a letto dopo l'alba. Sapere che ho vissuto fino in fondo e che niente potrà più succedere oggi, perché ormai è un altro giorno.

Mi sveglio di soprassalto con il frastuono di una tromba militare.

«Sveglia, pigroni!» la voce squillante di Tommaso mi investe dall'altoparlante dell'interfono. «Tra mezz'ora si salpa, e chi non è pronto resta a casa!»

Merda, penso. Guardo la sveglia. Le undici, neanche tre ore di sonno. Mi trascino nella doccia in stato di trance.

G. Scendo dal letto con un ronzio nelle orecchie. Mi infilo meccanicamente il costume arancione della Sundek e sopra mi allaccio il pareo. Sul terrazzo ci sono già Andrea con l'immancabile sigaretta, Sonia e Carlotta che chiacchierano, mentre Tommaso si muove avanti e indietro come in preda a un esorcismo.

«Lo skipper e il marinaio sono già giù. Mi hanno chiesto se vogliamo pranzare in barca oppure no.» Tommaso mi guarda fremendo in attesa almeno di un mio segno di assenso, ma sono troppo addormentato per rispondergli, per cui alla fine sbotta: «Ma che cazzo ce ne frega! Mangeremo quando ne avremo voglia. Luca?»

«Eccomi qua. Bello come il sole, solo con qualche cicatrice in più.»

Come ogni mattina le ragazze gli si avvicinano per chiedergli come sta, ma lui minimizza. Gli sorrido complice, mi accendo una sigaretta e mi butto al sole su una sdraio.

«E no, Giacomo! Se ti sdrai è finita. Carlotta, trascinalo giù in spiaggia.»

«Ok, ok, non ti incazzare. Mi alzo da solo.»

In barca ci muoviamo come parte di un unico ingranaggio. Il ketch può andare avanti benissimo anche senza di noi, ma ci piace tirare su le vele, lavorare ai winch e portare il timone.

«Ci vuole una canzone!» scendo in coperta e sfoglio i cd di Vasco di Tommaso. Trovata, sapevo che l'aveva: *Cosa importa se è finita, e cosa importa se ho la gola bruciata o no? Ciò che conta è che sia stata, come una splendida giornata...*

Questa estate si sta rivelando inaspettata: ci divertiamo anche senza fare nulla. Si è creata sintonia tra noi, e incredibilmente mi sento parte di un gruppo; una sensazione strana, che non ho mai provato prima, nemmeno con la compagnia di Milano.

Luca probabilmente ha funzionato da catalizzatore, e ora mi sembra di avere un feeling anche con Andrea, una cosa che prima, per quel poco che lo conoscevo, non avevo mai considerato possibile.

Luca sta fissando l'albero principale: «Mi è venuta un'idea per il prossimo cimento. Se mai ce ne sarà un altro».

«Luca, cosa stai dicendo?» Mi giro verso prua e urlo: «Tommaso, gli hai passato qualche droga che a me non hai dato?»

«No, niente. Scusa, parlavo tra me e me», Luca mi fissa come per guardarmi dentro: «Giacomo, *se hai le palle*, ti arrampichi con me fino in cima».

Se hai le palle. Queste parole suonano come una sfida a quello che abbiamo condiviso in questi quattro giorni.

Tommaso urla da poppa nel tentativo di dissuaderci.

«Ok, per me va bene», gli rispondo. Tommaso capisce che la decisione è stata presa: «Non vi avrò sulla coscienza! O vi mettete l'imbragatura o non sale nessuno!»

Luca si gira sorridente: «Vada per l'imbragatura!» Tommaso va a prendere il necessario, borbottando: «Andrea, tu tieni Giacomo». Andrea, che fino a qual momento era rimasto a prua insieme alle ragazze, si avvicina, entusiasta quanto noi: «Giacomo, se scivoli e non riesco a tenerti, lo posso tenere io quel carrozzone del Mercedes di tuo padre, vero?»

«Per quello che mi servirebbe. Ricorda però che mio padre non vuole che si fumi in macchina.»

Luca parte per primo. Dopo le difficoltà iniziali nel fare i primi cinque metri, sale tranquillo fino a metà, quindici metri circa.

«Fantastico! Non hai idea del senso di libertà che si prova! Sììììììì!!!»

«Luca, arrivo! Non fare la cazzata di cadere perché uccideresti anche me.»

Inizio ad arrampicarmi. Non è semplice come pensavo, quando non ci sono appigli bisogna mettere una grande forza nelle braccia. Sono a circa otto metri, metto il piede destro sull'albero per fare presa e stacco il sinistro da una crocetta per allungarmi verso l'alto. Il piede destro scivola e perdo l'equilibrio. Stringo forte le braccia attorno all'albero ma sto scivolando giù. Sento Andrea che grida, ma dopo un metro sono di nuovo fermo, attaccato all'albero. Ce l'ha fatta a tenermi. «Giacomo, cazzo, torna giù! Mi hai sfasciato le mani.» Anche le ragazze e Tommaso ci urlano preoccupati di scendere, mentre Luca sopra di me osserva immobile la scena.

Ho il fiatone, ma mi riprendo un attimo. *Se hai le palle.* «Luca, arrivo!»

Riprendo a salire, lui si è fermato ad aspettarmi e lo raggiungo. Siamo già ben oltre la metà, mancheranno meno di dieci metri. Mi guarda con aria incredula: «Grande. Non è fantastico qui?»

Sì, è incredibile. Per un paio di gradi di beccheggio della barca ci muoviamo lateralmente di qualche metro.

Luca mi stringe un braccio per un attimo e ricomincia a salire. Gli ultimi metri li facciamo più lentamente, quasi per ritardare il momento dell'arrivo. Sotto di noi gli altri urlano di gioia.

Ci siamo. Tutto è molto più lontano. Andrea, Tommaso e le ragazze sono piccolissimi. E di fronte a noi... be' di fronte a noi c'è il mondo intero.

A. Giro la vela del windsurf e con due bordi sono sotto la poppa di Xanadù. Luca e Sonia sono seduti nel pozzetto e sento lei che dice: «Allora noi siamo solo amici», ma non capisco se è una domanda o un'affermazione.

Torniamo in porto facendoci largo tra gli yacht ancorati in rada e l'alcol comincia a fare i suoi effetti, per fortuna c'è lo skipper che conduce sicuro la barca fino al pontile.

Giacomo incita Luca a togliersi il pareo, e a me questa loro ostentazione, la finta sicurezza e spavalderia che dimostrano un po' mi infastidisce. Alla fine decidono di tenerlo, scendono dalla barca come fossero i proprietari e si allontanano in mezzo alla folla. Mi giro, e vedo Sonia che segue Luca con lo sguardo.

La sera prendiamo il tender e andiamo su una piccola spiaggia irraggiungibile via terra poco lontano da Saint Tropez. Abbiamo deciso di fare una grigliata di pesce fresco, berremo vino bianco, birra, e staremo lì tutta la notte.

Carlotta decide di portare delle fiaccole che poi dispone su tutta la spiaggia, dice che così ci potranno vedere anche dallo Spazio. L'ennesima stronzata, ma nessuno più le dà retta e le facciamo fare quello che vuole.

Arriviamo che è quasi buio, Tommaso si improvvisa lupo di mare e dice che è in grado di trovare la rotta solo guardando le stelle. A me sembra la sua milionesima bufala, e questa volta anche Giacomo gli dice: «Tu la devi piantare di prenderci tutti quanti per il culo con le tue stronzate. Non sapresti distinguere una cazzo di stella cadente dalla Stella polare!»

Scoppiamo tutti quanti a ridere, Giacomo per la prima volta mi appare un po' più simpatico, forse più rilassato e spontaneo del solito mentre Tommaso si richiude immediatamente in sé.

Accendiamo il fuoco e comincia un gioco di luci e ombre, sfumature di azzurro e di rosso, comete e nebulose, anime e corpi, musica e silenzio. Il mare è piatto e nero, solcato solo dalle ultime barche che stanno facendo rotta verso casa, verso porti più sicuri.

Sonia è bellissima. Porta un paio di calzoncini aderenti color kaki e una camicetta azzurra annodata sopra l'ombelico. Piedi scalzi e gambe nude, abbronzate e snelle. Indossa una cavigliera d'argento e il tatuaggio di una tigre stilizzata fa capolino sulla spalla. Ha i capelli raccolti in due piccole trecce che, scendendo sulla nuca, le danno un'aria intrigante e misteriosa, elegante e irraggiungibile.

Rivolge però le sue attenzioni a Luca, e la cosa mi fa incazzare e innervosire. Perché fa così?

Decido di lasciarla giocare: io rimango da una parte del falò, lei dall'altra con lui. Il fuoco in mezzo a bruciare l'aria, a dividerci.

Comincio a girare intorno ai miei pensieri e a fissare il fuoco che sembra ardere con più forza e voracità, inghiottendo tutto il resto.

La serata passa, bevo troppo vino bianco, e guardo gli amici che si divertono. Osservo tutto da una prospettiva distorta, li vedo allontanarsi sempre più da me: le loro voci provengono da punti e luoghi indefiniti, i contorni scompaiono, i dettagli sfumano.

Sonia mi guarda perplessa, forse chiedendosi perché mi comporto così. In realtà non mi sto comportando in nessun modo, assecondo solamente le mie sensazioni che ora mi tengono lontano dal mondo e dalla vita, e che in momenti come questi mi relegano ai margini, senza un posto dove stare, un angolo di mondo dove divertirmi e dare il meglio di me. Un angolo di mondo dove vivere.

Sonia forse se ne accorge e si avvicina. Mi parla, ma non colgo il significato di quello che dice, le parole si mischiano e tutto si perde in una cacofonia indistinta, si allontana di nuovo e ora la corrente alternata si trasforma in un circuito chiuso.

Verso le tre saluto vagamente gli amici, prendo il tender ma il motore sembra non partire. Riprovo ancora, ci metto più forza ma non parte. Comincio a inveire: «Parti, maledetto! Muoviti!»

Sonia si avvicina preoccupata, io sono stravolto e zuppo di sudore e continuo a tirare la corda, avanti e indietro, la svolgo e la riavvolgo, ma il motore continua a rimanere lì, spento e muto.

Ora grido: «Accenditi, figlio di puttana! Muoviti, cazzo!» e comincio a prenderlo a calci e a pugni. Arrivano anche gli altri, richiamati dalle mie urla. Mi guardano allibiti. Sonia entra in mare fino alle ginocchia e dice: «Smettila, che ti prende? Piantala, dài!»

Ma io non sento più nulla, continuo ad avvolgere la corda intorno alla puleggia, a tirare con tutte le mie forze come se volessi scardinare il piccolo motore spedendolo in fondo al mare e urlo disperato: «Vaffanculo! Vaffanculo!!!»

Poi lo sento sputacchiare, dare qualche piccolo segnale di vita, sembra riprendersi. Guardo Sonia e le dico a denti stretti: «Lasciami perdere, non faccio per te, hai capito? Vattene».

Me ne vado, e nessuno mi segue per fermarmi.

L. Il gommone scivola veloce sul mare piatto lungo la costa.

«Non lo capisco.» Le parole di Sonia sono più per se stessa che per me. Poi si volta e mi dice: «Perché Andrea è così difficile? Perché non può essere come te? Pieno di vita, contento di svegliarsi ogni mattina, sicuro del suo posto con gli amici. Perché?»

I capelli le accarezzano il viso accompagnati dal vento e negli occhi brillano due lune, come due stelle lontane, due desideri che non si possono avverare. Almeno non tutti e due.

«Perché altrimenti non ti piacerebbe come ti piace adesso. E poi come fai a sapere come sono io? Mi conosci da neanche una settimana...» Allungo una mano e le scosto i capelli dal volto. «Andrea è insoddisfatto. Lo vedi nei suoi occhi, nei movimenti nervosi, nei momenti di isolamento. Ma l'insoddisfazione ti migliora, ti fa crescere. Ti tiene sveglio quando gli altri dormono, per cercare percorsi che solo tu riesci a vedere.»

Cosa cazzo sto dicendo? Mi viene da ridere... Mi sono ficcato in un discorso incasinatissimo.

Un'onda un po' più alta scuote il gommone e fa scivolare Sonia verso di me. Il contatto della sua pelle mi elettrizza.

Tranquillo, mi dico, ricordati che lei non è per te.

«Scusa», mi dice quasi timida. Ma non si sposta.

«Ecco, siamo arrivati», dico io, anche se in realtà la villa di Tommaso non si vede ancora.

Viro verso la costa. Osservo il profilo di Sonia che guarda la baia e ora di lune, nei suoi occhi, ne è rimasta solo una.

G. Sento il motore del gommone avvicinarsi veloce. Una volta arenato, Luca salta giù spavaldo e si guarda attorno con estrema soddisfazione. Dietro di lui nessuno. Sonia è sparita.

Gli faccio cenno di raggiungermi agitando la bottiglia di Bacardi che ho in mano.

«Vecchio porco, ti sei scopato Sonia appena Andrea ha abbassato la guardia, eh?» gli dico. Poi, senza lasciargli il tempo di rispondere aggiungo: «Bravo Luca, sono un buon maestro allora».

Mi strappa la bottiglia di mano e beve una lunga sorsata.

«Non ci hai preso proprio per niente. Sonia in questo momento è tra le braccia del suo amato Andrea. Mi sa che l'unico che scopa stanotte sarà lui.»

A. Dalla veranda osservo una scena che mi lascia sorpreso: Luca guarda verso di me e mi saluta. Ho l'impressione che mi dica: «Vai, adesso vai». Dopo aver lasciato Sonia sulla spiaggia si allontana, lasciando dietro di sé una scia di schiuma bianca che si riverbera nella luce della Luna.

Rimango fermo sul prato qualche secondo, poi faccio un passo verso Sonia, e poi un altro. Scendo i gradini del pontile ma ho le gambe pesantissime, mi muovo come se fossi dentro un'armatura mentre il cuore prende a randellarmi nel petto. Mi avvicino a lei, sto entrando nel suo spazio intimo, la bacio.

I nostri corpi sono sempre più vicini, i fianchi e il bacino si uniscono, il mio petto si salda al suo. Le accarezzo dolcemente i capelli e la nuca, poi faccio scorrere le dita sulla schiena e la sento fremere. Lei sussurra il mio nome e penso che questo sussurro resterà dentro di me per sempre.

Ci innamoriamo all'istante, il vento ci avvolge e le stelle ci osservano da milioni di chilometri. Ogni nostro desiderio è esaudito, la barriera tra di noi si disintegra, e il vetro che ci separava si rompe in minuscoli frammenti, che schizzano in ogni angolo dei nostri piccoli mondi. Il nostro primo bacio.

L. Dopo i bagordi della notte scorsa, decidiamo di restare tutti a casa, svaccati in piscina per quel che resta del giorno, in attesa di recuperare le forze per la nottata che ci aspetta.

La domestica ci chiama per sederci a tavola che è già mezzanotte. Siamo una ventina tra noi e gli amici di Tommaso. Io e Giacomo siamo già carichi. Andrea è seduto tra Sonia e Carlotta, all'altra estremità del tavolo. Tommaso, catapultato da una ristretta cerchia di amici a un largo gruppo di persone da impressionare, racconta di quando ha regalato le tre verette di Cartier a una sua ex. Ci sediamo tutti quanti e le ragazze finiscono confinate verso il fondo, dove è seduto Andrea.

Mentre Giacomo sta per sedersi gli sfilo silenziosamente la sedia da sotto il sedere. Sdraiato a terra inizia a urlare: «Luca, testa di cazzo! Quelle mani invece che sulla mia sedia mettitele nel culo!»

«Guarda, con tutta la scelta che c'è preferirei metterle sul culo di quella lì», dico a voce troppo alta perché «quella lì» non mi abbia sentito. Me ne pento subito e sfodero il mio sorriso migliore. Ma pare che non funzioni. Forse gli occhiali da sole non aiutano a farle una buona impressione.

«...ti rendi conto? Un anello di Cartier poi quella...» sento Tommaso che ricomincia.

«Tommaso, ci hai frullato le palle con 'sta storia» non riesco a trattenermi.

Lui mi guarda esterrefatto. Non riesce a capire come possa aver detto una cosa del genere, io, un ospite in casa sua.

G. «Dài Tommaso, non fare quella faccia. Quella era una stronza ma tu esageri. Quattro giorni fa ti sei fatto Carlotta, l'altro ieri quella ragazza di Lione. Cosa te ne frega?»

Claudio interviene deciso nella discussione: «Quella di Lione come l'hai pagata? Lire, franchi o sterline?»

Tommaso si sente toccato: «Con tua madre non ho dovuto neanche tirare fuori il portafoglio dalla tasca».

Ovazione dalla parte maschile del tavolo, anche perché le ragazze non ci stanno neanche ascoltando. Tranne una con un caschetto biondo, che però sembra interessata più a me che ai discorsi che facciamo.

«Claudio, sei un grande.» Luca alza il bicchiere in suo onore. «Peccato che ti dobbiamo già salutare, ti ho appena conosciuto.»

«Come, salutare?» Claudio cade nella trappola.

«Non è domani che finisci al macello?»

Tommaso brinda con Luca lanciando uno sguardo di sfida a Claudio.

Spinto dall'immediato successo, Luca si lancia anche su di me: «E tu asciugati la bava, tanto la biondina non ti caga».

«Mi sembra di aver già dimostrato che posso farmi chi voglio.

Non devo certo provare niente», butto la testa indietro e svuoto un altro bicchiere di vino.

Claudio rincara la dose: «Dài, ha ragione, da quando stai con Annalisa te ne farai sì o no una al mese. Non starai mica diventando frocio?»

«Claudio, non hai ancora imparato un cazzo. Già lo sai che devi vivere scusandoti?»

La biondina mi guarda perplessa: «Perché?»

«Deve scusarsi di essere nato.» Mi alzo e vado in casa a cercare qualcosa da mettermi sopra la maglietta.

Entro nella stanza di Tommaso, che è la più vicina, e prendo una felpa della Polo piegata sul letto.

Quando mi risiedo a tavola, Tommaso comincia a sbraitare: «Tirati giù le maniche! Mi stropicci la felpa, la volevo usare stasera».

Lo guardo allibito: «Cosa stai dicendo? Ho caldo, non si rovina niente».

«Ti ho detto di tirare giù le maniche. Se hai caldo te la togli.» Ha un tono decisamente serio, l'atmosfera si fa improvvisamente tesa.

«Ho caldo con la felpa, ma ho freddo senza. Ti è chiaro?» Tommaso mi guarda con aria di sfida, si alza ed entra in casa.

Sento Sonia che si rivolge ad Andrea: «Cosa è successo? Tommaso è veramente incazzato».

Mi infilo in bocca la prima forchettata di pasta, che ormai è diventata fredda.

In quel momento Tommaso torna e si avvicina al centro del tavolo, senza staccare lo sguardo dai miei occhi. Allunga una mano verso l'insalatiera con la pasta e ci infila dentro qualcosa.

Carlotta, che ha visto tutta la scena da una prospettiva migliore, inizia a gridare: «Che schifo! Adesso chi se la mangia?!»

Dentro l'insalatiera c'è una delle mie camicie tutta sporca di sugo.

Tommaso se la ride alla grande, da solo. Il resto della tavolata è completamente zitto, allibito. Scatto in piedi. Luca mi ha visto partire e riesce a bloccarmi tirandomi a sé in un abbraccio stretto. Sono davvero incazzato, ma lui scuote la testa come a dirmi che non ne vale la pena. Cerco di liberarmi dalla sua stretta, ma lui non molla. Poi cedo, e decido di rilassarmi. Luca prende due bottiglie dal tavolo e me ne porge una: «All'anima del mondo!» e brinda sbattendo la sua bottiglia contro la mia. Poi versa un po' di vino per terra e inizia a bere. All'inizio sono perplesso, ma poi mi lascio andare. Verso un po' di vino in terra e brindo anche io.

Mentre mi siedo di nuovo, mi guardo attorno per vedere se gli occhi della tavolata sono ancora addosso a me. Mi soffermo su Andrea, che guarda da tutt'altra parte: sembra vivere in una dimensione tutta sua, sembra non si sia nemmeno accorto di quello che è successo: «Andrea, che bello averti tra noi. Sei proprio di compagnia!»

A. Tutte queste candele, le fiaccole in giardino, il tavolo preparato sul bordo della piscina. Che spreco. Nessuno fa caso a nulla, nessuno si accorge di nulla. Per loro tutto è regalato, tutto è dovuto. Li guardo: sono brillanti, abbronzati, attori su un palcoscenico più grande di loro. Li vedo riflessi nei flûte di champagne, qualcuno si accende una sigaretta, una ragazza si toglie le scarpe e cammina a piedi nudi. Adesso hanno anche cominciato a litigare, per cosa poi?

«La smetti di criticare tutto e tutti?» mi dice Sonia.

«Non stavo criticando proprio nessuno. Non stavo nemmeno parlando», cerco di difendermi.

«Sì che lo stavi facendo. La riconosco quell'aria assorta che ti viene quando diventi negativo. Perché fai così?»

«Forse perché non appartengo a questo mondo così perfetto. Sto bene con voi, siete i miei amici, ma qualche volta penso che non ci meritiamo tutta questa bellezza.»

«Il problema non è la bellezza materiale, ma è quella che senti mancare dentro di te.»

«Non manca niente dentro di me», le rispondo. Ma ancora una volta, ha capito.

«Ti manca tuo padre, vero? È per questo che sei sempre così distante e irrequieto? Lo so che ti senti solo, ma sembra ti piaccia sentirti così. Se no non escluderesti tutti quanti dalla tua vita. Anche me.» Non riesco a risponderle, bastano solo due parole per mettermi in difficoltà e farmi spostare sull'altro estremo del mio equilibrio, quello della fuga.

La bacio piano, e faccio finta di niente. Anche con me stesso.

Decido di uniformarmi al tono della serata e il mio primo bersaglio è Giacomo: «Secondo me le storie che racconti di tutte le ragazze che ti fai sono delle gran stronzate, ti fai un sacco di pippe da mesi». Poi passo a Luca: «E tu? Pare che ti sei ambientato bene nel nostro gruppo. Quand'è che te ne vai?» e gli sorrido.

Loro due si guardano negli occhi, e in un attimo mi sono addosso. Mi buttano giù dalla sedia e mi strappano i vestiti. Rimango con addosso solo i boxer.

Sento Tommaso che propone di prendere il tabasco. «No! Il tabasco no!» grido io, ma non riesco a divincolarmi dalla presa di Giacomo e Luca. Sono a terra, bloccato, e posso solo immaginare cosa vogliano fare adesso.

Giacomo mi allarga la patta dei boxer e ci versa metà bottiglietta. «Vabbe', tutto qui lo scherzo?» domando.

«Sì, sì. Fai lo splendido. Adesso vedrai che ridere...» dice Luca.

Mi alzo in piedi e qualcosa non va... «Cazzo, brucia!» dico mentre mi tolgo i boxer e cerco di alleviare il bruciore insopportabile. Sonia mi guarda e dice: «Amore, ma come stai?» «Amore un cazzo! Madonna, come brucia!» riesco solo a dirle. Corro in cucina e incrocio la cameriera francese. Lei mi guarda allibita, e io le urlo in italiano: «Via che ho le palle in fiamme!»

Mi arrampico sul lavello e apro al massimo il rubinetto. Mi accoscio sul lavandino. Il sollievo arriva dopo qualche secondo.

L. «La macchina fotografica, presto, la macchina fotografica! Andrea è a cavalcioni del lavello della cucina che si sciacqua le palle!»

Carlotta corre al tavolo, prende la macchina con cui fino allora ci aveva portato allo sfinimento scattando decine di foto, e me la porge.

Entro in cucina e lo vedo rosso in faccia, con le palle a penzoloni sotto un getto d'acqua: «Imbecilli! Non avete idea di quanto bruci. Dovete sempre esagerare. Cazzo che male!»

Non ce la faccio a fotografare: la scena è troppo ridicola e non riesco a smettere di ridere. Claudio mi prende la macchina dalle mani e scatta lui tutte le foto rimaste nel rullino.

Gli altri si fanno avanti, dandosi il cambio per vedere il fenomeno da baraccone, comprese le ragazze che fingono di essere scandalizzate.

Ho l'adrenalina a mille, li guardo in faccia uno per uno e urlo: «Papagayo!»

G. Al Papagayo, Andrea sembra proprio essersi ripreso: ordina due bottiglie di gin, e tonica come se piovesse, poi si improvvisa barista e inizia a versare drink per tutti. Le ragazze sono già sul tavolo a farsi vedere, mentre tutt'intorno la gente si scatena. Al solito, sembra di essere a una delle feste di Hugh Hefner nella mansion di Playboy, e più sono vecchi e più si dimenano, in quest'isola di delirio dove tutto è permesso. Anche Luca sembra pensare la stessa cosa, perché indica i vecchi papponi trentenni in pista e mi fa: «Promettimi di ammazzarmi se a trent'anni divento così».

«Non dubitare. Farò del mio meglio.»

I giri di gin tonic si susseguono sempre più rapidi. Siamo seduti di fronte alla pista. Siamo i padroni del mondo. Guardo la bottiglia di gin: è mezza vuota. Quando rialzo la testa la ragazza bionda della cena, pare si chiami Camilla, mi sta fissando. Non me la faccio certo adesso, ora ho voglia di divertirmi.

Fermo un cameriere per un braccio e gli ordino di portarci altre due bottiglie di gin.

Fantastico! Sono tutt'uno con quello che ho attorno e la canzone che stanno pompando è *I Will Survive* di Gloria Gaynor. Abbraccio Tommaso e iniziamo a cantare verso la pista: *Go on now go, walk out the door, just turn around now, 'cause you're not welcome anymore, weren't you the one who tried to hurt me with goodbye...*

Tommaso si avvicina all'orecchio e mi dice qualcosa. Non capisco bene, ma mi sembra di capire la parola «bamba».

Annuisco: «Andiamo in bagno». Faccio un cenno a Luca e Claudio di seguirci. Saliamo insieme le scale e all'ingresso del bagno una signora ci chiede cinque franchi a testa. Tommaso le sbatte in mano una banconota da cinquanta.

A. Mi lascio prendere dall'atmosfera vorticosa del Papagayo, il gin ha un effetto magico, mi rilasso e nel giro di pochi minuti sono in un'altra dimensione. Guardo compiaciuto le ragazze del nostro gruppo che ballano sui cubi intorno alla pista, prendo Sonia per mano e salgo sul tavolo con lei, butto via la timidezza e mi trasformo. Balliamo sempre più stretti, balliamo ed è come se stessimo facendo l'amore. La bacio e mi perdo nel suo profumo, sento ogni singolo muscolo del suo corpo. Sono dietro di lei, la tengo stretta e le accarezzo la gola, poi scendo con le mani sfiorandole i seni e giù fino all'ombelico, dove comincia la gonna corta.

Alzo lo sguardo oltre la sua spalla e a un tavolo vedo un gruppo di giovani, di anziani, di indefiniti. Giudico abbiano sui trent'anni, annoiati e spocchiosi, nervosi e insoddisfatti. Uno di loro mi guarda storto, forse perché io sto ballando con una splendida ragazza e lui è da solo. Gli rispondo con un sorriso, pensando che non diventerò mai come lui.

L. Nel cesso ci entro a malapena, e solo spingendo Giacomo e Claudio, che fanno finire Tommaso seduto sulla tazza. Lo vedo tirare fuori un pacchettino e stendere un mucchio di polvere bianca su uno specchietto portatile.

«Grazie ragazzi, ma io passo.»

Giacomo mi guarda come se fossi un alieno. Mi sento in dovere di spiegargli qualcosa, come a giustificare la mia scelta. Invece non riesco a dire nulla. Resto impalato per un attimo, poi mi giro e uscendo sbatto la porta, incazzato per la mia insicurezza, perché non sono ancora così diverso dal Luca di prima. Devo sfogarmi in qualche modo.

G. È un vero casino di gente, musica, luci intermittenti... Sono nel posto giusto al momento giusto. Mi avvicino alla pista, toccandomi involontariamente ma in continuazione il naso. Mi guardo attorno eccitato e all'improvviso vedo Luca che mi viene addosso. Lo schivo per un soffio e lui prosegue dritto di fronte a me, carica il braccio destro e infrange un pugno sulla faccia di un ragazzo che un attimo prima era in piedi di fronte a lui. «Che cazzo fai!» scatto e cerco di bloccarlo per le spalle, mentre lui si divincola per cercare di prenderlo a calci. All'improvviso si crea il vuoto attorno a noi. La gente si apre come il mar Rosso davanti a Mosè. Un ragazzo con la camicia a strisce si fa largo. È infuriato, sicuramente un amico del tipo a terra. «Che cazzo stai facendo?» Luca non gira neanche la testa: «Lasciami, è quel bastardo dell'incidente!»

Lo lascio, sposto Claudio per aprirmi la visuale, intravedo le strisce della camicia e tiro un calcio. È ancora in piedi: carico tutto il mio peso e gli tiro una gomitata in faccia. Prima che possa tornare su di lui Claudio gli è addosso: si muove come una furia e lo riempie di calci, in faccia e nello stomaco.

Le luci stroboscopiche spezzettano l'azione in mille fotogrammi distinti.

Sento un dolore lancinante alla nuca. Si fa tutto buio di nuovo, ma stavolta non sono le luci. Sono frastornato. Cerco tra le persone che ho di fronte il responsabile, ma i buttafuori sono già tra noi e il resto della discoteca.

Tommaso sta rispondendo alle loro domande e indica arrabbiato le persone a terra. Riesco a sentire le parole *tranquilli, loro, un casino, per difendersi.*

Il responsabile della discoteca scambia due parole con i buttafuori, che prendono di peso il tipo con la camicia a righe e un altro ragazzo con la maglietta verde. Lo squadro per fissarmi in mente la sua faccia, mi faccio strada gentilmente tra i buttafuori e quando sono a tiro gli urlo in faccia: «Sei morto! Hai capito? Sei morto!»

Il buttafuori mi allontana e sono costretto a tornare al tavolo.

Si avvicina la ragazza con il caschetto biondo: «Come stai?» «Incazzato, ma bene. Molto bene», le rispondo. Non mi ricordo neanche come si chiama.

A. «Ragazzi, che cazzo avete combinato?» chiedo a Giacomo.

«Lascia perdere, non sono cose da bambini.»

«Invece è molto da adulti rissare in discoteca», dico fissandolo negli occhi.

«E per di più prenderle...» interviene Sonia.

Giacomo si versa un altro bicchiere e si rivolge alla biondina che ha di fianco, per far capire che ha già perso interesse per la discussione e per noi due.

Mi giro verso Sonia e le chiedo di tornare a ballare, anche se ci siamo appena seduti.

L. Due ragazzine, direi francesi da come sono vestite, mi seguono con lo sguardo mentre torno al tavolo. Confabulano tra loro intercalando risatine nervose e rapide occhiate, e poi si dirigono insieme in bagno.

«Hai visto le due topine?» dico ancora eccitato dalla rissa di poco fa.

«Ho visto che una non riusciva a togliermi gli occhi di dosso», mi risponde Giacomo, che si è già scrollato di dosso la biondina con cui era fino a poco fa, ed è pronto per un nuovo giro.

Camicia aperta fino al quarto bottone, capelli fluenti e lucidi, collanina da surfista californiano, abbronzatura perfetta e gin tonic in mano. Lo squadro e mi metto a ridere, la tensione comincia a sciogliersi.

«Ok. Mister Richard Gere. Vediamo cosa sai fare. Chi mette la lingua in azione per ultimo paga la bottiglia di champagne.»

«Quale bottiglia?» chiede Giacomo.

«Quella che adesso ordiniamo per le due pulzelle d'Orleans.»

Le ragazzine tornano dal bagno e si mettono a ballare sulla pedana rialzata di fronte a noi. Devo scegliere in fretta su quale delle due puntare. La bionda, con la minigonna e la camicetta annodata in vita mi sembra decisamente la più facile, anche se è meno attraente. In realtà ho ancora in mente Arianna, ma non posso farmi fregare da un montato come Giacomo.

Arriva il cameriere con lo champagne e quattro calici, secondo le istruzioni. E il gioco comincia.

G. «Lasciamo perdere le lingue. *Se hai le palle*, si fa a chi se la scopa per primo. Ok?»

Luca mi guarda con i suoi occhi furbi: «Andata». Sapevo che le paroline magiche avrebbero funzionato.

Alziamo simultaneamente i calici verso le ragazze e facciamo loro segno di venire da noi. Sorridono, si scambiano due parole e ci raggiungono.

«Mi scuso per il francese del mio amico, ma purtroppo è un buzzurro», dico mentre mi avvicino per il bacio di presentazione.

«Non fa niente», risponde la bionda. «Mi sembra carino anche così.»

Mi giro verso Luca, che ha già il sorriso della vittoria stampato in faccia. «Non vi preoccupate», fa lui. «Se il mio amico vi dà fastidio mi fate un gesto e lo butto fuori.»

Le tipe si divertono a ballare insieme in modo molto ammiccante. La bionda non va molto a tempo, ma è così sensuale che non può non piacere.

Cerco di separarle: «Non ricordo come ti chiami».

«Chloé.»

«Sei molto carina Chloé. Quanti anni hai?»

«Diciotto, e tu?»

«Io ne ho diciannove, ma credo che tu ne abbia uno o due di meno. Guarda che sei carina lo stesso anche se ne hai sedici o diciassette.»

«Ne ho sedici, ma mi piace dimostrarne di più» e girando leggermente la testa verso la pista da ballo aggiunge: «Perché ho vissuto più delle mie coetanee».

Aspetta qualche secondo, probabilmente per gustarsi la mia reazione, poi trascina la sua amica sulla pista e ricominciano a ballare lanciandoci degli sguardi.

«Luca, ho la bava al pisello...»

«Io lo faccio solo per la scommessa. Non sono convinto però che siano così zozze.»

«Cazzo dici. Secondo me un'altra bottiglia e vedi i numeri che ci sparano.» Poi si gira verso Claudio che lo sta chiamando a gesti dalla scala del bagno.

«Vado a ricaricarmi. Tienimele calde che torno subito.»

A. Giacomo sparisce su dalle scale, seguito da Claudio.

Mi passo un dito teso sotto le narici e guardo Luca interrogativo. Lui annuisce, con un sorriso furbo sulle labbra, e a gesti mi dice di aspettarlo un secondo.

Mi giro verso Sonia. Lei continua a ballare, indifferente a tutto il trafficare attorno a lei. Immagino che ci sia qualche scommessa sul tavolo di cui ignoro i contenuti esatti ma posso intuirne il significato. Ho visto come Giacomo e Luca guardavano le due ragazze, e credo proprio che il piatto di questa giocata siano loro.

L. Non posso perdere questa occasione. Parlo con Tommaso e gli indico le due ragazzine.

«Che ne dici se ce le portiamo in villa...» gli sussurro all'orecchio e aggiungo: «Quella mora ha detto che sei carino».

«Ma le conosci?»

«Tu non ti preoccupare. Se però lo vogliamo fare dobbiamo sbrigarci. Tanto sono le cinque e tra poco rimane solo chi non ha rimorchiato.»

«Bella. Paghiamo il conto e andiamo.»

«Leggimi le labbra: "O adesso o niente". Le due stanno per andarsene. Lasciamo il conto a Claudio e Giacomo. Ce lo dividiamo poi.»

«Ok. Andiamo.»

«Portiamoci dietro anche Andrea, Sonia e Carlotta, se no magari queste pensano che vogliamo stuprarcele in spiaggia. Dài, ci vediamo fuori.»

Mi avvicino alle tipe con un sorriso disarmante e la miglior espressione da bravo ragazzo presente nel mio repertorio. Inizio a descrivere la piscina riscaldata, la Jacuzzi sotto le stelle e lo yacht che potrebbe aspettarle domattina, e non ci metto molto a convincerle.

«Ma solo se vi comportate bene...» concludo facendo l'occhiolino.

Afferro Andrea per una spalla.

«Noi torniamo a casa con le due francesi, vieni anche tu con Sonia?»

«Sì, veniamo anche noi. Qui direi che abbiamo finito. Mi sa che voi avete appena incominciato, invece...»

Ci battiamo un cinque in andata e ritorno, e siamo già fuori dal Papagayo, correndo.

G. Esco dal bagno e mollo un altro cinquanta alla signora all'ingresso che quasi si inchina. Sono di nuovo a mille, scendo le scale e vado al tavolo. Le ragazze non ci sono più. E sono spariti anche Tommaso e Luca: «Bastardi! Claudio! Ci hanno mollato qui».

«No, i miei amici sono tutti qua.»

«Cazzo! Luca, Tommaso, le tipe! Sono andati! Portami alla villa!»

«Ma se gli altri vogliono rimanere?»

«Non rompere! Non vedi che è già chiuso?» Giro la testa in ogni direzione, finché non lo trovo: «Cameriere! Mi porti il conto. Se vogliono si prendono un taxi. Che cazzo me ne frega a me».

Firmo in fretta la ricevuta dell'American Express senza nemmeno guardare l'importo e usciamo dal locale. Ci vengono dietro anche la biondina con il caschetto e una sua amica, che credo fosse a tavola con noi.

Io sono al culmine della tensione.

«Non ti dispiace Giacomo se veniamo con voi, vero?» dice la biondina.

Io cerco di dissimulare il mio nervosismo e mi giro sorridente: «Assolutamente, anzi sono molto contento. Mi ripeti il tuo nome per favore?»

«Camilla.»

«Splendido, Camilla. Continuiamo la festa alla villa di Tommaso. Hai ancora voglia di ballare?»

«Non smetterei mai.»

A. Arriviamo alla villa e Tommaso, con esperienza e mestiere, imposta la giusta atmosfera. La musica è perfetta, le luci soffuse a bordo piscina nascono come d'incanto e il Cristal è ghiacciato al punto giusto. Con un'occhiata, Tommaso fa capire a Carlotta che è rimasta l'unica non accoppiata e quindi tra noi è di troppo. Non che le altre volte non lo sia stata, di troppo, ma ora è chiaro che può anche andare a dormire sognando le candele che si vedono dallo Spazio. Chloé e la sua amica si guardano eccitate quando le note dei Roxy Music riempiono l'ambiente attorno a noi. Iniziano a ballare sul bordo della piscina osservando compiaciute le loro ombre nell'acqua. Mi sdraio con Sonia sul lettino più lontano dalla piscina. La musica arriva a tratti, spinta ora più forte ora più debolmente dal lieve vento di Ponente. Le circondo la vita con un braccio, la attiro dolcemente a me, affondo il viso nel suo collo, la bacio piano e le accarezzo i capelli. La sento fremere leggermente e questo fremito si propaga come un diapason anche al mio corpo, e alla mia anima.

L. Mi metto in boxer, per dare il buon esempio, e scendo lentamente in acqua, seguito da Tommaso con in mano la bottiglia. Gliela prendo dalle mani e mi verso lo champagne direttamente in gola. Arianna, penso, Arianna, Arianna, Arianna. Ma il mio corpo alla vista delle ragazze reagisce in modo indipendente e i miei poveri boxer bagnati non servono più a molto...

La mora bisbiglia qualcosa all'orecchio della bionda, poi si girano e si sfilano scarpe, gonna e camicia. E mentre saltano in acqua lanciano in aria anche i reggiseni.

Balliamo passandoci l'un l'altro la bottiglia. Tommaso si è attaccato a Chloé come una sanguisuga e io devo lottare per non vincere immediatamente la scommessa fatta con Giacomo.

G. Arriviamo alla villa in fretta, ma non abbastanza come vorrei.

Scendo dalla macchina di corsa, fregandomene degli altri. Mi aspetto di trovare due coppie che si baciano sui lettini e infatti la scena non è molto diversa: le due ragazze sono in piscina abbracciate a quegli stronzi dei miei amici.

Arrivo sul bordo e Chloé si stacca per un attimo da Tommaso, mi sorride e poi lo bacia profondamente.

Luca è attorcigliato alla mora. I suoi occhi cominciano a ridere prima ancora che lo faccia la sua bocca e sembrano volermi dire: «Non ho ancora vinto la scommessa, ma non credo proprio che tu possa farlo».

Il sangue mi pulsa nelle tempie, ma l'espressione di Luca è troppo ironica per farmi arrabbiare. Si vede palesemente che gli interessa solo la scommessa e della tipa non gliene frega niente.

Intanto sono arrivati anche Claudio e le due ragazze. «Due settimane fa, vi avrei spaccato la faccia. Comunque, siete due pezzi di merda» e così dicendo mi lascio cadere vestito nella piscina. Claudio mi segue buttandosi a sua volta e finendo quasi sopra a Tommaso, mentre la biondina con il caschetto prima si toglie con cura e un po' di titubanza i vestiti, poi scende leggera i gradini della scaletta.

A. Sonia si è quasi addormentata sul mio petto, senza rendersi conto di quello che sta succedendo attorno a noi. La prendo in braccio e mi sento sicuro: padrone di me stesso e dei miei sentimenti, infinitamente più sereno rispetto a solo poche settimane fa. Lascio la piscina, attraverso il giardino e vado verso Xanadù a passi lenti, senza fretta, senza nessuno che mi corra dietro o che mi debba raggiungere a tutti i costi. Ho già chi mi ha raggiunto, e lo ha fatto con una dolcezza infinita. Mi sembra così leggera tra le mie braccia, sotto un milione di stelle che riflettono lo scintillio che sento nel cuore. Salgo sulla passerella di Xanadù, e per qualche metro un asse di legno in tek divide l'acqua dal cielo, e siamo sospesi per magia su due mondi così diversi, profondi e inesplorati e affascinanti, ognuno di essi pieno di sorprese e di misteri da svelare. Sonia si sveglia in quell'attimo, mentre metto un piede sul ponte di coperta. I suoi occhi si perdono nei miei, due altre stelle si sono accese nella notte e siamo noi due, finalmente soli.

L. Faccio l'occhiolino a Giacomo e nell'orecchio gli sussurro: «Pari e patta?»

Mi sorride compiaciuto e mi getta in faccia una manata d'acqua.

Esco dalla piscina tenendo per mano la francesina mora e ci sdraiamo su un lettino a fumare sotto un cielo riempito di stelle.

Il nuovo Luca ha passato il suo primo test. Soddisfatto guardo gli altri in piscina e mi sento superiore. Non so per quale motivo, ma mi sento così. E mi sento bene.

G. Sono eccitatissimo. Ripenso a Chloé e alla sua amica che ballavano insieme in discoteca e ho un'erezione istantanea.

La bionda con il caschetto continua a lanciarmi dei segnali mentre balliamo nella piscina. Ho aspettato anche troppo, Chloé mi ha fatto impazzire: sento i miei ormoni che fremono. Li sento uno per uno, potrei dar loro un nome.

Mi avvicino alla bionda con il caschetto e la bacio sul collo. Lei non oppone resistenza, ma quando cerco di toccarle il seno si ritrae. Forse le dà fastidio che ci sia altra gente intorno a noi.

Inizio a succhiarle il lobo dell'orecchio: «Vieni dentro in casa con me».

Lei si gira e mi fa un sorriso: «Non sono quel genere di ragazza... Facciamo le cose con calma». Lo dice con un tono leggero e intrigante, mangiandosi qualche parola. È ubriaca anche lei. E questo non fa che accrescere il mio desiderio.

«Non facciamo niente se non vuoi. Voglio solamente restare da solo con te», e intanto la trascino fuori dalla piscina.

Mi tolgo i vestiti bagnati e inizio ad asciugarla con dolcezza. Funziona, lei inizia a rilassarsi. Dalla piscina Claudio ci osserva nervoso, ma senza dire nulla.

Allungo il braccio sul tavolo, prendo una bottiglia di vodka e metto la ragazza di fronte a me, attaccata al mio corpo; la spingo dolcemente ma con decisione verso la mia stanza. Entriamo e lei cerca di girarsi ma io la trattengo: «Mi piaci da impazzire, sai? E io ti piaccio? Quando ti sei accorta di me?»

«Non mi sembrava di piacerti tanto: non mi hai guardato tutta la sera e poi ti sei isolato con le ragazze francesi.»

Faccio scivolare le labbra sul suo collo, baciandole delicatamente la pelle e intanto penso razionalmente alle parole più indicate: «Quella era solo una scommessa. A me piaci tu. Sono rimasto colpito fin da subito dal tuo sguardo, dai tuoi lineamenti così delicati».

Non riesco a vederla in faccia, ma sento la sua pelle contrarsi sotto le mie labbra, per il sorriso che adesso sta sicuramente prendendo forma sulla sua bocca.

«Mi sei piaciuto dal momento in cui ti ho visto. Tu hai qualcosa di speciale, non sei come gli altri.» Sogghigno compiaciuto e faccio un'altra lunga sorsata dalla bottiglia, poi l'appoggio sulla sua bocca e faccio bere anche lei.

La giro verso di me e quando si avvicina per baciarmi la spingo delicatamente sul letto trattenendo l'asciugamano. Lei cerca di tenerselo addosso, ma scivolando sul letto lo lascia cadere, rimanendo nuda. «Non ti preoccupare, non faremo niente che non hai voglia di fare», e inizio a mordicchiarle i fianchi alzando la testa di continuo per assaporare le espressioni sul suo volto.

Mi muovo verso il suo seno, mentre lei con la testa abbandonata all'indietro ansima delicatamente in cerca d'aria. La mia eccitazione è ai massimi: mi sposto sopra di lei e le spingo contro il mio sesso. Un'espressione quasi impercettibile di dolore solca il suo viso: «Piano, piano, così mi fai male». Una vampata di calore mi sale al cervello, mentre fra le gambe il cazzo mi pulsa come impazzito. Inarco la schiena e lo spingo con forza contro la sua vagina. Camilla spalanca all'improvviso gli occhi: «Aspetta, non voglio. Non adesso». Io rallento un attimo, ma so che lo vuole, che brucia di desiderio come me. Lo sento.

La bacio, ancora più intensamente di prima. E di nuovo le accarezzo le gambe, i seni, il sedere. La sua bocca ha ripreso ad ansimare dentro la mia e io mi nutro della sua aria. «Dobbiamo smettere», mi dice, ma il tono non è certo quello di chi non vuole. Mi stendo completamente su di lei e metto la punta del mio pene contro l'ingresso del mio piacere. Lei si contrae di colpo: «No, non lo fare, fermati!» ma io sono già dentro e spingo ripetutamente.

Mi graffia e poi mi spinge via. Mi eccita tremendamente sentire che mi desidera e che vuole che io smetta.

Con la mano salda dietro la sua testa spingo fino in fondo le anche, una, due, dieci volte, mentre lei farfuglia qualcosa che non capisco. Sento un brivido di piacere che mi percorre la spina dorsale e vengo intensamente dentro di lei.

Un gemito e lascio la presa. Lei si divincola e spinge il mio pube verso l'esterno fino a che non riesce in qualche modo a mettersi in piedi. Si allontana con passo deciso ma i suoi movimenti sono insicuri e goffi. La guardo mentre apre e chiude la porta della stanza. Nel suo sguardo leggo solo paura e disprezzo.

Sdraiato sul letto sento solo i movimenti ritmici del mio respiro e il cuore che mi pompa piacere nelle vene. Lo sento nel petto, nelle gambe, lo sento ancora nei brividi delle dita.

Lentamente le mie pulsazioni calano e lasciano spazio a una sensazione diversa, non più piacevole, ma quasi fastidiosa, che mi pesa. Sembra quasi angoscia. Non capisco.

Allungo il braccio oltre il letto e con la mano cerco la bottiglia. La urto, ma l'afferro prima che il contenuto si rovesci a terra.

Tiro due sorsi in rapida sequenza. Nella mia testa c'è una gran confusione, come se ci fossero troppi pensieri che collidono tra loro, ma io ci vedo solo buio.

È stata una grande esperienza. Lei forse non era completamente convinta, ma che importa, non è certo la prima volta che lo fa con qualcuno. In fondo abbiamo solo scopato. Sono stato egoista. Certo, ho fatto ciò che mi andava, ma domani avrà già dimenticato.

Mi domando cosa sia la cattiveria. Mi chiedo se quello che ho fatto sia da ritenersi cattivo.

Può una persona fare delle azioni contro qualcun altro, senza rendersi conto di aver fatto qualcosa di male? E poi, come può l'intenso piacere di una persona provocare dolore a un'altra? No, dev'esserci la coscienza della malvagità, altrimenti non può esserci crudeltà, ma solo punti di vista differenti.

Le persone lo sanno quando stanno per compiere qualcosa di negativo. I veri cattivi meditano le loro azioni e cercano continuamente il male. Quella sì è cattiveria. Dove c'è consapevolezza c'è cattiveria. Io mi sono solo divertito, non è possibile che sia stato cattivo. Posso aver commesso degli errori, forse mi sono comportato da egoista, può darsi che non abbia tenuto conto dei desideri degli altri o che me ne sia completamente disinteressato, ma non ho distrutto la vita di nessuno. Io no, non io.

Mi accorgo di avere gli avambracci indolenziti. Forse ho inconsapevolmente stretto troppo i pugni.

A. Scendiamo nella cabina armatoriale, il *sancta sanctorum*, il luogo proibito dove Tommaso non ci ha mai permesso di entrare. Dall'osteriggio cominciano a filtrare le prime luci dell'alba, e la cabina ci accoglie sfarzosa: un enorme letto su cui sono appoggiati almeno una decina di cuscini in diverse gradazioni di azzurro, sui comodini di ciliegio foto e disegni di antichi velieri, gli specchi alle pareti e sulla testiera del letto riflettono ogni raggio di luce, su due mobiletti di cedro sono appoggiati dei candelabri di argento con le candele che aspettano solo di essere accese. Sulla destra c'è il bagno padronale, con l'ampia Jacuzzi, mentre sulla sinistra si apre un salottino.

Accendo qualche candela, e subito si diffonde una luce calda e avvolgente. Sonia ora è ancora più bella, e quando la guardo negli occhi mi si blocca il respiro.

Lei percepisce il mio imbarazzo e la tensione e mi sorride con dolcezza, non c'è bisogno di aggiungere altro e dirle che è la mia prima volta. Ora non ha più senso fingere o nascondersi.

Ci baciamo, le accarezzo i capelli e le mie mani scivolano sulle sue spalle per toglierle la camicetta, lei si stringe a me e con gesti precisi mi sfila la polo. Nudi sul letto, le nostre mani si perdono sul corpo dell'altro, cercano i punti più sensibili, a volte sbagliano e si ritraggono per poi riprovare. Scendo a baciarle l'ombelico e poi torno verso la sua bocca, il mondo perde di definizione e con stupore mi rendo conto che è la mia prima donna e che lei ha deciso di concedersi a me e ora potrei essere in un qualunque punto del mondo se ci fosse lei.

Le dico uno, due, mille «Ti amo» e la sento pronunciare il mio nome, sento che mi stringe forte e mi accarezza i capelli, mi bacia fin nel profondo della mia anima, tra le nubi dello stordimento sento il profumo dei suoi capelli e la consistenza dorata del suo corpo. E anche lei mi dice «Ti amo».

Il sole sta sorgendo e i suoi primi raggi illuminano la cabina, la notte è finita e tutto è tranquillo, scivoliamo insieme nel sonno e io dentro di me sorrido, come da tempo non facevo più.

L. «Pare che siamo rimasti solo noi», mi dice la francesina mora e, improvvisamente pudica, si copre il seno con le mani guardandosi i piedi imbarazzata.

La luce viola dell'alba inizia a macchiare di chiaro l'orizzonte, scacciando dal cielo il blu profondo e le stelle della notte. Niente cicale, niente grida, niente musica. Soffio una nuvola di fumo dalla sigaretta e la osservo mentre scompare, così come sono scomparsi Andrea e Sonia, Giacomo e Camilla, Tommaso e Chloé, perfino Claudio, che sarà andato a svegliare Carlotta per imboscarsi con lei.

«Senti, che ne dici se andiamo a farci una bella colazione al porto?»

Si gira con le braccia sollevate mentre si sta infilando il vestitino: «Perché no?»

«Perché no? Bell'entusiasmo...» ripeto fingendomi arrabbiato. La prendo in braccio mentre sta ancora lottando col vestito. Lei ride singhiozzando e urla che vuole le sue scarpe e si mette a scalciare come una pazza quando cerco di infilarla dal finestrino della macchina sul sedile del passeggero. Un raggio di sole si fa largo tra gli alberi e le illumina il viso.

«Stupendi...» la parola mi esce da sola mentre la guardo da vicino. Non vuole essere un complimento ma una semplice constatazione, necessaria a fissare un attimo nel momento esatto in cui sta morendo.

«Come?» domanda lei riuscendo finalmente a infilarsi il vestito.

Mi scuoto da uno stato d'ipnosi e le dico: «Hai degli occhi stupendi. Brillano come mille pagliuzze dorate». Arrossisco immediatamente e cerco di temporeggiare prima di sedermi in macchina perché lei non se ne accorga.

«Come ti chiami?» rompe il silenzio ruotando completamente verso di me, seduta con una gamba piegata sul sedile.

«Luca. E tu?»

«Val», e mi ruba la sigaretta dalle labbra. «Allora, pensi di essere ancora in tempo per vincere la scommessa?»

«E tu come lo sai?» Mi volto per guardarla e lei ha messo su un eccitante sorriso malizioso.

«Be', io la mia l'ho già persa. D'altronde con Chloé è quasi impossibile vincere.»

«Non ci credo. Anche voi avevate scommesso?» dico scuotendo la testa.

«Perché? Solo i ragazzi possono farlo?»

«No, no. Anzi. Ce ne vorrebbero di più come voi.»

«Come noi cosa?!»

«No, dico, come voi così aperte e spiritose.»

«Puttane, in pratica.»

«Questo lo dici tu», e il mio tono di voce scivola di un ottava, scalo marcia e accelero nella curva che porta in paese.

«Ma dài! Non ti irrigidire. Stavo scherzando» e poi, come ci avesse ripensato: «Comunque sei carino quando ti imbarazzi».

«Be', se continui così mi fai diventare Mister Universo» dico cercando di evitare di arrossire di nuovo.

Ci sediamo a un tavolino rotondo con due *café au lait* e un piatto ricolmo di *pain au chocolat*, quelli che avanzano li porteremo alla villa. «Ne avranno bisogno dopo tutto il movimento di stanotte» sottolinea Val mentre stacca un pezzetto di brioche con le mani e lo immerge nella tazza.

È facile stare con lei senza bloccarsi su silenzi insormontabili, oppressi da quelle lunghe pause in cui ci si guarda e non si sa cosa dire. Anche quando siamo in silenzio, i suoi occhi parlano di giorni assolati e notti luccicanti. Mi domando cosa pensi di me, cosa capisca di questa dicotomia nel mio carattere: spavaldo e brillante fino a poche ore fa e adesso eccitato, curioso e timido come un bambino al primo giorno di spiaggia delle vacanze al mare.

«Toglimi una curiosità. Oltre a ballare lasciva al Papagayo e a scommettere sulle tue abilità di conquista, cosa fai nella vita?»

Lei spalanca la bocca oltraggiata dalla mia impudenza. Si guarda attorno indicandosi con entrambe le mani. «Io?» Chiede esagerando lo stupore. «Io non faccio certe cose, sono una perfetta studentessa d'arte.»

«Arte del vivere vorrai dire.»

«A parte gli scherzi, studio veramente arte.»

«Ma dai? Non l'avrei mai detto. Dove?»

Poggia la tazza sul tavolino e si accende una sigaretta e con calma mi dice: «A Milano». Poi resta a guardarmi per gustarsi appieno la mia reazione.

«Mi stai prendendo per il culo?»

«Assolutamente no. Vado all'Accademia di Brera.»

La fisso ammutolito.

«Non ci credi?»

«No, cioè sì, ci credo. Anche un'altra persona che conosco... Lascia perdere... Magari parli anche italiano?» Annuisce. «E mi hai fatto parlare in francese fino ad ora con tutte le cazzate che avrò detto?» Sorride e annuisce ancora. «Come, "sì"?» Adesso ride apertamente, in quel suo modo strano fatto di tanti piccoli singhiozzi.

«Non eri poi così male» cerca di dire seria, ma non ce la fa e inizia nuovamente a ridacchiare.

Mi alzo di scatto facendo cadere la sedia, avanzo verso di lei con le gambe e le braccia tese per strangolarla, un improbabile Frankenstein con i baffi di cioccolato. Val insacca la testa tra le spalle fingendo una faccia spaventata e penso che mi sto innamorando. Di nuovo.

Paghiamo, e c'incamminiamo lungo il porto con il sacchetto delle paste.

«Sembra impossibile», dico calciando un sasso sull'asfalto, «che una persona che si presenta come hai fatto tu al Papagayo sia effettivamente un'artista.»

«Eh già, perché tu invece sei super coerente...» dice calciando lo stesso sasso davanti a noi.

Riesco solo a borbottare qualcosa, in fondo ha ragione lei. Se fossi così bravo a percepire i miei difetti come lo sono con quelli degli altri, mi sarei suicidato già da un pezzo pur di non stare con me stesso.

«E poi, chi l'ha deciso che dobbiamo comportarci in un modo solo? Se tu fossi adesso il ragazzo che eri al Papagayo, questa colazione non sarebbe durata più di un cappuccino e una sigaretta.»

«Secondo te è possibile innamorarsi tutti i giorni?» Val aggrotta le sopracciglia, come se fosse stata catapultata in mezzo a una discussione di cui non sa nulla e fosse il suo turno di intervenire. «Io non ci ho provato con te perché pensavo di essere follemente innamorato di una ragazza che ho conosciuto una settimana fa. E ora che ti guardo vorrei prenderti per mano e iniziare a correre finché crolliamo. Insomma, mi sto innamorando di te.»

Val è qualche passo avanti a me e non si muove. Non dice niente. Le braccia stese lungo i fianchi, una sagoma scura con il sole che ne illumina il contorno.

«Scusa, mi sono lasciato andare un po' troppo.» Riprendo a camminare e cerco disperatamente quel maledetto sasso da calciare, i miei piedi hanno bisogna di fare qualcosa o le ginocchia mi cederanno, ora che sono liquide come il mio cuore.

Poi all'improvviso dice: «Sì». Sbatto sulla sua voce come su una invisibile porta a vetri.

«Sì cosa?»

«Sì, è possibile innamorarsi tutti i giorni. Ma sono amori che il giorno dopo sono già scomparsi.» Mentre dice queste cose sembra improvvisamente più grande. Una donna.

«Parli come se fossi un'esperta in materia.»

«E tu ascolti come se non ne sapessi niente.»

«Infatti è così. Credo di essermi innamorato per la prima volta qualche giorno fa...»

«Eh, già. Speriamo che non sia contagioso» e lo dice mentre si gira leggera sulle punte e sculetta morbida verso il sole. Mi lascio ipnotizzare da quella sagoma nera e mi perdo nella sua scia.

Restiamo in giro fino al tramonto, e appena tornati lasciamo in cucina il sacchetto con le paste ormai pietrificate e ci buttiamo a letto a riposare un po', sicuri che tra un paio d'ore ci sveglierà il resto della ciurma.

Val respira tranquilla sotto il lenzuolo écru. Penso che voglio vivere così, come ho vissuto oggi, ballando nudo e innamorandomi, facendo casino e andando a letto all'alba, gridando e lottando, con tutto il cuore, per tutto il resto della mia vita.

G. Mi sveglio di colpo, con un forte respiro, come se avessi appena riguadagnato l'accesso all'ossigeno dopo essere rimasto chissà quanto in apnea.

Sono stordito e mi gira la testa. Guardo l'orologio: le nove del mattino. Avrò dormito tre ore.

La stanza è appena illuminata dal sole che filtra tra le persiane. Sollevo la schiena indolenzita contro la spalliera del letto e mi guardo intorno: asciugamani buttati sul pavimento e una bottiglia di vodka mezza vuota.

Improvvisamente ho un flash della notte scorsa, una striscia di fotogrammi in rapida sequenza in cui vedo lo sguardo della ragazza bionda: di desiderio mentre parliamo in discoteca, di abbandono mentre l'asciugo ai bordi della piscina, di piacere mentre siamo sul letto, di spavento quando spalanca i suoi occhi su di me nell'attimo in cui le sono sopra, di disprezzo nel momento in cui mi guarda uscendo dalla stanza.

Desiderio, abbandono, piacere, spavento, disprezzo.

Sento in bocca un sapore pastoso e nauseabondo di vodka, fumo e champagne. Corro in bagno e faccio appena in tempo a sollevare la tavoletta per vomitare.

Dopo tre conati, sembra passato. Mi alzo ancora un po' stordito e cerco di lavarmi i denti per togliermi quel saporaccio dalla bocca.

Chiudo l'acqua e mi appoggio con tutto il peso sui bordi del lavandino.

No, non mi sento bene. La testa pesa come un macigno, il fegato sembra mi stia per esplodere e lo stomaco è tutto girato su se stesso.

Alzo la testa e per un attimo mi sembra di scorgere nello specchio un'altra persona, qualcuno simile a me ma più vecchio, con i lineamenti duri e lo sguardo incavato.

Mi infilo un paio di jeans ed esco sulla veranda della villa.

Gli altri stanno ancora dormendo e il silenzio è totale. Il sole esalta ogni dettaglio, dal colore degli alberi al riflesso dell'acqua, eppure io mi sento buio e frastornato.

«Buongiorno. Vuole che le prepari la colazione?» la domestica di Tommaso è dietro di me, sento la sua voce come se venisse da un telefono e le rispondo senza nemmeno voltarmi: «No, grazie. Non ho fame».

«Avete fatto tardi ieri sera», mi dice lei cercando di essere più gentile possibile. «Tardi?» riesco solo a risponderle. «Si, troppo tardi.»

Esco in cerca di isolamento.

Dov'è adesso la ragazza? Se adesso ne parlasse con gli amici o addirittura con i suoi genitori, cosa succederebbe? In fondo è stata lei a voler venire con me, l'hanno visto tutti. Sì, non ho niente da temere. Poi non penserà certo di mettersi contro di me: sarebbe la mia parola contro la sua. No, non è certo così fuori.

Quando rientro in casa, mi chiudo in stanza e prendo il telefono: «Pronto? Ciao Annalisa. Dormivi?»

«Sì, cioè no... Ma che ore sono? Uhm... Le nove e mezza. Per tre settimane quasi non mi parli, non mi chiami per tre giorni, poi mi chiami alle nove e mezza di mattina! Si può sapere cosa ti passa per la testa?»

«Avevo voglia di sentire la tua voce.»

«Avevi voglia di sentire la mia voce...» silenzio.

«Be' lo sai come va a Saint Tropez... È tutto un casino.»

«No, non lo so come va a Saint Tropez. Se tu ti degnassi di raccontarmelo ogni tanto, magari lo saprei.»

«Sempre in giro fino a tardi... Poi c'è stato anche qualche casino, tipo l'incidente di Luca.»

«Luca? Chi è Luca? Hai una voce strana, va tutto bene?»

«Sì sì, tutto bene. Solo ho voglia di stare con te. Domani torno a Milano, ti va di mollare Porto Cervo così stiamo un po' insieme?»

«Giacomo, non posso lasciare i miei su due piedi! Ho il biglietto aereo per sabato e poi c'è la festa di Chiara dopodomani. Lo sai quanto ci tiene.»

«Chiara! I tuoi! Ma vaffanculo Annalisa! Ecco perché non ti chiamo mai, perché sei una stronza!» sbatto con forza la cornetta sulla base del telefono.

Vorrei provare a chiamare Claudio per sondare che aria tira, ma temo di apparire troppo ansioso. Aspetterò che si svegli e mi chiami lui.

Mi sdraio nuovamente sul letto a pensare e la confusione ha il sopravvento. Passano minuti, forse ore, ma non mi rendo conto del flusso del tempo.

Almeno a Luca e Andrea devo dirglielo che ho deciso di partire. Sto andando a passi veloci verso la stanza di Luca quando alla fine del secondo corridoio mi si para davanti di nuovo la cameriera. Prima che possa pronunciare una qualunque parola servile, l'anticipo: «Non ho fame e non ho bisogno di nulla. Grazie».

Irrompo nella stanza di Luca: «Scarface, faccio la cazzata. Domani...» Ma non è solo, c'è la ragazza francese con lui: «Ah, scusate. Non sapevo...»

Lui si alza su stropicciandosi gli occhi: «Non ti preoccupare, tanto volevamo alzarci presto. Ti ricordi di lei?» Poi si guarda in giro come in cerca di qualcosa: «A proposito, mi devi i soldi della bottiglia di champagne».

«Cretino, l'ho pagata io la bottiglia. Quando siete scappati dal locale...»

Lui mi fa l'occhiolino: «Scherzo, dài».

Si gira verso la francese, che vista in questa situazione, alla luce del mattino, sembra una ragazza normale e non la lolita mangiatrice di uomini della sera prima, e le dice: «Buongiorno professoressa». Poi, rivolgendosi nuovamente a me: «Occhio che la signorina, oltre ad essere una studentessa d'arte, parla perfettamente la nostra lingua. Ma cos'è che mi stavi dicendo quando sei entrato?»

Mi scrollo l'imbarazzo e butto fuori tutto d'un fiato: «Domani parto, rientro a Milano».

«Perché domani? Hai una faccia strana, ti senti bene?»

«Sì, be', no. Ho vomitato un po'...» cammino verso un angolo della stanza, forse sono troppo rigido per dissimulare appieno le mie ansie. «Ieri sera ho alzato parecchio il gomito.»

«Allora dobbiamo festeggiare l'addio come si deve. Val, non ti dispiace, vero, se stasera facciamo l'ultima serata tra uomini? Dobbiamo tirare un po' di somme.»

Val nel frattempo si è coperta con il lenzuolo fino al collo: «No, non ti preoccupare. Questa sera sarei comunque rimasta a casa».

Trovo una via di fuga al mio imbarazzo: «Ok, allora vado da Andrea. Si sa mai che non riesca a beccarlo mentre sta copulando con Sonia».

A. *Per tre punti non allineati e appartenenti al medesimo piano passa una e una sola circonferenza.*

Dedotto dai «Postulati» di Euclide, 300 a.C.

O almeno così dicono…

Andrea De Nardi,
«Le debite eccezioni ai Postulati», 1990 d.C.

«Guido io e non rompete le palle. E voglio Luca alla mia destra come navigatore.»

Accendo il Deltone nel garage sotterraneo di JaKazaa e faccio manovra piano per uscire dal parcheggio, tra una Ferrari Testarossa e una Range Rover Cabrio. Sorrido dentro di me al pensiero della notte passata con Sonia. È come un'onda che si ritrae e poi torna a farsi viva, la rivedo addormentata tra le mie braccia mentre sincronizzo il mio respiro al suo, sento ancora il calore del suo corpo.

Ricordo la consistenza del suo seno, le mani che mi cingono la nuca mentre dorme profondamente, io che sono rimasto sveglio ogni istante, per poterla guardare e non perdermi nulla.

Il vialetto per uscire da JaKazaa e immettersi sulla strada per Saint Tropez mi sembra interminabile. «Non ci siamo, ragazzi. Così non mi va più», dico io fermando la macchina dopo cinquanta metri. Spengo il motore e abbraccio il volante.

«Be', che ti prende?» mi chiede Giacomo stravaccato sul sedile posteriore.

Vi rendete conto che ci sono dei tornanti su questo vialetto?» chiedo io abbassando tutti e quattro i finestrini con il controllo elettrico.

«In effetti non hanno molto senso…» commenta Giacomo sporgendosi in avanti e appoggiandosi ai sedili anteriori.

«Voglio dire, questa non è mica una strada di montagna. Cazzo! Mica dobbiamo scalare il Mortirolo ogni volta! Cosa li hanno messi a fare dei tornanti se non per far credere che ci voglia un sacco di tempo per uscire dalla proprietà?» domando io tutto d'un fiato e diventando blu dall'agitazione.

«Hai ragione, è incomprensibile. Comunque è tipico di Tommaso e famiglia», conferma Luca con solennità.

«La smettete di dire stronzate? Possiamo andare a cena per favore? Ho fame!» dice Giacomo alzando la voce.

Mi allaccio con gesti solenni le cinture di sicurezza a bretella, quelle che si usano nelle gare di rally, e riaccendo il motore: «Sapete una cosa?» «No. Dicci. Illuminaci con la tua saggezza», mi risponde Luca. E anche lui si allaccia le cinture.

«Vi dico che c'è una sola cosa da fare», affermo scandendo bene le parole e guardando Giacomo nello specchietto. Mi guarda un po' perplesso, mi sembra un po' pallido. Anzi no: è proprio bianco come un cadavere sotto il cappellino da baseball.

«Quindi vaffanculo alle rose, al vialetto e alla madre di Tommaso...»

Ingrano la prima, spingo a fondo l'acceleratore e lascio la frizione di colpo, il Deltone schizza in avanti e perde subito aderenza sul vialetto, metto la seconda e affronto la prima curva, la macchina sbanda da tutte le parti nonostante la trazione integrale, alziamo tonnellate di polvere e di sabbia, travolgiamo alcuni cespugli di rose e le piante di buganvillea, e usciamo in controsterzo mentre il volante mi gira tra le dita a una velocità impressionante. Negli specchietti vedo solo nuvole di terra, il cielo sopra di noi è sgombro da ogni nuvola, e con il sole alle spalle la visuale è perfetta.

«Ragazzi, è fantastico!» grido in preda alla felicità più totale, e a un improvviso senso di libertà.

Giacomo rimbalza da tutte le parti e sbatte a destra e sinistra, Luca e io siamo inchiodati ai sedili dalle cinture di sicurezza.

«Cristo! Il cappellino mi è volato fuori dal finestrino!» grida Giacomo voltandosi indietro.

«Ehm... Il ponticello!» sento dire Luca.

Tommaso si è sempre raccomandato che percorressimo il ponticello in legno di sequoia a passo d'uomo. C'è anche un cartello che dice «Slow Down» ed è pure decorato da enormi vasi di rose e gerani.

«Ehm, Andrea... Il ponticello!» ripete Luca.

«Resisterà, cazzo! Il legno di quella sequoia ha resistito mille anni prima che arrivasse il padre di Tommaso!»

Imbocco il rettilineo che porta al ponticello, tolgo il piede dal gas per un attimo, sento Luca sospirare sollevato al mio fianco.

Scalo dalla terza in seconda e faccio quello che mi ha insegnato Tommaso: accelero a fondo, poi lascio il gas per una frazione di secondo, quindi giù tutto di nuovo per far entrare l'overboost.

«Biiip, biiip, biiiip» sento cicalare sul cruscotto e due spie rosse si accendono contemporaneamente, la spinta all'indietro è impressionante nonostante la poca aderenza sulla terra.

«Cristooooo!!!» grida Giacomo mentre viene sbattuto all'indietro sul sedile.

Riesco a centrare l'angusto passaggio, le assi di sequoia del ponte sfilano sotto di noi, le vibrazioni sono spaventose, sembra che tutto debba crollare da un momento all'altro. Poi in un attimo siamo dall'altra parte, di nuovo sul terreno solido. Vedo nello specchietto che alcuni vasi si sono rovesciati e altri sono finiti nel ruscelletto.

«Ragazzi! È una cosa grandiosa! Siamo passati!» e me la rido di gusto.

Inchiodo nell'immensa piazza con al centro una fontana che accoglie gli ospiti di JaKazaa, e giro di colpo a sinistra facendo il classico 360 gradi. Spengo il motore e lo spettacolo è incredibile: miliardi di particelle di polvere sono sospese nell'aria e si rifrangono nella luce del tramonto.

Intorno a noi volteggiano centinaia di petali di rosa, che come corpi feriti e abbattuti vanno a posarsi sulla terra e sul Deltone.

«È calata improvvisamente la nebbia, capita in questa stagione...» dice Giacomo serio serio.

«Anche secondo me è nebbia. L'umidità del ruscello senza dubbio», gli fa eco Luca.

«O forse un forte temporale», dice ancora Giacomo. «Sarebbe quasi da rifare» fa Luca, mettendosi a ridere. Giacomo si appoggia ai sedili anteriori e inizia a inveire contro di me: «Sei un cretino, avvisami la prossima volta, Cristo! Ho sbattuto da tutte le parti e chissà dove cazzo è finito il mio cappellino!» Ci guardiamo e non riusciamo più a trattenerci dal ridere. Innesto di nuovo la prima ed esco dal cancello di JaKazaa, questa volta a passo d'uomo, mentre alle mie spalle la polvere si deposita piano piano.

L'aria tiepida della sera sfila nell'abitacolo attraverso i finestrini, le note dei Pink Floyd ci avvolgono e io sento di nuovo quel senso di pace che ho provato facendo l'amore con Sonia. «Sei raggiante questa sera», mi dice Luca.

«Sì, lo sono. È successo qualcosa di importante questa notte, e anche oggi...» rispondo io.

«Be' una scopata, cosa vuoi che sia.» Questo è Giacomo, e questa volta lo guardo dallo specchietto senza sorridere.

Chissà se è vero o se sta recitando un ruolo.

«Non è solo una scopata, Giacomo. È qualcosa di più, almeno credo. O spero.»

«Sì, bravo. Tu spera e vedrai che si avvera tutto», dice lui cinico. Poi mi incalza: «Forse credi che Sonia già ti ami, ma cosa ne sai che adesso non sia in giro con Carlotta e le altre per farsi rimorchiare da qualcuno?»

Interviene anche Luca: «Adesso stai esagerando, Giacomo. Perché sei sempre così cinico? Guarda che esistono i sentimenti, esiste l'amore come esiste l'amicizia. Piantala, o ti molliamo qui a pescarci il pesce da mangiare», e gli rifila un pugno sulla coscia.

Guardo Giacomo ancora una volta attraverso lo specchietto e intercetto un suo sguardo vacuo, proiettato su un punto indefinito verso il mare.

Sta recitando.

«Siamo quasi arrivati a Sainte-Maxime, Giacomo. Dimmi dove devo andare», dico io cercando di cambiare discorso.

«Prendi quella strada in salita, verso il pontic... Anzi no, niente ponte questa volta, parcheggia qui giù al porto e saliamo a piedi. Sennò qui va a finire che ci ammazzi tutti quanti con i tuoi numeri da rally», e mi dà una manata sulla spalla.

L. «Ragazzi, mi siete proprio piaciuti. E siccome non sono uno inchiodato come voi, ve lo voglio dire apertamente: penso che mi mancherete.»

Giacomo alza lo sguardo e mi sembra che i suoi occhi semichiusi dal vino un po' riprendano vita. Andrea si aggiusta sulla sedia per tirarsi più su, incrocia le braccia e si appoggia allo schienale.

«Ho passato due settimane della madonna e un po' adesso mi dispiace che ci dobbiamo salutare.»

«Guarda che nessuno ti obbliga ad andartene, e poi tra poco più di un mese saremo di nuovo tutti a Milano.»

«Voi, forse. Ma io parto per l'America tra una settimana e non penso di tornare troppo presto.»

«Cioè?» dicono in stereo.

«Cioè vado a vivere da mia madre in California. Ho fatto il liceo vivendo da mio padre a Milano. Anzi, solo dormendo da lui visto che non c'era mai, e adesso me ne vado in California. Mi sono iscritto all'università là...» e mentre lo dico guardo lontano, cercando di non incrociare i loro occhi, quasi li stessi tradendo.

«Che cazzo dici?» commenta Giacomo aggressivo.

«Dico che a Milano ci torno solo per fare la valigia e poi me ne vado via.»

«Dircelo un po' prima ti faceva schifo?» continua lui.

«Così però vi siete dovuti esporre. Avreste messo in gioco i vostri sentimenti per qualcosa che sapevate non sarebbe durato?»

«Ok, ma intanto non ne staremmo parlando adesso, rovinandoci l'ultima serata assieme», dice Giacomo girandosi verso il cameriere e indicandogli la bottiglia di vino vuota che tiene in mano.

«Secondo me ha ragione Giacomo. Avresti almeno potuto parlarcene», sottolinea Andrea.

Si sentono traditi, e si vede. Questo mi fa sentire ancora più colpevole.

«Ok, ragazzi. Avete ragione, però non c'è bisogno di essere così negativi. Non è che fare discorsi un po' più seri ogni tanto ci faccia poi così male. Ok la discoteca, il casino, rimorchiare, tutto importantissimo, ma possiamo anche guardarci in faccia e conoscerci un po' senza che per questo la serata sia da buttare nel cesso. Così non solo facciamo contento Andy che si lascerà andare un altro po', ma stimoliamo anche quei pochi neuroni che ci sono rimasti, invece di stimolare sempre e solo verso il sud.»

Non commentano. Non vogliono dirlo, ma forse non sono completamente in disaccordo.

«Anche questo fa parte dell'amicizia, poter discutere di tutto in ogni momento e avere la certezza di essere ascoltati e magari, a volte, capiti.»

Un cameriere si avvicina e aspetta che finisca di parlare per sottoporre la bottiglia alla nostra approvazione. Giacomo assaggia il vino, fa una faccia schifata e lo rimanda indietro.

«Non so, mi sembra che tu stia un po' esagerando adesso», interviene Andrea, così rigido e inclinato sullo schienale della sedia da sembrare un fachiro in meditazione. «Ci conosciamo da due settimane e per te siamo già diventati i migliori amici del mondo.»

«Come sei milanese, cazzo! L'amicizia la provi a livello cutaneo, caro mio. Se non hai sentito niente fino adesso, o non sei per niente recettivo, cosa probabile, oppure sei affettivamente frigido, e anche questo mi sembra che tu lo abbia dimostrato ampiamente.»

Un po' mi sorprendo quando Giacomo interviene in mio favore: «Ha ragione, Andy. Prima che tu accetti qualcuno come amico, lo metti in quarantena neanche fosse un appestato».

Arriva la nuova bottiglia e questa finalmente incontra l'approvazione del nostro sommellier personale.

«Certo», ribatte Andrea, «che seleziono le mie amicizie. Se qualcuno mi sta sulle palle perché dovrei frequentarlo?»

«Qui non stiamo parlando di chi ti sta sulle palle, stiamo parlando di noi. Con tutte queste tue barriere, magari riuscirai a tenere lontani i rompiballe, ma di sicuro limiti anche te stesso e il tuo rapporto con il mondo esterno. Guarda che non esistono solo gli stronzi.»

«Questo è certo. Ma di sicuro tu, Andrea, fai parte della categoria», commenta Giacomo, felice di infierire.

«Dài, non essere il solito bastardo. Stiamo cercando di fare un discorso serio.» Poi, rivolto ad Andrea: «Guarda che non lo sto dicendo per insultarti, al contrario. Non importa se a volte le nostre opinioni sono distanti, o se capita che non ti capisca, però mi sei piaciuto da subito e mi dispiace che tu non mi consideri un amico. Dimmi, quanti altri tuoi amici ti avrebbero portato Sonia alla villa perdendo un'occasione come quella?»

«Vabbe', non è che adesso possiamo metterci a fare la contabilità dei gesti d'amicizia», cerca di difendersi lui, che però intanto ha abbandonato la posizione difensiva da fachiro e ha anche appoggiato una mano aperta sul tavolo.

«Lascia perdere Luca», interviene Giacomo improvvisamente molto serio. «Se non vuole essere nostro amico sono fatti suoi. Io sono stato da dio, come non mi succedeva da... Be', praticamente non mi era mai successo e mi dispiace veramente perderti. Potrei dire lo stesso dello stitico sentimentale qui davanti, ma sembra che non sia interessato.»

«Ma allora non volete proprio capire...» interviene Andrea allungandosi verso la bottiglia di vino. «Non ho mai detto che non voglio essere vostro amico, è che ci sono vari stadi nei rapporti con le persone, ed è inutile bruciare le tappe e poi ritrovarsi solo con la cenere tra le mani.»

«Ma che poeta!» commenta Giacomo ruotando la mano. «Come mai allora a Sonia glielo hai sbattuto dentro senza tanti preamboli? Dove sono finite le tue fasi preparatorie e di studio?»

Ottima osservazione. Da Giacomo non me la sarei proprio aspettata. Cerco gli occhi di Andrea che inizia a farfugliare una qualche risposta, ma Giacomo taglia corto: «Sentite, lasciamo perdere le intenzioni di Andrea e parliamo di cosa ci aspetta, piuttosto. Non possiamo lasciare che tutto svanisca così. Questo se ne va in America, quell'altro vuole almeno tre prove d'amicizia incondizionata prima di prenderti in considerazione...» e nel dirlo punta un dito verso Andrea e gli fa segno di stare zitto. «Io non ho la minima idea di cosa fare, né di dove finirò. Mi sembra che ci sia un po' troppa incertezza nelle nostre relazioni.» Nel suo sguardo compare rapida una supplica, che poi sparisce al primo battito delle ciglia.

«È proprio questo il bello di un'amicizia vera, che non ha bisogno di strutture prestabilite per esistere, si nutre della sua stessa essenza senza il bisogno di continue cure né di un bilancio equilibrato di dare e avere...»

Andrea mi interrompe e sovrappone la sua voce alla mia: «Giacomo, ripetimi ancora una volta perché l'abbiamo tirato giù da quell'albero questo pseudo-filosofo estivo».

«Perché non parlava ancora. Secondo me dovremmo fare causa all'ospedale per avergli ridato pieno uso della parola.»

Sorrido e faccio scorrere un dito lungo la cicatrice che ho sulla fronte. Da questo taglio è uscito ben più che un po' di sangue. Hanno iniziato a traboccare cinque anni di condizionamenti e omologazione, e sono rimasto nudo, a imparare di nuovo come vivere con gli altri.

Giacomo interrompe questa mia meditazione solitaria: «Ormai che ci siamo, raccontaci un po' cosa vai a fare in California».

«Vado a studiare architettura e design a Los Angeles.»

«Be', almeno abbiamo già risolto il problema delle prossime vacanze estive», dice Andrea.

«Sarebbe una figata. Prendiamo una macchina in California e ci facciamo un coast-to-coast della madonna. Giacomo, cosa ne dici? Non ti sembra il piano perfetto per non perdersi di vista?» Sono già esaltato da tutte le possibilità che racchiude questa semplice idea: «Ragazzi, ci vedo già in mille casini, scappare dalla polizia, locali di spogliarelliste, imbucati a feste a Hollywood di gente mai vista, bar malfamati di New York, concerti rock sotto la pioggia...»

Andrea frena: «Piano, piano. Per ora siamo ancora a Saint Tropez, ricordi?»

Giacomo lo ignora e prosegue il mio discorso: «Fanculo la macchina. Ci prendiamo delle Harley e carichiamo tre gnocche in ogni città che passiamo». Poi si gira verso Andrea e aggiunge acido: «Ricordati, niente ragazze. Sonia rimane qui. Li conosco i tipi come te, si innamorano della prima che scopano e se la portano dietro per tutta la vita».

Andrea lo guarda perplesso e decide di lasciar cadere il discorso. Io mi affretto a chiedere: «Voi, invece, che programmi avete per l'università?»

Andrea risponde pronto: «Economia! Ma in una località molto più eccitante della California. Zona Sant'Ambrogio, Milano!»

«*Bavbone*. Io sono già iscvitto alla Bocconi da un anno», dice Giacomo «E se dite che non ve lo aspettavate vi mando a cagare entrambi!»

«Vuoi fare il commercialista?» ribatte Andrea.

«Sei pazzo? Fosse per me ne farei anche a meno, ma mio padre ha detto che senza una laurea nella sua azienda mi mette a fare l'operaio. E allora, sai com'è, ce lo vedete Giacomo Galli a fare l'operaio?»

Continuiamo a chiacchierare, scende la notte e alla fine siamo gli unici rimasti nel ristorante. I camerieri hanno già girato le sedie sui tavoli e stanno pulendo il pavimento. Finiamo le sigarette e torniamo alla villa. Ma nessuno di noi vuole concludere la serata, come se i legami che abbiamo creato questa notte potessero spezzarsi. Restiamo sulla terrazza a parlare, immersi nella nostra nuova amicizia e quando il sole sorge inesorabile e ci illumina gli occhi stanchi capiamo che è giunto il momento di salutarci. Ma siamo imbarazzati e non sappiamo cosa fare.

Giacomo è il primo ad alzarsi, ci saluta come se dovessimo rivederci tra poche ore, sale in macchina e si allontana lento come non ha mai guidato. Io guardo Andrea, gli stringo una spalla e senza parole me ne vado a letto.

Davanti alla porta della stanza di Andrea penso che non mi va di svegliarlo, visto che sicuramente starà dormendo con Sonia. Strappo un foglio dal quaderno che tengo nello zaino e gli lascio un saluto scritto, come ho già fatto con Tommaso. Lo infilo sotto la porta ed esco ad aspettare il taxi che mi porterà all'aeroporto. Ora che sono qui da solo, mi spaventa la consapevolezza della separazione imminente, non solo dagli amici ma da tutta la mia vita fino ad oggi: la mia famiglia, la mia casa, la città che conosco, la televisione che comprendo, le insegne che so leggere, i locali dove sono in lista, i bar dove mi chiamano per nome...

Arriva il taxi e mi siedo sul sedile posteriore facendomi piccolo piccolo. Vorrei che Val fosse qui ad abbracciarmi e dirmi che andrà tutto bene e che tra poco la paura sarà spazzata via dall'eccitazione di una nuova avventura. Ma Val non c'è, ci siamo a malapena salutati ieri mattina e io sono bianco in viso, mi viene da vomitare e sto peggio di quando sono arrivato. Solo che adesso non ho nessuna storia alle spalle che mi renda spavaldo, ho solo una storia davanti non ancora scritta, che mi sovrasta con la sua incertezza.

G. Arrivo a Milano che è quasi mezzogiorno. Fine agosto. La città è in uno stato irreale: niente macchine per le strade, le serrande dei negozi abbassate, afa. Potrebbe sembrare domenica mattina, se mai ne avessi vista una, ma sono sicuro che la domenica mattina è diversa: questa è una città morta, senza le persone che gironzolano spensierate per il puro godimento di vederla ancora assopita.

Sembra strano non vedere i bar affollati, le signore impettite con in mano i pacchetti dei negozi del centro e gli impiegati di banca che camminano svelti nei loro abiti di finta sartoria.

Chissà perché, ma adesso che percorro lentamente le vie della città sulla Mercedes di mio padre, diretto verso casa, non provo la solita sensazione di repulsione per questa assenza di vita.

Mentre tornavo a Milano ho pensato molto: alla casa di Tommaso, al sorriso di Luca, al Papagayo, ad Andrea con la sigaretta perennemente accesa, alla biondina con il caschetto, all'atmosfera sulla barca, alle frasi che Andrea ha pronunciato alla cena, alla biondina con il caschetto… La biondina con il caschetto.

Claudio non si è fatto sentire. Non succederà niente. Sono il figlio di un ricco e potente industriale, mio padre mi crederà e i suoi avvocati faranno il resto. Tutto si risolverà in nulla. Lo so.

«Buongiorno Giacomo, è andato bene il viaggio? Non sapevamo che tornasse oggi. I suoi genitori rientrano settimana prossima per cui non abbiamo previsto niente per il pranzo. Vuole che le prepariamo qualcosa?»

«Tutto bene, grazie. Per il pranzo non ho fame, mi arrangio io. Grazie.»

«Lasci pure la valigia nella stanza degli ospiti, ci penso io a disfarla e a lavare i vestiti. Le ho lasciato un foglio di fianco al telefono con le persone che l'hanno cercata.»

Entro in stanza e mi chiudo la porta alle spalle. Metto un cd, la prima canzone è *I'm Not Scared* degli Eight Wonder. Rollo una canna: *Your life's a mystery, mine is an open book, if I could read your mind, I think I'd take a look. I'm not scared, baby, I don't care…*

Cerco di stordirmi, e dopo tre tiri consecutivi sento che ce la sto per fare. Ma questa musica non va. Metto un'altra canzone: *If You All Get to Heaven*, Terence Trent d'Arby.

If you all get to Heaven, say a prayer for my mother, say a prayer for my father, say a prayer for my brother, but most of all please say a prayer for me…

Forse ho caricato troppo la canna: sono completamente fuori. Ma la sensazione non è piacevole: è estraneità, è perdita di controllo. Merda, non riesco a ragionare. Devo muovermi: mi sposto dalla poltrona al letto. La testa mi gira anche se tengo gli occhi chiusi, le immagini si accavallano, ho la nausea. È la prima volta che mi prende così. La stanza ha geometrie inusuali, la musica è sfocata. Non riesco a fissare lo sguardo su nulla.

Basta, cazzo, basta! I miei pensieri si rincorrono, non li controllo. *Cristo! Non riesco a pensare!*

Mi alzo in piedi e cammino per la stanza. Sto diventando paranoico, me ne rendo conto ma non riesco a controllare questa mia sensazione: ho paura che una delle domestiche possa entrare in stanza o che squilli il telefono e sia mio padre. Mi manca l'aria, e sento il cuore che mi batte fuori dal petto.

Dio, fai che questa cosa finisca e non mi farò altre canne nella mia vita.

Vado in bagno. Di fronte a me, nello specchio, c'è un tipo scoordinato che cerca di aprire il rubinetto dell'acqua fredda. Sono completamente fuori di me. La porta è aperta.

La domestica potrebbe avermi visto. Lo dirà a mio padre!

La sbatto per chiuderla e mi sdraio sul pavimento. Mi tengo una mano sul petto e cerco di tenere le palpebre aperte, ma pesano come serrande.

Devo chiamare un' ambulanza. Devo andare all'ospedale.

Ho freddo. Apro il rubinetto del bidè e infilo la mano sotto il getto dell'acqua calda.

Stai tranquillo. Adesso passa. Adesso andrà meglio.

Sono di nuovo steso, cerco di tenere la testa verso l'alto sforzando il collo. Ho gli occhi chiusi. Ogni tanto li apro per fermare il vortice di luci e colori. Il cuore non lo sento più. Forse il battito sta calando.

Adesso passa. Tu sei più forte, devi solo stare calmo.

Mi sveglio, sdraiato tra il box doccia in marmo e il lavandino, gli asciugamani sotto la testa. Faccio forza sugli avambracci per alzarmi, ma una fitta alla testa mi costringe a sdraiarmi di nuovo.

Respiro profondamente due, tre, quattro volte. Riprovo ad alzarmi e stavolta è tutto a posto, a parte una profonda stanchezza e una fame lancinante. Sono le sei, le donne di servizio se ne sono andate. Vado in cucina, ma sugli scaffali non c'è niente che possa essere consumato sul momento. Il frigo è mezzo vuoto e mi metto a succhiare un tubetto di maionese. Almeno riuscissi a trovare qualche grissino... Ho una fame chimica da Guinness dei Primati e metto a bollire l'acqua per farmi una pasta. Quasi mezzo chilo di pasta all'olio che mangio direttamente dalla pentola, in piedi, davanti al lavandino della cucina.

Adesso mi sento molto meglio, davanti alla tele schiaccio i pulsanti del telecomando e passo da un canale all'altro senza troppa convinzione, finché su Videomusic trovo uno speciale sui Cure. Il video di *Lullaby... A movement in the corner of the room! And there is nothing I can do, when I realise with fright, that the spiderman is having me for dinner tonight!*

Squilla il telefono, il terrore che possa essere mio padre.

«Ma allora è vero... Che stronzo! Me l'ha detto Tommaso che eri tornato a Milano, ma non volevo crederci.»

«Claudio... Ehi, come stai?»

«Ho pensato di avere qualcosa che non va. Cos'è, puzzo? Ieri sono sparite Camilla e la sua amica, oggi mi molli anche tu.»

«No, no. Però sai, dopo un mese di Saint Tropez era arrivato il momento di cambiare aria.»

«Non è che la scopata con Camilla ti è andata di traverso? A proposito, com'è a letto? A me dà l'aria di una maiala...» *Silenzio.* «Giacomo? Ci sei?»

«Scusa, mi sono distratto con la tele. In realtà non ci crederai ma non abbiamo fatto niente. Anche a me sembrava, ricordi anche tu che sguardi mi ha lanciato tutta la serata. Alla fine siamo stati un po' sul letto a toccarci, poi volevo dormire e l'ho mandata via.»

«Be', spero che ti sia fatto dare il numero di Milano perché io non ce l'ho. Non vorrai mica lasciare un lavoro a metà? Non è da te.»

«In realtà non mi interessa. È una che mi dà l'idea di appiccicarsi. Ho già Annalisa per questo...»

«Oh, dimenticavo! Ti devo raccontare questa bomba: ho un amico... Modelle! Non hai idea delle fighe! Settimana prossima ci organizza un'uscita. Io torno lunedì. Tu senti un po' cosa c'è in giro e metti in piedi un programma.»

«Potremmo andare all'Oca Nera, che fa un effetto della madonna. Ci penso io. Bella, Claudio.»

Modelle. Fantastico, si torna in pista!

A. Entro nella mia camera e nel letto matrimoniale c'è Sonia che dorme. Il suo corpo si intravede sotto il leggero lenzuolo bianco che si solleva al ritmo del suo respiro, sta dormendo profondamente. Mi spoglio, entro nel letto anch'io e resto immobile per qualche istante fissando il soffitto: sembra quasi che Sonia mi abbia fatto diventare adulto, ma io non mi sento pronto per avere una relazione, non mi sento pronto per niente, e tutti i dubbi e le insicurezze che credevo si fossero dissolti, ricompaiono in un attimo.

Un'altra camera da letto, un altro lenzuolo bianco, comincio a sudare freddo e i contorni della realtà iniziano a sfumare inesorabilmente. Giro la testa per guardare Sonia, ma vedo solo la nuca e i suoi soffici capelli, il cuore mi batte sempre più forte, ho freddo e tremo, c'è una finestra aperta da cui entra un'aria gelida, Sonia si gira verso di me, il suo volto è un ghigno, gli occhi spalancati...

Nooooooooo!!!!!

Mi sveglio urlando, sono tutto sudato e dico frasi senza senso.

«Andrea?! Che c'è???» Sonia si sveglia anche lei di colpo, e il lenzuolo le scivola via dal corpo lasciandola nuda.

Mi ritraggo violentemente rovesciando il comodino: «Niente, niente. Solo un brutto sogno». Ma la sto guardando terrorizzato. La tengo a distanza, non voglio che mi tocchi ma lei si avvicina lentamente, un centimetro alla volta, poi mi passa una mano sulla guancia con una tenerezza che mi sorprende. Mi attrae dolcemente a sé e in un attimo sprofondo nuovamente nel sonno, con la testa appoggiata al suo seno.

Guardo l'orologio, ma non riesco a capire che ora segni.

«Ehi, buongiorno Sonia. Cos'è quell'aria triste?»

«Ciao tesoro», mi dice lei abbracciandomi. «Sono andata a prendere dei fiori lungo il viale ma non ce n'è più nemmeno uno, i giardinieri sono proprio incazzati e secondo me stanotte deve esserci stato un vento fortissimo per spazzare via tutto così. Strano però, perché io non ho sentito nulla.»

Evito di incrociare il suo sguardo poi le dico: «Eh sì, stanotte ha fatto vento. È il giro di boa dopo il Ferragosto».

Non mi sembra molto convinta dalla spiegazione e mi guarda con aria interrogativa, ma per fortuna decide di lasciar perdere: «Vabbe' senti, metto queste tre rose in un vaso, prima che appassiscano definitivamente».

«Non hanno una bella faccia quelle rose, sono un po' impolverate...» le rispondo con un sorriso, e intanto mi accendo una sigaretta.

Fa un po' freddo sulla veranda, mi infilo un golf e mi sdraio sull'ampio divano di paglia, Sonia si rannicchia accanto a me a leggere *Siddharta*.

Il tempo si è dilatato da quando Giacomo e Luca sono partiti. Fine del ritmo frenetico e chiassoso.

Un po' mi manca la complicità creata con Luca, mentre Giacomo mi è rimasto più misterioso, e continuo a chiedermi quanto ci sia di vero in lui e quanto la sua personalità sia solo un'abile messa in scena.

Ho seguito Sonia e mi sono lasciato andare, mi ha condotto in zone inesplorate e in sentimenti che non avevo mai provato. Abbiamo anche litigato furiosamente un paio di volte, ma ci siamo sempre rappacificati. Facendo l'amore.

Sonia mi riscuote dai pensieri muovendosi piano contro di me e mi abbraccia dicendomi: «Domani torniamo a Milano, ma non ne ho proprio voglia».

«Eh, ma io devo tornare, ho i test di ammissione alla Bocconi, devo prepararmi.»

«Ma se prolungassimo la vacanza anche solo di qualche giorno? Potremmo partire domani, fare l'autostop e fermarci da qualche parte!»

«Autostop?» l'idea mi intriga.

«Che idea del cazzo.» Mi accendo una sigaretta e rilasso il pollice, ormai incancrenito a forza di sporgerlo in fuori. «Qui non si ferma nessuno, siamo su questa statale da più di due ore!»

Di macchine ne passano poche, questo agosto è finito davvero troppo presto.

«Per forza che non si ferma nessuno! Sembri uno che è scappato di casa...» mi dice Sonia prendendomi in giro.

«Ma non è vero! È colpa della bandana che non mi dona.»

«Quanto scommettiamo che nel giro di due minuti ci carica qualcuno?» e si mette a ridere.

«Se pensi che quel bel faccino e le tue gambe abbronzate siano sufficienti per fermare questi stronzi di francesi, secondo me sei fuori strada», e le lancio un sorriso di sfida. «Comunque prova, se vuoi.»

«Ok, allora. Spostati grand'uomo, e lascia fare a me.»

«Non ce la farai mai. È buio, non ti vedrà nessuno!»

Mi siedo sul masso a bordo strada, mi rilasso e la guardo nei suoi shorts blu e nella camicetta lasciata fuori.

Sonia sporge il pollice al passaggio di una macchina, saltellando e ridendo fa ampi gesti con le braccia, le luci degli stop si accendono e la macchina si ferma poche decine di metri più avanti.

Si gira trionfante: «Visto? Al primo tentativo, ed è stato facilissimo». È estasiata. Tiro un'ultima boccata dalla sigaretta e lei sta già correndo verso l'auto.

È solo un attimo, ma penso che non vorrei mai smettere di correre con lei su queste strade, appena velate da un leggero senso di malinconia.

1992

L. Mi avevi chiamato una sera dicendomi che saresti passata da Los Angeles, che avremmo potuto vederci se mi andava. Certo che mi andava, che domande, non vedevo l'ora. Chissà se ero stato completamente sincero. Ero arrivato da poche settimane e non conoscevo praticamente nessuno. Avevo bisogno di una faccia amica dalla quale attingere la forza per farmi strada nel campus. Ti ho accolta come un dono inatteso e tu hai deciso di restare. Solo per un mese, avevi detto all'inizio. Ma allora non sapevamo ancora niente. L'estate prima eravamo ancora i ragazzini che si erano conosciuti a una festa milanese, i cui destini si erano intrecciati inestricabilmente nell'arco di una notte sola. Ma poi eravamo cresciuti all'improvviso, durante un'altra notte, in un altro continente.

Era un venerdì sera e stavo rientrando a casa dopo l'ultima lezione. La tua macchina era parcheggiata fuori e lo avevo trovato molto strano, perché non tornavi mai prima di me. «Arianna», avevo chiamato appena entrato in casa, ma non avevi risposto. Non c'era la tua borsa sul tavolino di fronte al divano, né il tuo cappotto buttato sul letto. C'era solo un singhiozzare sommesso che veniva dal bagno. Avevo aperto la porta lentamente, spaventato dalle emozioni che avrei potuto incontrare. Lì c'eri tu con il cappotto addosso, i pantaloni alle caviglie e la tua borsa in grembo. La testa tra le mani non riusciva a nascondere del tutto una strisciolina di carta stretta tra l'indice e il pollice della mano destra. Non ne avevo mai vista una da così vicino. Sembrava troppo piccola per portare un messaggio così grande, troppo stupida con quella sua macchia blu al centro.

Per un po' ero rimasto fermo di fronte a te che piangevi silenziosa, come non volessi disturbare. Paralizzato dalla rabbia che improvvisa si era gonfiata nei miei pensieri spazzandoli via tutti, come un'onda di piena. *Come puoi farmi questo?* Ma subito la piena si era sgonfiata di fronte all'evidenza del mio egoismo, e mi ero accasciato sulle piastrelle bianche e vuote come il futuro che mi si apriva di fronte. Andrà tutto bene, vedrai. Ti avevo fatto scivolare queste parole direttamente nell'orecchio, perché le assorbissi veloci, come una droga calmante che ti rassicura. Ti carezzavo la testa nascondendo le mie lacrime nei tuoi capelli che sapevano di sole e vedevo la giovinezza squagliarsi sui nostri visi, colare sulle guance arrossate in rivoli neri di rimmel, per impastarsi amara sulle bocche che non riuscivano a baciarsi.

Avevamo passato la notte spostandoci dal letto al divano, dal divano alla cucina e di nuovo al letto, sperando di trovare una soluzione già pronta e nascosta da qualche parte nei nostri discorsi, che continuavamo a ripetere come una nenia. Mi ero svegliato zuppo di sudore, con il sole del pomeriggio che mi infuocava la faccia, mentre tu dormivi ancora, cullata dal battito del mio cuore. Eri bellissima, ma così mi erano sempre sembrate tutte le ragazze che avevo abbracciato, baciato, amato. Poi era sempre finito tutto, i sentimenti inariditi, la voglia di stare insieme trasformata in noia e abitudine. Sarebbe finita così anche con te. Un giorno mi sarei svegliato con l'angoscia di non stare vivendo davvero e che il nostro rapporto mi stava chiudendo in un angolo, impedendomi di vivere liberamente come avrei voluto. Sarei diventato scostante, irrequieto, distaccato, ti avrei portato a lasciarmi, scaricando su di te persino il peso della decisione finale. Non c'era che una soluzione.

Ti eri svegliata piano, cullata dalle mie carezze, e subito avevi notato quello sguardo nei miei occhi e mi avevi domandato cosa c'era che non andava. Avevo cercato di sviare per un po', prima preparando la colazione e poi portandoti a fare una passeggiata sulla spiaggia, in quel posto appartato che ti piaceva tanto. Poi, giunto al punto in cui non potevo più rimandare, avevo mormorato quello che pensavo, lasciando che il rumore della risacca coprisse quasi del tutto le mie parole. Il cielo era grigio e una leggera nebbiolina sfilacciata dal vento si sollevava dai flutti e avvolgeva i contorni lontani della spiaggia. Quando ti avevo cinta da dietro, tu ti eri fermata a guardare l'oceano mischiarsi con il cielo all'orizzonte, senza dire niente, senza guardarmi, senza abbracciarmi. La sera mi avevi chiesto di ascoltarti senza fare domande, seduti al bancone in cucina e avevi concluso che era davvero l'unica cosa saggia da fare, anche se il tuo cuore ti suggeriva altrimenti.

Era bastata una settimana per avere un appuntamento al consultorio, una settimana di tregua durante la quale l'argomento non venne più toccato, una settimana in sospeso, di vita trattenuta in attesa di una tragedia annunciata. L'appuntamento era alle due. Una receptionist messicana e obesa ci aveva fatto compilare infiniti moduli, con domande personali e umilianti, poi un'infermiera ti aveva portato via da me con una sedia a rotelle. Eri sparita dietro una porta bianca e lucida senza voltarti. Ero rimasto nella sala d'aspetto in compagnia soltanto della messicana cicciona e della sua musica latina suonata da una radiosveglia fuori sintonia. L'allegria forzata e gracchiante di quella musica mi faceva sentire sempre più solo con le mie paure e con il rimorso per quella decisione che ti avrebbe allontanato da me per sempre. Non volevo che finisse così. E se avessi cambiato questo finale forse avrei anche potuto impedire che il mio amore per te si prosciugasse, com'era successo con tutte le altre. Avrei potuto lottare invece di scappare, decidere che il mondo viveva anche tra me e la mia ragazza e non solo al di fuori, capire che tutto avrebbe potuto coesistere se lo avessi voluto. Avevo spalancato la porta lucida incurante dei richiami della receptionist, chiamando il tuo nome e poi gridandolo, aprendo tutte le porte che incontravo, calciando quelle chiuse, finché ti avevo trovata, vestita di un camice bianco e con la faccia più triste che avessi mai visto. Lo teniamo, lo teniamo, continuavo a ripetere piangendo e baciandoti dappertutto. Lo teniamo, sussurravi tu, e piangendo ridevi, illuminandomi il cuore.

Il giorno che Giulia ha pianto per la prima volta io ero lì. Guardavo il tuo volto sudato e contratto dal dolore e stringendoti una mano canticchiavo: «You're just too good to be true, I can't take my eyes off of you...» per non lasciarmi coinvolgere troppo. Poi la tua mano stringeva più forte e precipitavo di nuovo sotto le luci alogene nella stanza d'ospedale, dove l'ostetrica in camice verde spariva tra le tue gambe e ti chiedeva di spingere. Spingi, respira, ti sussurravo all'orecchio, o forse lo immaginavo solamente perché tu non mi ascoltavi per niente mentre paonazza in volto mi fissavi e cercavi di cantare anche tu: «Oh pretty baby now that I've found you, stay...» Poi i rumori sono scomparsi, sono scomparse le grida, le nostre canzoni stonate, e siamo rimasti in silenzio. La bocca dell'ostetrica si muoveva, ma non uscivano parole, cercava di darmi una specie di forbice lunghissima, ma io guardavo la neonata e non capivo chi fosse. Mi sono ritrovato le forbici in mano e qualcuno ha guidato i miei movimenti per farmi tagliare ciò che per nove mesi ti aveva unito a quella creatura appena uscita dal tuo ventre. Poi un pianto acuto aveva perforato la bolla di stupore che mi aveva isolato dal mondo e allora l'avevo riconosciuta che piangeva accoccolata sul tuo petto, mi ero avvicinato e con timore avevo accarezzato Giulia.

A mio padre avevo fatto una telefonata veloce, Arianna ha avuto un figlio, mio figlio, gli avevo detto. Dall'altra parte era rimasto soltanto il silenzioso ronzare della linea intercontinentale. Poi mi aveva stupito dicendo che sarebbe venuto a trovarci al più presto, che era una notizia meravigliosa. Ero rimasto scettico fino al suo arrivo, confutando tutte le spiegazioni che tu cercavi di offrire per interpretare il suo comportamento insolito. Avevo preso la tua macchina per andare a prenderlo all'aeroporto. Tesissimo, ripercorrevo in testa i vari scenari che mi ero preparato per confrontarmi con lui, sicuro che il suo primo approccio sarebbe stato fasullo, per nascondere il vero motivo della sua visita. Ma quando mi aveva abbracciato così stretto come non ricordavo avesse mai fatto, senza dire niente, soltanto tenendomi vicino al suo corpo vestito in quell'abito scuro che sempre mi era sembrato una corazza e adesso era morbido e liscio e profumato, mi ero reso conto di quanto non avessi capito, di quanto i miei preconcetti avessero distorto i rapporti con gli altri, di quanto tu e nostra figlia mi avevate già cambiato.

G. Schiaccio il pulsante accanto alla finestra per alzare le tapparelle: il mio Rolex Submariner indica che sono solo le sei del mattino. Milano, rischiarata da un pallido sole di aprile che lotta per staccarsi dal piano degli edifici grigi sottostanti, si scrolla di dosso i torpori della notte trascorsa.

Alcune macchine già si muovono per la città: qualche impiegato dalla provincia che evita il traffico, forse anche gli ultimi nottambuli ubriachi di whisky e di vita.

Non ho nessuna intenzione di alzarmi ma ormai non ho più sonno. Mi sdraio di nuovo nel letto e mi fermo a pensare a Saint Tropez, all'inter-rail a cui mi aveva costretto Luca l'estate scorsa, a come mi aveva fatto dimenticare gli abituali scazzi della vita milanese, dove tutto deve essere studiato e portato al limite per non essere fuori dai giochi e trovare il proprio spazio all'interno del gruppo.

L'euforia per quel tipo di vita è durata lo spazio di una vacanza. Milano è un'altra cosa. Milano ti mette al muro se non sei tu a dominarla. Non riesco più a divertirmi come facevo gli anni scorsi: i soliti locali, le stesse persone che girano da un posto all'altro. Anche i miei mix di droghe e alcol non ce la fanno più a dipingere la realtà come io la voglio. Ho bisogno di un diversivo. Venerdì è il mio compleanno e pensare alla solita festa in smoking al Gallia o al Principe di Savoia mi fa venire i conati, non mi interessa più farmi bello con gli amici e le persone che mi servono. Non ho bisogno di loro.

Quest'anno mi faccio dare da mio padre tre o quattro milioni per fare un weekend da paura fra pochi intimi. Quest'anno facciamo saltare tutto!

«Heidi? Ciao, sono Giacomo. Come stai?»

«Ciao, bello! Tutto bene, e tu? È un po' che non ti fai sentire. Adesso che ci penso è da quando ti ho presentato la mia amica slovena, Lesica. Uscite ancora insieme?»

Heidi è una modellina tedesca. La maggior parte di quelle come lei stanno in Italia qualche mese, assaporano le calde notti di Milano e poi, sconsolate, ritornano nelle loro piccole città di provincia con la coda fra le gambe, consapevoli di aver assaggiato il nettare degli dèi per l'ultima volta nella loro vita.

Lei no. Alterna qualche lavoretto sottopagato da modella con qualche libero professionista e riesce a tenersi in piedi.

«Lesica? Ma va! Dopo due settimane che uscivamo insieme era convinta che ci dovessimo sposare. Sto ancora con Annalisa, la mia ragazza: lei se non altro non si fa strane idee e mi lascia i miei spazi. Tu piuttosto, esci con qualcuno in questo periodo?»

«No. Stavo per andare a convivere con un ragazzo, ma poi ha deciso di tornare dalla moglie. Tutti uguali voi italiani.»

«Ragazzo... Avrà avuto almeno sessant'anni!»

«Ma dài! Ne aveva solo trentacinque.»

Alzo le sopracciglia: *appunto*.

«Il fatto che fosse un ragazzo serio non vuol dire che dovesse essere mio nonno!»

«Serio? Vabbe'. Ascolta, venerdì prossimo è il mio compleanno e volevo invitare te e qualche mio amico a fare un weekend a Roma: andiamo a vederci Roma-Inter allo stadio e ci facciamo due serate da paura. Ci stai?»

«Wow! Che bella idea. Certo che vengo.»

«Grande. Cosa ne dici di coinvolgere qualche tua amica? Noi siamo in quattro, non sarebbe male se ne invitassi tre.»

«Mmm. Ok, ci penso io. Ti faccio sapere giovedì.»

«No, chiamami domani. Devo comprare i biglietti aerei e mi servono i nomi delle tue amiche.»

Chiamo Tommaso e Claudio. Tutti gli altri ce l'avranno con me per non averli invitati, ma non gli impedirà certo di continuare a venirmi a cercare, anzi. Dopo un weekend con modelle della Fashion me li troverò attaccati come insetti su carta moschicida. Andrea De Nardi invece non mi risponde al telefono, o meglio: non riesco a trovarlo. Nell'ultimo anno e mezzo gli avrò parlato sì e no un paio di volte e il suo numero di telefono non è più attivo. Provo quindi con Mario, che da quando ha fatto l'Erasmus a Salamanca ormai non lo riconosco più per come è diventato intraprendente e brillante. Il fatto che poi abbia cominciato a badare un minimo a quello che indossa, seppure con un look troppo trasandato per i miei gusti, e che ora beva seriamente come facciamo tutti noi, non mi fa più vergognare con gli altri quando c'è anche lui.

«Mario, tieniti libero per questo weekend: festeggi
compleanno con una trasferta con finale a sorpresa.»

«La sorpresa mi lascia un po' perplesso, ma com
dei vostri. Immagino che come al solito Annalisa non
della comitiva, vero? Dovrò prepararmi psicologicamente
grado che mi farà su di te quando torniamo. Vabbe', dove ci si vede?»

«Non te l'ho chiesto io di diventare amico suo. Comunque, aeroporto di Linate. Ci vediamo lì venerdì pomeriggio alle tre. Ah, dimenticavo: portati dei preservativi!»

«Giacomo, se è come penso io, sai che non sono il tipo.»

«Lo vedremo. Tu fidati e fai come ti dico.»

Scendiamo dal taxi di fronte all'aeroporto. Le ragazze sono tutte vestite male, in jeans e scarpe da ginnastica, ma i loro borsoni mi fanno ben sperare. E poi, comunque, anche con i quattro stracci che hanno addosso, girare con ragazze tutte sopra il metro e ottanta ti fa sentire un dio in terra.

Andiamo dentro e mi gusto con disinvoltura gli sguardi ammirati delle persone che si aprono al nostro passaggio.

Prendo a braccetto Heidi e una sua amica canadese, Frances. Le altre due ragazze sono slave e ci seguono parlottando nella loro lingua incomprensibile.

Gli altri sono già di fronte al check-in Alitalia come d'accordo, tutti con gli occhiali da sole sulla testa, jeans Levi's e scarpe Nike, fatta eccezione per Mario che fa l'alternativo con dei vestiti da quattro soldi. Non riesco a nascondere un largo sorriso mentre vedo le loro facce sorprese.

«Posso presentarvi le mie amiche? Invero il loro nome non lo ricordo.»

Si fa avanti subito Mario, che stringe le loro mani come se fosse la cosa più normale del mondo.

Nell'eccitazione del momento non riesco a mantenere il mio sguardo su una persona per più di due secondi. Mentre Claudio è visibilmente intimidito e si è fatto serio, Tommaso, più a suo agio, ha una strana scintilla negli occhi.

A Roma ci aspettano le due Bmw Serie 3 che avevo richiesto e

..e inizialmente non erano sicuri di potermi garantire. Per il mio compleanno tutto doveva essere come me lo ero immaginato, e un ritocco verso l'alto del costo del noleggio ha risolto ogni problema.

Mentre ci avviciniamo all'imbarco, Tommaso lascia il gruppo delle ragazze e mi sussurra: «Per le camere come ci organizziamo? Io vorrei dormire con la biondina slava».

La biondina, Saint Tropez. Lo sguardo di quella ragazza. Anche se sono passati quasi due anni non riesco a dimenticarlo, a cancellare l'immagine dei suoi occhi prima che lasciasse la stanza. Quel vuoto così profondo, quella paura così accesa.

«Cazzo, Tommaso! Non sono mica delle battone! Fatti chi vuoi, ma a meno che non me lo chieda una di loro, dormiamo separati.»

Tommaso è stizzito dalla mia risposta: «Non ti facevo così puritano. Guarda che se è un problema io mi prendo una stanza per conto mio».

«Allora non hai capito: nessuna limitazione, ma per quanto riguarda le stanze, loro non hanno nessun obbligo. Rilassati, cazzo! Siamo qua per divertirci! Se volevamo andare a troie saremmo andati direttamente in un bordello a Lugano.»

L'albergo di Roma è un piccolo edificio molto elegante, vicino a piazza di Spagna, senza quegli ingressi mastodontici tipo cimitero monumentale di Milano. Le ragazze, come avevo previsto, vanno in stanza per conto loro nonostante qualche mossa senza risultato da parte di Tommaso.

«Cazzo Giacomo, ho la bava alla bocca! Non sono ancora riuscito a spiccicare più di tre parole in fila.»

«Non ti preoccupare, Claudio: il mondo è delle persone sensibili e a modo.» Poi lo guardo, mi rendo conto di chi ho di fronte e scoppio a ridere.

Sdraiato sul letto allungo la mano verso il telefono: «Pronto? Heidi? Complimenti per le tue amiche: molto piacevoli».

«Vero? A parte Frances non le conosco molto bene, a dire il vero. Hai trovato qualcuna più interessante delle altre?»

«Frances, per l'appunto. Ho sempre avuto un debole per le canadesi.»

«Davvero? Non lo sapevo.»

«Neanche io. L'ho scoperto oggi pomeriggio, ma so che questo sentimento è sempre stato vivo in me.»

«Che stupido. Comunque ci parlo dopo e ti faccio sapere se l'interesse è reciproco. Carino comunque il tuo amico Tommaso, è fidanzato?»

«Buongustaia! Tu sai come gira il mondo eh? No, non è fidanzato. Ma credo che abbia messo gli occhi su una delle slave. Mi sa che ci dovrai lavorare un po'. Ci vediamo alla reception alle otto.»

Quando scendiamo, dopo un paio di canne e una pausa ristoratrice, Mario e io siamo gli unici ad essere all'apparenza rilassati: Tommaso continua a guardarsi in uno specchio, mentre Claudio fuma seduto su una poltrona e muove ritmicamente la gamba destra.

Sentiamo un vociare inglese-slavo provenire dalla zona degli ascensori e ci giriamo simultaneamente. Le modelline sono incredibili: gambe infinite fuoriescono da gonne più o meno corte, top aderenti, e un trucco marcato che aggiunge qualche anno a dei visi prima troppo angelici. Ora sono davvero la quintessenza della sensualità.

«Siete splendide!» e mi chino per fare il baciamano a Frances, ma intanto guardo una delle due slave, che ora mi sembra di una bellezza ineguagliabile. «Grazie», mi risponde Frances sicura del suo aspetto. «Dove ci portate?»

Studio la mia espressione e mi avvicino a lei impercettibilmente: «Nessun posto, purtroppo, si avvicina alla vostra bellezza. Dovrete accontentarvi di una buona cucina e della nostra compagnia».

Quando ci sediamo al tavolo i camerieri sono un po' imbarazzati, quasi fossimo la nobile prole di Agnelli o Ferruzzi. «Desiderate bere qualcosa prima di cenare?» Tommaso interviene prima che io possa aprire bocca: «Certamente. Che champagne avete?»

«Abbiamo Veuve Clicquot, Moët & Chandon e del Cristal.»

«Ottimo, ci porti il Cristal, per favore.»

Non mi piace che Tommaso faccia il protagonista, ma d'altronde questo weekend è il mio regalo agli amici: che facciano ciò che vogliono.

Le ragazze ordinano delle insalate e Tommaso fa lo stesso, mentre noi prendiamo dall'antipasto al dessert. Al momento del dolce, le modelline consultano attente i menu e si scambiano commenti. Quando arriva quello che hanno ordinato, iniziano a mangiare i dolci lentamente, in modo meticoloso, tagliando i pezzetti di torta come se fossero alle prese con qualche complicata operazione chirurgica, assaporando ogni cucchiaino come fosse la prima e l'ultima volta.

Io ne rimango estasiato: mi chiedo se sarò in grado di dare loro lo stesso piacere che stanno provando in questo momento.

A. *Due Corpi nell'Universo che, dopo essersi incontrati, devino su due orbite differenti e su piani opposti e divergenti, sono destinati a non incontrarsi più su nessuno dei punti che appartengono alle loro orbite.*

Andrea De Nardi,
«Secondo Corollario al Principio di
Gravitazione Universale», Milano 1992

«Ciao, mamma. Esco. Rientro tardi, ci vediamo domani.»

«Esci anche stasera?»

«Sì, vado all'Equinoxe», le rispondo io.

«Ah», mi risponde lei guardandomi con aria triste.

«Io mi diverto, sai. Non è così male.»

«Sì lo so che ti diverti anche, però...» e lascia la frase in sospeso.

Però non doveva andare così.

«Dài un bacio a Carolina da parte mia.»

Prendo al volo le chiavi della moto e il casco buttato in un angolo, è tutto in disordine in un casino di carte e di scatoloni, di vestiti e pezzi di una vita precedente ammucchiati negli spazi angusti di un appartamento troppo stretto. Faccio due passi e sono già fuori casa, fino a un anno fa avrei dovuto percorrere almeno trenta metri per uscire sul pianerottolo.

Mi butto a capofitto giù dalle scale, non tento neanche di chiamare l'ascensore, so che è rotto e che nessuno verrà mai ad aggiustarlo. Il tanfo di piscio e sudiciume mi inonda le narici, soffoco e vorrei gridare aiuto.

Scendo i cinque piani in pochi secondi facendo i gradini tre alla volta. Mi passa nella mente un'immagine velocissima di quando mio papà era ancora vivo. Lo avevo sentito parlare col suo amico avvocato, con lui in affari da vent'anni nelle costruzioni immobiliari.

«Carlo, il nostro solo e unico socio sono le banche. Se ci mollano siamo nella merda, lo sai vero?»

Questo gli aveva detto, ma all'epoca non avevo afferrato, non avevo capito cosa mi aspettava.

Esco in strada sfilando tra un gruppetto di ragazzi intenti a rollarsi forse la decima canna di un'ennesima giornata bruciata e disperata.

Raccatto da terra lo Zündapp sempre più ammaccato e che ora devo pure spingere per farlo partire. Non ha neanche più le luci, neanche quelle di posizione.

Nemmeno due anni fa, una pozzanghera nel mare della vita, entravo nell'immenso appartamento di via Jacini: un attico su tre livelli con vista sul Castello Sforzesco, ascensore interno, un angolo di mondo profumato.

«Ciao mamma, sono tornato!» così l'avevo salutata dopo le vacanze a Saint Tropez e qualche giorno di autostop con Sonia in giro per la Provenza.

«Ciao», mi aveva risposto lei distrattamente, mentre dava un po' d'acqua ai gerani della terrazza più grande, quella con il pavimento in tek. Assorta, dosava l'acqua, regalandone di più alle piantine che più avevano sofferto in quell'asfissiante estate.

«Mamma, che c'è?» L'avevo seguita sulla seconda terrazza, quella più alta. Nel controsoffitto tra le due terrazze era stata ricavata una piccola piscina, il cui bordo dava l'impressione di sovrapporsi alle torri del Castello.

«È venuto Carlo ieri e abbiamo parlato a lungo. Andrea, ci sono dei grossi problemi.» Guardava lontano, verso il parco Sempione, placidamente addormentato nella quiete apparente di quei primi giorni di settembre.

Altri casini, una fitta d'ansia mi aveva gelato lo stomaco.

«Che tipo di problemi, mamma?»

«Le banche hanno chiuso il credito ed esigono la restituzione immediata del fido per la costruzione delle Residenze», aveva detto lei senza preoccuparsi di dosare l'impatto della notizia. Tutta d'un fiato.

«E Carlo cosa dice, lo possono fare?» avevo risposto io accecato dallo shock.

«Carlo se ne lava le mani e suppongo che abbia dato lui l'imbeccata alle banche, per prendersi tutta la società per un tozzo di pane, facendola fallire e noi con lei.»

«Ma che dici?» ora stavo gridando.

Mia mamma si era avvicinata, e prendendomi il viso tra le mani mi aveva detto: «Ascolta, non c'è modo di ripianare quel debito, e Carlo lo sa benissimo. Pignoreranno tutti i nostri beni. Perderemo tutto, e anche di più».

«Ma non possono farlo», gridavo io tra le lacrime. «Bastardi! Non lo faranno mai, è l'azienda di papà! È la nostra azienda!»

«L'hanno già fatto» aveva risposto lei, dando l'ultima acqua rimasta a una piantina ormai secca.

Destra, dritto, sinistra, sinistra e poi ancora dritto, mi perdo tra le anonime strade di Corsico, non riesco ancora a orientarmi in questo dedalo inestricabile così diverso dalla realtà ovattata in cui vivevo. Il mio pensiero scorre veloce e indistinto mentre il frastuono assordante della moto liberata dal silenziatore copre le mie incomprensibili urla al mondo, quelle che nessuno riesce a udire.

Ormai è più di un anno che Sonia è partita, la nostra storia è durata solo tre mesi, ma non riesco a togliermi dalla testa le immagini dell'ultima volta che siamo stati assieme, il nostro ultimo dialogo: «Sai, ieri ho sentito mio papà al telefono. Mi ha detto che il suo lavoro va molto bene.»

«Ah sì?» le avevo risposto distrattamente, per nulla interessato a suo padre né tantomeno al lavoro.

«Sì. Sai che lavora per un'azienda a Seattle, non mi ricordo il nome, ma è qualcosa che ha a che fare con le finestre. Te l'avevo detto questo no? È lì da otto anni ormai, da quando ha lasciato il Massachusetts Institute of Technology.

Un semaforo che passa velocemente dal giallo al rosso, non c'è nessuno e oltrepasso l'incrocio a cento all'ora senza guardare...

«Comunque lo pagano pochissimo e per lo più in azioni. Infatti mi ha detto che è dal 1984 che gli danno milioni di azioni all'anno fino a quando scadrà il contratto.»

«Sarà ricchissimo allora tuo padre, con tutte quelle azioni», le avevo detto.

«Macché! Sono azioni che non valgono nulla, solo due centesimi di dollaro l'una e non può venderle fino a quando non lascerà l'azienda. Quindi, se dovesse fallire non ricaverà un bel niente.

«Furbi questi americani! Ti fanno lavorare come uno schiavo e ti pagano con azioni senza valore promettendo chissà cosa. Amore, a me questa sembra una truffa. E tuo padre ci è cascato?»

«Lui mi ha detto che quando gli hanno fatto la proposta e ha parlato con i proprietari dell'azienda era andato giù di testa. Questi qua sono dei ragazzi molto giovani e alcuni hanno i capelli lunghi come gli hippy, una specie di figli dei fiori. Mi aveva anche mandato una brochure per posta, e in effetti a guardare le foto sembrano davvero dei delinquenti. E poi c'entrano anche i computer e mio padre impazzisce per quei cosi.»

«Spero che nel frattempo si sia trovato un altro posto», le avevo detto io chiedendomi che razza di uomo doveva essere il padre di Sonia per poter lavorare con degli hippy.

«No, anzi. Ormai è lì da un pezzo e dice che questi computer finestra rivoluzioneranno il mondo.»

«Computer... Finestre... Sonia, ma che stronzata è?»

«Be' comunque Andrea, volevo dirti che...»

«Che?»

«Insomma, sai... Con mia mamma io non ho più dialogo e ci odiamo, e mio papà mi ha chiesto di raggiungerlo negli Stati Uniti.»

«Stai scherzando, vero?»

«Ascolta, io...»

«Tu cosa?» le avevo detto alzandomi dal letto di scatto, arraffando i vestiti alla rinfusa.

«Io voglio andare», mi aveva detto lei rannicchiandosi sul letto e portando le ginocchia al seno.

«Sonia... Come, andare? E io? I nostri progetti assieme?»

«Vieni anche tu», mi aveva risposto.

«Ma tu sei pazza! Cosa ci vengo a fare a Seattle?»

«Forse per stare con me, non trovi?»

«Sonia... Seattle, stiamo parlando di Seattle. Un altro continente, un'altra lingua, un altro tutto. Io ho ancora l'università e il militare da fare.»

Mentre parlavo continuavo a vestirmi, infilando il maglione al contrario e inciampando nelle stringhe.

«Potremmo vivere là insieme. Ci prendiamo una piccola casa in affitto, io vado al college e tu lavori, magari mio papà riesce a farti assumere come assistente, mi ha detto che c'è tanto lavoro da fare e il militare si può evitare con i contratti di lavoro all'estero.»

«Hai pensato tu a tutto, vero? Tutto già deciso, tutto predeterminato...»

«Andrea, sarebbe stupendo. Io ti amo e non voglio lasciarti... Ma non ne posso più di Milano e anche tu non sei così felice di vivere qui. Andiamo via, ti prego, voglio ricominciare da capo, senza legami con il passato.»

«Sonia, lo sai che anche io voglio una vita più avventurosa di questa, ma consideriamo i fatti: vengo a lavorare negli Stati Uniti con degli hippy che fanno computer... Finestre... quello che è, e che mi danno delle azioni che non valgono niente, lascio la mia famiglia e l'università, fuggo dal militare e dalla mia città e già che ci sono fuggo anche da me stesso. Non ti sembra che sia troppo?»

Lei a questo punto si era messa a piangere e mi aveva gridato in faccia: «Tu non mi ami!»

«Certo che ti amo!» le avevo risposto. «Ma non posso mollare tutto per...» e mi ero fermato.

«Per?» mi aveva chiesto lei. «Per me?»

Ero rimasto in silenzio.

«Ho paura, Sonia. Mi sembra una follia questa, e io ora non ho bisogno di follie.»

«E quando pensi di averne bisogno? Quando avrai trent'anni

e tutto l'ideale romantico della vita sarà stato assorbito dalla routine di questa città di merda?!» mi aveva urlato dietro lei tirandomi addosso un cuscino. «Sarebbe un'avventura fantastica, cos'hai da guadagnare rimanendo qua? Te lo dico io cosa guadagni: niente! Sei stato tu a dirmi che la tua famiglia è quasi sul lastrico!»

«C'è mia mamma qui, e Carolina. Come faccio a lasciarle?»

«Secondo me sarebbero felici di vederti andar via. Sei tu che hai paura.»

«Come fai ad essere così sicura di tutto? Magari nessuno mi vuole, là in America.»

«Neanche qui nessuno ti vuole. Non gliene frega un cazzo a nessuno che tu ci sia o non ci sia!» aveva sbottato lei. «Avevi il sogno di entrare alla Bocconi e non ti hanno preso, alla Cattolica lo stesso. Che cosa ci stai a fare qui? Là forse ci sono altre opportunità, e magari, se lo vuoi, ti danno spazio per crescere.»

Ero riuscito solo a dirle «Non lo so» e avevo abbassato lo sguardo, fissandolo a terra mentre mi sedevo sul letto.

Poche centinaia di metri all'Equinoxe.

Sonia mi si era seduta sulle gambe appoggiando il viso sul mio petto, in cerca di coccole. La maglietta le arrivava fino quasi alle ginocchia e sembrava una bambina. In un sussurro mi aveva detto: «Ascoltami, non sto parlando a caso. Ho parlato di te e dei nostri sentimenti con mio papà, mi ha detto che si può fare, che possiamo andare, ma c'è da rischiare».

«Non lo so, Sonia. Lasciami pensare, ok?»

Eravamo rimasti abbracciati per qualche minuto, gli ultimi, le avevo baciato i capelli e accarezzato le spalle. Poi mi ero alzato.

«Dove vai?» mi aveva chiesto allarmata.

«Non lo so, a fare un giro.»

«Prendi questa», e mi aveva allungato una brochure un po' anonima dove campeggiava la foto di un gruppo di ragazzotti, alcuni con i capelli lunghi, altri con lo sguardo torvo e minaccioso.

Avevo aperto la porta, guardandola per l'ultima volta.

Dio com'è bella.

Ero uscito da casa sua, e nella pioggia d'inizio autunno, mentre camminavo a caso per le vie del centro, avevo sfogliato la brochure spiegazzata.

Vecchia come tutto il resto, vecchia di chissà quanti anni.

L'avevo buttata in un cestino della spazzatura, il nome dell'azienda mi era rimbalzato in testa per un attimo e poi era subito fuggito. Quel nome era *Microsoft Corporation*.

Arrivo all'Equinoxe e le curve sono finite. Entro, e come tutte le sere indosso il grembiule per servire ai tavoli.

L. Mi piace svegliarmi la mattina presto e andare a correre in spiaggia prima delle lezioni: la sabbia ancora umida e dura sotto i piedi, i gabbiani che setacciano i resti della marea, i pensieri che si formano liberi dalle necessità del quotidiano non ancora articolato. Sono passati tre mesi dalla nascita di Giulia, e Arianna ha già ripreso a lavorare come assistente fotografa. Abbiamo deciso di non rinunciare ai nostri sogni né di mettere da parte le nostre vite, non vogliamo che nostra figlia sia una causa di rimpianti. Deve essere solo fonte di gioia e opportunità. Abbiamo dovuto accettare il compromesso di farci aiutare economicamente dalle nostre famiglie; in caso contrario non avremmo potuto permetterci una tata, un medico decente, una casa con tanto spazio per tutti pur continuando a non guadagnare praticamente niente. È stata una decisione difficile, soprattutto per me e per il mio orgoglio, ma in fin dei conti sensata e, come continuo a ripetermi, temporanea.

Un'onda più lunga del normale mi riscuote dai miei pensieri con una gelida carezza attorno alle caviglie. Sono quasi arrivato al pontile che dalla scorsa settimana rappresenta il nuovo giro di boa prima del ritorno a casa. Sotto le assi la sabbia si fa subito più fredda e l'atmosfera inospitale. Sbuco al sole dalla parte opposta e mi fermo ansimante con le mani appoggiate alle ginocchia ad osservare un gruppo di surfisti che si sfidano in abilità. Uno di loro, sbalzato dalla tavola, viene trascinato dalla spuma tra i grossi piloni di legno del pontile e sparisce alla vista. Entro di qualche passo nell'oceano e cerco di scorgerlo tra i flutti. Passa qualche secondo. Niente. Avanzo ancora. La fatica e la paura evaporano sotto l'effetto dell'adrenalina. Un minuto, forse. Ho i muscoli tesi, pronti a scattare, ma il cervello non vuole dare il segnale, bloccato in un fermo immagine di Arianna e Giulia addormentate a casa che mi aspettano. Non posso permettermi di fare l'eroe. Mi obbligo a fare un altro passo e poi un altro ancora, non devo lasciarmi stravolgere la vita perché ora ho una famiglia. Una famiglia che conta su di me e che non posso rischiare di abbandonare. «Cazzo!!!» urlo sfogando la frustrazione e quando sto per tuffarmi vedo il surfista riemergere tossendo a pochi metri da me. Con poche bracciate arriva in spiaggia e si sdraia a riprendere fiato.

Mi volto per nascondere la mia vergogna e ricomincio a correre verso il sole. E poi accade. L'orgoglio ferito per aver accettato i soldi dai miei genitori, la frustrazione repressa per un figlio che non avrei voluto, l'incertezza di una nuova vita che ancora non ha forma, tutti gli ostacoli di chi cammina da solo in un mondo straniero si liberano con uno schianto dalle catene del mio subconscio invadendomi la testa. Mi siedo sulla sabbia, le ginocchia al petto, e lascio che le lacrime si formino piano, bruciando, negli occhi. Guardo l'oceano lambire monotono la spiaggia e piango tutti i pianti che non ho saputo piangere da quando sono qui in America.

Arianna è gia andata al lavoro e ha portato Giulia da mia mamma. Mi faccio la doccia con calma, tanto le lezioni del mattino le ho già perse. Mangio qualcosa poi prendo il telefono e mi sdraio sull'amaca in veranda.

«Pronto», risponde una voce rallentata, dopo una quindicina di squilli.

«Ciao Giacomo.»

«Luca?! Che ore sono?»

«Cosa ci fai ancora addormentato? Dài sveglia, che devo raccontarti una cifra di cose.»

«Non sto dormendo, sono le solite canne di Claudio... Le carica come se volesse farsi un'overdose.» *Silenzio.* «Come hai fatto a trovarmi qui a Roma?»

«Ho i miei contatti. Allora, come sta andando nella capitale?»

«Niente male», dice con aria soddisfatta, aspirando a lungo, e quasi riesco a vedere il fumo denso che gli sparisce dietro le labbra. Poi il rumore di qualcosa che cade, lo sbattere di una mano sul legno e non lo sento più.

Premo il tasto «ripeti» e il numero si ricompone in una rapida serie di suoni modulati. Dieci squilli, nessuna risposta. Quindici, niente. Venti. Ventuno. «Pronto?»

«Mi sembri veramente stonato. Spegni quella canna che altrimenti stasera ti dimentichi di festeggiare il tuo compleanno.»

Leggo nella lunga pausa il suo sguardo sorpreso e allo stesso tempo compiaciuto. «Non te l'aspettavi, eh?»

Nessuna risposta. Continua a gongolarsi nel piacere vischioso dell'amicizia che cola sulle sue sensazioni alterate. «Dài, ripigliati. Cerca di svegliarti del tutto, mettiti comodo e stammi a sentire.»

Interpreto il mugolio che segue come un assenso. «Sarò a Milano tra una decina di giorni.»

«Fico!» risponde lui con quel tono acuto e spontaneo che ormai gli sento sempre più spesso. Poi, nuovamente distaccato, aggiunge: «Il solito cazzeggiatore sempre in vacanza, studiare proprio mai eh?»

«Stavolta vengo per lavorare. Ho appena avuto la conferma di aver vinto una borsa di studio per uno stage di tre mesi al centro studi Alessi. Arrivo a metà aprile, quindi preparati, perché io, Arianna e Giulia ci fiondiamo a casa tua e ci restiamo per tre lunghi mesi.»

«Stai scherzando? Non mi sono ancora del tutto ripreso dall'invasione che hai fatto quest'estate...»

«Come la fai lunga! Per una visitina di un paio di giorni...»

«Tre settimane solo a Milano. Se poi contiamo il mese di interrail che ci siamo sparati subito dopo, la nostra convivenza ha raggiunto livelli insalubri. Soprattutto se ripenso ai posti dove mi hai fatto dormire e mangiare. Mi sto ancora chiedendo come ho fatto a farmi convincere a seguirti.»

«Ma dài che non ti sei mai divertito tanto in vita tua! Non vorrai mica paragonare l'estate scorsa a quella passata a Saint Tropez?»

«Non sono neanche due anni che sei partito e già rinneghi tutto il tuo passato?»

«Cosa c'entra rinnegare... Si può anche cambiare senza rinnegare. Alle volte pensi di aver raggiunto il massimo finché non trovi il modo di aprire un'altra porta che ti permette di andare oltre e allora guardi quello che ti sembrava il massimo prima e ti accorgi che lo hai già superato.»

«Non ho capito una parola, sono fumato perso e anche abbastanza allupato. Non solo non riesco a seguire niente di quello che dici, ma non me ne frega neanche una sega. Io ho da pensare alle modelle. Io...»

«Dài, lasciamo perdere queste stronzate. Piuttosto, sei riuscito a scoprire niente di Andrea?»

«Niente, al suo numero non risponde nessuno. L'appartamento è vuoto e sembra che lo stiano ristrutturando. Nessuno sa più niente. Scomparso nel nulla. Ho provato perfino a chiamare Sonia, ma pare se ne sia andata pure lei.»

«Non mi sembravano proprio i tipi da fare una fuga d'amore... Pensi che siano assieme da qualche parte?»

«Non so proprio cosa dirti. L'ultima volta che l'ho sentito è stato appena prima della partenza per l'inter-rail.»

Silenzio. Cerco di connettere le varie informazioni ma non riesco a mettere a fuoco nessuna immagine. E poi il peso sempre più soffocante di quello che voglio raccontare e non sono ancora riuscito a fare. Sto per schiarirmi la voce quando Giacomo riprende: «Scusa ma chi cazzo è Giulia? È figa almeno?»

«Però! Non ci metti proprio niente a processare le notizie tu, eh? Comunque, è molto carina e intelligente», soffoco un risolino e aggiungo: «Un po' troppo giovane per te».

«Lascia che sia io a giudicare.»

«Quattro mesi.»

«Scusa?»

«Giulia è mia figlia», e poi non riesco più a fermare le parole. Non capisco se Giacomo mi stia seguendo o se sia solo risentito perché gliene sto parlando solamente adesso, risponde a monosillabi e mi sembra di vedere la sua faccia contratta in un'espressione amara di disapprovazione. Adesso che ho vomitato tutto mi sento stanco e provato, ma tranquillo e ottimista. Mi sembra di aver imparato una lezione importante e di essere un poco più pronto ad affrontare la vita.

«Giacomo, ti rendi conto che queste telefonate sono oramai diventate il mio momento ricorrente di verifica della realtà? Chiacchierando con te alle ore più strane riesco a consolidare su un piano più concreto le esperienze che spesso vivo troppo in fretta e in maniera troppo ingorda. Se non mi confrontassi con te, tutto andrebbe perduto nella frenesia delle novità, nella ricerca di un equilibrio che una volta raggiunto devo sbilanciare immediatamente per muovermi oltre.»

«Già…» è tutto quello che Giacomo ha da aggiungere, ma sono troppo assorto nella mia catarsi per comprendere la desolazione di quell'unica sillaba.

G. Mentre ci dirigiamo all'Olimpico, nel più incomprensibile traffico che potevamo aspettarci, ripenso alla notte appena trascorsa. Poteva finire meglio.

Tommaso è seduto davanti, ancora incazzato con me per la reazione che ho avuto con le modelline ieri sera e per non averle portate con noi oggi allo stadio.

Proprio non lo capisce che non possiamo farci notare. Anche se siamo in tribuna, le tifoserie sono fatte di animali: basta un accento diverso da quello locale per attirare l'attenzione di qualche integralista ignorante e finire a brandelli.

Eppure la notte scorsa prometteva bene: Bella Blu, discoteca di moda ai Parioli, elevato tasso alcolico nel sangue, le ragazze che si erano fatte più intriganti.

Verso le due io, Claudio e Mario andiamo in bagno per darci la prima botta: il primo giro di giostra lo volevamo tutto per noi. Quando torniamo, il cuore che ci esplode nel petto, le luci che brillano come stelle, vediamo Tommaso appoggiato a una colonna del locale: «Tommaso! Dove sono andate le tipe?»

Lui sbuffa il fumo della sigaretta e senza girare la testa mi indica di fronte a noi sulla destra: «Con quel politico di merda! Uno dei suoi si è avvicinato ad Heidi e poi lei se le è portate tutte là».

Mi avvicino per guardare meglio la scena: seduto su un divanetto c'è un noto personaggio di sinistra, della sinistra di governo. Grasso, occhiali con lenti spesse un dito e i capelli unti mossi tirati all'indietro. Intrattiene con larghi sorrisi Heidi e Frances, mentre tre suoi amici parlano con le altre.

Il sangue mi va alla testa. Inizio ad andare rapidamente avanti e indietro, senza togliere lo sguardo dai divanetti nella speranza che qualcuna di loro incroci il suo sguardo con il mio. Niente da fare.

Ma che cazzo credono di fare quelle puttane?! Ho pagato tutto, le ho portate a Roma in aereo e adesso zoccoleggiano con il primo pappone che incrociano? Io le rimando nei loro paesi di merda seduta stante. Non ci vado a fare la figura del poveraccio al loro tavolo per riprenderle.

«Giacomo, cazzo facciamo? È proprio vero che c'è sempre qualcuno più grosso di te...» a questa frase di Claudio mi giro e lo fulmino con lo sguardo.

Blocco il cameriere e mi faccio dare un foglietto, mi appoggio al muro e scrivo:

Senti un po' se il vostro amico è interessato a pagarvi l'hotel e l'aereo di ritorno.
Noi ce ne andiamo.

Giacomo

Gli metto 30.000 lire in mano indicandogli Heidi e gli dico di consegnarlo a lei.

Appena riceve il biglietto, interrompe i larghi sorrisi che parevano interminabili e gira la testa cercando il mio sguardo. Ora è preoccupata e legge il foglietto. Si piega verso l'onorevole con un'espressione affranta. Sorride, si alza e chiama le altre. Mentre abbandonano il tavolino e vengono verso di noi si scambiano in fretta qualche commento preoccupato.

Io sono forse più nervoso di prima e continuo a tirare su con il naso e a toccarlo. Heidi, che inizialmente avanzava verso di me, deve averlo notato e devia fra le braccia aperte di Tommaso.

Frances invece, con un sorriso malizioso e costruito, mi si avvicina all'orecchio: «Ehi! Sei geloso?»

Le prendo il braccio destro e glielo stringo con forza: «Vai a fare la stronza con qualcun altro. Qui non è aria». La spingo via.

È spaventata e raggiunge in fretta gli altri, ora disgustosamente impegnati a fare moine alle ragazze.

Tommaso le parla e le accarezza la testa, lanciandomi occhiate di disapprovazione. Poi viene da me e mi fa: «Giacomo! Si può sapere che cosa ti è preso? È spaventata, ha paura che tu le faccia male!»

«E fa bene. Meglio che non si avvicini. Impara a fare la puttana.»

«Ma cosa stai dicendo? Ma ti senti quando parli? Sono andate a un altro tavolo a bere un drink e poi sono tornate. Be'?»

«Tommaso, tu ragioni solo con il pisello. Qualsiasi cosa ti dicano, per te va bene. Basta che alla fine te la diano, no?»

«Anche se fosse, cosa c'è che non va? Mica le devo sposare. Ma hai visto cosa sono o no?»

«Senti, a me non mi piglia per il culo nessuno. Soprattutto quattro straccione. Io adesso vado in un altro locale per conto mio. Smazzatele tu!»

Le tre del pomeriggio. Abbiamo già mezz'ora di ritardo per lo stadio, anche se siamo ormai sul lungotevere Cadorna. «Giacomo, io la macchina la metterei qui: va bene che siamo targati "Roma", ma non è il caso di tentare troppo la fortuna.»

«Per quello che me ne frega di una macchina a noleggio. Mario, buttala là avanti: figurati se ci fanno una multa in questo casino.»

Scendo dalla Bmw e rimango qualche secondo a fissare la portiera. La riapro e dico a Claudio: «Vedi un po' se è chiusa bene dalla tua parte.» Carico tutta la forza nel braccio e la sbatto così forte da farla quasi esplodere.

Claudio ha il ghigno di chi vuol fare la sua parte e allunga la mano sulla maniglia. «Mi sa che non è ancora chiusa bene.» Riapre la porta e la sbatte ancora più forte.

Mario sorride, ma sembra un po' a disagio. Tommaso invece è proprio assente. Dopo che li avevo lasciati al Bella Blu avevano deciso di rientrare in albergo e le modelline, in blocco, se ne erano andate nelle loro stanze. Questo nonostante la complicità che si era creata, e un'inumana insistenza da parte di Tommaso.

«Adesso è tutto a posto, no? Non hai comperato a Heidi una borsa di Louis Vuitton? Se sono tranquillo io, puoi esserlo anche tu. Tutto passato, vedrai che continuiamo a divertirci e stasera sarà una serata diversa. Te lo garantisco. E adesso andiamo a spaccare 'sti romanisti di merda.»

Tornati a Milano, Mario mi accompagna a casa con la sua macchina. Siamo fermi a un semaforo da qualche parte nella periferia grigia della città, il mio sguardo vacuo, perduto nei pensieri del ritorno in famiglia, è fisso sull'ingresso di un locale. Le ruote dell'auto ricominciano lentamente a muoversi: «Mario! Ferma la macchina, lasciami qui. Accosta a destra, dopo il semaforo!»

«Giacomo, sei impazzito? Cos'hai visto, un fantasma?»

Gli rispondo mentre sto scendendo dall'auto: «Forse».

Sono sicuro che era lui e che è entrato qui dentro.

Mi faccio strada tra la gente che parla indifferente di tutto e di tutti, creando un unico rumore che avvolge il locale. Non mi sbagliavo: alla mia sinistra c'è un ragazzo con i capelli castani e una ciocca bionda. Lo prendo per la spalla e lo giro di forza: «Ehi bello, credo che tu debba darmi una...» Poi mi accorgo del grembiule e resto inebetito: «Ma lavori qui?»

«Be', cosa ne dici di un "Ciao Andrea come stai?" O forse anche il tradizionalismo nei saluti ti è venuto a noia?»

«Non cominciare a fare l'acido. È solo che non mi sarei mai aspettato di vederti lavorare in... Insomma che fai il...»

«Cameriere, Giacomo, cameriere. Guarda che non è mica un insulto, è solo un mestiere. Un anno fa, forse, avrei avuto la tua stessa reazione, ma vedi, il mondo cambia...»

«Ehi, ti ho cercato un sacco di volte. Anche dopo che facendo il tuo numero c'era un messaggio della Sip che diceva che eri inesistente.»

«Forse "inesistente" è un po' forte, ma ci sono andato vicino. Aspetta, fammi posare il vassoio, così ci sediamo cinque minuti a parlare. Ti spiego brevemente cos'è successo, ma non è che sia poi così interessante.»

Mi sento come se avessi aperto una porta che non dovevo aprire.

A. «Franco, mi prendo cinque minuti di pausa, ok?» e intanto batto il dito sullo Swatch cercando di superare con la voce il frastuono dell'Equinoxe. «Vieni di là, Giacomo. Andiamo a farci due birre nel retro.»

Che ci fa qua Giacomo?

«Allora Andrea... ehm... Ti trovo bene, sai?»

Gli volto le spalle e prendo due Corona dal frigo, infilo velocemente le fette di limone e gliene porgo una. Ormai questi gesti mi vengono automatici. Fino a pochi mesi prima li avevo visti fare e ora li faccio io.

Battiamo le bottiglie in un brindisi, ma cala subito un silenzio imbarazzato.

«Ah mi trovi bene, dici tu», gli rispondo soffiando via il fumo della sigaretta.

«Cioè... È stata una sorpresa, passavo di qua e ti ho visto e sono entrato. Cazzo, ma lavori? Sei impazzito? E poi sei sparito dal giro, nessuno ti ha più visto.»

«Le cose cambiano, Giacomo. Tutto cambia anche se neanche ci fai caso.»

Mi guarda senza capire, beve un lungo sorso di birra e si pulisce la bocca con un fazzolettino di carta.

«D'accordo, ma perché fai il cameriere? Cos'è, un nuovo modo per farsi le tipe?» mi chiede lui con un sorriso ironico.

«Te lo dico in quattro parole: c'è stato un crack finanziario e ora devo lavorare per mantenermi agli studi e portare un po' di soldi a casa.»

«Ma non dire stronzate!» ed esplode in una risata.

«Ma ti sembra che stia scherzando? Che cosa credi che ci faccia qui in questo locale con un grembiule addosso? Giacomo, servo ai tavoli e lavoro, ecco quello che ci faccio!»

Sembra mortificato, si volta e abbassa lo sguardo. Cerco di intuire i suoi pensieri.

Darebbe un milione per essere lontano da qui e non avermi mai incontrato.

«Qualche volta capita che Milano la vivi al di qua del bancone. Del resto è un privilegio osservare la realtà da più punti di vista, no?» e gli lancio uno sguardo d'intesa, ma senza troppa convinzione.

Con la coda dell'occhio vedo arrivare Franco, cerco di alzarmi ma è troppo tardi.

«Guardo che non ti pago la bellezza di settemila lire all'ora per parlare con i tuoi amici e bere birre a sbafo. Ora muovi il culo che stasera abbiamo il pieno.» E dopo avermi gridato dietro, la carogna prosegue verso la cucina, sbattendo la porta dietro di sé.

«Senti, alle due smonto. Hai da fare a quell'ora?» intanto mi alzo e mi riannodo il grembiule alla vita.

«No, non ho niente da fare stasera. Sai, sono appena tornato da Roma...»

«Tutte cazzate, Giacomo. Lascia perdere Roma. Ci vediamo qui fuori alle due.» Ora sono esasperato, afferro il vassoio, e butto nel cestino le due bottiglie di birra vuote.

Mi volto per andarmene, ho un ripensamento e mi avvicino di nuovo a Giacomo, ancora inchiodato alla sedia.

Mi chino su di lui e gli sussurro: «Io valgo più di settemila lire all'ora».

Entriamo scavalcando il cancello arrugginito, ci inoltriamo in un vialetto nel bosco ingombro di rifiuti e bottiglie di birra vuote, con il vetro che scricchiola sotto le scarpe e un odore di marcio che ci assale a zaffate. Comincio a sentirmi a mio agio in questi luoghi dimenticati da tutti.

«Giacomo, stai attento a dove metti i piedi. Spesso lasciano in giro le siringhe.»

«Ma in che posto mi hai portato?»

Non gli rispondo e continuo a guidarlo nell'oscurità fino a una vecchia cascina da cui proviene una musica con i bassi così pompati da rendere indistinguibile la melodia. Ci facciamo largo tra un gruppetto di ragazzi buttati per terra come materassi vecchi. Da un angolo arrivano dei gemiti.

Cinque minuti dopo la sua domanda rispondo finalmente a Giacomo: «Siamo in un posto dove nessuno ti chiede niente e puoi fare quello che vuoi».

Entriamo nella cascina, uno stanzone con al centro un fuoco che arde alimentato da lunghe assi di legno e mobili fatti a pezzi.

Sul pavimento ci sono decine di candele, ma la luce che emanano è ostile e minacciosa.

«Ragazzi, come butta?» dico io rivolto al gruppetto seduto in cerchio in mezzo alla salone.

Mi chino verso Anna e indosso un'altra maschera: con lei ho assunto il ruolo del nichilista e del selvaggio. Ma questa recita mi appare come l'ennesima violenza che faccio a me stesso, del tutto gratuita.

Lei mi guarda assente, per un attimo non dà segno di avermi riconosciuto ma poi si illumina, solo per un secondo, e mi dice biascicando: «Sei qui, tesoro. Sono ore che ti aspetto».

«Sì, proprio da ore. Immagino la tua ansia nel non vedermi arrivare...» e la mollo lì facendo due passi indietro verso Giacomo che ha assistito alla scena.

«Secondo me non sa neanche chi sei», dice lui.

«Sempre ottimista tu, eh?» gli rispondo con aria complice.

«È solo una questione di realismo. Cazzo, ti ha guardato come se fossi un alieno! È più drogata di me quando sono nelle mie serate peggiori, il che è tutto dire!» esclama lui per difendersi.

«Giacomo, cosa te ne sembra del passaggio da Roma a una cascina diroccata che somiglia a una specie di comune sessantottina?» cerco di cambiare discorso, perché non ho nessuna voglia di continuare a parlare di Anna. E del resto ha ragione Giacomo.

«Mi sta venendo lo sbocco, se devo essere sincero.»

«Vieni, facciamoci una birra», e intanto prendo una confezione da sei di Heineken.

«Che schifo! È calda...» dice Giacomo bevendo un sorso e sputandone metà.

«Se vuoi del ghiaccio puoi sempre chiamare un cameriere. Magari arriva con i guanti bianchi», gli rispondo sogghignando per prenderlo in giro.

«A noi?» dice Giacomo porgendomi la lattina per un brindisi.

«A noi.»

«Com'è che frequenti questa gente? Va bene che sei un povero cristo ora, ma mi sembra che l'ambiente sia piuttosto diverso da Saint Tropez.»

Cerco il pacchetto di sigarette nei tasconi dei jeans sporchi e stracciati, ne accendo una e un'altra gliela offro.

«Diciamo che sto uniformandomi alla mia nuova vita. Mi ci vedi vestito così e senza un soldo giù al Nepentha?»

Giacomo rimane in silenzio. Il suo disprezzo verso questo ambiente è evidente, traspare come una seconda pelle.

«Non ti mancano gli altri? Tommaso, Sonia, Luca...?»

«Già, Sonia e Luca...»

«Hai più visto nessuno?» mi chiede lui.

«No, più nessuno. Ormai sono due anni...»

«Luca è negli Stati Uniti», dice Giacomo con aria trionfale. «Sta in un college in California. Lui sì che si diverte.»

«E noi qui a Milano, eh? Forse io sono più sfigato di te, Giacomo. Almeno tu frequenti ancora le feste in smoking, quelle patinate che ti piacevano tanto...»

«Guarda Andrea che fino all'altr'anno tu ci sguazzavi in quell'ambiente, e quindi il tuo sarcasmo è fuori posto.»

«Non dire cazzate. Non ci ho mai sguazzato in quell'ambiente e lo sai. L'ho solo attraversato. A te ora probabilmente farà schifo questa gente che vedi qui, ma almeno sono persone vere che non ti pugnalano alle spalle appena ti giri.»

«Persone vere? No, dico, ma li hai visti? Basta guardare la tua tipa per farsi un'idea della gentaglia che frequenta questi posti», e sottolinea la parola «gentaglia».

Rimango un attimo zitto e poi scoppio a ridere: «Concesso. Ci passo solo il tempo, con loro», e intanto gli butto un'altra Heineken, ancora più calda di quella di prima.

Giacomo la afferra al volo, la guarda sempre più schifato e mi fa: «Ci avranno pisciato i topi su questa lattina. E comunque non sono gli ambienti, Andrea».

«Eh?»

«Ho detto che non sono gli ambienti che fanno le persone, quelle sono tutte uguali ovunque vai. Guarda la tua amica, ad esempio. È una troia che non muoverebbe un dito per te», e per un attimo si fa pensieroso.

«Una rara perla di saggezza da parte tua. Hai dato Storia della filosofia come ultimo esame?» gli chiedo ridendo di gusto.

«Ma vaffanculo, Andrea.»

Dopo un altro interminabile silenzio mi chiede: «E Sonia?»

«Non stiamo più assieme, non so dove sia.» Gli rispondo abbassando lo sguardo e fisso le mie scarpe da tennis bucate.

«Ti trovo di merda. Lo sai, vero?»

«All'Equinoxe avevi detto che mi trovavi bene.»

«Mentivo.»

«Grazie della sincerità, comunque. Lo apprezzo molto.» Ma il mio sorriso non riesce a essere convincente. «Hai detto che Luca è negli Stati Uniti, non sai quando torna?»

«Potremmo sempre farlo tornare noi», mi risponde lui bevendo l'ultimo goccio di birra.

«Potremmo.»

Raccogliamo le birre e le gettiamo in un angolo. Nessuno le noterà, sono solo un altro po' di rifiuti in un mondo che già ne è pieno.

«Sono le quattro, Giacomo. Ce ne andiamo?»

«Direi che è il caso. Cos'è, ingresso libero o c'è la consumazione obbligatoria in questo posto di merda?»

«Dài, saluta bene gli altri e non fare lo stronzo come al solito.»

«Neanche se mi frusti, li saluto.»

«Mah, come darti torto...» e mentre rivolgo un ultimo sguardo al fuoco, vedo Anna alzarsi in piedi e sparire in un'altra stanza con due ragazzi.

«Una donna di rare virtù», afferma Giacomo ironicamente. Usciamo di corsa dalla cascina, con la stessa leggerezza e allegria dei giorni di Saint Tropez.

L. 60B. Non c'è modo di far cambiare idea a questa hostess scortese vestita di azzurro, a sentire lei è l'unico posto corridoio rimasto. Le pronostico il fallimento della sua compagnia entro l'anno, poi prendo svogliatamente la carta d'imbarco e mi avvio verso il terminal della Pan Am.

Sono tra i primi a salire sull'aereo e vado dritto al mio posto in terzultima fila. Tra la gente che sale a bordo appare una nuvola bionda di capelli fluttuanti. Una creatura che avanza con movimenti sinuosi, due occhi azzurrissimi, unghie laccate anch'esse di azzurro, gambe lunghissime, seno prorompente. Si avvicina al rallentatore, il suo sguardo sembra perso nel vuoto e io prego chiunque mi ascolti che si venga a sedere di fianco a me. All'altezza della fila 60 sembra che stia cercando qualcosa. Si protende impercettibilmente verso di me e io scatto in piedi per sfruttare l'occasione, ma la deflagrazione del mio cranio contro la bocchetta dell'aria condizionata mi rispedisce immediatamente verso il basso. La bionda sembra non essersene accorta e prosegue lungo il corridoio. Non voglio neanche vedere dove andrà a sedersi. Un altro viaggio qualunque. Mi allungo sul sedile, per quanto posso, e metto le cuffie gialle dello Sports Walkman.

Mi sveglio con un torcicollo bestiale e una gamba che mi formicola come un termitaio africano. Le luci sono spente e sullo schermo centrale Arnold Schwarzenegger si sta togliendo una maschera robotizzata che parla da sola. Gli altri passeggeri dormono, tranquilli e soddisfatti della vacanza italiana che si sono guadagnati. Ripenso alle parole che Giacomo mi aveva bisbigliato con disprezzo solo pochi giorni fa: «Andrea è diventato povero, fa il cameriere in un bar!» Non la ricordo nemmeno l'ultima volta che ho sentito Andrea. Ho provato diverse volte a chiamarlo, ma nessuno rispondeva al telefono e le lettere che gli ho spedito hanno cominciato a tornare indietro. Appena scomparso, i «dove cazzo sarà andato»; «avrà seguito quella stronza di Sonia»; «poteva anche avvertire, però» occupavano gran parte delle mie telefonate con Giacomo. Ci eravamo abituati troppo in fretta alla sua assenza, e poco alla volta le domande si erano fatte più rare, diventando un passaggio obbligato, un rito propiziatorio per ingraziarsi gli dèi, per placare una coscienza zelante e inquisitrice per educazione. Adesso il suo nome tornava sotto un'altra luce, aveva riacquistato un fascino particolare che prometteva chissà quali avventure.

Sullo schermo, Schwarzenegger è entrato in un bordello spaziale e il suo compagno sta ammirando una puttana con tre tette. Mi giro per cercare la nuvola di capelli biondi, che di tette sembrava averne solo due, ma eccezionali. Niente. I miei pensieri fluttuano tra il sogno e la razionalità, finché quest'ultima non abbandona la presa e scivolo lentamente in un sonno scomodo. Dormo fino all'atterraggio, mi sveglia la gente che quando l'aereo tocca terra si mette ad applaudire.

«Ma come cazzo ti sei conciato?» Giacomo mi accoglie così, sulla porta di casa.

Abbasso lo sguardo per osservarmi bene, poi alzo un braccio e mi annuso l'ascella: «Qui tutto regolare. Scusa per i vestiti così sgualciti ma sai com'è viaggiare in aereo...» cerco di tenere un tono ingenuo e leggero, abbozzando un sorriso d'intesa per contrastare l'espressione di disgusto che gli è apparsa sulla faccia. Nessuna reazione. «Hai deciso di negarmi l'ingresso?»

«Arianna e Giulia?» mi risponde lui spostandosi di lato per farmi passare.

«Arriveranno tra un po'», e intanto continua a seguirmi con gli occhi. Lo sfioro sul braccio, e lui indietreggia: «Oh, pirla! Guarda che mica ho la peste. E cos'è quella faccia? Perché ho i capelli lunghi?»

«Ma ti sei visto? Fossero solo i capelli lunghi... Sembri un barbone! Saranno almeno due settimane che non ti radi!» Mi osserva ancora un po', poi con due dita mi tira su la manica della camicia scoprendomi il braccio coperto di tatuaggi.

«Non sapevo fossi andato in America per metterti a guidare i camion.»

«Giacomo. Non sei cambiato veramente per un cazzo. Se non ti conoscessi direi che non sei contento di vedermi» e lo stringo in un abbraccio da cui non riesce a liberarsi. Non lo mollo finché non si mette a ridere. «Dài, fammi mettere giù lo zaino che non vedo l'ora di fiondarmi in doccia. Un bel riposino e per la serata sarò fresco come una rosa.»

«Caschi coordinati... Tu sì che hai classe», gli urlo sopra il rombo della moto mentre mi metto in testa il Duraleu nero. Giacomo non aspetta neanche che finisca di allacciarmelo e parte con un'accelerata rabbiosa che fa scodare la moto sulla superficie liscia del garage sotterraneo. Arriviamo in via Solferino in tre minuti netti, parcheggiamo sul marciapiede dietro altre due Harley Davidson identiche alla nostra. Appena varchiamo la soglia della Briciola, sulla faccia di Giacomo appare un sorriso stereotipato che non lo lascerà finché non avremo ripassato la porta in senso inverso. Saluta tutti per nome, dal proprietario ai camerieri, e accenna gesti educati verso un paio di tavoli. Al nostro, d'angolo, ci attendono Tommaso («Ciao, come stai? È da un pezzo che non ci si vede»), Mario («Piacere di conoscerti») e quattro ragazze magrissime («Hey! What's up?»), facce incazzate e occhi da adulte.

Tra il fuso orario, l'ambiente, il vino e l'interesse inesistente per gli argomenti, faccio fatica a inserirmi nella conversazione, incentrata su infinite speculazioni relative ai vari personaggi del jet-set milanese presenti stasera. Le quattro ragazze hanno piani dettagliatissimi su come arrivare al successo, idee definitive su cosa indossare nell'estate in arrivo, commenti precisi su case, macchine, moto, fidanzate e fidanzati di tutte le persone conosciute anche indirettamente dal loro arrivo a Milano. Giacomo fa finta di ascoltare, intervenendo sporadicamente con frasi neutrali e generiche, tra un bicchiere di vino e una sigaretta.

La cena sta andando per le lunghe, e io mi sento completamente fuori posto. Mi scuso ed esco a rollarmi una canna. Dopo un minuto si affaccia Giacomo che viene a sedersi di fianco a me. Passo la canna e stiamo così, in silenzio per un po'. Mi chiede di Arianna ma non ho voglia di parlarne adesso, e lui allora, come se fosse la cosa più naturale del mondo, comincia a raccontarmi di Andrea, della sua situazione e del loro incontro. Il tutto diventa sempre più surreale mano a mano che i dettagli si incastrano l'uno nell'altro e mi sembra di vederlo, con un grembiule bianco mentre passa uno straccio sui tavoli vuoti. Mi fisso su questi dettagli e smetto di ascoltare il racconto di Giacomo, nella mia mente restano soltanto le macchie sul grembiule bianco e la scia di acqua insaponata dietro lo straccio bagnato.

«Prestami la moto», dico all'improvviso. «Ho bisogno di fare un giro.» Giacomo mi guarda stupito, poi decide che è inutile controbattere. Prometto di riportargliela più tardi all'Hollywood, puntuale.

Fuori dal centro mi devo fermare almeno tre volte a chiedere indicazioni, ma non riesco mai a memorizzare cosa mi dicono. Sono frenetico, nervoso, i pensieri si formano e svaniscono nella mia testa, senza sosta. Mi immagino mille varianti del nostro incontro, ripenso a Saint Tropez, ai rapporti facili, alla vita leggera, priva di peso, senza profondità né direzione. E quando vedo l'insegna bianca dell'Equinoxe mi sembra di non essere pronto per quello che mi sta succedendo e che sta succedendo ai miei amici. E ho paura di non farcela, di non avere voglia di farcela.

Decido di aspettarlo fuori seduto sulla moto. Un paio di metri più avanti, appoggiato a un palo della luce, c'è uno Zündapp scalcagnato. Sembra essere stato dimenticato lì da chissà quanto, come se il proprietario se ne fosse dimenticato, o avesse deciso che non faceva più parte della sua vita.

Quando anche l'ultima luce dentro al bar si spegne, un'ombra cattura il mio sguardo: una figura solitaria sta uscendo dal retro e si avvicina allo Zündapp. Andrea.

Mi guarda per un istante senza riconoscermi, e decide di non essere interessato. Si mette in sella e aggiusta la pedalina della messa in moto. Scalcia una decina di volte prima che la scintilla delle candele faccia scoppiare la benzina dentro a quei cilindri stanchi. Si infila un casco bianco, pieno di adesivi strappati, e parte veloce lungo le strade deserte della notte verso la periferia milanese. Lo seguo in moto senza avvicinarmi, fino a un gruppo di casermoni che circondano uno squallido cortile con piante polverose e panchine marcite. Mi sento incapace di affrontarlo in questo momento, inutile di fronte alla violenza del suo cambiamento, fuori luogo su questa moto lucida. Abbasso il cavalletto, sconvolto dalla voragine che ora mi separa da quel ragazzo con il ciuffo biondo e lo sguardo triste così diverso dall'Andrea di Saint Tropez. Accendo due sigarette, una la appoggio sul manubrio per lui, e resto a fissare l'intonaco screpolato dei palazzi. Poi tiro l'ultima boccata e faccio volare lontano il mozzicone colpendolo con l'indice, metto in moto e torno dagli altri.

G. «Ma non potevo venire anch'io ieri sera con te e Luca? Non ci vediamo mai!»

Siamo alle solite: «Annalisa! Ti ho già detto che quello con Luca è un rapporto particolare. Avevo bisogno di stare con lui da solo, per parlare di quello che sta passando in America».

«Adesso c'è Luca, prima c'era Mario, al tuo compleanno sei andato via senza di me, il tuo umore è sempre pessimo per il rapporto con tuo padre. Sei sicuro di voler stare con me? Io ne ho parlato con mia madre e lei pensa che dovremmo lasciarci...»

«Tua madre?! Cosa c'entra adesso tua madre? Mi spieghi perché devi parlare dei cazzi miei a tua madre? Sei isterica, cos'è? Ti devono venire le tue cose?»

Silenzio.

«Annalisa? Cosa cavolo c'è adesso?»

«Ho un ritardo...»

«Cosa hai detto?»

«Hai capito benissimo! Ti ho detto che ho un ritardo. Di due settimane!» *Singhiozzi.*

Un ritardo. Annalisa incinta. Com'è possibile che mi sia capitata una cosa del genere?

Mi sembra di perdere le forze all'improvviso, e mille pensieri indecifrabili mi si accavallano nella testa. Mi siedo lentamente sul letto stringendo come posso la cornetta che si è fatta di colpo pesantissima.

«Ma com'è possibile? Prendi la pillola, cosa hai fatto?»

«Cosa *abbiamo* fatto! Giacomo. Cosa *abbiamo* fatto!»

Il pianto di Annalisa mi fa sentire un filo d'erba in mezzo a un tifone: «Non ne hai parlato con tua madre vero? Annalisa, rispondi. Non ne hai parlato con i tuoi, vero?»

«Sei pazzo?! Certo che non ho detto niente. Ma cosa facciamo adesso?»

«Come fai a sapere che sono io il padre?»

Un urlo.

«Sei uno stronzo, Giacomo! Come puoi dire una cosa del genere? Mi fai schifo! Schifo!»

«Va bene, adesso calmati però, e smettila di piangere che non riesco a pensare.»

«No che non mi calmo! *Chi è il padre?* Come puoi essere così verme? Io che credevo che nonostante i tuoi atteggiamenti mi volessi bene. Mi fai schifo!»

«Pronto? Annalisa, pronto?!» Il suono ripetitivo del telefono occupato mi ipnotizza, e mi tiene attaccato alla cornetta.

Finalmente trovo la forza per riattaccare. *Annalisa sta per avere un bambino. Non riesco a crederci, non riesco a capacitarmi del casino in cui sono finito. Deve abortire. Sì, è l'unica soluzione. E deve farlo adesso, prima che lo vengano a sapere i nostri genitori. Se decidesse di tenerlo, la mia vita sarebbe rovinata: fine del divertimento, fine della carriera, fine della mia vita.*

Mi passo le mani fra i capelli, cammino in tondo per la stanza come un automa.

Deve abortire, non ci sono santi. Devo calmarmi e farle capire che è l'unica soluzione, se vogliamo avere ancora un futuro.

La porta della mia stanza si apre, e lentamente entra Luca stropicciandosi gli occhi: «Giacomo, cosa succede? Ti ho sentito urlare».

Resto in silenzio, cercando di far tacere quella voce che vorrebbe spingermi a raccontargli tutto, a pregarlo di aiutarmi, a chiedergli come ha fatto lui. Si siede sul bordo del letto, e spero che dalla sua bocca escano le parole che risolveranno i miei problemi.

Luca mi fissa incuriosito o forse è solo intontito per questa sveglia improvvisa.

Mi rendo conto di quanto sono stupido, che io non sono lui, che la mia vita non è a Los Angeles e che so già cosa devo fare.

«Già. Scusami per le grida, ma sono in una situazione incasinata con Annalisa.»

«Ehi, che faccia che hai: posso fare qualcosa?» Si avvicina e mi mette una mano sulla spalla, ma io non riesco a tranquillizzarmi: «No, questa cosa la posso risolvere solo io».

Mentre Luca fa colazione in cucina penso ancora a quanto vorrei parlargliene, forse non lo faccio perché ho paura di quello che potrebbe dirmi. Controllo che la porta della stanza sia chiusa e chiamo Mario.

«Giacomo! Speravo non mi chiamassi per questa sera, i tuoi ritmi sono più pesanti di quelli dell'Erasmus in Spagna. Come va?»

«Di merda. Annalisa è incinta.»

«Oh cazzo. Come l'ha presa lei, sta bene?»

«Il punto non è questo. Il punto è che siamo rovinati. Un bambino, Mario, un bambino a ventidue anni!»

«Giacomo, capisco che tu sia sconvolto e sicuramente questa è una situazione tutt'altro che facile. Certo, ci sono delle soluzioni radicali al problema, ma ci sono migliaia di ragazzi che hanno dei figli e una vita perfettamente normale. A Salamanca per esempio...»

«Mario, tu non capisci. Lasciamo da parte il fatto che mio padre mi spacca la testa, ma come posso finire gli studi e costruirmi una vita professionale con un bambino? Vado all'università con un figlio per mano? Dove finisce il mio futuro?»

«Giacomo, ripeto, non è che si risolva tutto in due minuti ma penso che dobbiate parlarne insieme tu e Annalisa. Tu non ci pensi proprio a sposarti con lei, vero?»

«Mario, lo sai meglio di me: il nostro è un rapporto che va avanti per abitudine. Le sono legato, ma questa è tutta un'altra storia: quello che c'è tra noi lo sistemeremo più avanti, ora è bene che lei risolva il problema che abbiamo.»

«Ok, ho capito. Tu vuoi che abortisca. Ma lei cosa ne pensa, ne avete parlato?»

«Non ancora. Adesso la chiamo e vado da lei. Ma parlarne non serve granché, il problema ha un'unica soluzione.»

«Ne sei sicuro? Guarda che lei potrebbe anche non essere d'accordo. Per come la conosco mi sembra una ragazza un po' debole. E non dimenticarti che sia lei che i suoi sono molto di chiesa, oltre che in vista...»

È vero. Bigotti come sono i suoi genitori, potrebbero anche essere così pazzi da imporle di tenerlo.

«Mario, tu sei un amico. E sei anche fra i pochi che Annalisa apprezza. Mi serve il tuo aiuto: dopo che avrò parlato con lei vorrei che lo facessi anche tu per spiegarle come la vita le si può ritorcere contro se non fa la scelta giusta.»

«Giacomo...» la voce di Mario ora è calata di un tono e si è fatta titubante. «Io penso che sia una cosa troppo delicata perché c'entri anch'io.»

«Per favore. Mi serve davvero il tuo aiuto. Annalisa ha fiducia in te. Per la prima volta nella mia vita sono veramente perso.»

«Va bene. Parlerò con lei, anche se non sono sicuro che sia giusto.»

Mi avvicino lentamente al portone di casa di Annalisa. Lei mi sta aspettando seminascosta dalla colonna di pietra all'ingresso del palazzo. Sembra più minuta, saranno i capelli raccolti in una coda oppure quell'impermeabile blu che le arriva fino alle caviglie.

Sono teso. Vorrei lasciare tutto, adesso, in questo istante, e tornare a cose sistemate, senza recriminazioni, legami e problemi.

Penso alla reazione di mio padre, a come i suoi sguardi di riprovazione mi perforerebbero il corpo.

Sale in macchina ed è ancora imbronciata. Guarda fisso di fronte a sé anche se attraverso il vetro, con i tergicristalli fermi, non si vede niente.

«Dove andiamo a parlare? Vuoi andare in un bar? Per me sarebbe meglio se ne discutessimo in macchina.»

«Andiamo dove vuoi.»

L'interno dell'auto per me è già l'anticamera della sala operatoria, l'odore della pelle dei sedili diventa la fastidiosa puzza asettica degli ospedali.

Prima di iniziare a parlare, penso a come modulare il tono della voce per entrare in sintonia con lei: «Annalisa, tu sai che ti voglio bene», cerco i suoi occhi per rafforzare la mia affermazione e vedo che sono ancora rossi. «Quello che sto per dire non lo dico solo per me, ma anche e soprattutto per te: il bambino non lo possiamo tenere.»

Annalisa si copre il viso con la mano sinistra e inizia a gemere piano: «Io non so se lo voglio tenere, ma tu, tu come fai ad essere così sicuro?»

«Pensa al tuo futuro, a come cambierà la nostra vita, all'università che non potrai mai iniziare, alle persone che hai intorno, a un lavoro che non sarà mai quello che potresti fare ora...»

Lei si gira di scatto e inizia a urlare: «Giacomo, stai parlando di me o di te?»

«Parlo di te, ma potrei benissimo parlare negli stessi termini anche di me. Siamo troppo giovani per avere un bambino, non puoi rovinare le nostre vite in questo modo!»

«Ma il tuo amico Luca, di cui mi hai parlato fiero non più di ventiquattro ore fa? Lui la vita non ce l'ha avuta rovinata!»

Luca. Lui ha avuto il coraggio di cambiare il suo destino, di guardarlo in faccia. Lui però ha Arianna e non ha un padre che gli ha pianificato la vita.

Ora sono io a urlare: «Cosa c'entra Luca! Lui non vive a Milano, non va alla Bocconi, lui non ha genitori come i nostri. La sua vita non ha niente a che vedere con la nostra! Annalisa, come puoi mettere al mondo un bambino che nessuno vuole?»

«E tu, come puoi uccidere un bambino perché *siamo troppo giovani*?»

«Annalisa, per favore. Sei incinta da qualche settimana, quello non è ancora un bambino! Perché vuoi rovinare tutto, il nostro rapporto, quello con i nostri genitori, le nostre vite, solo per qualcosa che ancora non c'è? Se mi vuoi bene e riesci per un attimo a pensare in modo razionale a quello che sta succedendo, non puoi che vedere le cose esattamente come me.»

Silenzio.

Un luccichio si muove lento sulla sua guancia, poi le scompare veloce sotto il mento.

«Forse hai ragione tu. Forse sto vivendo questa situazione in modo troppo emotivo. Ma non pensavo sai, insomma non credevo...»

«Lo so. Stai tranquilla», la avvicino a me per abbracciarla. «Tutto si sistemerà. È solo una piccola operazione, la faremo insieme, vedrai che il giorno dopo sarà come se non fosse successo nulla. Adesso ti riporto a casa, hai bisogno di riposare.»

Infilo la chiave nella porta e spero che Luca sia uscito: adesso non ho proprio l'energia per sostenere il mio umore e far vedere che tutto è a posto.

«Finalmente!» Luca è mezzo sdraiato sul divano e in bocca ha un cucchiaino. «Ma dov'eri finito? Stavo qui a divorare vasetti di yogurt ragionando sull'eventualità che ti fossi già stufato di me e avessi deciso di lasciarmi morire di fame. Sono contento che tu ci abbia ripensato. Dove mi porti a nutrirmi?»

L'espressione sincera del suo viso mi strappa un debole sorriso: «Scusami Luca, non me ne volere, ma ci sono delle cose che devo risolvere subito».

Anche lui si fa subito serio: «Non c'è problema, ti lascio tranquillo. Solo, ricordati che puoi contare su di me».

«Grazie. Lo so.»

Squilla il telefono e mi precipito in stanza a rispondere: «Pronto, Mario? Ciao, ho parlato con Annalisa e lei si è convinta, ma vorrei che tu le dessi un colpo di telefono domani. Tu sei esterno a questa situazione e lei si fida di te: sono sicuro che parlando con te la sua convinzione si rafforzerà. Lo farai per me?»

Aspetto qualche secondo in apprensione. «Ok, la chiamo domani.»

Sprofondo nella poltrona e fisso il palazzo di fronte alla mia finestra: mio padre in questi giorni dovrebbe essere via per il solito congresso con gli industriali e mia madre a quest'ora sarà già a letto.

Chissà come reagirebbe lei, che oltre a vivere al di fuori del mio mondo vive all'esterno anche del suo. Ma questo problema non ci sarà, perché non c'è nessun problema.

Accendo la televisione e passo da un canale all'altro. Ogni cosa mi ricorda la situazione nella quale mi trovo: genitori che portano i figli a scuola, pubblicità di pannolini, mamme che abbracciano i loro bambini...

Sono ancora immerso nella poltrona quando mi ritelefona Mario: «Ciao Giacomo. Ho parlato con lei».

«Cosa ti ha detto? Ha detto anche a te che abortirà?»

«Di questo non ne abbiamo parlato. Non direttamente, almeno. Io le ho detto come vedevo la vostra situazione, che oggettivamente non è adatta per mettere al mondo un figlio. Ma vedi, lei è ridotta uno straccio, il pensiero di sopprimere una vita la distrugge. Ma credo che lo farà: domani ha appuntamento dal ginecologo per una visita.»

«Grazie, Mario. Ti sarò riconoscente in eterno.»

«Guarda che io non ho fatto nulla. Le ho solo detto come vedo le cose tra voi e come penso che finirebbe se doveste avere un figlio che non volete.»

«Ok, ho capito. Però grazie davvero per quello che hai fatto.»

Il ginecologo è quello di Chiara, un'amica di Annalisa. Il suo è troppo amico della madre perché si possa parlargli di questa situazione.

In sala d'attesa c'è anche una donna visibilmente incinta sulla quale lo sguardo di Annalisa indugia con insistenza. Mi accorgo che l'orario della visita è passato ormai da un quarto d'ora e scatto verso la segretaria dello studio: «Mi scusi, *signora*», inacidendo quanto più possibile il «signora». «Ma noi avevamo appuntamento oltre quindici minuti fa. Non sa se il professore si può rendere disponibile?»

La donna sgrana gli occhi come presa alla sprovvista. «Mi dispiace molto per il ritardo, ma non siamo una catena di montaggio e non possiamo prevedere al minuto la durata delle visite.»

Al minuto? Annalisa mi prende per un braccio e mi riporta a sedere prima che io possa replicare alla stronza.

Il medico finalmente si affaccia alla sala. Mi protendo verso di lui, in attesa che pronunci l'unico nome che conta.

«Signora Annalisa Rov...» Mi alzo prima che abbia concluso il cognome, gridando un «Siamo noi!» che lo lascia sorpreso.

Annalisa mi passa davanti ed entra nel suo studio, lasciandomi lì in piedi, rigido, a fissare il vuoto.

La visita sembra non finire mai e io non so più cosa fare: sui tavolini giornali assurdi su «Come essere mamma» e «Nuove modalità di parto», alle pareti soltanto foto di neonati.

Un conato di vomito mi coglie all'improvviso, mi metto la mano davanti alla bocca e spalanco la porta del bagno appena in tempo per centrare la tazza.

«Giacomo!» sto ancora tossendo, con le mani piene di carta igienica. Di fronte a me c'è Annalisa, sta piangendo ma il suo viso è irragionevolmente sereno. «Non sono incinta, ho una disfunzione ormonale! Capisci, solo una cazzo di disfunzione!»

La fisso inebetito per alcuni secondi, fino a che non devo piegarmi di nuovo e riprendere la posizione che avevo solo qualche secondo prima.

A. *La velocità di fuga è la velocità che un Corpo deve raggiungere per sfuggire al campo gravitazionale del corpo su cui in quel momento è appoggiato.*

Sulla Terra, la velocità di fuga è pari a undici chilometri al secondo.

Corsico, provincia di Milano,
primavera 1992: dalle «Leggi» di Keplero

«Carolina, ora sali in casa. È tardi e sai che poi la mamma si preoccupa.»

«Dài, uffa! Ancora cinque minuti», brontola.

«No, ora vai su ad aiutare la mamma.»

«Che noioso che sei! Quasi peggio di un fratello maggiore...» fa finta di rimproverarmi, mi tira il collo verso il basso e mi schiocca un bacio sulla guancia.

Spingo lo Zündapp per farlo partire e cerco di allontanarmi più in fretta che posso, sfilando nella notte.

Davanti all'Hollywood c'è una folla di persone che cerca di entrare, in mezzo all'immancabile parata di auto di lusso: due Porsche Carrera, una Bentley e una Aston Martin messe lì apposta come logo e bandiera del locale, per attirare i curiosi e dimostrare che all'interno c'è chi conta davvero e che non si può rimanere fuori.

«Ti metto in lista, ci vediamo dentro» mi aveva detto Tommaso invitandomi per il suo compleanno e aveva chiuso la telefonata prima che io riuscissi a dirgli che non avevo alcuna intenzione di andare all'Hollywood. Ma ormai era fatta e dovevo ributtarmi nella mischia da cui mi ero escluso, anche se in definitiva dentro di me ero contento di non dover più frequentare certi locali. Avevo visto nell'improvvisa povertà un modo per riscattarmi e cambiare il modo di vedere le cose, un'altra prospettiva, altre dimensioni. Tutto a un tratto, ero diventato quasi comunista.

«De Nardi, tavolo Orsini», dico al buttafuori largo quanto la porta, scavalcando tutta la fila per entrare. Lui sgancia il cordone rosso dal supporto e mi fa un cenno cortese di benvenuto. Nessuna domanda, quasi troppo facile. Una ragazza mai vista mi prende sottobraccio e mi sorride, entra con me per tagliare la coda e dopo tre passi è già scomparsa.

Mi guardo intorno cercando di distinguere Tommaso, ripeto al buttafuori del privé la recita di poco prima, stesso cordone rosso che si abbassa, stessa facilità a entrare. Forse devo rivedere le mie idee politiche, il comunismo non è granché.

Mi aggiro tra modelle bambine alte un metro e ottanta, sguardo fisso su un punto indefinito davanti a loro, esattamente come in passerella, minigonne alla cintura, lustrini e profumi, vestiti elaborati e capelli fluenti. Benessere, potenza, denaro e divertimento, ma io sono nervoso e a disagio. *Che-cazzo-ci-faccio-qua.*

«Vecchio bastardo, credevo non venissi più!» mi dice Tommaso abbracciandomi. «È da anni che non ci vediamo!» e strascica all'infinito la «a» di «anni», come se volesse aumentare ancora di più la distanza con il passato.

«È un bel pezzo, Tommaso. Magari non proprio anni... Dài, diciamo dodici mesi e non ne parliamo più» gli rispondo sorridendo e cerco di contenere la sua tendenza a esagerare sempre tutto. «Non vedo in giro Luca e Giacomo, li hai invitati?»

«Ovvio, mi hanno detto che probabilmente arriveranno più tardi, al solito saranno qui cinque minuti prima della chiusura giusto per fare le pulizie», ride sguaiatamente Tommaso.

«Ok Tommy, non so quanto mi fermerò stasera, al limite me li saluti tu.»

«E tu Andrea, che cosa fai ora? Studi o lavori?»

«Entrambe le cose. Lavoro in un bar e mi mantengo agli studi.»

Rimane un po' interdetto, mi chiedo se ha saputo che al momento non me la passo proprio bene quanto a soldi. Ed emotivamente. E psicologicamente. Insomma, magari non sa che me la passo proprio di merda.

«*Cvisto*», dice Tommaso cambiando la r con la v e prosegue: «Allora ti sei comprato un bar, o hai aperto una catena in franchising? Ti sarai fatto un pacco di soldi... Ascolta, ho in mente il business del secolo e ti voglio come socio di capitali.» Ora sta praticamente urlando.

«Sì, però non gridare sennò ti soffiano l'idea», gli rispondo vagamente divertito e sollevato dal fatto che non sappia nulla di me, o probabilmente l'ha saputo ma nel frattempo se n'è dimenticato. O è anche possibile che mi abbia scambiato per un altro, tutto può essere con Tommy.

«Cazzo, hai ragione. Vabbe', comunque non te ne posso parlare qui, c'è troppo casino. Passo dal tuo locale uno di questi giorni e ne parliamo nel tuo ufficio. Conoscendoti avrai assunto delle cameriere troppo fighe, io non ne posso più della mia ragazza e me le voglio scopare tutte, da qui all'eternità.»

Esplodo in una risata fragorosa e, almeno per un istante, mi sento a casa.

«Carina la tua amica», urlo ancora nelle orecchie di Tommaso, mentre balliamo in pista.

«Si chiama Tabytha», grida lui cercando di sovrastare il rumore della musica, ed è l'unica cosa che riesco a sentire anche se le sue labbra continuano a muoversi. Il nome mi suona davvero strano, non si è mai sentita una che si chiami così. Probabilmente ho capito male io o chissà che cazzo ha capito Tommaso.

Come se mi avesse sentito, Tabytha si avvicina e comincia a ballarmi davanti, si volta e mi torna addosso, ora così vicina che riesco a sentire il suo seno sul mio petto, getto uno sguardo a Tommaso ma mi sembra del tutto indifferente ai movimenti della ragazza.

Il ritmo della musica è sempre più incalzante, chiudo gli occhi e ora mi si sta proprio strusciando contro, i miei occhi si fissano nei suoi e poi nelle luci stroboscopiche, e in un attimo perdo la cognizione dello spazio, le pareti diventano più strette, la calca mi soffoca, mi spinge in uno angolo sempre più angusto. Sono disorientato, ovunque vedo persone divertirsi, ma all'improvviso tutto mi appare estraneo, il panico di rimanere soffocato ha il sopravvento e mi proietto fuori dalla pista spintonando e scalciando chiunque mi si pari di fronte.

Salgo i gradini tre alla volta e finalmente esco dall'Hollywood, le mani mi tremano in modo incontrollato, non riesco a respirare. Cerco di chiedere aiuto ma la voce non mi esce dalla bocca, mi siedo tra le macchine parcheggiate e mi prendo la testa tra le mani mentre un senso di paura mi sale dal profondo e non conosce più confini, dilaga incontrollato lungo tutti gli angoli della realtà che si disfa di schianto davanti ai miei occhi, come se stessi perdendo coscienza di me stesso.

«Che succede qui?» sento delle voci che si accavallano.

«Sta male, lasciatelo respirare.» La voce di Tabytha proviene come dall'interno di un imbuto.

«Cazzo, ripigliati! Oh, ci sei?» intravedo il volto di Tommaso tra le pieghe di un'allucinazione.

«No, non ci sono più» riesco solo a dirgli. Anche la mia stessa voce sembra provenire da un punto lontano, lontanissimo da me.

L. «Nervosetto, eh?» mi dice Giacomo insolitamente in piedi a quest'ora.

«Direi. È il mio primo giorno di lavoro», rispondo mentre lotto con un anfibio che non vuole entrare.

«Magari se tiri fuori la linguetta riesci anche a mettercelo il piede in quella specie di scarpa.»

In effetti il consiglio non è privo di fondamento e riesco finalmente a infilarmi le scarpe, mentre Giacomo continua a osservarmi incuriosito.

«Mi sa che non ti ho mai visto così agitato. Tranquillo, è soltanto un lavoro. E per un californiano come te sarà un passeggiata.» Stranamente il suo tono è privo di malizia o aggressività, sembra proprio mi stia dando un consiglio spontaneo.

«Tranquillo… Facile a dirsi. Questo non è il classico lavoro d'ufficio che t'immagini, è così diverso da tutto quello che ho conosciuto qui a Milano che mi spaventa una cifra», continuo mentre mi raccolgo i capelli con un elastico. «Dài, accompagnami al bar a fare colazione.»

«Io sarò pure nervoso stamattina, però anche tu non sei proprio standard. Mi sembri più buono del normale…» e sottolineo il buono facendo delle virgolette in aria con l'indice e il medio sollevati. «Be', forse ho esagerato. Diciamo meno bastardo del solito.»

«Così mi ferisci», mi risponde Giacomo abbassando lo sguardo e passando un dito sul bordo della tazzina.

«Dài non fare il pirla. Guarda che è troppo evidente che sei al settimo cielo. Hai quegli occhietti soddisfatti che ti vengono quando ritieni di aver vinto.»

Il suo sorriso si allarga, poi sembra che un'ombra gli attraversi il viso e si fa serio all'improvviso.

«Me la sono vista brutta, Luca. Ho rischiato che la mia vita si trasformasse in un incubo, ma ho tenuto duro e ce l'ho fatta. E adesso tutto mi sembra ancora più splendente di prima.»

«Chiarissimo, direi. Senti, non pensare di cavartela con queste quattro stronzate. Adesso devo andare, ma stasera ne riparliamo.» Mi alzo dal tavolino, raccolgo lo zaino e mi ficco in bocca l'ultimo pezzo di brioche. «Chiamami a metà pomeriggio, così ci mettiamo d'accordo.»

Anche se cammino nel traffico di un lunedì mattina milanese, mi sembra di respirare aria di montagna rispetto all'atmosfera acida della gente nel bar. Il tram arriva quasi subito, stracolmo di persone indispettite da un altro giorno di lavoro che odiano e che non riescono a cambiare o ad accettare. Cerco di farmi largo sorridendo, salutando e chiedendo scusa se sono costretto a urtare qualcuno per riuscire a guadagnare un po' di spazio. Ma mi rispondono solamente indifferenza e ostilità, soprattutto gli anziani sono incattiviti da anni di questa routine, pieni di risentimento nei confronti di chi è giovane e ottimista. Com'è diversa Milano dalla California, dove la gente invecchia arricchendosi, di soldi e di esperienze, ed è più contenta del suo posto nella vita. Mi sento un cittadino di Milano che ha deciso di andarsene in esilio, di rifiutarne i difetti e le brutture alienanti.

Un'onda di corpi mi travolge, indifferente, si riassesta i capelli e i vestiti, ondeggia quando il tram si ferma definitivamente e poi mi trascina verso l'uscita, inesorabilmente. Per fortuna è la mia fermata e mi lascio trasportare dalla piena. All'uscita vedo la gente filtrata da due uomini tarchiati in una sgualcita divisa blu. *Merda, i controllori.* Non so neanche di che colore sia un biglietto. Faccio finta di frugarmi in tutte le tasche mentre scendo i gradini e spero in un miracolo.

«Biglietto, per favore» dice quello alla mia sinistra. Una signora anziana si ferma di fianco a me, la guardo, guardo il controllore e poi di nuovo la signora: «Mamma, ce l'hai tu il mio biglietto, vero?» le appoggio una mano sulla spalla, sorrido al controllore e passo oltre. Un passo, due e via di corsa, svolto nella prima stradina, e poi un'altra e un'altra ancora. Figurati se quei due panzoni mi seguono. Varco il portone del centro studi e sono in un foyer tutto marmi e cromature, con un bancone al centro. Decine di ragazzi come schegge impazzite si muovono in tutte le direzioni, trascinando carrelli ricolmi di forme colorate o trasportando fogli di carta dalle dimensioni più disparate. Davanti al bancone ce ne sono altri tre dall'aria spaesata quanto la mia, così mi metto in fila. Quando arriva il mio turno, il ragazzo dietro al bancone mi dice: «Dovresti darmi un documento e riempire questo modulo».

Compilo tutto, ricevo tesserino e istruzioni, salgo nell'ascensore vuoto e premo il 5. L'ufficio del mio capo è di un bianco abbagliante, mi presento e lui si ricorda immediatamente di me e delle telefonate fatte dalla California. Mi chiede del mio professore, mi porta in giro a conoscere gli altri membri del gruppo, mi fa vedere la macchina del caffè e mi spiega cosa si aspetta dal mio lavoro.

La schiettezza dei suoi modi e l'entusiasmo dell'ambiente mi contagiano. Dopo qualche ora mi sembra già di essere parte di questo organismo che vive per innovare e per stupire. Mi sento perfettamente a mio agio, libero di parlare e di esprimere le mie opinioni, in grado finalmente di contribuire con quello che so fare meglio e che mi riesce spontaneo: spingermi all'estremo, esagerare, provare qualcosa di nuovo. Vado a pranzo assieme al gruppo di stagisti, una quindicina in tutto, provenienti da tutte le parti del mondo. Si beve birra, vino e si fumano sigarette, molte. Nessuno sta seduto allo stesso posto per più di cinque minuti, ci raggruppiamo attorno agli argomenti e alle discussioni più diverse, plasmandoci nello stare assieme. Quando arrivano i caffè sto chiacchierando con l'altro italiano del gruppo, un ragazzo alto e magro, che alterna esternazioni colorite a momenti di silenzio. Parliamo di creatività e stile, di come siano influenzati dall'umore e di come questo a sua volta sia in balia di mille elementi che non possiamo controllare, ma che dobbiamo saper assecondare per non appiattirci nella mediocrità.

«Che cosa ne vuoi fare della tua vita?» mi chiede tutto a un tratto, sbuffando il fumo dal naso. Rimango fermo per un attimo a osservare la sua faccia ossuta, privo di parole e pensieri, perché a questo non avevo mai pensato seriamente, almeno fino ad ora. Mi aggiusto sulla sedia, ed eccitato dai continui stimoli di questo mio primo giorno di lavoro gli rispondo: «Non ho una risposta grandiosa da darti. Non ho un sogno preciso da inseguire, al quale dedicare la mia intera esistenza. So fare mille cose. Qualsiasi attività intellettuale, pratica, fisica o artistica mi riesce bene. Non sono un genio. Non eccello praticamente in niente, ma riesco a fare tutto discretamente bene». Mi fermo un attimo ad ascoltare i miei pensieri, poi riprendo: «Quello che so è che non voglio vivere senza aver lasciato almeno una traccia. Non voglio passare sul mondo come un aereo a diecimila metri di altezza, lasciando dietro di me al massimo una scia bianca che si colora di rosa al tramonto, prima di sparire del tutto. Voglio che il mondo dopo di me sia diverso. Voglio che la gente tra cent'anni viva in maniera diversa grazie a me, anche se solo in un paesino disperso delle Ande. Non mi interessa diventare un eroe senza nome, salvare il mondo restando nell'ombra. Ma nemmeno sapere che nel futuro sarò riconosciuto come un grande personaggio storico. Voglio saperlo adesso che sto facendo qualcosa di buono, qualcosa per cui valga la pena vivere, qualcosa per cui qualcuno sia disposto a lottare con me». Mi rilasso sulla sedia, mentre le mie parole risuonano ancora nell'aria. Forse sono stato troppo veemente, ho caricato eccessivamente i toni del discorso. Adesso mi sembra di essermi dipinto come un egocentrico malato di protagonismo. Forse dovrei correggere quello che ho detto. Ma forse no. È venuto fuori così spontaneamente che, anche se non è proprio quello che volevo dire, non può esserne poi tanto lontano. Il ragazzo che mi sta di fronte non cambia espressione, sbatte lentamente le palpebre e continua a fumare. Non voglio chiedergli cosa pensa, aspetto che sia lui a parlare. Poi ci alziamo, e restando in silenzio ci solleviamo lontano dalla realtà verso un luogo speciale che accoglie soltanto i nostri pensieri.

Sono in ufficio da solo, anche l'ultimo designer è tornato a casa e ne approfitto per scroccare una telefonata ad Arianna in California. Le parlo della gente che ho incontrato e dell'atmosfera elettrizzante e irreale che si respira al centro studi. Riesco a malapena a separare le parole, che si ammassano una sull'altra nella foga di uscire e di lanciare il loro messaggio di gioia ed entusiasmo. Vorrei abbracciarla e portarla dentro questa bolla frizzante di atomi impazziti che mi ha completamente catturato. Mi manca e glielo dico. Lei ride, e ho di fronte a me il suo volto sorridente anche se non lo posso vedere. Mi dice che voleva farmi una sorpresa, ma non riesce più a tenere il segreto: ha un biglietto per raggiungermi domani. Adesso rido anche io e salto sulla sedia, molleggiando sul cuscino imbottito, quando si apre una porta di fronte a me e una faccia allegra con una barba bianca si affaccia incuriosita. Cerco di ricompormi. «Un'idea incredibile!» dico coprendo il microfono della cornetta con la mano. Poi mi siedo e racconto sottovoce ad Arianna la figura di merda che ho appena fatto con Alessi in persona.

G. Esco da Cova soddisfatto per l'ottimo cappuccino e mi fermo a guardare la vetrina di Larusmiani. Chissà perché mi viene in mente Andrea, che è l'ultima persona che ha un nesso con questo tipo di vestiti. Anzi, con tutta via Monte Napoleone.

Mi domando dove sia sparito di nuovo. Dopo la nottata alla cascina ho perso di nuovo i contatti. Guardo l'orologio, sono già le undici e mezza... Merda! Oggi sono a pranzo con Annalisa, ma mi sono dimenticato che avevo già appuntamento con i miei: se non mi faccio vedere ogni tanto finisce che mi chiudono i rubinetti e mi tocca tornare a vivere con loro.

Addio libertà e buongiorno angoscia.

In realtà non ho un cazzo di voglia nemmeno di sentirla, Annalisa. Soprattutto dopo quello che è successo. Ma è inutile, mi tocca. Mi infilo nella prima cabina che trovo per avvisarla che dobbiamo rimandare: «Annalisa? Ciao, sono io. Ascolta, mi dispiace dirtelo così senza preavviso, ma oggi non ce la faccio proprio a venire con te. I miei mi reclamano per pranzo e conosci mio padre».

«Forse è meglio così, Giacomo.»

«In che senso scusa?»

«Be', in questi giorni ho pensato molto al nostro rapporto e a quello che è successo... e non voglio più andare avanti.»

Sono preso completamente alla sprovvista, ma in realtà la cosa mi lascia quasi indifferente: «Annalisa, abbiamo vissuto un problema molto serio, ma l'abbiamo superato. Ora le cose andranno meglio».

«Non è solo quello che è successo. È tutto quello che c'era, o meglio, che mancava anche prima. Pensa solo a come ti sei comportato quando ti ho detto che avevo una disfunzione ormonale: invece di preoccuparti per me, ne eri quasi contento. Sei anche andato fuori con i tuoi amici in discoteca. Dopo quello che è successo. In discoteca!»

«Non è vero che non mi sono preoccupato per te, è solo che questa notizia, in confronto a quello che ci aspettavamo, è stata una buona notizia. Cioè, non fraintendere, un problema sulla carta più facile da risolvere. In discoteca poi sai che dovevo andarci per la festa di Tommaso...»

«Vedi, questo è un altro punto: con me in discoteca non ci vai mai.»

«Senti, stasera ti porto a cena all'Old Fashion e poi rimaniamo lì a fare serata. Io e te soli, eh, cosa ne dici?»

«Non è solo la questione della discoteca. È che tu non vuoi stare con me e neanch'io ne ho più voglia. Non mi interessa più.»

La voce di Annalisa, così innaturalmente matura e decisa mi spaventa. «È da quando ti vedi con quel tuo compagno di classe, Giaffi, Giammi o come cazzo si chiama!»

Una coppia di quarantenni che passa di fianco alla cabina fa un balzo all'indietro. Mi sa che ho gridato.

«Giangi. E comunque lui non c'entra niente. Il problema siamo noi e la nostra storia che non va più avanti da mesi. Io non voglio più continuare.»

«Senti, forse ho sbagliato per come mi sono comportato con te in questi ultimi giorni, ma io ti voglio bene, veramente.»

«Non ci credo più alle tue belle parole a cui, per altro, non seguono mai i fatti. E anche se fosse vero, non mi interessa più.»

Alzo la voce: «Senti, io a questi cambiamenti repentini di idee non ci credo, se mi vuoi lasciare è perché ti piace un altro. Dimmi chi è, lo voglio sapere!»

«Non urlare! Non c'è nessun altro, la nostra storia è finita e basta!»

«Sei una puttana! Vuoi solo farti scopare da un altro, se non lo stai già facendo. Pronto? Prontooo?! Vaffanculo!!!»

Lancio la cornetta sul supporto di ferro ed esco in strada.

Sai cosa me ne frega di Annalisa: ne trovo mille come lei.

Devo prendere un respiro profondo, però. E sono teso come una corda di violino.

Pigio fino in fondo il pulsante numero 7, che mi porta all'ultimo piano del palazzo di via XX settembre 12, mia ex residenza e attuale domicilio dei miei.

Mi guardo svogliatamente nello specchio: che aria da cane bastonato. Ma quello che realmente mi spiazza è il vuoto che sento dentro.

Ci manca solo che inizino a farmi domande su come sto. Prenderebbero spunto da questo per portare il discorso alle solite conclusioni: sono troppo giovane e immaturo per vivere da solo.

No, mio padre non se ne accorgerà: non brilla sicuramente per sensibilità.

Se in questi anni non si è mai reso conto di tutte le volte in cui sono rientrato fumato, ubriaco o fatto, non noterà certo la faccia che indosso oggi.

Forse mia madre... Lei però avrà il buongusto di non parlarne di fronte a mio padre. Lo deve avere, non può tradirmi.

«Ciao papà, tutto bene?»

«Bene, Giacomo. Grazie.»

«Vieni a dare un bacio a chi ti ha messo al mondo.»

Mi avvicino per baciare mia mamma, che si sofferma un attimo di troppo sui miei occhi. Se n'è accorta.

Mi bacia ma non dice nulla.

Mio padre mi fa cenno di mettermi a sedere sul divano cremisi della Curvilineo, coperto da un foulard di seta giapponese: «Giacomo, oggi voglio metterti a conoscenza di una decisione importante».

Raddrizzo la schiena per mostrarmi più coinvolto dal discorso, almeno per far credere che eserciti su di me un vago interesse.

«Quest'anno termini il tuo terzo anno di economia. Anche se come tu sai, disapprovo il tuo modo di vivere e i tuoi atteggiamenti superficiali, non ti nascondo la mia soddisfazione per i risultati all'università» e accentua la solennità del discorso mettendosi ancora più impettito. «Ho pertanto deciso di darti fiducia e, di comune accordo con il resto del consiglio di amministrazione della società, ti ho nominato consigliere.» Si alza dalla poltrona e mi allunga la mano: «Complimenti Giacomo».

Gliela stringo e vedo il mio futuro concretizzarsi, ma del presente non c'è alcuna traccia.

Guardo l'orologio: 22.40. Quante volte ho chiamato oggi: dieci? Quindici?

Annalisa non mi risponde né al telefono né al citofono.

Sono stato quattro ore fermo sotto casa sua, nascosto, aspettando che uscisse o che qualcuno salisse da lei, ma non è successo niente di tutto questo.

Se becco lei e il tipo con cui si vede, giuro che lo ammazzo.

Fisso ancora una volta la scatola bianca della Panasonic pensando che vorrei fare un altro tentativo. *Deve rispondere prima o poi, deve farlo, cazzo.*

Ieri notte ho pensato lungamente a un fine settimana che abbiamo fatto insieme a Santa Margherita: anche allora non riuscivo a passare più di un certo tempo con lei, ma ora tutta la dolcezza che mi dimostrava, e che allora rifiutavo, riemerge per monopolizzare i miei pensieri.

Ricordo che teneva sempre una parte del suo corpo a contatto con me: la testa sulla spalla, una mano sul fianco, la gamba appoggiata al mio ginocchio.

Mi manca il suo corpo: i suoi splendidi seni, le sue gambe eleganti, il suo ventre asciutto ma così curiosamente tondo.

Non so cosa mi stia succedendo, non capisco più niente. So solo che la odio per quello che mi ha fatto ma che lei è l'unica cosa che adesso desidero.

Riascolto la segreteria telefonica: un messaggio della tedesca, Heidi, che mi chiede se posso accompagnarla a una festa questa sera, un altro di Mario che mi invita a fare un'immersione in Liguria, un paio di chiamate di Claudio.

Una festa con modelle o un'immersione con Mario. Entrambe le cose sarebbero perfette. Perlomeno, lo sarebbero state fino a poche ore fa.

Ma in che stato sono? Prendo le chiavi della Harley, mi infilo il giubbotto di pelle da motociclista e vado al Fashion.

Ci sono un po' di facce già viste. Due ragazzi che sono sempre qui stanno facendo sottovoce dei commenti pesanti su un altro tipo che li sta raggiungendo: quando questo arriva, di colpo si fanno sorridenti e fanno a gara a stringergli la mano prima dell'altro.

Ai tavolini c'è altra gente che conosco ma con la quale non ci rivolgiamo la parola per primi, a meno che non siamo in gruppo.

Mi sento completamente permeabile allo sguardo degli altri. La mia abituale sicurezza vacilla, come se loro già sapessero che sono stato mollato. Alterno per qualche minuto sorsi di gin tonic e rapidi tiri di sigaretta, poi esco e vado a sedermi sulla moto che ho parcheggiato di fronte al locale.

Lì fuori incrocio Claudio: «Ma dov'eri sparito? E cosa fai qui da solo, tutto bene? Non hai una bella cera».

Abbasso lo sguardo, sono bloccato, ho quasi paura a parlargliene, ma ho bisogno di confidarmi: «No, non butta bene. Annalisa mi ha lasciato».

«Evvai! Sei di nuovo single. Non che questa cosa in realtà ti abbia mai frenato molto...»

«Adesso non voglio annoiarti con la mia storia, però, insomma, non butta benissimo, ecco.»

«No, be', figurati. Parlane pure, ci mancherebbe. Ad ogni modo so quello che ci vuole per te: stasera chiamo due miei amici, andiamo al casinò di Campione a buttare un po' di soldi e poi si va dritti al Tortuga a giocare al dottore e alla paziente con qualche sudamericana. Oppure chiami qualcuna delle tue modelline e ci facciamo una serata a quattro. Eh, cosa ne dici?»

Lo guardo perplesso e lui è visibilmente sorpreso dalla mia esitazione: «Stasera non sono in vena. E se si andasse a bere un paio di bottiglie tra amici in qualche posto tranquillo?»

Ora è davvero a disagio: «Be', vedi... È che in realtà ero già d'accordo con questi amici che volevano fare una serata-sfascio. Magari a bere insieme possiamo andarci domani».

Non riesco troppo a camuffare la mia delusione: «Certo. Andiamo domani. Poi comunque ci sentiamo per telefono, ok?»

«Bella. Torno dentro, a domani.»

Aspetto qualche minuto prima di riaccendere la moto. Ora non ho voglia di tornare a casa, ma non sono a mio agio nemmeno in mezzo a questa gente, che a tratti sembra che mi fissi.

L'atmosfera del locale è cambiata nell'ultimo anno, la sua fama l'ha riempito di scoppiati che vengono da ogni parte della città, poveracci che vanno ancora in giro con le fibbie di El Charro.

Decido allora di tornare a casa, ma il persistente vuoto che ho dentro mi impone di cambiare direzione. Al primo bar mi fermo e mi faccio dare un foglio e una penna:

Annalisa, ti amo.
Voglio tornare insieme a te e più di questo, voglio solo te.
Solo ora ho capito quanto vali per me e sono sicuro di poterti rendere felice, perché lo desidero veramente.
Ti prego, dammi un'altra possibilità: chiamami.

Giacomo

È tardi, fisso il foglio per un ultimo attimo interminabile e glielo lascio sotto il portone.

Pensare che in questo pezzo di carta sono riposte tutte le mie speranze.

Un ultimo sguardo verso la sua finestra nella speranza che mi stia guardando, ma la stanza è buia, terribilmente buia.

A. «Allora? Che cosa ho, dottore? Che so, un tumore al cervello, o un esaurimento nervoso...» accavallo le gambe e non riesco a trovare una posizione in cui stare seduto.

«Forse è meglio che mi racconti di nuovo cosa è successo quella sera in discoteca.»

«Non so cosa mi sia successo, non avevo bevuto alcol né preso droghe.»

Non mi risponde, fa un mugugno, ma sembra abbia già la risposta in tasca. In sottofondo, il rumore discreto di un orologio a muro accompagna il nostro colloquio.

Toc, toc, toc…

«Tutto ha cominciato a girarmi intorno, mi sembrava che le pareti dovessero schiacciarmi e all'improvviso sono scappato fuori. Un senso di ansia fortissimo, tachicardia… Una paura primordiale… Anzi, un senso di terrore» poi, guardando verso il pavimento aggiungo: «Ma…»

«Ma?»

«È successo qualcosa di più, come se la mia coscienza si fosse annullata e fosse sparita in un tunnel senza fondo, come se il mondo fosse stato inghiottito e io fossi rimasto dall'altra parte, a guardare da dietro un vetro annerito.»

Cambio ancora posizione sulla sedia e cerco di evitare lo sguardo del dottore. Un raggio di sole riflette il pulviscolo immobile dell'aria.

«Si sente a disagio?» Il suo tono è di pacata indulgenza, senza ombra di giudizi.

«Sì, mi sento a disagio. Io sono qui a raccontarle un'esperienza che mi ha sconvolto, sono giorni che faccio fatica a mangiare e a dormire e lei non dice nulla? Forse è meglio che me ne vada.» E mi alzo di scatto dalla sedia per uscire.

«Si sieda, solo un attimo ancora. Quella sensazione di perdere coscienza, ad esempio. È stato come perdere i sensi, oppure come se lei, per un breve tempo, non fosse più stato in sé?» mi domanda il dottore lasciando che le parole attraversino la stanza come se scivolassero su uno strato di velluto.

«Ho avuto paura, ok? Ho avuto la sensazione di impazzire. E non sto esagerando, ho proprio avuto paura che sarei impazzito e mi sarei messo a gridare e urlare e prendere a pugni chiunque mi fosse venuto vicino e che sarei svenuto e che qualcuno mi avrebbe trascinato via. Io ero al di qua di un muro e tutto si svolgeva al di là di questa barriera, senza nessuna possibilità di riuscire ad agganciarmi alla realtà, sentivo voci in lontananza e voci vicine, e urla nelle orecchie!» Lo dico tutto d'un fiato, poi scoppio a piangere e sono pronto a scappare via.

«Ha avuto un attacco di panico», dice il neurologo senza scomporsi.

Rimango zitto, le sue parole mi giungono chiare, la sentenza è stata pronunciata ma non è quella che mi aspettavo.

«Un attacco di che?» gli chiedo io perplesso.

«Un attacco di panico», dice lui rilassandosi sull'ampia poltrona di pelle.

«E cosa sarebbe?» sono un po' sorpreso dalla sua calma.

«È una manifestazione classica di paura, un senso acuto di disagio e, come ha detto lei, in alcuni casi particolarmente forti, di perdita completa del controllo e della propria coscienza. Tutto appare lontanissimo e imperscrutabile e si ha la sensazione di impazzire, alcuni pazienti riferiscono di aver avuto paura di morire. Devo dire che i suoi sintomi rientrano perfettamente nel quadro clinico e lei ne ha fatto una descrizione perfetta, senz'altro la sua crisi è stata di portata importante.» Mi guarda dritto negli occhi, senza ombra di preoccupazione.

«Allora non devo morire, non ho una malattia gravissima e neanche sono pazzo, vero?» gli chiedo ora più sollevato che quell'orrore abbia, se non altro, un nome.

Il dottore si mette a ridere così forte che mi lascia sorpreso.

«Dipende cosa intende lei per pazzo... Comunque no, non credo che lei lo sia. Però...»

«"Però" cosa?» ora sono nuovamente preoccupato.

«Vede, c'è ancora una gran confusione su queste patologie, e in genere si identificano come panico situazioni che nulla hanno a che vedere con le manifestazioni classiche del Dap.»

«Dap?»

«Sì. Disturbo da attacco di panico. Vede, lei stava ballando e divertendosi, a quanto ho capito con una bella ragazza.»

«Si, infatti.»

«Appunto. Quello che si è verificato in lei è stata una violenta emozione, forse una reazione di claustrofobia all'ambiente angusto, o forse una paura immotivata e che non conosciamo, legata a questa ragazza. Questo ha originato il Dap.»

«E quindi? È capitato una volta, non capiterà più...»

«Il fatto è che queste crisi possono essere isolate, oppure ripetersi in circostanze analoghe o in situazione del tutto diverse.»

Di nuovo silenzio, il sole viene oscurato da una nuvola, e i granelli di polvere in sospensione nell'aria tornano a mascherarsi nell'oscurità della stanza.

«Inoltre, le crisi di Dap, soprattutto quelle violente come la sua, molto spesso aprono la porta a dei quadri clinici di una certa complessità e a delle malattie o dei disturbi di comportamento che possono avere delle conseguenze piuttosto gravi.»

Allora sono malato.

«Cioè?»

«Stiamo parlando di depressione.»

«Non credo sarà un grosso problema, basta uscire con gli amici, bere una birra e la depressione passa», rispondo io sorridendo per la prima volta.

«Non mi riferisco a quella depressione. Quella non è neanche corretto definirla depressione, è solo tristezza o malinconia, sensazioni che un uomo nel corso della sua vita prova almeno mille volte. E che, come dice giustamente lei, possono essere risolte con una buona birra.»

Lo guardo fisso negli occhi, per la prima volta mi accorgo della profondità del suo sguardo e dal genuino senso di compassione che prova per i suoi pazienti.

«Che cosa devo fare?» gli chiedo io aggrappandomi nuovamente al suo aiuto.

«Una buona idea sarebbe quella di consultare uno psicoterapeuta, ne conosco qualcuno che potrebbe aiutarla sicuramente. Nel frattempo, le faccio una ricetta per un medicinale. Ne prenda dieci gocce due volte al giorno per due settimane, poi torni da me e decidiamo assieme cosa fare.»

Mentre mi allunga la ricetta, per la prima volta in cinquanta minuti le nostre mani vengono quasi a contatto. La guardo svogliatamente, la calligrafia si sfuoca davanti ai miei occhi e non riesco a leggere il nome del medicinale riportato. Decido di restituirgliela, e spero che sprofondi sul piano in cristallo della scrivania sparendo dalla mia vista.

«Grazie dottore, ci penserò.» Mi alzo velocemente dalla sedia come se all'improvviso avesse preso fuoco.

«Può anche decidere di non prendere nessuna medicina, ma

almeno conservi questa ricetta. C'è il mio numero di telefono, può chiamarmi quando vuole», e mi porge di nuovo il foglietto.

Prendo la ricetta, ma mi sento come se stessi ammettendo di avere dei disturbi mentali.

Gli stringo velocemente la mano, incrocio il suo sguardo per un istante e sono fuori dalla stanza, giù per le scale e via da quello studio.

Milano, l'ora di punta.

In un attimo tutto mi appare lontanissimo ed estraneo, come se non ci fosse più un collegamento tra me e la realtà, la mia mente registra quello che avviene solo per metà, mentre l'altra metà sembra voler scaraventare tutte le mie funzioni vitali in un luogo che non posso più raggiungere.

Subito dopo esplode il panico nella sua violenza più estrema, sento un grido fortissimo proveniente da destra, che mi trafigge il corpo lacerandomi, mi volto disperato ma non c'è nessuno, tranne due passanti che mi guardano, voglio dirgli che è solamente il Dap e che no, non è così grave come appare, ma intanto sto urlando o forse è un altro che urla al posto mio.

Poi torna la quiete e il panico lascia il posto a una sensazione quasi di dolcezza e vagamente irreale: sono lì solo con il corpo, in piedi in mezzo al marciapiede e osservo il mondo di fronte a me.

Ma il mondo è scomparso.

L. Lascio un biglietto per Giacomo attaccato alla manopola del volume dello stereo, l'unico posto in casa dove non potrà non vederlo, mi infilo lo zaino e vado al centro studi. La sera, sulla strada verso casa di Arianna, davanti alla Statale compro un fiore fatto con il filo di rame. Spero che mi aiuterà a rompere quel senso di imbarazzo che sempre mi prende quando sta per annullarsi la lontananza.

La vedo da lontano che cammina con Giulia appesa al collo, in una specie di marsupio colorato. Lei non si è accorta di me, è immersa in un discorso privato e bellissimo con la sua bambina. Mi fermo a osservarle, cercando di far mia l'immensa tenerezza del suo sguardo. Il mio cuore è invaso da un'onda calda, improvvisa, che mi fa perdere l'equilibrio. Io svanisco, fuso nell'amore che unisce i loro sguardi. La mano che tiene il fiore di metallo si solleva da sola, le mie gambe cominciano a muoversi, lascio cadere lo zaino e inizio a correre verso di loro.

Ci abbracciamo e ci baciamo, Giulia catturata nel mezzo che ci osserva cercando di capire, di mettere assieme quel poco che sa per giungere a nuove conclusioni sulla vita. Rimango incantato a guardarla, timoroso di prenderla in braccio. Poi, l'abbraccio morbido e pieno di Arianna mi accende un fuoco diverso nel corpo. La prendo per mano e mi faccio condurre verso casa sua, mettiamo Giulia nella culla e ci buttiamo sul letto sfilandoci con foga i vestiti di dosso, restiamo intrappolati in strane contorsioni mentre le bocche continuano a cercarsi per non perdere nemmeno un istante del sapore elettrico della nostra voglia. Rimaniamo nudi dopo l'amore, sfiniti sul letto, con le dita intrecciate e un sorriso ebete sulle facce sudate.

Arianna ha deciso di svuotare la sua vecchia stanza. Vuole riportare la sua vita in un unico luogo, senza appendici altrove che rendano meno importante e definitiva la nostra scelta di vivere insieme. Mi passa una lettera, una mia vecchia lettera, tutta accartocciata e tenuta insieme con lo scotch, salvata con un ripensamento chissà quando e da chissà quale fine.

> A volte sembra impossibile. Torni da una giornata passata con gli amici e ti senti il padrone del mondo. Di questo piccolo mondo ristretto alle tue conoscenze, fatto di reazioni automatiche alle cose. Comunque ti senti carico, pieno di quell'energia che quel mondo ti ha creato attorno. Poi ti fai una doccia, e decidi di uscire con il tuo coinquilino. E crolla tutto. Eri il più figo del mondo e adesso non ti caga più nessuno. Ti guardi attorno tra la gente di un bar alla moda e nessuno sembra sapere chi sei. Nessuno sembra curarsi della tua presenza, o assenza che sia. Ti aggiri in cerca di conferme, di qualcuno che ti possa consolare. E invece affondi sempre di più. Cerchi di bere per allontanare questa sensazione di malessere universa-

le. Per disinfettare questo nanismo spirituale che ti assale all'improvviso. Ma non serve. E allora fuggi di nuovo. Ti ritrovi mezzo ubriaco a giocare con i tuoi pensieri, a riconoscerti nudo dalle corazze delle relazioni abituali, a urlare contro Dio per averti dato un cervello troppo fino, o mezzo bacato (che in fondo non cambia molto). Magari, allora, sali in macchina e ti metti a vagare, cercando di ipnotizzarti con le luci che si riflettono sul parabrezza unto dalla città. Guardi la gente, sola, e ti scopri a godere delle miserie altrui. Ritrovi una giustizia superiore nel male comune. E vuoi prendere parte a questo male. Vuoi essere colpevole di ciò che ti hanno insegnato a rifuggire. Ti fermi a chiedere «quanto vuoi?» alle ragazze che stanno davanti agli alberghi a una stella, e senza ascoltare apri la portiera. Apri la portiera e tremi di freddo, anche se è agosto. Provi ribrezzo, compassione, tenerezza e disgusto. Vuoi vederti sempre più in basso. Ma cazzo, neppure questo basta a dimenticarsi di sé e delle proprie paure. E allora hai ancora più freddo mentre parcheggi l'auto e non sai chi hai di fianco, e vorresti che fosse una mamma, un papà, una sorella o un amico. Vorresti riuscire a parlare almeno con questa troia che stai pagando. E invece ti senti una merda, una merda muta che non sa cosa dire anche se la testa gli scoppia di parole. Guardi in basso e sali i gradini e preghi perché almeno una volta, una sola, avvenga il miracolo e quel terrore folle delle donne scompaia. Cerchi di concentrarti e mentre lei si spoglia ripensi alle volte in cui hai fatto l'amore. Quando è stato spontaneo e non è stato un lavoro. Quelle volte che non ti sei sentito in colpa per aver fatto qualcosa che qualcuno non avrebbe approvato. Le guardi il seno, le cosce, e poi gliele allarghi. Ma niente. Allora appoggi la testa nel suo grembo e le cingi la schiena. E con gli occhi le bagni la pelle e singhiozzi. E ti aspetti che lei sia buona, che ti accarezzi la testa, e ti faccia riposare così. Poi ti rivesti e pensi di aver fatto una buona impressione. Sei quello sensibile, o no? Ma lei se ne frega e vuole tornare là fuori, presto, subito. E tu capisci che anche stavolta non è cambiato niente, e la lezione non l'hai imparata, e tutta quest'esperienza non servirà a nulla. Capisci che stai soffrendo. Che tra un po' passerà. E impari a rassegnarti, e a morire lentamente, giorno dopo giorno.

La ripiego e la rimetto nella busta, ma Arianna mi fa segno di tenerla. Come mi sento lontano da quei momenti. La infilo nello zaino domandandomi se, come adesso, quel pessimismo mi sembrerà così lontano da me per tutto il resto della mia vita.

G. Mi faccio cadere sul sedile della macchina e fisso inebetito il cruscotto rivestito in pelle nera.

Ripenso al pranzo di ieri, a quando mio padre, sempre «in fase» con il mio stato d'animo, mi ha riversato addosso frasi entusiastiche sul mio futuro e su quello dell'azienda, incurante del fatto che i miei sorrisi e quelli di mia madre erano artificiosamente puntellati da calici di Château Lafite.

Apro il cruscotto e prendo le cartine e il fumo avvolto nella pellicola trasparente, alla ricerca di un paradiso artificiale. Faccio in rapida sequenza alcuni tiri dalla canna, ma senza assaporarne il gusto, all'immediata ricerca di un senso di oblio. Lo stordimento sale quasi improvviso.

Giro la chiave di accensione e punto il cofano della Nissan 300 ZX turbo in direzione della casa di Annalisa: percorro i tre chilometri che ci separano incurante della segnaletica e delle altre automobili.

All'altezza di via Torino il traffico occupa l'intera corsia.

Mi ci vorranno dieci minuti solo per fare questa strada, devo saltare la fila.

Butto lo sguardo attorno per verificare l'assenza di ghisa e sposto di scatto l'automobile sulla sinistra dell'incolonnamento. Lo passo in piena accelerazione percorrendo la strada contromano fino al semaforo, dove cerco in qualche modo di tornare sulla corsia corretta.

Lo sguardo fisso sul semaforo, come per accelerare l'arrivo del verde, ma oltre la portiera una signora malvestita sui trent'anni muove disordinatamente le mani in corrispondenza del mio finestrino, accentuando ogni movimento con degli strilli.

Abbasso il vetro nel tentativo di capire che cosa stia dicendo e sembra calmarsi, ma è solo un impressione: «Dove pensi di essere?

Al circuito di Monza? Cosa fai il figo con la macchina di papà, deficiente!»

Una vampata di calore mi sale alla testa: «Macchina di papà? Questa è la *mia* macchina, barbona di merda!» e le agito davanti alla faccia l'indice della mano sinistra. «Se tu hai le pezze al culo, perché nella vita non sei riuscita a combinare un cazzo, prenditela con te stessa, barbona!»

Nel casino generale di clacson e grida, l'isterica cerca di colpirmi con i pugni chiusi. Allungo immediatamente la mano verso i sedili posteriori e prendo in mano una torcia elettrica Mag-Lite di metallo lunga mezzo metro.

La stronza nevrotica la vede e fa un passo indietro allontanandosi dalla macchina, mentre io, ormai deciso, tiro la leva per aprire la portiera. Un signore compare alla sinistra della squilibrata e si indirizza a me sovraeccitato: «Ma cosa fai, sei impazzito?»

Arrivano altri tre uomini e urlando tirano via di forza la donna, io infilo la prima e vado a destra, con la portiera ancora mezza aperta che sbatte.

Merda, dovevo andare dritto.

Allungo di quattro vie la strada per arrivare da Annalisa. La finestra della sua stanza è illuminata. Metto la macchina sul passo carraio e mi accorgo che lì parcheggiata c'è già una moto. Mi convinco immediatamente che è quella del suo amico, quel Giambi o Giangi, il suo amante insomma.

Mi attacco al citofono ma non risponde. Mi allontano per vedere meglio la finestra: «Annalisa, scendi, ti prego! Ho bisogno di parlarti, ho bisogno di te!»

Qualcuno sbircia da dietro le tende del palazzo. Mi riattacco di nuovo al citofono, e non riesco a smettere di guardare la moto parcheggiata sul marciapiede.

Stacco il dito dal pulsante e le sferro un calcio, ma perdo l'equilibrio e cado a terra. *Merda.*

Mi rialzo dolorante, salgo in macchina e accelero via facendo fischiare le gomme.

Sei una puttana. Dopo tutto il tempo che abbiamo passato insieme sei già con un altro.

Devo telefonarle. Mi fermo a una cabina della Sip e frugo nelle tasche alla ricerca di una moneta. Niente.

Guardo sui due lati del marciapiede per vedere se c'è qualcuno che possa cambiarmi 10.000 lire, ma non c'è nessuno.

Agito le braccia perché qualcuno si fermi, ma le macchine invece di rallentare accelerano appena mi vedono. Corro dietro all'ultima che è passata, urlando: «Pezzo di merda, mi servono solo due monetine per il telefono, mica voglio violentare quel cesso di tua moglie!»

Devo chiedere a mio padre di farmi mettere il telefono in macchina: sono o non sono un consigliere della sua adorata azienda?

Rientro nel mio appartamento, lancio la giacca e la cravatta sul divano e telefono a Tommaso: «Ehi, Tommy. Come stai?»

«Bene, Giacomo. Tu? Ho sentito da Claudio che tu e Annalisa vi siete mollati.»

«Già, non sai che merda di situazione. Tra l'altro Claudio doveva chiamarmi e non si è più fatto sentire... Ascolta, ti andrebbe di bere una cosa e fare due chiacchiere insieme? Magari rivanghiamo Saint Tropez e le serate al Papagayo.»

«Ecco, vedi... Stasera proprio non posso: devo andare all'Hollywood perché forse c'è una tipa che ho conosciuto settimana scorsa. Una maiala incredibile», si riempie la bocca mentre lo dice. «Mi capisci, no?»

«Sì, ma vedi, io... Be', non fa niente. Ci vediamo un'altra sera.»

«Ok. Chiama tu, però, perché io sono un po' incasinato in questo periodo. Ciao.»

Tu sei incasinato?

Mi lascio sprofondare nel divano: sto male, ho voglia di sfasciarmi. Prendo la bottiglia di Jack Daniels e inizio a sfogliare l'agenda per trovare il numero del mio pusher di polvere. Alla lettera «C» mi cade l'occhio su Cristina.

Cristina. Una ragazza stupida che mi sono fatto una settimana prima che venisse fuori il casino di Annalisa. Non troppo carina di viso, in effetti, ma con un fisico asciutto come piace a me.

«Cristina? Giacomo. Scusa se ti chiamo così tardi, come stai? Anch'io, grazie. Come? No, non è vero che ti ho già dimenticata, ma ho avuto un po' di casini in famiglia, tutto risolto. In realtà non faccio che pensare a te da quando siamo stati insieme: sei la prima cosa a cui mi dedico da quando ho un minuto di tempo. Sai, ho voglia di stare un po' con te e fare due chiacchiere. Perché non andiamo a bere qualcosa insieme? Come? No, non faremo tardi, i tuoi non si incazzeranno. Ti riporto a casa per l'una, te lo assicuro. Ascolta, perché non prendi un taxi e mi raggiungi a casa così andiamo insieme? Te lo pago io. So che non è molto da gentiluomini, ma sono appena rientrato da un incontro di lavoro con mio padre e devo ancora farmi la doccia. Ok, ti aspetto a casa mia fra mezz'ora, l'indirizzo lo sai.»

Prendo del ghiaccio in cucina e aggiungo un po' di coca al whisky, accendo le candele della sala, scelgo un cd degli Inxs e giro la manopola su *Need You Tonight... How do you feel, I'm lonely, what do you think, can't take it all, whatcha gonna do, gonna live my life...*

Sullo stereo c'è un biglietto: Luca! Leggo attentamente le parole scritte sul foglio come se uscissero direttamente dalla sua bocca.

Già, non mi sono comportato granché bene con te, ma quella stronza ha catalizzato tutti i miei pensieri. C'è la tua ironia e il numero di telefono! Non sei arrabbiato con me, sei un grande come mi aspettavo.

Do un'ultima occhiata al foglietto e lo metto con cura sulla scrivania a fianco del telefono. Non ho molto tempo, un sorso di whisky e cola e mi butto sotto la doccia.

L'idea che stasera ci possa essere qualche intoppo mi gela lo stomaco: devo essere al meglio, ho bisogno del suo corpo, delle sue attenzioni, del suo desiderio.

Mi rado anche se non ce ne sarebbe bisogno e mi copro di un sottile velo di crema Vichy Homme, mi asciugo i capelli con il phon dandogli una forma volutamente arruffata ai lati, due gocce di Caron dietro le orecchie e sui polsi e sono in camera per la scelta della divisa: a Cristina piacciono i fighetti danarosi e questo avrà. Prendo una camicia Brooks Brothers con dei gemelli poco vistosi e un abito blu con delle sottili e quasi impercettibili righe azzurre. Ai piedi Church's Diplomat nere, chiaramente.

Suona il citofono: «No, sali. Non ho ancora finito di prepararmi». Devo giocarmela al meglio, questa sera devo averla.

Controllo i dettagli sulla specchiera accanto all'ingresso: capelli ordinatamente disordinati, sopracciglia tirate, camicia che esce esattamente di un centimetro dai polsi dell'abito. *Merda!* C'è una macchia opaca sulla punta della scarpa sinistra!

Suona il campanello. Urlo «Arrivo!» ma corro in bagno a lucidare la scarpa.

Spengo alcune luci e apro la porta con un sorriso, consapevole dell'immagine che proietto.

«Ciao Giacomo.» Un attimo di pausa per valutare il mio aspetto. «Ehi, dovevi dirmelo che andavamo in un posto tirato, io ho messo addosso la prima cosa che ho trovato.»

Bugiarda. Ribatto a tono: «Non ti preoccupare: sei stupenda».

Cristina entra in casa, e comincia a guardarsi intorno. Ora è completamente a suo agio.

«Cosa ne dici se intanto ci beviamo qualcosa qui da me? Così possiamo chiacchierare tranquillamente, poi usciamo.»

«Dài, per me va bene.»

Le preparo un gin tonic, e cerco di guidare la conversazione per evitare che si perda nel racconto della serata che ha passato con dei suoi amici alla discoteca La Gare.

Le dedico un paio di brindisi per assicurarmi che finisca il bicchiere e inizio a passarle dolcemente un dito sul collo, sotto l'orecchio.

C'è qualcosa che non va, si ritrae un poco: «Scusami Giacomo, ma pensavo che volessi parlarmi. Vedi, quando siamo stati insieme l'ultima volta io credevo che tu fossi libero, invece mi hanno detto che sei fidanzato, e anche da anni. Speravo che mi avessi invitata come amica».

Amica?! Questa parola risuona straniera per qualche istante nella mia testa. *Non ho mai avuto «amiche»: io ho sempre voluto qualcosa da loro e loro da me.*

In un attimo vedo sfumare l'unico palliativo per la mia sofferenza.

Abbasso gli occhi: «Sì, ero fidanzato. Fino a una settimana fa. Poi l'ho mollata».

«Io non voglio essere una di quelle che tu ti fai per una serata e via.» Si ferma per un istante: sembra sinceramente coinvolta. «Io non voglio essere più *una* di nessuno.»

Le sue parole fanno inaspettatamente vibrare corde che non credevo di possedere. In un'altra situazione mi tirerei indietro, ma non stasera.

Stasera ho bisogno di qualcuno, ho bisogno di una donna e ne ho bisogno adesso: «Sai, da quando ti ho incontrata non ho più capito niente. Ho incominciato a litigare con Annalisa, la mia ex, finché non ho realizzato che eri solo tu la ragazza che desideravo. Vedi, l'ho lasciata solo qualche giorno fa e ho avuto bisogno di un po' di tempo prima di essere completamente libero mentalmente per dedicarmi a te».

«Quindi non sono una ragazza qualunque di cui hai bisogno per dimenticare Annalisa, vero?»

«Cristina, cosa dici? Certo che no. Tu mi piaci da impazzire ed è solo te che voglio.»

Le brillano gli occhi: mi avvicino lentamente e le appoggio le labbra sulla bocca, succhiandola dolcemente.

Le accarezzo i capelli, poi torno a sfiorarle delicatamente il collo e dopo alcuni minuti mi faccio più aggressivo e le metto le mani sul seno.

Continuando a baciarla mi sfilo la giacca, le cingo la vita e inizio ad accarezzarla su tutto il corpo.

La stringo a me per sentire il suo calore, ma non mi riscalda. Alzo la testa e la guardo per un attimo: non provo niente e non percepisco nemmeno una reale eccitazione. Nonostante il vino, la canna e il whisky, ho bisogno di maggiore stordimento, devo bere ancora.

«Lascia che ti guardi per un po', sei talmente bella...» Mi allontano quanto basta per potermi preparare un altro whisky e cola mentre lei mi guarda fiera spostandosi indietro i capelli.

La bacio ancora, cercando di ingoiare la medicina il più velocemente possibile.

Le sfilo i vestiti poco alla volta, per accentuare una dolcezza che non sento: «Ho voglia di fare l'amore con te, sei l'unica cosa che desidero». Lei non risponde nulla e cerco di baciarla ancora più appassionatamente, indugiando con le dita contro il suo sesso. Mi fermo un istante: i preservativi sono nella stanza da letto.

Non mi importa, non posso lasciar sfumare questa atmosfera e comunque è una brava ragazza e non avrà certo malattie.

Le sposto gli slip e la penetro. Mi muovo dentro di lei per lunghi minuti, assaporando il momento in cui la girerò di schiena e potrò toccare il suo corpo nel mio isolamento.

Mi estranio per concentrarmi sui miei movimenti, chiudo gli occhi e ripenso all'ultima volta in cui ho fatto veramente l'amore con Annalisa, mesi fa.

La prendo con forza per i fianchi e inizio a scoparla con foga sempre maggiore. Sento che sta godendo, e nell'eccitazione esco da lei e le vengo sulla schiena.

Mi abbraccia con dolcezza e io nascondo la testa nel suo petto per non farle vedere il mio sguardo inespressivo e perso nel vuoto. Controllo a fatica la sensazione di disgusto che mi prende. *Tommaso, Claudio, Annalisa io non ho bisogno di voi. Anche adesso, se mi serve qualcosa, io la ottengo.*

Mi sforzo di accarezzarle il braccio e penso a come togliermi da questa situazione: «Aspetta, vado in bagno a prendere un asciugamano per pulirti. Ho paura che abbiamo fatto un po' tardi, non vorrei mai che i tuoi ti segregassero in casa, privandomi del piacere di averti vicino». Mi alzo senza guardarla in faccia e in bagno mi fermo un attimo a osservarmi nello specchio: no, direi che non sto bene. Ma sento che questo vuoto è più accettabile di quello che ha appena sostituito.

A. «Andrea! Al telefono!» urla mia mamma dal minuscolo soggiorno.

«Chi è?»

«Hai visto che ti ho trovato?»

«Giacomo, che vuoi?»

«Sei proprio un simpaticone. Sono settimane che non ci sentiamo e l'unica cosa che sai chiedermi è cosa voglio?»

Rimango in silenzio, indeciso se mettere giù o continuare la conversazione.

«Ci sei ancora?» mi chiede Giacomo dopo qualche secondo.

«Sì, ci sono. Più o meno. Dimmi.»

«Ok, bando ai convenevoli. Mi sono visto con Luca e pensiamo di partire per una settimana o giù di lì, destinazione Tallinn.»

«Che sarebbe dove?» rispondo io senza alcun interesse.

«Cristo, aggiornati. Tallinn è la capitale dell'Estonia. Non li ascolti i telegiornali? L'Unione Sovietica è caduta, ci sono un sacco di Paesi nuovi, un sacco di prospettive...»

«E chi se ne frega», gli rispondo io guardando l'orologio come se avessi mille cose da fare.

«Ma che hai? Non sembri neanche più tu.»

«Infatti non lo sono.»

«Ascolta, io ero sicuro che saresti venuto e ho già comprato i biglietti per tutti e tre. Partiamo da Linate il 15 maggio alle due del pomeriggio, scalo a Helsinki e la sera siamo a Tallinn. Fai in tempo a cambiare idea, altrimenti il biglietto rimandalo all'amministrazione dell'azienda che lo annullano loro.»

«Non cambierò idea, ciao.»

Sbatto giù il telefono come se lo volessi fracassare.

In piedi in mezzo al soggiorno sollevo di nuovo la cornetta e compongo velocemente un numero che conosco a memoria. Attendo in linea solo qualche secondo, il tempo necessario perché la telefonata venga trasferita al di là del mare, poi sento una voce familiare che mi risponde. Mi promette di richiamarmi tra mezz'ora per farmi avere gli orari e mi dice che sarà lì ad attendermi.

Esco sul ponte di coperta spingendo violentemente la pesante porta di acciaio, il vento freddo mi accoglie con uno schiaffo a mano aperta, mi toglie il respiro e congela i miei pensieri, li scaraventa in mare prima ancora che io riesca a formularli, poi li disintegra.

Mi aggrappo al parapetto e l'aria mi investe con tutta la sua forza. Le onde si infrangono sulla pesante prua del traghetto per dissolversi in miliardi di atomi d'acqua. Cerco un appiglio bilanciando con le gambe l'incontrollabile rollio della nave, cerco un riflesso di vita sulla superficie del mare, ma vedo solo il nero assoluto.

La mattina dopo sbarco a Olbia e sul molo c'è una figura familiare.

«Ciao Pietro. Grazie per essere venuto a prendermi.»

«Signor Andrea, lo sa quanto siete importanti lei e la sua famiglia», mi risponde lui abbassando lo sguardo.

Saliamo in macchina, una vecchia Citroën che era lì ancora prima che nascessi.

«C'è ancora tutto?» gli chiedo.

Lui rimane zitto, concentrato sulla strada e incapace di rispondermi.

«Pietro?» lo sollecito con dolcezza, cercando di abbattere il muro che ci divide.

«Signor Andrea, la tenuta c'è ancora. Come sa, le banche se la sono presa ma non hanno ancora trovato un acquirente, e io spero sempre che possiate ricomprarla voi.»

«Cos'è che manca allora?» domando a Pietro accendendomi una sigaretta il cui sapore mi dà subito la nausea.

«Lo vedrà lei stesso tra qualche minuto. La casa è, diciamo, un po' spoglia» risponde con una lacrima che gli si addensa sul bordo dell'occhio. Il vecchio custode tuttofare della nostra ex casa in Sardegna sembra sciogliersi come neve al sole di primavera.

«Non sperare cose che non si realizzeranno, non potremo ricomprare la villa neanche in un milione di anni...» dico a Pietro battendogli una mano sulla gamba e guardando lontano.

Rimaniamo sospesi tra il silenzio e poche parole sommesse per tutto il resto del tragitto. Il panorama è deprimente, Pietro accanto a me si lamenta di qualcosa ma le sue parole scorrono via senza che riesca a dar loro un significato, senza che provochino in me alcun sentimento. Gli rispondo in modo gentile, ma in maniera così insopportabilmente falsa e poco sentita che da apparire odiosa alle mie stesse orecchie.

Entriamo nel lungo viale polveroso che porta alla villa, appeso a un palo c'è il cartello «Proprietà in vendita». Cerco di ricacciare indietro i ricordi: appartengono a un altro Andrea che non ha più niente a che vedere con me.

«Penso che lei sia venuto qui per stare un po' tranquillo, la porta è aperta e le ho preparato qualcosa da mangiare», mi dice lui lasciandomi davanti alla casa.

«Grazie Pietro. Ci vediamo domani, io mi arrangerò.»

Scendiamo entrambi dalla macchina, una raffica di maestrale

mi investe nuovamente e minaccia di scaraventarmi a terra con tutta la sua forza, mi aggrappo alla portiera e d'improvviso la mia testa si svuota di tutto, quasi le mie forze fossero state risucchiate di colpo da quel getto d'aria. Mi investe il panico e non so più dove sono, ma ora non me ne importa più nulla.

«Le lascio la macchina nel caso più tardi voglia andare in paese a fare un giro, io torno a casa a piedi.»

Non rispondo neanche, non lo sento. Entro in casa, è vuota e deserta, spogliata di tutti i quadri, dei mobili, delle centinaia di oggetti che i miei genitori avevano disseminato in ogni angolo, colorandola e rendendola viva, in un passato ormai perduto.

Con una bottiglia di vodka in mano mi siedo sul patio che guarda il mare, un'improvvisa grandinata si abbatte sulla costa stridendo con l'aria di maggio e il mare reagisce con rabbia, le onde si infrangono come esplosioni sulle scogliere, a poche decine di metri da me, facendo ribollire l'acqua.

Passano le ore e il sole cala senza che me ne accorga. Non sento freddo e non rabbrividisco, sto lì e basta, lasciando che tutto scivoli via e si annulli.

Attraverso il giardino ed entro in garage, prendo un tubo di gomma di quelli che si usano per innaffiare il prato, ne taglio un pezzo lungo circa cinque metri.

Torno alla macchina come in stato di ipnosi, collego il tubo di gomma allo scarico e porto l'altra estremità con me facendola passare dal deflettore, salgo in macchina e metto in moto.

Chiudo gli occhi e finalmente ce l'ho fatta, è solo questione di pochi minuti. Un odore acre si diffonde in fretta nell'abitacolo e sento l'aria che comincia a mancare, tossisco prima piano poi sempre più convulsamente.

Il cuore accelera all'improvviso e riesco a sentire distintamente le pulsazioni aritmiche dettate dalla paura, ma è solo un attimo. Mi impongo di stare calmo, ogni tanto sento un refolo di aria che entra dal lunotto, ma il monossido di carbonio comincia ad addensarsi sempre di più.

Ci vorrà solo più tempo, il vento non vincerà questa volta.

Non ho paura ora, non sento nulla. Solo liberazione.

In un istante e senza che me ne renda conto la testa mi crolla in avanti con una violenza inaudita.

I miei pensieri sono indistinti e incomprensibili, forse archivieranno la cosa come omicidio, crederanno che qualcuno abbia cercato di rapinarmi e poi abbia inscenato il suicidio, mi viene quasi da ridere e non so se rido o piango o urlo, e vorrei che qualcuno fermasse questa cosa, un conato di vomito mi sale in gola, ancora poco e sento che perderò i sensi.

Apro le palpebre solo di un millimetro, sono così pesanti che devo concentrarmi per riuscire a schiuderle, in lontananza, filtrato dal parabrezza sporco della Citroën, c'è il mare, e nell'allucinazione vedo una barca a vela che rolla piano sulla sua superficie in una calda estate di pochi anni prima. La reazione è istantanea.

Mi aggrappo al volante, cerco la chiave per spegnere il motore ma la mano non obbedisce al cervello, sembra la mano di un altro, sulla quale non ho alcun controllo.

Con la coda dell'occhio intravedo il tubo di gomma che continua a sputare nell'abitacolo le molecole di monossido di carbonio, incurante di quanto mi stiano facendo male, ma lui va avanti perché questa è la sua missione, e la sta svolgendo alla perfezione seguendo un disegno che io stesso ho innescato.

Sposto il mio peso avvicinandomi al tubo e con la fronte provo a spingerlo fuori, ma ne vedo quattro contemporaneamente che ruotano in senso orario, come distorti dall'effetto di un prisma.

La mano sinistra si muove, da sola, a cercare la leva per aprire la portiera, si ingarbuglia sulla manopola del finestrino e sta quasi per mollare la presa, poi la porta scatta e si spalanca all'istante tirata dal vento che si insinua nelle cerniere e che in pochi secondi ripulisce l'aria dell'abitacolo. Io crollo a terra lasciandomi cadere su un fianco e in lontananza sento dei passi di corsa sulla ghiaia, ma sono solo altre allucinazioni.

L. Quando arrivo al Jamaica, Filippo è seduto con una bottiglia di rosso già stappata sul tavolino, ci abbracciamo ma siamo entrambi un po' rigidi: nessuno dei due vuole fare capire all'altro quanto gli sia mancato. Scrocco una sigaretta dal pacchetto aperto e mi siedo di traverso sulla sedia.

«Vedo che non hai perso il vizio», commenta Filippo facendomi cenno con l'indice di restituirgli lo Zippo.

«Vedo che sei rimasto il solito braccino corto», dico soffiando il fumo della prima boccata.

Lo osserviamo svanire, e lentamente inizia a svanire anche quel velo di imbarazzo che ci separava. Finiamo la bottiglia e ne ordiniamo un'altra, mentre la notte si fa più buia e chiassosa. Ci spostiamo al Le Trottoir, poi all'ATM e alla Nave, seguendo la filosofia notturna di Filippo: dove non si è, è sempre più divertente di dove si è. Quando i semafori si spengono e inizia il loro monotono lampeggiare arancione, andiamo a San Siro a ballare sulle gradinate della tribuna rossa. Continuiamo il discorso che non riusciamo ad abbandonare ma nemmeno a concludere da quando ci siamo incontrati: vuole sapere cosa penso di fare in America, con una figlia e ancora due anni di università davanti, quali prospettive penso di avere. Non si capacita che la mia vita sia potuta cambiare così tanto in così poco tempo, vuole essere sicuro che non stia soltanto cercando di fuggire, ma che abbia qualcosa in mente, che stia seguendo la scia, seppur labile, di un sogno ispiratore.

«Non sono sicuro della direzione che voglio intraprendere», biascico cercando di coordinare le labbra e la lingua per produrre suoni coerenti. «Ma senza dubbio so quello che mi voglio lasciare alle spalle.»

«Ma allora vedi che vuoi solamente scappare? Tu stai correndo alla cieca, e alla prossima svolta potresti ritrovarti in una merda molto più profonda di quella che hai lasciato.» Mi perdo nei mille dettagli che si mischiano nella mia mente facendomi oscillare in tutte le direzioni.

«Non voglio scappare. O forse voglio scappare, ma non senza una meta. Sento che una meta esiste, anche se non so esattamente definirla. È come se nella mia fuga ci fossero tante calamite con la mia stessa polarità che mi respingono, che non mi indirizzano in modo cosciente e propositivo, ma in base a una serie di rifiuti che sono più istinto che razionalità.»

«Luca, non sono sicuro di seguirti. Mi sembra che anche tu sia parecchio perso. In tutti i sensi.» E abbozza un sorriso che potrebbe essere sbruffone o amaro, ma è difficile capirlo nelle ombre della notte.

«Non lo so, Filippo. So solo che non voglio finire a rimpiangere di non essermi mosso prima, di aver aspettato troppo tempo che la nebbia si sollevasse per potere vedere la strada, perché la notte scende inesorabile e allora partire potrebbe non avere più senso. La cosa che temo di più è consumarmi lentamente tra le piccole amarezze quotidiane.»

«Andiamo a piedi», dico a Filippo dentro al parcheggio e lui mi guarda come se fossi impazzito. «Dài, non essere vecchio, lasciala qui la macchina. La veniamo a prendere domani.»

«A parte che è già "domani". Sono le 5 del mattino. E poi siamo dalla parte opposta della città.»

«Cosa te ne frega? Hai fretta?»

«No. Ma sono stanco e mezzo ubriaco.»

«Perfetto, così ti passa la stanchezza e ti ripigli un po' prima di andare a letto.» Gli sfilo le chiavi di mano e lo trascino lontano dalla macchina. «Per strada possiamo anche fermarci in Solferino a fare una colazione della madonna.»

«Tu e le tue idee del cazzo... E io che mi faccio sempre convincere, poi...»

«Perché in realtà ti esaltano», dico correndo in avanti e calciando una bottiglia. «Te la leggo negli occhi la voglia di follia. Ti sei rotto le palle di questa vita monotona, di Milano, dei tuoi amici, di un futuro che qualcuno ha già scritto per te.»

Filippo mi guarda accigliato e lascia sfilare la bottiglia che gli ho passato senza il minimo tentativo di intercettarla.

«Ammettilo, non stai andando da nessuna parte. Ti muovi in circolo, ma rimani sempre lì. L'università va bene, poi ci sarà un lavoro rispettabile, una paio d'anni al massimo perché il papi ti vuole con sé per continuare il suo "impero", ti sposerai, comprerai una bella casa che tutti possano ammirare, ben arredata per far contenta mami e allora addio Filippo. Non ci saranno più i sogni che hai adesso, la voglia di fare qualcosa che non sia già stato fatto, il desiderio di essere qualcuno di diverso, con una casa, uno stile, dei pensieri diversi.» La mia voce si fa sempre più alta e aspra e adesso sto quasi urlando: «Non è così, Filippo, che finirai? Appiattito perché ormai non avrai più la spinta per fare delle follie e ti chiederai perché non le hai fatte quando ne avevi la voglia e la forza e quando avrebbero ancora potuto cambiare la tua vita.»

«Piantala, Luca. Mi stai dando addosso.»

Ma non posso fermarmi. Sono in preda a un orrore incontenibile, alimentato dalla violenza delle immagini che mi si materializzano nel cervello. Ogni molecola di speranza viene risucchiata con forza dal vuoto che mi circonda, e la mano gelida dell'uniformità mi afferra i testicoli e comincia a stringere.

«Tu non te ne accorgi neanche, ma sei cambiato in questi due anni. Mi hai dato un cappellino all'aeroporto quando sono partito e con quello ti sei liberato della tua pazzia. Non l'avevo capito allora» gli urlo in faccia camminando all'indietro. «Ma adesso è tutto chiaro. Ti sei dimenticato di Francesca e di quello che ci ha voluto lasciare.»

Mi fermo e lo sfido con gli occhi ma lui non mi guarda e mi gira attorno proseguendo per la sua strada. Allora lo afferro per una spalla e lo giro verso di me.

«Chi stai diventando?» sono così vicino che i nostri nasi quasi si toccano.

«Lo chiedi a me o lo stai chiedendo a te stesso?» la sua voce piena si srotola verso di me come un tappeto di velluto rosso di rabbia. La notte attorno a noi è piena di rumori violenti e ostili, un gruppo di motorini passa sul viale lasciando una scia di olio bruciato nell'aria, la mano che tiene stretta la spalla di Filippo comincia a indolenzirsi ma non voglio lasciare la presa. Le sue pupille sono ferme, dilatate dal buio e puntate sicure nei miei occhi arrossati dal fumo.

«Lo chiedo a te. Quand'è stata l'ultima volta che hai fatto qualcosa soltanto per il brivido che ti avrebbe provocato?»

Filippo cerca di scrollarsi la mia mano di dosso.

«Quando hai deciso che era più importante il risultato piuttosto che la lotta per conquistarlo?» Mi afferra il polso e torcendolo si libera. «Quando hai smesso di cercare i tuoi cimenti?»

Un refolo di vento solleva un pezzo di giornale. Le mie parole scivolano in un'eco verso il nulla, mentre il giornale continua a veleggiare a mezz'aria e lo sguardo fisso di Filippo mi brucia gli occhi di un'insicurezza che non avevo mai provato.

«Mi vieni a fare la predica da idealista», dice lui ricominciando a camminare, «proprio tu che hai mollato tutto e sei scappato come un coniglio. Se non ti conoscessi direi che sei uno stronzo.»

«E invece cosa mi dici, visto che mi conosci?» Le parole escono pesanti e rotolano al suolo imbrigliandomi i passi.

«Di non preoccuparti, perché non sarai mai uno mediocre, resterai sempre il grandissimo coglione svitato che sei adesso.»

Continuo a seguirlo senza più parlare, guardo in basso perché la luce tenue del mattino mi fa bruciare gli occhi. Le nostre ombre lunghe sembrano adattarsi ai contorni della città e sono contento di camminare al suo fianco.

Saluto Filippo di fronte all'Arco della Pace. È l'alba, chissà se Giacomo sta già dormendo.

Mi apre la porta con un'espressione strana sul volto, un sorriso di sollievo e timidezza insolito per lui.

«Da dove arrivi conciato così?» Le parole di Giacomo rompono il silenzio che mi ronza nelle orecchie. Ci sediamo in cucina ad aspettare che il caffè sia pronto.

«Non lo so più neanche io. Non so neanche che faccia sto indossando in questo momento, tante sono quelle che mi sono strappato di dosso questa sera.»

«Non sono sicuro di volerlo sapere. La mia era una domanda molto più innocente. Mi sarei aspettato una risposta superficiale del tipo: "coca party da Tommaso con le modelle del Fashion"», dice lui girandosi a controllare la caffettiera.

Io mi alzo e vado a guardare fuori dalla finestra. Prendo coraggio e decido di chiederglielo: «Senti Giacomo, cosa c'è che non va?» domando senza riuscire a voltarmi e a guardarlo negli occhi. «È da un po' che volevo chiedertelo. Mi sembri cambiato.»

«Ci credo! Non ho mai scopato tanto come in questo periodo. Guarda, mollare Annalisa è stata la mia mossa migliore negli ultimi due anni.»

«Hai mollato Annalisa? Quando? Perché?» Mi volto genuinamente stupito.

«Ma sì, un paio di settimane fa. Non ce la facevo più, mi stava soffocando.»

«Vabbe' che la vostra non era proprio una vera relazione. Almeno da parte tua...» suggerisco con un sorriso sardonico.

«Comunque non ho voglia di parlarne adesso. Ci sono argomenti molto più stimolanti, come il nostro viaggio nei Paesi baltici, per esempio.»

«Nostro cosa?» scandisco le singole lettere cercando di raffigurarmele davanti agli occhi.

«Io devo andarci per lavoro e ho pensato che sarebbe divertente portarmi dietro te e Andrea...» dice Giacomo guardandomi di sfuggita.

Non so ancora niente del viaggio, ma già sento l'eccitazione crescere e scuotermi dal torpore della notte insonne. Un po' fuga, un po' avventura... Poi penso ad Arianna e ho un'esitazione: «E ad Arianna cosa dico? Lei è appena arrivata dall'America e io me ne vado? Per quanto poi?»

«Vedrai che qualcosa inventi. E poi, per quello che ne so, non mi sembra proprio il tipo che ti fa delle menate.»

Il caffè inizia a bollire e io già ne pregusto il sapore amaro e la carica che mi promette.

G. Arrivo al Coquetel con qualche minuto di anticipo. La serata di ieri con Cristina, e la consapevolezza che riesco ancora a stare in piedi sulle mie sole gambe, ha cancellato il baratro in cui ero caduto, lasciandomi stupito per la sensazione di ritrovata potenza e allo stesso tempo intimorito al pensiero di perderla. Annalisa è stata una parentesi che ora risulta del tutto incomprensibile e dolorosa.

Lascio spaziare intorno lo sguardo per assicurarmi che Mario non sia da qualche parte ad aspettarmi. Nell'attesa, placo il nervosismo andando a prendere da bere.

C'è il solito casino e una coda notevole al bancone, una cameriera gira tra i tavoli e io mi apposto a fianco di quello all'entrata per infilare la mia ordinazione.

Nel gruppo di persone sedute, un uomo sui trent'anni, magro con i capelli ricci scomposti, mi guarda sorridente dall'altra estremità del tavolo: «Vuoi sederti o devi solo ordinare da bere saltando la fila?» Ha un tono amichevole, ma sento che il mio orgoglio viene messo in discussione e reagisco aggressivo: «Scusa?!»

«Dicevo che se vuoi sederti, non ci sono problemi.»

Non so bene come interpretare queste parole, ma il suo tono ironico mi irrita: «Se volessi sedermi te l'avrei chiesto, non ti pare?»

La mia risposta polemica attira l'attenzione delle altre persone sedute con lui. Mi chiedo se non sia un frocio che sta cercando di abbordarmi.

Il tipo si alza, passa in mezzo ai suoi amici e si presenta: «Mi chiamo Fabrizio. E volevo solo essere gentile. Siediti, te lo offro io un bicchiere, e non preoccuparti che non sono gay», ride.

Completamente preso alla sprovvista da un atteggiamento di cordialità che non riesco a interpretare, gli stringo incerto la mano.

Le sue parole mi arrivano inspiegabilmente familiari e tranquillizzanti. Alza la testa verso la cameriera per ordinare: «Cosa prendi, una birra?»

Annuisco. Apre un portafoglio di pelle nera della Mont Blanc e allunga ventimila lire alla cameriera: «Due birre, tesoro. Grazie».

Poi si rivolge a me: «Spero di non sembrarti troppo strano, ma vedi, ho lasciato ieri il lavoro in banca, dove mi occupavo di M&A, valutazione di aziende per conto della banca o per soggetti terzi e...»

«So cosa vuol dire, c'è un amico di mio padre che fa lo stesso lavoro a Mediobanca», sono confuso e non capisco perché mi stia parlando di queste cose senza che io gli abbia chiesto niente.

«Ah, bravo. Comunque ho deciso di prendermi uno *year-off*, come lo chiamano gli inglesi. Il mese prossimo parto per un viaggio di sei mesi attraverso India e Indocina».

Poi qualcuno mi appoggia una mano sulla spalla: «Ehi, ecco dov'eri!» poi verso Fabrizio: «Piacere, io sono Mario».

Invidio questa capacità di Mario di sentirsi perfettamente a suo agio anche con persone di cui non sa nulla o che niente hanno a che vedere con lui. Mi chiedo se quella capacità di essere brillante che gli amici mi riconoscono sia pari alla sua. Con il suo arrivo mi sento più comunicativo: «Questo pazzo molla la banca per andare a infognarsi in qualche paese dove l'unica cosa che esportano sono le malattie virali».

Fabrizio ride e così fa risaltare ancor di più l'ironia delle mie parole.

«Forse siete un po' troppo giovani per capire la mia scelta, ma a un certo punto della vostra vita capiterà anche a voi di farvi delle domande.»

Mario è incuriosito: «E tu hai una risposta a queste domande?»

Fabrizio sorride: «No, per l'appunto vado a cercarla. Quando ho iniziato a lavorare in banca mi ero fatto un'idea tutta mia del lavoro, delle situazioni che avrei vissuto, dei rapporti personali. La realtà poi si è rivelata molto diversa e oggi mi chiedo se sia stato qualcuno a vendermi quei sogni oppure me li sono creati io su misura. Ora sento di aver perso qualcosa, qualcosa che la società si è presa, lasciandomi solo e preso per il culo».

Beve un lungo sorso del suo cocktail e abbassa la testa. Mario, a questo punto, è più confuso di me: «Ma quando torni come farai con il lavoro?»

«Immagino che ogni scelta abbia le sue incognite. Ammetto di aver paura del futuro: forse sto facendo una cazzata, ma voglio provare a riappropriarmi della mia vita, a ritrovare il piacere di alzarmi la mattina sapendo che di fronte a me ho un nuovo giorno e che tutto questo non lo faccio semplicemente perché una società di merda me lo impone.» Fabrizio adesso ci fissa e vorrei intervenire su quella «società di merda» che mi risuona in testa come un rigurgito del populismo idealista che ancora sbandierano preistorici liceali nelle manifestazioni. È Mario invece a parlare: «Penso di capire cosa intendi, Fabrizio. Non tutto si riduce al lavoro, ai soldi e alle posizioni di potere che ne derivano».

Alla fine della quarta birra e dopo lunghi discorsi sulla vita e qualsiasi cosa ci passi per la mente, ci sentiamo come se fossimo amici da sempre, salutandoci con grandi abbracci. Si percepisce una certa malinconia in questo addio. Io e Mario imbocchiamo il parco attraversando qualche nuvola di hashish, tra l'abbaiare dei cani e il suono dei bonghi.

«Quel tipo è veramente fuori! Simpatico, ma fuori. Ti rendi conto Mario che lascia tutto?»

«A me è parso un po' confuso e disorientato. Però in fin dei conti se, come dice lui, non trovava nulla in quello che faceva...»

«Un tipo curioso. Simpatico, ma curioso. Comunque non mi piace l'atteggiamento di chi invoca la società, un Dio morto su una croce o chi troneggia in una piazza rossa. Io sono l'artefice del mio destino e fanculo tutto il resto.»

«Be', se ci pensi bene, alla fine è quello che ha fatto Fabrizio.»

«Mario, cazzo: io intendevo tutt'altra cosa!»

«Lo so, Giacomo. Ti conosco. Lo so.»

A. Un clacson, quella notte in Sardegna non l'avevo sentito ma l'avevo premuto io quando la mia testa si era schiantata sul volante, stavo già precipitando in un pozzo senza fine e quel rumore continuo portato lontano dalle raffiche di maestrale aveva richiamato Pietro, la sua casa era poco distante, erano suoi i passi sulla ghiaia che avevo sentito. Qualcuno c'era ad aiutarmi, anche se io volevo negarlo disperatamente e dire che ce l'avevo fatta da solo.

Aveva capito subito cos'era successo, mi aveva fatto la respirazione bocca a bocca e mi aveva salvato.

Biiipp... Biiiipp... Biiipp...

Un trillo nelle nebbie che mi avvolgono. Lo sento ancora per un momento, sembra arrivare da lontano, da un punto sconosciuto, sale di intensità e poi rallenta, scompare.

Sono io che scompaio nel nulla, ma il rumore è sempre lì.

Apro un occhio, forse l'orologio ha girato ancora diverse volte ma qui il tempo non ha più senso, un metro sopra di me c'è una tenda sottile, tutt'intorno è bianco e asettico. Ho qualcosa che mi preme sulle guance.

Un lenzuolo mi avvolge fino al mento. Vorrei tirarlo giù, ma è troppo faticoso persino sollevare un gomito.

Scompaio ancora.

Biiipp... Biiipp... Biiipp...

Ho un ago nel braccio destro e uno in quello sinistro, la maschera dell'ossigeno, qualche elettrodo sul petto collegato a una macchina. Quel bip che monitora costantemente i battiti del mio cuore.

Un camice bianco continua a girarmi intorno.

«Tenga duro, tra poco starà meglio», mi dice chinandosi piano su di me e guardandomi con due occhi azzurri intensi.

Apre leggermente una flebo.

Biiipp... Biiipp... Biiipp...

Poi ancora l'incoscienza, dormire per non sentire più niente, neanche il nulla. Per sfuggire anche a quel monotono *biiipp...*

Dopo qualche giorno di ospedale in Sardegna, mia mamma mi ha convinto a farmi ricoverare per qualche tempo in una clinica privata, Le Betulle, vicino a Como. «Chi paga tutto questo?» le chiedo un mattino, quando non riesco più a tenermi dentro la domanda. «Ci pensa Carlo, tu ora non ti preoccupare di nulla», mi risponde lei abbassando piano le veneziane della camera per proteggermi dalla luce accecante del sole di maggio.

«Carlo è un bastardo e ci ha rovinati, ricordi mamma?»

«Sono stati fatti degli errori nel passato, cose che tu non sai», mi risponde lei girandosi e guardando fuori dalla finestra, cercando di intravedere gli alberi in fiore e il parco.

«Cos'è che non so, mamma?»

In quel momento entra in camera Carolina, si fa avanti camminando in punta di piedi, come se avesse paura di me, tra le mani tiene un piccolo mazzo di margherite. Poi si siede sul letto e in silenzio mi abbraccia, respiro per un attimo la sua innocenza e la invidio.

«Deve prendere queste pastiglie, d'accordo?» mi dice il medico chinandosi su di me e controllando le pupille con la luce.

«Che cosa sono?»

«Sono dei farmaci antidepressivi, fanno parte della sua terapia.»

«E cosa pensa che faranno? Mi guariranno, forse? Lei è un illuso, dottore...» e dicendo questo mi ero alzato dal letto per guardare fuori dalla finestra.

«Forse ha ragione, ma attualmente lei è clinicamente depresso e le sue sensazioni sono amplificate da questo forte stato depressivo.

La sua visione della realtà ora è completamente distorta. Inoltre è fisicamente debole e il mio scopo è di metterla nelle condizioni di poter affrontare il dolore che sente dentro, qualunque esso sia...»

Sospira lievemente e si avvicina a me accanto alla finestra, solleva un poco la veneziana per far entrare più luce nella stanza semibuia.

«Mi dà fastidio», dico subito.

«Cosa, le dà fastidio? La luce?»

«Io volevo farla finita davvero, dottore.»

«Però è ancora qui, mi è stato raccontato che è stato lei ad aprire la portiera della macchina e a interrompere il gesto. Se riuscissimo a capire che cosa l'ha spinta a fermarsi, allora forse potremmo trovare il modo di aiutarla.»

Osservo distrattamente due scoiattoli che si muovono cauti sul prato, per poi sparire in un attimo tra gli alberi.

«Dottore, credo che la cosa che mi ha trattenuto non ci sia più...» lo guardo con aria assente e ripenso a quella barca a vela.

«Vede Andrea, il suicidio non è una soluzione. Si fidi di me e vedrà che l'aiuteremo. E con una buona psicoterapia tra qualche tempo tutto questo le sembrerà solo un brutto ricordo.»

«È vero dottore, molte cose mi sembreranno dei brutti ricordi. Ma non tutte.»

Per un attimo penso a quello che mi aveva detto la mamma, dopo che Carolina se ne era andata. Lei e Carlo erano stati amanti e lui ci aveva rovinati quando mia mamma aveva deciso di stare al fianco di mio padre, fino alla fine.

Finché morte non li separi, e poi oltre.

L. Mi alzo dal letto cercando di fare meno rumore possibile, come un ladro, perché è così che mi sento. Un ladro. Sto rubando la fiducia di Arianna. Adesso la sveglio e le racconto tutto.

Invece prendo lo zaino ed esco senza accendere la luce, uno strattone per liberarmi dai miei sensi di colpa. Sensi di colpa per cosa, poi? Cerco di ritrovare la stessa sicurezza che mi aveva permesso di raccontarle che andavo via per lavoro, un weekend lungo con i colleghi per visitare un centro all'avanguardia nella Germania del Nord, una sicurezza che nasceva dalla convinzione che ritrovare pace ed equilibrio sarebbe stato fondamentale per la nostra relazione. Chi mi avesse visto da fuori avrebbe potuto pensare a una scelta egoistica e invece, per me che sono immerso in questa vita giorno dopo giorno, era l'unica scelta che avesse un minimo di senso, una scelta logica. Ma adesso tutte queste riflessioni non mi sembrano più così fondate, e i ragionamenti mi rimbombano nella testa come i miei passi lungo la scala di marmo che mi sta portando fuori...

Apro il portone e il sole è molto più luminoso e caldo di quanto mi aspettassi e mi accoglie gentilmente fuori dall'androne delle mie seghe mentali. C'è solo una cosa che davvero non riesco a togliermi dalla testa: Andrea. Ancora non mi sembra possibile. Quando il telefono ha squillato in ufficio e la voce agitata di Giacomo mi ha scollato dalla sedia per trascinarmi alla clinica, lo shock e l'angoscia del suo gesto mi hanno terrorizzato: no, un'altra perdita, un altro abbandono. E ho pensato nuovamente a lei, a Francesca.

«Andrea De Nardi», dice Giacomo all'infermiera che ci guarda insospettita. «Stanza 315», mentre proseguiamo senza fermarci.

Non c'è nessuno in visita, come previsto. Sua madre a quest'ora lavora e non può venire fino al pomeriggio. Andrea sta dormendo, probabilmente imbottito di sedativi, o semplicemente svuotato di un qualsiasi motivo per stare sveglio. Io e Giacomo ci sediamo ai due lati del letto. Ci guardiamo. Annuiamo. Uno, scandisco col dito, due, tre: «Buongiorno!» gli urliamo in contemporanea nelle orecchie. Lui sobbalza intontito e disorientato e sembra non riuscire a realizzare cosa stia succedendo, poi un barlume di coscienza torna a intravedersi nei suoi occhi e la bocca si increspa in un lievissimo sorriso mentre si lascia scivolare di nuovo sul cuscino.

«'giorno», biascica con la bocca secca per il sonno e le medicine.

«Cià, vieni», dice Giacomo cercando di tirarlo su per un braccio. «Mettiti in piedi che andiamo a fare colazione al bar.»

«Ho sonno, lasciatemi dormire ancora un po'», protesta Andrea.

«Ue', guarda che se aspetti che ti svegli con un bacio per me puoi restare tra le braccia di Morfeo finché non ti cresce la muffa sul culo», cerco di dare alla mia voce un tono canzonatorio ma mi esce solo una cantilena stonata e senza grazia.

«Senti, dammi una mano a tirarlo su che mi cade da tutte le parti», dice Giacomo, che si sforza di raccattarlo dal letto come fosse un mucchio di stracci che continua a sfarsi e a rovinare sul materasso.

Quando finalmente ci riusciamo, gli buttiamo addosso la sua vestaglia e lo trasciniamo verso l'uscita senza che possa aprire bocca. Davanti all'ascensore ci blocca la voce stridula dell'infermiera-guardiano: «Scusate, voi dove pensate di andare?»

«Prima di tutto, lei chi è?» reagisce stizzito Giacomo.

«Deve scusare il mio amico», intervengo prima che l'infermiera riesca a rispondere. «Ma è un po' nervoso. Stavamo andando a fare colazione giù al bar. Vuole che le portiamo un cordiale, per rallegrarle lo spirito?» Ma dal suo sguardo mi rendo subito conto che in questo caso l'umorismo decisamente non ci aiuterà.

Intanto Andrea ha iniziato a riprendersi e adesso riesce a stare in piedi sulle proprie gambe, anche se ha ancora gli occhi mezzi chiusi.

L'infermiera non demorde: «Non penso proprio sia una buona idea. Il signor De Nardi non è autorizzato a lasciare l'edificio. Disposizione del primario».

«E chi sarebbe questo primario? Mi ci lasci parlare.»

«Giacomo, non vedi che l'infermiera cerca soltanto di fare il suo lavoro? Dài, riportiamo Andrea a letto e poi andiamo a prendergli qualcosa da mangiare. Possiamo?»

L'infermiera alza le spalle e torna a sedersi alla sua scrivania.

«Luca?» commenta sorpreso Andrea come se stesse osservando delle diapositive proiettate lontano da lui, che non hanno niente a che vedere con la sua vita attuale.

«Eh già. Sei proprio messo male, mi riconosci soltanto adesso?»

Giacomo interviene subito: «Mi dispiace interrompere il vostro idillio, ma io tra poco devo andare in ufficio da mio padre e mi sembra che la situazione sia assai più complessa di quanto avessimo previsto».

«Vuoi dire a causa dell'infermiera?»

«Direi proprio di sì.»

«Andrea», dico mettendogli una mano sulla spalla e sussurrandogli all'orecchio, «siamo venuti per portarti via.»

«Non diciamo cazzate, per favore.» E tutto a un tratto non sembra più così rallentato nel pensiero e nemmeno nei movimenti. Si libera dalla mia mano e si dirige verso il letto per infilarsi nuovamente sotto le coperte.

«Si può sapere cosa ci trovi di bello nello stare a letto ventiquattr'ore al giorno, in questa clinica di merda?» lo aggredisce Giacomo.

«Invece fuori di merda non ce n'è per niente, vero?»

«Almeno fuori la puoi evitare, qui ci sei immerso fino al collo e non c'è via di scampo.»

Andrea mi guarda come se lo compatisse.

«Andate via, per favore. Sono stanco e non ho voglia di parlare.»

«Senti, Andrea. Devi reagire. Non puoi lasciarti andare così», dice Giacomo provando un tono meno aggressivo.

«Reagire a cosa?» scatta lui. «Non vedi che non sono neanche riuscito a farla finita? Che cosa vuoi che venga a fare là fuori?»

«Magari potresti iniziare portando dei fiori a tua madre e una Barbie a tua sorella», dico io. Ma il mio tono è meno convinto di quanto avrei voluto. «Non pensi che sarebbero contente di vederti in piedi, con un obiettivo, per quanto temporaneo e futile come una gita con gli amici?»

Quasi gli costasse una fatica immensa sbatte le palpebre, lentamente, e osserva per un attimo la mia mano sulla sua.

«Andrea, non voglio dirti che ti capisco, perché non ho la minima idea di cosa tu stia provando. Mi conosci, non riesco neanche a immaginare cosa voglia dire assenza di emozioni. Ma posso dirti che ho visto lo sguardo di tua madre, l'amore che prova per te. Se non te ne frega più niente della tua vita, almeno fallo per lei. Provaci. Lei è tutta una vita che lo sta facendo per te!»

Questa frase lo ha colpito, e dai suoi occhi fa capolino una lacrima. Forse questo basta perché non si neghi più e accetti di venire con noi.

«Noi dovremmo andare, Andrea. E visto che non sei proprio merce esportabile, magari ti raccontiamo poi com'è andata...» gli dico strizzandogli l'occhio.

«Ok, ho un'idea», salta in piedi Giacomo. «Preparatevi a scattare in ascensore appena la via è libera.»

Io e Andrea ci guardiamo perplessi.

«Dài, muoviamoci che sono già in mega-ritardo. Fidatevi, funzionerà sicuramente.»

Non ho voglia di discutere ancora e tanto meno ho un'idea di come uscire aggirando l'infermiera-mastino, pertanto raccolgo le poche cose che Andrea vuole portare con sé, le metto in un sacchetto di plastica e mi avvicino alla porta per osservare la scena.

Giacomo si infila nella stanza accanto e dopo pochi secondi scatta un allarme e una luce arancione si accende sopra la porta. L'infermiera si alza dalla scrivania spostando rumorosamente all'indietro la sedia sul pavimento azzurrino. Nello stesso istante arriva un'altra infermiera che si precipita nella stanza dove è entrato Giacomo, mentre l'infermiera-guardiano torna a sedersi al suo posto. Mi ritraggo dall'uscio fingendo indifferenza.

Sento Giacomo che dice: «Stavo cercando l'interruttore della luce e ho premuto per sbaglio. Mi scusi, non volevo disturbare».

«Ottimo piano», l'apostrofo.

«Prego, se sai fare di meglio fatti avanti.»

«Svegliate il vecchio», ci interrompe all'improvviso Andrea.

«Quale vecchio?» chiede Giacomo stupito.

«Quello che sta nella stanza qui accanto», continua lui indicando la parete di fronte. Dalla porta aperta provengono dei brontolii sommessi ai quali ci siamo abituati come si fa con un rumore di fondo. «Quando è agitato inizia ad andare in giro per la clinica e spesso è l'infermiera capo che lo deve riportare a letto.»

«Ok, voi rimettetevi in posizione. Al vecchio ci penso io», dice Giacomo. E aggiunge alla frase un sorriso maligno.

Si avvicina al letto prestando attenzione a non essere visto, poi con uno scossone lo sveglia, chiedendogli di scendere dal letto e di seguirlo per degli esami. L'uomo protesta, ma Giacomo lo aiuta sbrigativamente ad alzarsi. Poi, assicuratosi che abbia trovato l'equilibrio per stare in piedi, si allontana da lui. Il vecchio, confuso, cerca di stargli dietro con passi instabili, ma Giacomo è già alla fine del corridoio e dopo avergli fatto ampi cenni di affrettarsi, sparisce dietro l'angolo. Adesso che ha perso il suo punto di riferimento, il vecchio comincia a rimbalzare da una porta all'altra borbottando sempre più forte. L'infermiera si accorge che c'è qualcosa che non va: «Come? Chi l'ha svegliato? Non dovrebbe camminare da solo». E brontolando si incammina di malavoglia per riaccompagnarlo a letto.

Giacomo ci fa un gesto con la mano appena l'infermiera sparisce alla vista. Prendo Andrea per un braccio e saliamo tutti e tre in ascensore. In un attimo siamo fuori, saliamo in macchina e ce ne andiamo il più in fretta possibile.

Giacomo ci lascia a casa sua, ricordandoci per l'ennesima volta l'orario del volo, dove sono le valigie, i vestiti che Andrea può prendere e quelli che non deve toccare, di finire il cibo in frigorifero e di lasciare le chiavi al portinaio quando usciamo.

G. «Welcome to Tallinn International Airport» La scritta che troneggia a fianco della dogana sembra una presa per il culo: se non fosse per il grigiore intorno e la temperatura notevolmente più bassa, direi che siamo arrivati in Tunisia.

Luca, che cammina rilassato al mio fianco, mi fa notare dei cartelli che annunciano l'imminente ammodernamento dell'aeroporto. Ma io non vedo dove possano andare, partendo da un punto così basso.

Andrea sembra tranquillo, e ogni tanto gli lancio un'occhiata per rassicurarmi sul suo stato. Al di là del fatto che se dovesse succedergli qualcosa la responsabilità sarebbe mia e di Luca, ho bisogno di tenere la situazione sotto controllo, perché il suo gesto ancora mi disorienta.

«Tutto bene Andrea?»

«Sì, tutto a posto, non ti preoccupare.» Prosegue di qualche metro e poi si gira: «Non è che adesso per tutta la vacanza mi chiedi come sto, vero? Non sono mica una donna incinta».

Sono preso alla sprovvista: «No è che... Vedi... Non so bene, insomma...»

Luca interviene in mio aiuto: «Non te la prendere, Andrea. Penso che tu capisca che anche per noi è una situazione nuova. Vogliamo solo essere sicuri che non ci siano problemi».

«Non vi preoccupate. Adesso sto bene e dopo questi giorni con voi starò ancora meglio. Se mai ce ne fosse bisogno, ve lo chiederò io di aiutarmi.» Poi ci fissa per qualche secondo in attesa che sia io che Luca annuiamo in modo convincente.

Ci avviciniamo alla coda per la dogana, dove veniamo radiografati dal personale in divisa dall'aria ancora sovietica: questo è il primo punto su cui dovrebbero lavorare per la modernizzazione.

Dopo dieci minuti di orologio, passiamo uno alla volta al controllo dei documenti, dove un doganiere svolge la funzione di uomo-timbro: ne conto sette tra il mio visto, il passaporto e altri fogli dallo sconosciuto ma sicuramente indispensabile valore.

Sono ormai sicuro che la borsa Luis Vuitton me l'abbiano rubata, poi la vedo comparire sul vetusto tapis roulant subito dietro una valigia di pelle, datata ma ancora elegante, che prende Andrea.

«Credevo che non finissero più questi controlli nazisti», mi fa lui. «Comunisti, Andrea», gli faccio notare con un risolino beffardo. «Comunisti.»

«Dichiarare? Soldi, computer...» un inglese parlato male con forte accento dell'Est e il braccio di un agente fra noi e l'uscita ci colgono impreparati. Gli altri sono perplessi quanto me. Nessuno di noi sembra poter dare una risposta in tempi ragionevoli: «No, niente».

«Valigia, lì» e il militare ci indica dei tavolacci intorno ai quali ci sono altre persone in divisa.

Questi ci aprono le valigie e frugano all'interno, con la testa che quasi entra fra i vestiti.

Quando perquisiscono la mia borsa sento un misto di agitazione e rabbia.

«Questo?» un doganiere tiene tra le mani delle scatole bianche e fissa Andrea che è diventato pallido all'improvviso.

«Questi sono dei farmaci. Li devo prendere perché ho una malattia.»

Il doganiere lo fissa inespressivo: «Tutti? Impossibile. Restano qui».

Andrea inizia a sudare: «Me li ha prescritti un medico in Italia. Li devo prendere assolutamente. Altrimenti sto male».

«Droga? Drogato?» gli altri poliziotti si fanno intorno al loro collega e iniziano a prendere in mano le scatole, le aprono e se le passano. Quello più a sinistra si concentra sulla lettura delle indicazioni in italiano, atteggiandosi come se le capisse veramente, mentre noi tre siamo come bloccati, incapaci di gestire la situazione.

Andrea è visibilmente in preda al panico, ma ha un moto di orgoglio improvviso e alza la voce: «Io non mi drogo! Questi sono farmaci contro la depressione, se lei sa cosa vuol dire, e...»

L'uomo, visibilmente indispettito dal suo tono lo interrompe: «Sì, depressione. Curi depressione con droga?»

Con questi personaggi funziona solo il denaro. Potrei infilarlo nel passaporto e passarlo al capo. Ma come faccio davanti a tutti? Riesco a sbloccarmi e faccio un passo verso il gruppo di uomini in divisa: «Sentite, io pretendo di parlare con l'ambasciatore italiano...»

Andrea mi fulmina con lo sguardo, nei suoi occhi leggo rabbia e disapprovazione. Apre il portafoglio e con la mano tremante e un'espressione determinata sul volto, allunga un foglio al poliziotto: «Questa è la prescrizione medica per i farmaci, se vuole può controllare».

Il doganiere dà un'occhiata al foglietto, e senza guardarci fa segno di andarcene.

Pezzi di merda.

«Mi verrebbe voglia di tornare in Italia. Come cazzo ci hanno trattato? Pensano che siamo degli animali? Quando rientro faccio su un casino...»

«Ehi, ehi, calmiamoci!» ci abbraccia Luca. «Siamo qui per divertirci, no? In fondo non è successo niente e Andrea se l'è cavata benissimo. Stiamo esplorando un nuovo mondo, fa parte del viaggio!»

A. Giacomo ha i suoi impegni di lavoro, ci ha lasciato soli per qualche ora e subito Luca mi ha voluto trascinare in giro per la città vecchia. Malgrado il mio umore, il suo entusiasmo è riuscito a contagiarmi e mi sono ritrovato a parlare con alcuni ragazzi del posto, tra cui una tipa bionda con due occhi da favola. Ma l'entusiasmo è svanito presto. Sono tornato in hotel e mi sono rinchiuso nella sauna.

Il caldo mi attacca la gola, a ogni respiro sento l'aria bollente che entra nel mio corpo, sudo così tanto che non sopporto più neanche il leggero asciugamano che ho intorno alla vita e lo butto in un angolo. Rovescio un po' d'acqua sulle pietre incandescenti, un soffio di vapore inonda la stanzetta e mi fa girare la testa, mi sdraio nudo sulla panchetta di legno e chiudo gli occhi lasciandomi andare.

La mia mente torna ai primi minuti subito dopo aver lasciato Le Betulle, il traffico mi sembrava insopportabile e il rumore dei clacson mi trapassava il cervello. Avrei voluto non essere mai uscito dalla clinica, l'impatto con il mondo esterno si era rivelato intollerabile.

Quando Giacomo ci aveva lasciato per tornare in ufficio, avevo chiesto a Luca di portarmi a casa mia. Subito si era rifiutato, temeva che ci avessi ripensato e non volessi più seguirli in Estonia, poi ero riuscito a convincerlo.

«Luca, fermati! C'è Carolina!» avevo aperto la portiera e mi ero nascosto dietro una macchina poco distante dall'entrata dei palazzoni di Corsico, l'avevo vista venire nella mia direzione trotterellando con un'espressione felice dipinta sul viso.

«Carolina, vieni qui un attimo», l'avevo chiamata e lei si era bloccata incredula.

«Cosa ci fai qui? La mamma ti sta cercando in tutto il mondo!» aveva esclamato lei facendo un gesto con le braccia come a indicare qualcosa di grandissimo.

Tutto il mondo, tutto il mondo.

Rivedo quella scena, la spezzetto in sequenze sempre più lente.

Rivedo Carolina, le sue braccia che si allargano e che con una lentezza infinita disegnano un enorme cerchio nell'aria. Le immagini del suo viso prima gioioso, poi incredulo e così felice nel vedermi si scompongono e ricompongono nel mio cervello, il grigiore dei palazzoni di Corsico svanisce e rimaniamo solo io e lei al centro del mondo.

Mi ero inginocchiato alla sua altezza e le avevo detto che avevo bisogno di un grande favore, che era come un gioco e che avrebbe dovuto aspettare il giorno dopo per consegnare alla mamma il bigliettino che le stavo dando. Non c'era scritto quasi niente, solo di non preoccuparsi e che sarei stato via qualche giorno con degli amici.

«Devi salire in casa, vai in camera mia, nel secondo cassetto della scrivania c'è un libretto rosso, prendilo.» Le avevo dato le istruzioni in fretta, non ci sarebbe stato bisogno di ripetergliele. Era corsa via e dopo due minuti avevo tra le mani il passaporto per andare in Estonia.

Mi lascio cadere a terra, sento il pavimento bagnato e caldo e non posso fare a meno di mettermi a piangere, ma è solo una lacrima che si asciuga in fretta nel calore insopportabile della sauna.

L. «Ti assicuro che ne vale la pena», dico eccitato a Giacomo. «È biondissima, alta così...» e porto la mano all'altezza della fronte. «Occhi di un blu incredibilmente profondo, curiosissima di tutto quello che viene da fuori...»

«Ho capito», mi interrompe lui. «Ma dobbiamo proprio andare al mercato?»

Poi si gira verso Andrea come per cercare supporto: «Figa, non ci sono mai andato neanche a Positano e ci devo venire a Tallinn?»

Andrea increspa le labbra, senza aggiungere parola.

«Dài Giacomo, cosa ti costa? Vedrai che avrà anche altre amiche e poi sarà una bella avventura. Prendiamo un tram di quelli storici costruiti nelle acciaierie di Stalingrado ai tempi dell'Unione Sovietica...»

«Sai che roba...»

«Senti, io e Andrea andiamo. Se tu non vieni te ne pentirai stasera quando sarai da solo al tavolino del bar del tuo albergo da sborone.»

G. «Ragazzi! Ma come lo paghiamo il biglietto? Chi ci parla in estone con il tranviere, o come cazzo si chiamano qui?» Andrea e

Luca non si girano nemmeno e devo allungare il passo per raggiungerli.

Ci fermiamo all'inizio della via che porta al centro della cittadella medievale: di fianco a noi persone vestite con improbabili abbinamenti di colore ci fissano come fossimo marziani.

Una donna sui trentacinque anni con una gonna di velluto marrone, senza calze e degli scarponi neri abbozza un sorriso. Sono preso alla sprovvista e mi esce un sorriso tirato che sembra una smorfia.

Saliamo sul tram che ci hanno indicato, mi dirigo verso il fondo e vedo un paio di vecchie che si spostano sui sedili di legno per farmi posto, ma io preferisco rimanere in piedi.

A. Il tram sbanda continuamente ai lati. Il mio sguardo vaga assente sui passeggeri, sono incapace di perforare la bolla che continua ad avvolgermi. L'aria è rimasta la stessa di quella che mi sono lasciato dietro: come se fossi ancora nella Citroën in Sardegna, sento distintamente il puzzo del monossido di carbonio misto ai fumi dell'olio di macchine che avrebbero bisogno di una revisione.

«Sentite, fermiamo questo tram del cazzo e torniamo indietro, che ne dite? Gli allunghiamo duecento corone e ci facciamo portare in giro dove ci pare a noi, magari ci scopiamo pure la figlia del conducente.» Cerco di essere simpatico con Luca e Giacomo ma queste parole stonano alle mie stesse orecchie. Non sono io che parlo, né io che penso le cose che dico.

L. «Market, marché, mercato» scandisco le parole al conducente e gli mimo i nostri passi che scendono dal tram. Mi travolge con un fiume di parole incomprensibili e mi pare di capire che mi indicherà lui dove scendere.

Dopo un paio di fermate, due mani dure e callose mi spingono cortesemente verso le porte aperte.

«Siamo arrivati ragazzi!» quasi urlo mentre scendo con un singolo balzo i tre scalini del tram.

Il cosiddetto mercato è un luogo un po' squallido, dai colori sbiaditi e con la merce disposta in maniera del tutto casuale. La gente ci osserva incuriosita, quando passiamo tutti sembrano interrompere le loro conversazioni per fissarci. Certo, siamo vestiti in maniera decisamente diversa da tutti loro, ma non può essere solo questo.

Continuo a inoltrarmi per i pertugi irregolari del mercato cercando il banco di Eve quando la mano di Giacomo mi blocca all'improvviso.

G. «Luca, Luca, guarda che spettacolo quella tipa dietro al bancone!»

Andrea interviene in inglese: «Ecco Eve. Ciao! Come stai?»

La ragazza esplode in un sorriso che mi toglie il respiro: è di una bellezza sconvolgente e di un fascino ingenuo e innocente. In Italia camminerebbe altezzosa, su una passerella a un metro da terra ancheggiando e distribuendo sorrisi ai fotografi, ma qui è la semplice proprietaria di una bancarella da quattro soldi. Ma non importa: la sua purezza ripulisce questo luogo da tutto il suo squallore.

A. Osservo le bancarelle disposte in file disordinate e penso ai nostri mercati italiani, così ordinati, precisi e puliti. Non posso fare a meno di rendermi conto delle incredibili diversità che ci sono nel mondo. Basta prendere un aereo, solo qualche ora di volo e ti ritrovi in un altro continente, dove tutto è diverso, dove le persone e i luoghi non assomigliano per nulla alla realtà in cui sei abituato a vivere: una casbah, un suk, gente che urla e cerca di attirare la tua attenzione nelle maniere più strane. Vogliono che ti fermi a comprare, lasciare qualche moneta che per te vale poco, ma che per loro rappresenta il pranzo e la cena. Sono cose a cui non pensi mai, neanche quando vedi un bel documentario in tv. Lo capisci solo se ci sei dentro, davvero dentro a quell'atmosfera.

E qualche volta, essere troppo dentro, può anche fare male.

L. «Ue', ma perché non comperiamo tutta la baracca e andiamo subito a divertirci?» propone Giacomo con gli occhi che gli brillano. Andrea e io ci giriamo all'unisono con uno sguardo esagerato di disprezzo, lo prendiamo sotto le ascelle e lo trasciniamo via mentre lui continua a guardare Eve ipnotizzato.

«Ciao, ci vediamo stasera. Ti ricordi l'indirizzo?» dice lei sorridente mentre ci saluta con la mano. Annuisco. «Fantastico! Ma ci ha invitato lei o hai forzato tu la mano? Ti ha esplicitamente detto di far venire anche noi?»

«Calma, Giacomo. Frena l'ormone. Ci ha invitati tutti lei.»

Andrea guarda l'orologio e subito dopo tira fuori dalla tasca una scatoletta con dentro diverse pastiglie colorate, di varie dimensioni. Le butta giù tutte in un colpo solo: «Precise indicazioni dei medici dell'ospedale psichiatrico», cerca di rassicurarci.

G. «Ha fatto effetto il pillolone?» chiedo ironico ad Andrea.

«Sì, abbastanza. Tu lo vedi quell'orso rosa sul palazzo là a sinistra?»

Elaboro senza troppa coscienza quello che mi ha detto e involontariamente mi giro per guardare fuori dal finestrino: «Giuro che non ci ho creduto neanche per un istante. Ma tu non lo vedi, vero?»

«Là in fondo? No, non riesco a vedere fino a là, anche perché l'orso è coperto da quell'ingombrante elefante giallo.»

«Che coglione che sei. Io vado a farmi un "giro di topa" in centro prima di rientrare in albergo. Così, tanto per scaldarmi prima di cena. Venite anche voi?»

A. «Io passo», dico, e guardo Luca.

«Anch'io» risponde lui, più serio del necessario. Ma li capisco, si sono presi una bella responsabilità a portarmi via dall'ospedale, e non vogliono lasciarmi solo neanche per un istante. Li guardo con affetto, credo sia la prima volta che mi sento allegro in tutti questi giorni, ma probabilmente è solo l'effetto dei farmaci.

Lasciamo Giacomo davanti al suo albergo a cinque stelle e con Luca ci inoltriamo per i vicoli del centro storico. Superiamo qualche locale da cui esce della musica rock di qualche anno prima, e mi prende la malinconia al pensiero che qui il tempo si sia fermato per più di mezzo secolo e poi abbia ricominciato a scorrere ripartendo da un punto situato un po' prima del presente. Forse è lo stesso percorso che devo fare io, buttando via quello che ho lasciato indietro e trovando un nuovo punto di equilibrio. Entrando nell'alberghetto dove alloggiamo io e Luca sorrido al pensiero che questo punto di equilibrio non ho la più pallida idea di dove collocarlo e con chi. E, ad essere proprio sincero, non so nemmeno perché dovrei farlo.

L. «Sei sicuro che non ci siamo vestiti troppo eleganti?» chiedo a Giacomo che si sta sistemando la cravatta mentre osserva compiaciuto il suo riflesso sul finestrino del taxi.

«Alla reception mi hanno detto che è un posto di lusso. Vedrai, sicuramente le ragazze apprezzeranno, non si è mai sentito di un posto in cui le donne non preferiscano degli uomini ben vestiti.»

All'ingresso un tipo alto e robusto, camicia color vinaccia sotto un abito nero con le spalle enormi e due scarpe di vernice tirate a lucido ci accompagna in una sala piuttosto elegante.

Beviamo, mangiamo e chiacchieriamo rumorosamente nel locale poco affollato, tra gli sguardi di disapprovazione degli altri avventori. Le parole nascono facili e sembra davvero che siamo riusciti finalmente a ritrovare l'intimità spontanea che avevamo a Saint Tropez.

G. Il cameriere ci accompagna al tavolo, e prima ancora di ordinare riprendo un discorso rimasto in sospeso dal pomeriggio: «Luca, tu hai una storia che porti avanti da anni. Vorrei sapere: perché a me è successo un casino del genere con Annalisa?»

«Be', anni...» la sua mano si muove nell'aria accompagnandone le parole: «Saranno un paio». Poi il suo tono si fa più conciliante: «A parte gli scherzi, non saprei spiegare...»

Ma ho voglia di parlare e lo interrompo: «Intendo: avete ragione. L'ho trattata spesso come forse non meritava, poi lei mi lascia e io vado in paranoia. Passa qualche settimana da incubo e dopo... Tutto come se non fosse successo nulla. Non ha senso».

«Vedi, Giacomo», riprende Luca. «Hai sempre avuto quello che volevi, senza dover lottare per ottenerlo. I tuoi probabilmente si sono comprati il tuo affetto a suon di regali e mancette e tu hai pensato di poter fare lo stesso con la tua ragazza. Con i tuoi amici. Ma questo non può durare. A un certo punto non puoi più riempire la gente di regali… Allora rimangono solo i veri amici, se ne hai. Altrimenti rimani solo!»

Andrea sembra abbia un'altra idea: «In fondo con Annalisa può anche darsi che ci stessi solo per abitudine».

«Sì, per non sentirti solo», dice Luca. «Lei non era forse un posto sicuro dove rifugiarti, quando attorno a te c'era il vuoto? Quando non ti bastava una scopata con una modella, ma volevi solo un po' di calore, un abbraccio sincero almeno da parte sua?»

Non rispondo e continuo a picchiettare con insistenza il coltello sul tavolo.

A. «Per certi versi ti capisco. Anche se con Sonia è stata breve, ha lasciato un segno profondo. Vedi Giacomo, non conta quanto tempo stai insieme a una persona, ma *come* ci stai. Forse per te due anni non sono contati nulla, per me tre mesi sono stati come una vita intera.» «Ma scusa, allora perché l'hai lasciata andare via?» mi interrompe Luca sporgendosi verso di me.

«Lei mi ha chiesto di seguirla, ma ho avuto paura di mollare tutto… Tutto cosa, poi, non ne ho idea…»

«È per questo che è finita come è finita? Voglio dire, il gesto che hai fatto, le Betulle e tutto il resto?» mi chiede Giacomo abbassando il tono di voce, come avesse intuito che il mio stato d'animo è di nuovo sprofondato.

«Non lo so, credo sia stato un insieme di cose: ho cominciato a scendere dopo che lei se n'è andata, è come se un pezzo importante della mia vita fosse sparito di botto. Poi c'è stato il crack finanziario, dover lavorare come un cane per portare a casa qualche lira, a un certo punto ho pensato che nulla contasse più davvero. E poi il pensiero di mio papà…» lascio la frase in sospeso e allontano lo sguardo, come a implorare Luca e Giacomo di non addentrarsi in altre domande.

«Non ti capisco, Andrea. In tre mesi avevi trovato il senso di tutta la tua vita e poi, quando Sonia ti chiede un passo in più decidi che non ne vale la pena, che Milano e la vita che facevi erano più importanti di lei? Spiegami la tua logica, perché non ci trovo alcun senso», dice Luca lasciandosi andare all'indietro sulla poltrona di pelle rossa.

«Neanche io riesco a trovarci un senso, potessi tornare indietro prenderei quell'aereo e andrei via con lei. Ma sul momento ho pensato che sarebbe stata una fuga, mi pesava troppo abbandonare mia mamma e Carolina. Ho dovuto scegliere, e ho scelto male. Da quel momento è come se tutto si fosse spento.»

«Dovresti avere un obiettivo da raggiungere. Ottieni quello che vuoi e la tua vita avrà un altro sapore, te lo assicuro», esclama Giacomo e il suo tono contrasta ancora di più con il mio stato d'animo. «Un lavoro che ti faccia fare i soldi, che ti dia prestigio sociale e ti faccia sentire importante, anche per te stesso.»

«Ecco il figlio di papà e l'arrampicatore sociale che saltano fuori di nuovo. Ma non stavi crescendo?»

L. «Crescendo?» dice Giacomo indispettito e quasi offeso, come se avessimo messo in discussione l'essenza stessa del suo essere. «Io sono già cresciuto, e molto più di te. E non solo in altezza. La vedi quella bottiglia di champagne sul tavolo? Io so quello che voglio e sono pronto a sudare per averlo.»

«Sudare! Ma se non sai neanche cosa voglia dire!» Le parole di Andrea hanno la forza di chi si sente nel giusto, contro il destino e contro tutti. Poi si gira verso di me e continua: «Cioè, ma ti rendi conto dei vaneggiamenti di Giacomo? Ha detto che la bottiglia di champagne è quello per cui vale la pena di sudare nella vita!»

Cerco qualcosa da dire ma sono confuso. Decido che è inutile intervenire tanto per parlare, rilasso i muscoli e stiro le gambe allungandole sotto il tavolo.

Giacomo afferra la bottiglia e la solleva davanti agli occhi attenti di Andrea: «L'hai bevuta? Ti piace? E allora smettila di assumere questi atteggiamenti distaccati e spirituali. Non credo che tu la pensi molto diversamente da me». E sbatte la bottiglia sul tavolo tra gli ulteriori sguardi di disapprovazione degli altri clienti.

«Senti Giacomo», dice Andrea ostentando calma, quando sicuramente calmo non è. «Mi piacevi e ci stava dentro quando parlavi di sogni e di desideri da ritrovare. Parlavi come una persona adulta. Ora sei tornato il vecchio Giacomo che pensa che denaro e successo comprino tutto nella vita.»

Li osservo, nella loro mutua incomprensione, divertito dalle passioni in gioco, passioni che entrambi sembravano aver dimenticato.

G. Mi rendo conto di aver esagerato, ma non potevo farne a meno: «Ok, non ci scaldiamo troppo. L'abbiamo buttata troppo sul personale, stiamo perdendo di vista gli obiettivi della nostra discussione» e guardo sia Andrea che Luca, «ma ancora non capisco quale sia la vostra meta. Io la mia ce l'ho davanti agli occhi: vedo una fiammante Mercedes dieci cilindri preparata Amg, vedo un'azienda e una poltrona di pelle nera nella stanza all'ultimo piano, vedo degli amici con cui rido a un tavolo del Boeucc di piazzetta Belgioioso. Cosa vedi tu di concreto?»

Luca scuote la testa: «Io non vedo cose materiali, vedo sensazioni, emozioni. Vedo un orizzonte, che man mano che cammino si espande e mi fa conoscere nuove cose, mi fa vedere nuovi panorami, nuova gente...» sembra davvero emozionato, come se riuscisse a vedere qualcosa che non riesce a definire. «Vedo un oceano di strade nuove che potrei imboccare e mille altre cose che potrei fare perché il mondo sia diverso, anche solo per una persona, quando me ne sarò andato.»

A. «Come facciamo ad essere amici noi tre? Luca, io sono d'accordo con te. Il senso della vita sta lì. Giacomo invece è perso nella mondanità...»

«Vedi, Giacomo. La tua vita è come la scia di un aereo. La gente la vede e si chiede chi volerà su quell'aereo, così in alto verso il sole, ma poi un colpo di vento e la scia sparisce. Io voglio una vita che sia come un fiume che scava un canyon nella terra. All'inizio sarà solo fango e ghiaia, ma tra mille anni il canyon sarà spettacolare ed eterno.» Ascolto Luca, e mi sento davvero vicino a lui, al suo modo di essere. Poi alza la voce: «Allora sai cosa puoi fare, Giacomo? Comprati una Mercedes o una Porsche ma ricordati che dopo una Porsche c'è solo un'altra Porsche! La storia con Analisa e quello che ci siamo detti, allora non contano niente: tu sei una persona come noi, hai bisogno di affetto e verità come noi. Quando avrai quarant'anni, una bella macchina e il portafoglio pieno, non avrai la felicità. Ti conosco, è così!»

Nel locale siamo rimasti solo noi seduti al tavolo, le luci sono più soffuse, l'atmosfera più ovattata. Per un istante invidio la cameriera, perché nei suoi occhi non c'è traccia di tutti i dubbi che assillano noi tre. Mi viene in mente che l'Estonia ha appena ottenuto l'indipendenza, forse è questa sensazione di libertà che mi fa apparire così fiduciosi gli abitanti di questo Paese.

«Bene, ragazzi», conclude Luca. «Io mollo il colpo, tanto questo non si convince. Forse è meglio se ordiniamo il dolce che ancora un po' di fame mi è rimasta. E poi siamo quasi in ritardo per il "festone" di Eve!»

L. Nel piccolo centro cittadino riusciamo a trovare il locale facilmente. Quando la serratura scatta e si apre la porta, veniamo investiti da un'ondata di incenso.

«Ciao!» La voce di Eve esplode gioiosa mentre lei si scosta per farci entrare e ci guida giù per una scala in quella che sembra una specie di cantina. L'ambiente è avvolto in una luce tremolante e gialla, una trentina di occhi ci fissano tra il fumo dell'incenso e delle sigarette. Bicchieri di vino e liquori alle erbe restano a mezz'aria mentre i nostri passi rimbombano sui gradini di pietra.

Solo io ho un sorriso soddisfatto sulle labbra, perché immagino la reazione di Andrea e Giacomo, e soprattutto perché mi rendo conto solamente adesso dell'unicità di quello che stiamo per vivere.

Eve parla con i suoi compagni poeti e io capisco soltanto i nostri nomi. Alcune teste accennano un saluto, un paio di bicchieri si sollevano mentre ci accomodiamo attorno al tavolo e tutti e tre ci accendiamo una sigaretta.

Si alza un ragazzo con una barba bionda incolta, gli occhiali grandi e un gilet marroncino a treccia troppo stretto. Inizia a leggere da un foglio spiegazzato. Le parole gli scappano dalla bocca come branchi di pesci impauriti. Sono brevi, guizzanti. Poi si ferma, respira intensamente, e le sue parole si fanno scure, si ingigantiscono e come predatori inseguono i pesci in fuga. I suoni ora sono aspri e scivolosi, pieni di vocali abbinate in dittonghi sconosciuti, ma l'attenzione della gente attorno è contagiosa, vibrante. Eve cerca di tradurre il senso della poesia quando il ragazzo si siede, ma in questo momento ha poca importanza, voglio soltanto immergermi nel fluire di sensazioni elementari che mi colpiscono i sensi.

«Dove cazzo ci hai portato?» sibila Giacomo, fingendo un sorriso improbabile.

«Tranquillo, rilassati che tra un po' tocca a noi» e gli faccio l'occhiolino. «Cerca di stabilire un contatto, lasciati catturare da questa atmosfera.»

«Un contatto lo stabilisco adesso. Il mio pugno sulla tua faccia. Io me ne vado.»

Fa per alzarsi ma si rende conto che tutti l'osservano, in attesa di una sua poesia. Si toglie la giacca, la sistema sullo schienale e si risiede.

Andrea invece sembra a suo agio, rilassato, in cerca di qualcosa che forse questo posto può aiutarlo a ritrovare, almeno in parte.

Altri ragazzi si avvicendano nella lettura. Alcuni recitano versi che leggono da libri di poesia, raccolgono emozioni che altri hanno descritto per generarne di nuove, altri improvvisano o pescano dalla memoria, con gli occhi chiusi per guardarsi dentro. La gente attorno chiacchiera a bassa voce, ogni tanto ascolta, altre volte commenta. Pian piano iniziamo a rilassarci e a parlare anche noi.

Poi, senza rendermene completamente conto, mi alzo. Tutti si fanno improvvisamente silenziosi. Sorrido e lascio che i miei pensieri si trasformino in immagini e le immagini in parole, suoni impacciati ma sinceri che adesso voglio regalare a chi mi ascolta.

G. La reazione alle parole di Luca è più che entusiastica. Data la compostezza di queste persone e il loro carattere freddo, alzarsi in piedi e battere tutti ritmicamente le mani credo sia un gesto ricco di significato.

Luca si guarda attorno nervoso con le spalle un po' ricurve in avanti, e Andrea cerca i suoi occhi per cercare di trasmettergli la sua empatia.

Faccio uno sforzo per immedesimarmi nella situazione, ma non ci riesco: sono nervoso e insoddisfatto.

Luca si butta sulla sedia: «Ragazzi, che emozione, non credevo!» Subito gli fa eco Andrea: «Si è visto fin dal momento in cui hai iniziato a parlare...» cerca anche il mio assenso ma cambia subito espressione: «Giacomo. Cosa c'è? Qualcosa non va?»

Mi sollevo sullo schienale: «Ok, niente da dire sulla poesia, le emozioni talmente vivide che si tagliavano con il coltello e tutto il resto, ma cazzo siamo a Tallinn!» mi avvicino a loro e abbasso il tono della voce: «Siamo a Tallinn e ci chiudiamo in una sala dove fanno a gara a chi è più sfigato. Abbiamo solo un paio di giorni per divertirci, conoscere delle ragazze estoni e vi mettete a sbavare dietro a un tizio con la barbetta bionda... Non ci posso e non ci voglio credere!» scrollo la testa sconsolato.

Luca è chiaramente arrabbiato: «Hai finito?! Bene. Il fatto che tu ci abbia pagato il biglietto aereo non vuol dire che dobbiamo fare per forza quello che vuoi fare tu...» Lo interrompo: «Ma nemmeno fare io quello che decidete voi».

«Fammi finire. Io ti ho lasciato parlare quando sfornavi quella sequela di cazzate: devi capire che nella vita non ci sono solo sbronze e fighe, almeno non per tutti e comunque non per noi. Hai provato a pensare che forse noi potevamo essere interessati a qualcos'altro? Non ti è venuto in mente, o semplicemente non ti interessa?»

Il suo tono da professore non mi piace per niente: «Ascolta, adesso dimmi che tu non ti prenderesti Eve e te l'andresti a scopare in albergo. Prova a convincermi che avevi in mente solo Arianna quando vedevi tutte le fighe che c'erano in giro! Non fare il bigotto, per favore...»

«La questione qui non è se mi piacciono o meno le ragazze che incontriamo, il punto è che può darsi che nella vita abbiamo fatto delle scelte diverse riguardo alle donne. E poi potresti provare a tenere in considerazione le scelte degli altri, e non semplicemente quello che è giusto per te e quindi, per emanazione divina, per tutti.»

Luca gira la testa scocciato e abbandona il discorso per seguire quello che succede al centro della stanza, dove un ragazzo si sta preparando per leggere.

«Scusa, Giacomo», ricomincia Andrea con un tono stavolta più accomodante, «non pensi che a fare sempre e solo quello che ti pare prima o poi rimarrai da solo con persone che sono interessate solo a scopare e a drogarsi?»

Sbuffo: «Io so solo che siete le prime persone che conosco che scelgono un circolo di poesia invece di una discoteca piena di topa».

«E questo non ti dice niente?» Andrea adesso ha alzato il tono. «Siamo anche gli unici, forse, che stanno con te solo per il gusto di stare insieme...»

Lo interrompe Eve, che in inglese ci dice: «Scusate, ragazzi. Ma mi hanno chiesto... dato che sono l'unica che vi conosce, di pregarvi di fare un po' di silenzio perché chi legge altrimenti non riesce a concentrarsi. *Aitäh*».

«*Aite* un cazzo! Io mi sono rotto i coglioni di stare al circolo della sfiga: io me ne vado, voi fate un po' quello che vi pare!» prendo la giacca dallo schienale e sbatto la sedia contro il muro.

Mentre mi allontano dal tavolo incrocio gli occhi di Eve che mi fissano sorpresi e incupiti. *Sono stufo di queste occhiate di rimprovero, sono stufo di questa atmosfera triste e accusatrice.*

Faccio due passi indietro e mi riavvicino a lei: «Eve, mi dispiace per il trambusto ma Luca ci aveva parlato di una serata di tutt'altro genere. Senti, vieni con me, andiamo a bere in un locale, a ballare» e intanto le faccio l'occhiolino. «Offro tutto io, tutto quello che vuoi.» Lei tentenna come se non avesse capito o avesse paura a rispondermi.

La prendo per un braccio e la tiro verso la porta, ma mi rendo conto esterrefatto che fa resistenza. Capisco la situazione e mi faccio minaccioso: «Vabbe', allora rimanitene qui in mezzo ai tuoi amici barboni e vaffanculo, puttana russa!»

Poi sento qualcuno tirare il mio di braccio e mi giro, è Andrea: «Ma cosa fai? Perché ti devi comportare così con una ragazza che ha cercato solo di aiutarci?! Sei proprio un pezzo di merda...»

Mi scrollo dalla sua presa e con l'indice ben in vista di fronte a lui dico: «Io un pezzo di merda? Irriconoscente che non sei altro. Chi è che ti ha portato fuori dalla clinica, chi è che ti ha portato qui? E poi, vogliamo parlare anche di tutti i problemi che ti sei tirato dietro e che ci hanno complicato la vita fin dal primo momento in cui siamo arrivati in questo Paese del cazzo?»

«Eccola, la maschera. Finalmente te la sei tolta! Adesso si vede cosa sei veramente: sei solo uno stronzo.»

Non ce la faccio più e mi avvicino alla sua faccia accusatoria, gliela stringo con la mano, schiacciandogli il mento e il naso e con un gesto di repulsione lo spingo indietro. Lo guardo con disprezzo per tutto il tempo in cui cade. Decine di parole prive di significato e una voce in italiano: «Giacomo, Andrea, siete impazziti?»

Andrea si rialza e si lancia contro di me. Perdo l'equilibrio e scivolo portandolo a terra. Sento delle braccia che cercano di farsi strada verso la mia faccia, ma riesco per primo a tirargli un pugno sul mento.

Altre braccia, non possono essere solo di Andrea. Mi divincolo. Luca. «Ma cosa fate? Basta, calmatevi!»

Un'altra voce, questa volta in inglese: «Andatevene immediatamente o chiamiamo la polizia».

Sono ancora a terra, e quando alzo la testa sono tutti in piedi intorno a noi e ci osservano. Senza parlare riprendo la giacca ed esco.

Devo aver picchiato il labbro, mi sanguina la bocca: sputo sul marciapiede e mi accendo una sigaretta. Sono pronto a riprendere anche adesso, se necessario. Sono già a metà sigaretta quando escono anche Luca e Andrea. Andrea si ferma a lato della porta e mi lancia uno sguardo, ma non è di sfida come mi sarei aspettato. È uno sguardo risentito.

«Giacomo», Luca mi sta tenendo per le spalle, «si può sapere perché ti sei comportato così?»

«Lo immaginavo. Andrea mi insulta ma poi la colpa è solo mia...»

«Perché hai trattato Eve come una prostituta e poi glielo hai anche detto?» insiste lui. «Guarda che non è un terzo grado per farti ammettere le tue colpe e poi frustarti, vogliamo solo capire il perché della tua reazione da schizofrenico. Quindi calmati anche tu e spiegaci cosa ti è passato per la testa, ok?»

Andrea è visibilmente irritato e aspira nervoso dalla sigaretta.

«Ok, Luca. Ho esagerato, sia con Eve che con Andrea...» e mentre parlo cerco di capire se Andrea mi sta ascoltando. «Il fatto è che le discussioni che abbiamo fatto a tavola, e poi l'atmosfera di questo posto di merda, mi hanno messo di pessimo umore.»

Luca stringe le labbra: «Guarda che i nostri non erano mica attacchi! Siamo amici e possiamo dirci le cose come le pensiamo».

Mi passo una mano sulla faccia come se volessi modificarne l'aspetto in modo permanente: «Ok, ok. Ammetto di aver scazzato e vi chiedo scusa, ad Andrea soprattutto. Ma anche a te. È solo che... È difficile per me spiegarmi, non sono molto abituato. Tutti i discorsi che abbiamo fatto stasera, le cose che mi avete buttato in faccia, be' ecco, penso che abbiate ragione, ma per me... È molto complicato accettarle».

Ora mi sento svuotato e non riesco a guardare dritto negli occhi Luca, che è ancora di fronte a me e mi tiene per le spalle. Gli appoggio una mano sul petto come a voler dire che ho capito quello che sta facendo per me e che lo ringrazio e cerco Andrea, che mi fissa ancora con uno sguardo tirato: «Andrea, mi dispiace. Sono stato veramente un cretino a colpirti e forse ancora di più a dirti quello che ti ho detto. Non lo pensavo veramente, te lo assicuro. L'ho detto perché in quel momento volevo farti del male. Ti assicuro che la maschera non la sto indossando adesso ma l'ho avuta prima, quando mi sono sentito solo e sotto assedio». Non so che altro aggiungere e spero che Andrea parli al mio posto o mi tiri un pugno e così andare pari, ma lui è immobile e continua a fissarmi, la bocca mezza aperta quasi l'avesse dimenticata così.

Fa un ultimo tiro dalla sigaretta prima di schiacciarla deciso con il piede: «Tu sei scemo, Giacomo. Completamente scemo». Vedo il fuoco nel buio dei suoi occhi. «Ma ti rendi conto che mi hai messo le mani addosso? Qui non è più una questione di maschera o meno. Tu sei pazzo o malato, in ogni caso c'è qualcosa di profondamente malsano in te. È tutta la sera che ti pavoneggi con questo tuo atteggiamento da uomo che ha sempre il controllo della situazione, quando invece non sai nemmeno tu in cosa credi...» gira la testa verso la porta del locale come per imporsi di smettere di parlare, poi invece ricomincia: «Giacomo, tu sei fuori. Mi hai preso a pugni! Come hai trattato poi quella poveraccia che non c'entrava niente... Tutto per il tuo egocentrismo e perché degli altri te ne importa solo se fanno quello che vuoi tu».

Sento di dover parlare, ma non so cosa dire. Riesco solo a sussurrare: «Mi dispiace».

A. Un po' persi tra i vicoli della città vecchia, arriviamo in una piazzetta dove c'è parcheggiato un taxi. Cerco di comunicare con il tassista, ma lui parla un inglese stentatissimo, e ci metto dieci minuti per farmi capire. Alla fine afferra il concetto. O almeno lo spero. Mi siedo sul sedile anteriore di fianco all'autista, ma Giacomo appoggia le mani sul finestrino aperto e infila la testa nell'abitacolo che sa di pesce e sigarette fumate fino al filtro e protesta: «Ragazzi, per me la serata è finita. Io me ne torno in albergo».

«Sono due giorni che facciamo quello che vuoi tu, adesso per favore stai zitto e sali», gli rispondo io secco.

Luca lo prende sottobraccio, lo butta dentro il taxi e io non riesco a trattenermi dal ridere nel sentire il tonfo sordo di Giacomo che si ribalta sul sedile posteriore.

Usciamo in fretta dalle mura fortificate di Tallinn, il paesaggio appena fuori dal centro cambia in modo spaventosamente rapido, dopo cinquecento metri appaiono già i casermoni dell'edilizia sovietica, un chilometro ancora e la strada comincia a restringersi sempre di più, passando dalla larghezza di una tangenziale a quella di una statale maltenuta e dissestata.

Di colpo il tassista svolta a destra buttandosi in una stradina sterrata, sembra che lo faccia apposta a guidare così, per spaventarci. Io mi accendo nervoso una sigaretta, ma sbuffo via il fumo facendo finta di essere calmo.

Luca mi imita al volo, e dice piano in inglese: «Mamma, che noia questa lentezza dell'Est europeo».

Il tassista svolta in un'altra stradina tutta buche e con i rami dei pini che la invadono per metà, ci fermiamo in un piccolo piazzale davanti a una costruzione in legno dove sono parcheggiate una decina di macchine.

Giacomo a questo punto sbotta: «Ehi, ma dove siamo? Ascoltate, io torno indietro in taxi. Non sono in vena di locali».

«Solo pochi minuti...» e senza lasciargli il tempo di replicare allungo una banconota da dieci dollari al tassista dicendogli in inglese: «Ti avevo chiesto di guidare velocemente, sei stato troppo lento per i nostri gusti».

Entriamo nel basso edificio, che ha come guardiano un gigante di due metri largo forse altrettanto. Parlotto con lui un istante e gli lascio scivolare nelle tasche un paio di banconote. Siamo dentro.

Sedute ai tavoli, in compagnia dei pochi clienti, un numero incredibile di ragazze. Luca si sta guardando intorno a bocca aperta e dice più a se stesso che a noi: «Mi sta venendo da piangere».

Una ragazza balla al centro della sala su un cubo leggermente rialzato, indossa un mini vestito verde mare e stivali in pelle fin sopra al ginocchio, ogni tanto ci lancia delle occhiate seducenti e penso di non aver mai visto un sorriso così conturbante. Giacomo rimane un paio di passi dietro di noi: è visibilmente a disagio.

Mi giro verso di lui: «Hai visto quante ragazze? Allora, ordiniamo cinque bottiglie di champagne, qualche grammo di coca e diciamo quattro tipe a testa giusto per cominciare. Poi andiamo da quegli uomini laggiù, credo siano dei tipi del governo a giudicare dalle macchine parcheggiate fuori, e cerchiamo di combinare qualche affare. Che ne so, traffico di droga... prostituzione... Per Dio, guarda quante ragazze ci sono qui! Ne prendiamo una decina, le portiamo in Italia, le convinciamo che vogliamo fargli fare le attrici, le modelle... e invece le mandiamo a battere sui marciapiedi. Facciamo un po' di soldi, ce le scopiamo gratis quando vogliamo e poi torniamo a casa belli sereni. Cosa ne dici?»

Mentre mi allontano con Luca, e Giacomo rimane solo in mezzo alla sala, rincaro la dose: «Ti vedo a disagio. Come mai? Non è questa la tua realtà? Quella che ti fa sentire così pieno di te e il signore del mondo? Non è così che ci hai detto al ristorante e poi al circolo di poesia? D'accordo, quella è una roba da sfigati in confronto alle discoteche, ma lì c'erano delle persone vere che condividevano delle esperienze *vere*, senza timore di essere giudicate o ferite».

Mi fermo per un istante: «O comprate».

Faccio un cenno con la testa a Luca, ed entrambi usciamo dal locale lasciando lì Giacomo che sembra ondeggiare al suono lieve della musica.

Ci sediamo su una panchina malconcia su un lato del piazzale, accendo due sigarette e ne passo una a Luca.

«Testa o croce?» gli chiedo.

«Per cosa?» mi risponde.

«Croce, Giacomo rimane nel locale fino a domattina, o magari per una settimana. Testa, esce nel giro di tre minuti.» E lancio in aria una monetina estone con un buco al centro. Mentre la moneta ancora gira Giacomo esce a testa bassa dal locale, con le mani infilate nelle tasche del giubbotto, e ci lancia uno sguardo sconsolato, carico di richieste.

Quando arriva di fronte a noi si irrigidisce, fa un sospiro come se dovesse iniziare un lungo discorso, ma contrae subito le labbra: «Credo di aver capito», e prosegue nell'improbabile ricerca di un tassista che lo riporti nel suo albergo di lusso.

Do un'ultima occhiata alla monetina di rame. Testa. Al cambio vale forse poche lire, ma decido di rimetterla in tasca con cura.

1994

L. Rabbia. Feroce, totale. Una disperazione profonda mi aveva preso lo stomaco e i polmoni, il cuore e gli occhi, lenta come una macchia d'inchiostro che si espande nell'acqua, ma proprio per questo così dolorosa e straziante. Riuscivo a pensare solo a te, alla tua bocca che si schiudeva su labbra che non erano le mie, al tuo respiro affannato e tremante per altre carezze, al tuo corpo, nudo per qualcun altro. La macchia si allargava e i miei pensieri sparivano, restavano solo le immagini che non volevo vedere e una desolazione immensa. Correvo scalzo per i vialetti del campus ma non riuscivo a piangere, non riuscivo a gridare anche se i polmoni mi bruciavano per il veleno che avevano dentro, non riuscivo a capire chi avrei dovuto odiare per sfogare la rabbia che mi stava consumando. Gli studenti ritornavano a casa ubriachi dalle feste di fine anno, abbracciati e barcollanti, o si spostavano da una festa all'altra e cercavano di prendermi con loro, di coinvolgermi. Ma io non rallentavo, non mi fermavo, e quelle loro voci urlanti risuonavano nel vuoto cavernoso della mia testa trasformandosi in una sola frase: «Lei non è con te».

Mi avevi detto che saresti rimasta allo studio fino a tardi, tanto io avrei festeggiato tutta la notte la fine dell'università, e poi sarei collassato su un qualche divano a smaltire la storta. Ma poi, quando ti avevo chiamata per sentire come stavi, uno dei nuovi assistenti mi aveva detto che ormai c'era solo lui allo studio e che tutti erano andati a casa del fotografo per qualcosa che non avevo capito. Mi ero fatto dare il numero e avevo chiamato anche là: sono tutti in piscina era stata la risposta e io ero tornato a bere e a ballare, ma senza accorgermene avevo ingoiato la pillola velenosa della gelosia, che di lì a poco avrebbe incominciato a fare effetto.

La musica vibrava, distorta dagli stereo portatili, e spingeva i corpi a seguirla, a mischiarsi, ad annullarsi nell'intreccio di respiri, muscoli e cuori. Una sessualità primitiva, un'atmosfera densa e appiccicosa. Bicchieri che sbattevano, abbracci e pacche sulle spalle, ma io ripensavo alle parole della sera prima, quando mi avevi detto che non saresti venuta a festeggiare con me. Ora, immagini sempre più frequenti di te, dei tuoi occhi nei quali si rifletteva un viso che non era il mio, balenavano nei miei pensieri.

Poi, all'improvviso, a una festa, l'ultima a cui avevo deciso di andare, avevo riconosciuto il profilo della tua schiena *eri tu?* le tue spalle *eri tu?* i tuoi capelli *eri tu?* Baciavi qualcuno e ti raccomandavi con lui di non dire niente al tuo ragazzo perché avrebbe frainteso, dicevi di essere ubriaca e che tanto lui non c'era e che alla festa più attesa dell'anno non potevi andare in bianco. Ti eri versata un'altra birra dal barilotto aggiungendo che non era tradire questo, solo divertirsi. Ti avevo fermata e fatta voltare, solo per scoprire che non eri tu.

La pillola di veleno mi era scoppiata nello stomaco in quell'istante, lasciandomi stordito, sordo al mondo che intorno a me voleva fare festa. Non riuscivo a non pensare che anche tu avresti potuto tradirmi, e ho deciso di abbandonarmi alla musica. Con una bottiglia di whisky in mano mi ero messo a ballare con due ragazze, strusciandomi addosso a loro tra risolini stupidi e mosse volgari. Bevevo e le abbracciavo, le stringevo forte per non pensare, in attesa della scintilla che mi avrebbe fatto esplodere. Le mie mani si erano fatte più ardite cercando di scacciare i pensieri con le sensazioni, o forse cercavano solo la vendetta. Il mio corpo sudato reagiva d'istinto agli sguardi delle due ragazze, ma nei miei occhi c'eri solo tu, che maliziosa ti lasciavi corteggiare da un altro. *Quel maledetto fotografo...* Ora ero sicuro che foste soli a casa sua, a sorseggiare cocktail colorati nella piscina illuminata mentre tu lo ascoltavi rapita. Poi basta, ero andato a cercare un telefono. Stesso numero, stessa voce dall'altra parte: ma alla villa non era rimasto più nessuno. Il fotografo? Tutti usciti per andare da qualche altra parte, era stata la risposta, uno schiaffo in pieno viso. Era questo il motivo del tuo rifiuto! Per questo non eri venuta con me! Avevo sbattuto la cornetta violentemente contro il muro e la guardavo penzolare indifferente.

Con una bottiglia afferrata a caso dal tavolo strapieno avevo brindato al tuo caro fotografo, Arianna. E avevo baciato prima una poi l'altra ragazza. Il silenzio oscuro di una stanza ci aveva risucchiato. Vendetta. Pelle su pelle su pelle, carezze, bocche, reggiseni che non si slacciano, cerniere che scendono lentamente, scarpe calciate lontano... Ci eravamo lasciati cadere sul letto e le mani continuavano a cercarsi e a esplorare. Una coppia era entrata all'improvviso in cerca di un luogo tranquillo, uno sguardo al letto e uno tra loro e avevano deciso di sdraiarsi sul divano in fondo alla stanza. Le due ragazze avevano ripreso il gioco interrotto, ma l'incantesimo era stato spezzato e biascicando una scusa qualunque ero rotolato giù dal letto, avevo recuperato jeans e maglietta, senza il tempo per trovare le scarpe, dovevo soltanto raggiungerti e spaccare la faccia a quel maledetto fotografo. Avevo fatto i gradini tre alla volta, sgomitato tra la folla indifferente, e avevo iniziato a correre verso la macchina, lungo le strade curate del campus.

Guidavo più veloce che potevo per arrivare prima che fosse troppo tardi. La strada fatta di salite e discese, tu che mi torturavi i pensieri, e io che sfogavo la mia rabbia repressa sull'asfalto. Avevo ritrovato la villa del fotografo dopo aver girato a caso per i vialetti tutti uguali, mi aveva aperto la porta una faccia gonfia di grasso e di sonno. Nessuno in piscina, nessuno in veranda. Poi avevo voluto aprire anche l'ultima porta, quella della camera da letto, ma anche lì soltanto buio e silenzio.

Ero tornato a casa piegato tristemente su me stesso. Dappertutto immagini di te: il divano dove ci piaceva fare l'amore, la veranda dove ti osservavo fare colazione dentro il sole senza che tu te ne accorgessi, i cuscini del letto con cui ci sfidavamo in battaglie infinite, lo specchio in bagno che adesso rifletteva soltanto il mio volto. Il tempo scorreva sui led rossi dell'orologio dello stereo, preparavo discorsi da farti che poi uno dopo l'altro evaporavano, lasciandomi solo rabbia e frustrazione. Camminavo nel buio della casa, gli occhi che bruciavano, la gola secca. Dovevo trovare qualcosa che mi smuovesse da questo stallo, uno sfogo. Un riflesso giallo brillante, e mi ero fermato in mezzo alla stanza. Non te lo toglievi quasi mai da quando te lo avevo regalato, il giorno che avevamo detto di amarci. Così fragile nella sua essenza di vetro. Perché era qui? «Stronza», avevo ringhiato stringendolo forte e poi lo avevo scagliato per terra frantumando il nostro sogno di una vita assieme.

Meno di un'ora all'atterraggio e tu dormi ancora con Giulia in braccio.

Mi ero svegliato di colpo per correre in bagno a vomitare. La luce già forte del nuovo giorno mi dava fastidio e mi ero sdraiato privo di forze sulle mattonelle fredde del bagno. Vestito ancora come la sera prima, puzzavo di fumo e di alcol, con i piedi scalzi e una mano tagliata e insanguinata. Nella testa mi martellava il pensiero di te e della tua assenza. In soggiorno erano sparse foto, libri, cuscini e vestiti. Avevo scavalcato due sedie ribaltate per arrivare in cucina e accendere la macchina del caffè. Sul frigorifero un tuo messaggio. «Da tua mamma». L'avevo riletto: «A dormire da tua mamma». Ogni parola riletta lettera per lettera. Ogni sillaba mi ripuliva il sangue nelle vene. Eri andata a dormire da mia mamma. Avevo afferrato il foglietto per paura che si dissolvesse al battere delle palpebre e invece era rimasto accartocciato nel pugno che non voleva più aprirsi. Il profumo di caffè aveva cominciato a diffondersi nell'aria calda del più bel giorno della mia vita.

La hostess annuncia la discesa e io ti allaccio la cintura di sicurezza e accarezzo la testa di Giulia sulla tua spalla.

Quando eri rientrata e avevi scoperto il tuo anello in mille pezzi eri rimasta immobile nell'incredulità e nella rabbia del momento. Avevo rotto un simbolo importante, ma dietro avevo scoperto una realtà ancora più bella e colorata. Mai accorgermi di aver sbagliato mi aveva reso così felice, la mia gioia piano piano ti aveva contagiato, e avevamo rinnovato la nostra promessa, ora ancor più solida e resistente.

G. Attraverso la porta di casa dei miei, un gesto che ho già fatto centinaia di volte da quando abito per conto mio, eppure solo oggi mi rendo conto del sollievo che mi dà l'idea che questa non è «casa mia» ma «casa dei miei».

Per un attimo una forte acidità di stomaco annulla questa piacevole consapevolezza. Mi capita spesso ultimamente, un dolore e un bruciore diffuso che arriva fino in gola.

Deglutisco un paio di volte e sembra andare un po' meglio, dissimulo il fastidio e mi siedo a tavola per la cena. Gli anni passano ma anche stasera niente sorprese: si parla dell'azienda e il tono accusatorio e aggressivo di mio padre nei confronti del mondo, non all'altezza delle responsabilità e dello spirito di sacrificio necessari, non cambia mai.

Per la verità, se mio padre decidesse di parlare con me di cose diverse, non credo proprio che riusciremmo a spiccicare più di un paio di frasi a testa. Ci abbiamo anche provato in passato: ricordo il mio grande entusiasmo iniziale e poi lunghi momenti di silenzio, così imbarazzanti da farci passare subito a parlare della situazione dei mercati internazionali o delle riserve di legname dei Paesi scandinavi.

Stringo le labbra e butto giù l'ennesimo bicchiere di Amarone della Valpolicella Quintarelli, consapevole del bruciore che mi provocherà.

Incrocio lo sguardo di mia madre, seduta all'altro capo del largo tavolo in ciliegio dell'Ottocento: beve nervosa il suo vino, lanciandomi brevi sguardi che durano il tempo di un sorso, sguardi che dicono «mi dispiace», «tuo padre è fatto così», «non posso farci niente».

Lo so che soffre per questa sua incapacità di agire, ma mi irrita, non riesco davvero ad abituarmi a questo suo ruolo di sudditanza incondizionata: sono troppe le sue insicurezze nei confronti di mio padre ed è troppo grande la sua delusione per una vita ricca di nulla e di mancanza di attenzioni.

In passato l'ho odiata molto per questo. Oggi la guardo e provo solo compassione.

«...adesso iniziano a produrre anche in Cina», continua mio padre scuotendo la testa, impermeabile all'assenza di attenzione. «I prodotti costano un quinto, ma dovresti vedere che schifo: durano lo spazio di una stagione. E poi le finiture...» una smorfia di disgusto. «D'altronde, cosa ci si può aspettare da un Paese di comunisti che vuole conquistare il mondo ma non ha neanche i soldi per mangiare…»

Ho un nuovo rigurgito di acidità. Ormai ci sto facendo l'abitudine.

Mio padre mi guarda perplesso. Un conato di vomito mi sale improvviso, mi alzo di corsa e corro in bagno.

Lo stomaco continua a contrarsi, ma dalla bocca non esce niente. Bussano alla porta: «Giacomo, come stai? Vuoi che entri? Cos'hai amore, va meglio?»

«Sì. Tutto bene mamma, non ti preoccupare», e sputo nel lavandino. «Adesso arrivo.»

Fuori dal bagno, un passo dietro mia madre, rigido nel suo abito grigio fumo di Londra, mio padre è vistosamente preoccupato per me, ma anche per la situazione che in qualche modo sfugge al suo controllo.

Si avvicinano, mia madre mi accarezza la testa e mio padre il braccio: «Come stai, cosa ti è successo?»

«Niente, mamma. Qualcosa probabilmente mi è andato di traverso.»

Lei inclina la testa: «Ma Giacomo, non stavi mangiando né bevendo. Sei sicuro che vada tutto bene?»

«Assolutamente, mamma. Te lo assicuro, stai tranquilla.»

Mi fissano perplessi. Mio padre va in cucina e quando torna mi allunga due compresse: «Forse hai preso freddo in moto: inizia a prendere queste pastiglie, poi domani chiamo il primario del Fatebenefratelli che è un mio amico».

«Vuoi fermarti a dormire qui, pulcino?» mia madre quasi si restringe su di sé nel dire queste parole.

«No, grazie, mamma. Non è necessario. Ve lo ripeto, non è stato niente. Adesso prendo le pastiglie di papà e poi per lasciarvi tranquilli andrò a vedere il medico.»

Il primario amico di mio padre ci ha dato appuntamento quasi subito per una visita e per la gastroscopia. In ospedale ci sarebbero volute otto settimane, in clinica due giorni: potere del capitalismo.

Mio padre cammina avanti e indietro nella sala d'aspetto, poi si apre la porta della sala ed esce un'infermiera: «Signor Galli?!» Sembra l'esame di Economia aziendale.

Scatto in piedi, comunque preceduto da mio padre, che mi fa strada nello studio del primario.

Dopo alcuni convenevoli e numerosi complimenti scambiati a tre voci, il dottore comincia: «Giacomo, non ti devi preoccupare».

Infatti non sono preoccupato. «L'esame non è doloroso, ma è pur sempre piuttosto fastidioso.» Poi mi spiega in dettaglio come funziona e procede con l'inserimento del tubo.

Appena inserito il sondino nell'esofago, l'epiglottide cerca di chiudersi ripetutamente ma inutilmente, mentre il sondino continua a scendere inviando immagini su un monitor in fondo ai miei piedi, grazie alla telecamera montata sull'estremità.

«Ecco la parete... La mucosa sembra sana. Vede, Giacomo? Per adesso tutto a posto», sorride.

Provo ad alzare la testa, niente, impossibile. *Come cazzo pensi che possa vedere quel tuo monitor di merda in fondo ai piedi, con un tubo infilato per metà del mio corpo.*

«Vede, dottor Galli», rivolto a mio padre, «annuisce, ha capito anche lui che può stare tranquillo e che non c'è niente da temere.» *Ma vaffanculo!*

«Ah però.»

Mio padre ha un sussulto: «Cosa c'è professore? Dica».

«Qui, vede», indica un punto sul monitor, «c'è un infiammazione alla bocca dello stomaco. Sicuramente l'Helicobacter pilori.»

I conati si susseguono senza soluzione di continuità.

«Mi spieghi, professore», continua mio padre.

«Noou booete paalalle ddoopo!» il suono che mi esce dalla bocca dovrebbe essere un «non potete parlarne dopo», ma il senso che vorrei dargli è un più diretto «toglietemi questo cazzo di tubo».

Mio padre mi picchietta con la mano sul braccio: «Giacomo, sii paziente: non riusciamo a capirti con il tubo in gola».

«Comunque dottor Galli, il punto è che suo figlio ha una gastrite. Sicuramente acuta, forse cronica.» Mi fissa per un lungo attimo senza alcuna espressione e poi si gira di colpo verso mio padre: «Che lei sappia suo figlio beve molto alcol?»

Mio padre sorride, la risposta è scontata: «Assolutamente no, professore. Beve un bicchiere o due di vino a tavola, niente di più», e si gira verso di me come per rassicurarmi dell'infamità dell'accusa.

«Ne è sicuro, eh?» l'espressione di mio padre non dà adito a diverse possibili interpretazioni. «E mi dica, fuma molto Giacomo?»

«Ah, fumare sì. Non sa quante volte glielo dico che deve smettere. Ha sempre una sigaretta in bocca, ne fumerà almeno cinque al giorno.»

Il dialogo surreale tra i due mi riporta alla mente le immagini del mio posacenere traboccante e delle bottiglie di Havana Club prive di vita in giro per il mio appartamento.

Sulla strada del ritorno, mio padre è colto da un dubbio: «Giacomo, non è che la sera con gli amici tu bevi, vero?»

«Un cocktail. Ogni tanto.» Mi massaggio inutilmente la gola: il dolore non accenna ad affievolirsi.

«Bene. Comunque ricorda cosa ha detto il dottore: devi seguire una dieta appropriata, farmaci, niente alcol né sigarette. Pena il passaggio dalla gastrite all'ulcera. Ci siamo capiti?» Che effetto strano: mi rendo conto solo adesso di quanto poco mi conosca mio padre. Non che io gli abbia dato modo di conoscermi molto negli ultimi anni, del resto.

A casa ho giusto il tempo di prendere le chiavi della macchina per raggiungere Mario e il mio amore in un locale che non conosco.

Mi guardo attorno, il posto è veramente grande, forse anche troppo. Sono piacevolmente sorpreso: è bello. La sorpresa non è tanto per il locale in sé, quanto per il fatto che è stato Mario a suggerire di venire qui. Adesso che frequenta una della televisione, come per magia anche il suo mondo è diventato più brillante.

Finalmente individuo le forme eteree di Monica, e i suoi lunghi boccoli biondi. Anche lei mi vede, e dall'alto dei suoi sandali con tacco di otto centimetri, mi sorride ammiccando. Sono tre mesi che stiamo insieme e ogni giorno il suo sguardo mi sorprende lasciandomi disarmato di fronte al suo fascino.

L'abbraccio stretta per evitare che possa scappare o peggio ancora dissolversi, magari nel sogno di qualcun altro. Lei lascia che la stringa, padrone del suo corpo, ma ho la sensazione che non potrei fare nulla se veramente non lo volesse.

Una mano appoggiata sul braccio mi riporta con i piedi per terra: «Mario! Siamo in splendida forma, eh?»

«Alla grande. Ti ricordi di Jennifer, vero?» mi giro verso di lei e vedo che il suo sguardo da ragazza «superiore», fino a quel momento distribuito a profusione sulle persone attorno, si ammorbidisce per salutarmi: «Ciao, Giacomo. Ci siamo conosciuti quando ci hai dato un passaggio con la tua macchina da corsa. Una Mitsubishi 3000 Gt, vero?»

«Sì mi ricordo. È una 3000 Gt, ma non è da corsa.» Jennifer sorride compiaciuta per aver portato a termine con successo il compitino, e io stringo a me Monica, ancora più consapevole della sua diversità dal resto del mondo.

La ragazza di Mario è davvero bella, e il suo abbigliamento non fa niente per nasconderlo. C'è però qualcosa di sbagliato in lei che non riesco a mettere a fuoco. O forse in Mario. Forse, più semplicemente, in tutti e due.

A. *In una realtà in cui non esistono forze che agiscono sugli oggetti, un oggetto che non si stia muovendo rimarrà immobile in eterno, mentre un oggetto che si stia muovendo continuerà a muoversi in eterno, in linea retta e a velocità costante.*

Isaac Newton, «Truismo numero 1»

«Guarda quanta strada che hai fatto...» mi dice l'uomo indicando di voltarmi indietro.

Mi appoggio al parapetto, una lieve brezza mi smuove i capelli e guardo giù nella vallata, un crepaccio profondissimo circondato da speroni di roccia alti centinaia di metri. Uno scenario apocalittico, tutto grigio, senza nemmeno un filo d'erba.

Incredulo mi volto verso l'uomo che ora si è fatto più vicino a me e gli dico: «Non ci credo che ho percorso tutta questa strada».

«Sì invece, l'hai fatto. Ma non da solo come pensi», mi risponde lui appoggiandosi al parapetto e guardando giù verso il burrone.

«Cosa intendi dire?»

«Ogni volta che hai deciso di fermarti c'è sempre stato qualcuno pronto ad aiutarti, ma tu spesso non l'hai visto», mi risponde l'uomo sorridendo. Poi mi dice di seguirlo perché siamo in ritardo.

«In ritardo per cosa?»

«Hai un appuntamento. Dentro di te hai sempre saputo che quel giorno sarebbe arrivato e ora ci siamo, ma dovrai scegliere bene questa volta.»

Lo seguo, stando dietro di lui di qualche passo, e camminando al centro del viale che abbiamo imboccato, sotto il sole che improvvisamente ha cominciato a scaldare l'aria con ferocia.

«Non hai imparato la lezione, a quanto vedo», mi dice lui.

Lo guardo senza capire, arrancando a fatica e con grosse gocce di sudore che mi scendono sulla fronte, come fossero tutte le lacrime che non ho mai pianto.

«Intendo dire, stai in mezzo al viale sotto il sole quando invece potresti venire qui vicino a me all'ombra. Ma tu sei quello che vuole andare avanti per conto suo nella vita senza nessuno accanto. No?» e mentre dice queste cose mi sorride.

«Dove stiamo andando? Potremmo fermarci un attimo?» Sono stanchissimo. Alzo la testa e il viale è diventato un immenso prato che sale tra due montagne.

«Ecco, guarda quei cartelli. Tu devi seguire quello su cui c'è scritto "Nove".»

«Non c'è scritto solo "nove", c'è scritto "nove chilometri" e sono tutti in salita! Tu sei pazzo! Io ho caldo, ho sete e non farò un passo in più!» e mi lascio cadere sul prato.

«Ora la devi smettere di fare il bambino, tu adesso vai e non ti fermi per nessun motivo, devi continuare a camminare senza più guardarti indietro, mai più.»

«Ma dove sto andando? Cosa troverò lassù?»

«Questo lo scoprirai presto, tu continua a salire fino in vetta, ora ce la puoi fare. Forse anche per i fatti tuoi, come piace a te. Questo è il tuo giorno...»

Mi alzo dal prato e inizio a camminare. Un passo, poi un altro e in breve tempo sto già correndo verso la vetta.

Mi sveglio di soprassalto, e per un attimo non riesco a capire dove sono, ancora immerso nelle nubi di quel sogno così vivido e reale. Dalla persiana filtra un po' di luce e illumina una foto di mio padre scattata quindici anni prima a Miami. Sono seduto sulle sue ginocchia e in mano tengo un frisbee, lui così uguale all'uomo che mi parlava nel sogno. Carolina non si è accorta di nulla e continua a dormire profondamente. Ricordo con nostalgia quando avevo la sua età e mi sentivo protetto dagli urti del mondo esterno. Quella sensazione di sentire lo scorrere del tempo scandito in ogni suo istante, quella sensazione che si prova solo da bambini, e poi mai più.

Guardo per un attimo la busta azzurra proveniente dagli Stati Uniti appoggiata sulla scrivania e mi avvicino al letto di mia sorella. Ho già deciso, ma non riesco a liberarmi dall'angoscia di lasciarmi alle spalle le persone a cui voglio bene. No, questa volta non è una fuga, mi dico mentre la sveglio scrollandole le spalle.

«Che c'è? Uffa, stavo dormendo...» la sua voce è ancora impastata dal sonno e non riesco a non sorridere intenerito.

«Devo chiederti una cosa. Oh! Ci sei o dormi ancora?»

«Che cosa c'è?» mi chiede lei sollevandosi per metà e appoggiando il gomito sul letto.

«Secondo te devo andare?»

«Dove? Laggiù in America?» mi risponde lei puntando il dito fuori dalla finestra, come se l'America fosse lì dietro, appena svoltato l'angolo.

«Sì, laggiù.»

«Tu hai fifa», mi dice lei azzeccando in pieno.

«Sì, Carol. Ne ho parecchia.» Con lei sono sincero, non ho bisogno di recitare un ruolo.

«Allora devi fare finta che sia tutto un gioco, se fai così ti divertirai!» mi risponde lei con l'entusiasmo di chi ha detto una grande verità.

«Mi manca papà, sai? Lui saprebbe cosa fare ora, forse saprebbe darci i consigli giusti», le dico io dopo un attimo di silenzio e, avvicinandomi un po' le do un colpetto con la spalla contro la sua e lei fa altrettanto. Carolina si mette le mani in grembo e comincia a giocherellare con i propri piedi sfregandoseli uno contro l'altro. Sento un'improvvisa tenerezza che si allarga in ogni angolo del mio essere, più la guardo e più sento che in lei c'è una forza straordinaria. Lei ha dovuto vivere il mio stesso dolore, ma pur essendo solo una bambina lo ha affrontato con consapevolezza, come fosse già adulta.

«Però poi se ti dico di andare, tu torni vero? Non mi lasci qui?» mi sussurra appoggiando la testa sulla mia spalla.

«Certo che torno, non ti preoccupare. Tornerò sempre dalla mia famiglia. E poi ti ho promesso di portarti a Gardaland.»

«Allora? Che ci fai ancora qui?» ora è davvero felice, perché sa che manterrò la promessa.

Esco dalla camera e faccio qualche passo nella piccola casa avvolta nel buio, da fuori giunge attutito il rumore del traffico della tangenziale.

Penso vagamente che potrei darmi malato al lavoro, poi rientro in camera e mi infilo gli stessi vestiti di ieri, faccio scivolare la busta azzurra nella tasca della giacca e in pochi minuti sono fuori.

L. L'autobus procede sgangherato tra i labirinti di una piantagione di tè immensa e verdissima, sbuffando fumo nero ogni volta che l'autista cambia marcia. Donne in sari dai colori sgargianti si aggirano tra le piante con ceste intrecciate sulle spalle, scegliendo, strappando e raccogliendo le foglioline migliori. Giulia, in braccio ad Arianna, è più interessata alle ragazzine in divisa bianca e blu che tornano da scuola e scherzano sedute accanto a noi. Ogni tanto l'autobus si ferma e un paio di loro scende, con le scarpe in mano, incamminandosi lungo un viottolo che le porterà a casa. Penso al San Carlo, alle Timberland, alla mia Vespa e mi vergogno.

«Guarda», mi dice Arianna trafficando con gli obiettivi della sua macchina fotografica. In lontananza, sull'orizzonte piatto, svetta la sagoma della montagna dalla cui sommità si dice che Buddha sia asceso al nirvana. Le piantagioni di tè cedono il posto alla giungla e la cima della montagna spesso scompare tra la vegetazione.

«Fammi vedere!» sono impaziente e allungo una mano per prendere il teleobiettivo. Metto a fuoco e riesco a scorgere il tetto rosso del tempio sulla vetta, la nostra meta.

«Non ci posso credere...» mormoro estasiato. «Non ci arriveremo mai là in cima.» Un'altra sfida, nuovi stimoli, nuovi orizzonti. Un altro cimento, questa volta da vivere con la mia famiglia.

Sarà *poya* questa notte, luna piena, nel periodo di pellegrinaggio più caro ai buddisti. Dobbiamo raggiungere la vetta prima dell'alba, per riuscire a vedere il primo raggio di sole colpire l'impronta lasciata da Buddha nella roccia, e garantirci così un anno prospero e fortunato.

Prendo Giulia dalle spalle di Arianna e seguiamo la processione di schiene che si snoda tra i cespugli bassi delle pendici del monte. La salita è lenta sul terreno sconnesso e il sentiero si assottiglia a ogni passo, dividendosi in mille tentacoli indipendenti che s'inaspriscono all'improvviso, obbligando i più vecchi e i bambini ad affondare le mani nella terra per proseguire.

È quasi un'ora che camminiamo, accanto a noi una famiglia numerosa, decisamente incuriosita dalla nostra presenza. Parlano nella loro lingua fatta di piccoli scoppi improvvisi e ci regalano dei larghi sorrisi quando ci voltiamo a guardarli. Provo a rompere il muro culturale che ci divide facendo dei cenni di saluto con la testa, allungo la mano per aiutarli nella salita, e quando li saluto con una delle tre parole che ho imparato: «Namaste», provoco in loro un'ilarità irrefrenabile. La curiosità contenuta dei loro sguardi indagatori esplode una volta stabilito il primo contatto; in inglese ci fanno un sacco di domande e sembra che tutto li affascini di noi: i nomi, da dove veniamo e cosa facciamo, i vestiti, Giulia dentro al marsupio sulle mie spalle. La loro ingordigia si sazia rapida e abbandonano gradualmente l'interrogatorio per tornare con naturalezza ai loro discorsi. Rimane al mio fianco la mamma, una signora con un sari scuro che avanza a passi piccoli ed esperti sopra il terreno aspro, le collane, le cavigliere e i bracciali d'oro che tintinnano a ogni suo passo. Di tanto in tanto guarda Giulia, poi me, poi si volta verso Arianna e scuote la testa. Mi sta davvero innervosendo, fin quando sbotto e le chiedo cosa c'è che non va. Lei unisce i palmi delle mani portandoli al mento e mi dice che sta semplicemente pregando per noi, perché la nostra famiglia diventi numerosa e prolifica come la sua. Arrossisco, non so se imbarazzato per la mia collera o per l'idea di avere altri figli, e ricambio l'augurio giungendo le mani per lei.

Sono passate già più di quattro ore da quando abbiamo iniziato l'ascesa, i nostri passi sempre più pesanti, ma siamo andati avanti. Rassicurati dai sorrisi aperti delle persone che incontravamo, dal nero intenso del cielo con la sua luna così vicina e dal respiro tranquillo di Giulia addormentata. Tra gli alberi davanti a noi si intravedono delle luci e comincia a sentirsi il suono ipnotico di un tamburo.

Arriviamo su un pianoro circondato da fiaccole, tutti si siedono a gruppi per condividere il viatico che hanno portato.

Qualcuno mi tira la manica del giubbotto e quando mi volto di fronte a me ci sono due occhi stanchi ma sorridenti: il viso soddisfatto di un vecchio canuto. Muove un grosso bastone contorto con il quale si è arrampicato fino a qui e io capisco che vuole aiuto per salire gli ultimi gradini di roccia di fronte a sé. Quando cerco di sorreggerlo per un braccio scuote dolcemente la testa e mi prende la mano. Un moto improvviso di imbarazzo mi irrigidisce i muscoli, ma il contatto con la sua pelle ruvida e callosa è rassicurante. Chiudo gli occhi per un istante, come se potessi attingere da lui la sua saggezza, poi lascio che mi guidi per un sentiero che non avevo notato, in fila per entrare in una grotta in parte nascosta dalla vegetazione. All'interno, dei monaci servono tè al latte con mestoli di legno da grossi pentoloni che bollono su fornelli da campo.

Non consumate bevande non in bottiglia se non siete sicuri della provenienza.

Quando il vecchio mi passa il mestolo dal quale ha appena bevuto, mi tornano in mente le parole della guida. Poi i suoi occhi opachi si increspano in un sorriso che non mi lascia scelta, e il tè, dolcissimo e caldo, mi riempie il corpo di un tepore strano, che mi fa sentire parte di qualcosa di grande, di immenso. Quando mi giro non c'è più, passo il mestolo a un'altra mano e ritorno da Arianna.

La gente chiacchiera molto di meno adesso, si sentono i respiri affannati che scandiscono i passi di chi continua verso la vetta stringendo i denti e dimenticandosi della stanchezza. Mi sembra che tutte le mie corse mattutine sulla spiaggia non siano servite a nulla, visto che delle anziane signore mi superano con un sorriso e proseguono tranquille verso la vetta, sicure della ricompensa che le attende.

Mia piccola Giulia, spero che tu possa ricordarti di questi giorni quando sarai grande, di quanto poco serva prepararsi alla vita se non le dai uno scopo profondo... Vedi quella vecchietta? Lei è sicura di dove sta andando e di cosa l'aspetterà una volta giunta alla meta e questo l'aiuta a superare ogni ostacolo e ad andare avanti nonostante i fallimenti. Ricordati di questo, se potrai...

Un ragazzo mi dice, in inglese, che siamo a poco meno di un'ora dalla cima. Ci siamo fermati per una pausa e subito degli studenti universitari ancora pieni di energie si sono fermati con noi, affamati di curiosità. Hanno tirato fuori thermos di tè al latte e ne hanno versato a noi per primi, dividendo il poco rimasto tra loro. Allora Arianna ha preso l'ultima confezione di biscotti e li ha offerti a tutti, mettendone una manciata in mano ai più timidi che ne prendevano soltanto uno. Vogliono sapere come si vive in America e perché stiamo salendo sul monte se non siamo buddhisti, se Arianna è mia moglie e come mai abbiamo una figlia se non siamo sposati, cosa pensiamo del loro Paese, che lavoro facciamo e se ci piace il cricket. Ci dicono che sono tutti di un villaggio lontano da qui, frequentano il primo anno di università e hanno viaggiato parecchio per poter salire sul monte. Sono tutti ingegneri, tranne uno che vuol fare il regista e per questo ha lasciato gli amici per andare in un'altra città. Parlo con lui delle difficoltà di ricominciare in un posto nuovo e sconosciuto, delle interminabili serate passate da solo senza conoscere nessuno, e della speranza di trovare qualcuno come te che ti sia amico. Gli dico di non aver paura, perché un po' alla volta inizierà a conoscere gente nuova, stringerà nuove amicizie e diventerà più forte e pronto ad affrontare il mondo.

Il cielo sta cominciando a schiarirsi, rallentiamo il passo e il resto del gruppo ci raggiunge. Prima che il sorgere del sole rompa del tutto l'incantesimo mi sfilo un braccialetto d'argento e glielo regalo, perché gli ricordi il sostegno di un amico quando si sentirà solo. Lui lo accetta senza imbarazzo e in cambio mi mette in testa il suo cappello da cricket perché mi protegga dalla pioggia acida in California, della quale ha letto da qualche parte. Nella luce dell'alba che si avvicina, il tetto rosso del tempio sembra vicinissimo, ma ormai non sono più sicuro che sia quella la meta. Quella vera mi sembra di averla già raggiunta parecchie volte lungo l'ascesa.

G. Una smorfia di dolore. Non è proprio dolore, forse sarebbe meglio definirla una «smorfia di disagio».

In una decina di giorni la mia gastrite non ha fatto altro che peggiorare e io continuo a ingerire pastiglie di Maalox per sedarla.

Comincio ad avere il sospetto che, invece di calmarlo, queste pastiglie lo nutrano, questo cazzo di Helicobacter.

Attraverso il portone del cortile dell'azienda e una voce mi coglie di sorpresa: «Buongiorno dottore».

«Buonasera Mariani.»

Buona sera?! Gli ho detto veramente buona sera alle 8.30 del mattino? Ma come cazzo sono messo?

Un altro gruppo di operai, *stavolta non sbaglio*: «Signori, buongiorno a tutti».

«Dottore... Dottor Galli... Buongiorno a lei... Dottore... Buongiorno.»

Avanzo spedito senza più ostacoli verso l'ascensore, schiaccio il pulsante di chiamata e poso a terra la ventiquattrore di pelle nera. Osservo compiaciuto che è perfettamente in tinta con le scarpe e la cintura. Muovo gli occhi con discrezione a destra e a sinistra per assicurarmi di non dover condividere la salita. Si aprono le porte. È fatta. Ma mentre sto per entrare: «Giacomo, ciao! Che sorpresa!»

Porca miseria, questo chi è?! «Buongiorno... a lei.»

«Ma come, non mi riconosci? Certo che sei diventato grande! Sono Tonino... Mamma mia se ti sei fatto uomo!»

Tonino... infanzia, autista tuttofare, gliene ho fatte di ogni. Ok, ci sono.

«Certo che mi ricordo! Come sta? Saranno dieci anni che non la vedo, tutto bene?»

«Ma Giacomo! Mi dai del lei? Ti conosco da quando sei nato, ti ho visto crescere. Fatti guardare ancora un po': come sei cresciuto, incredibile!»

«Buongiorno dottore.» Alcuni impiegati salgono sull'ascensore prendendo il mio posto. Li fisso con un po' di invidia.

«Già, ne è passato di tempo... Tonino. Cosa fa, cioè cosa fai di bello qui, sei venuto a darci un saluto?»

«Sapessi come mi mancate, tu, il papà, la mamma. Ogni tanto passo a salutare tuo padre qui in azienda. Adesso che so che ci sei anche tu, ci verrò un po' più spesso.»

«Certamente, sarà un piacere sia per me che per mio padre. Tua moglie, tutto bene?»

Continuo a parlargli, annuisco, ma non riesco a concentrarmi su quello che gli dico: è più forte di me. Questa persona una volta mi era molto vicina e io vorrei ricambiare il suo affetto, ma non ce la faccio, cazzo. *Non-ce-la-faccio.*

Mentre prego che passino i minuti, la mia attenzione rimbalza da una parte all'altra della testa, alla ricerca del modo migliore per farmi uscire da questa situazione.

«Giacomo.» Mi prende le braccia fra le mani e il mio imbarazzo si impenna. «Mi ha fatto veramente piacere rivederti. Tante buone cose per il lavoro e la tua vita, eh!»

«Grazie mille Tonino, lo stesso per te. E grazie ancora per la visita.» Mi divincolo dalla presa in modo garbato ma deciso e prima che possa aggiungere altro mi infilo nell'ascensore accompagnando i suoi ultimi cenni di saluto con un sorriso forzato.

Che cazzo di situazione.

Per raggiungere il mio ufficio attraverso un grande open space, tra saluti sinceri e sorrisi che nascondono ostilità: sembra proprio non sia cambiato nulla dagli atteggiamenti costruiti dei locali alla moda, è cambiata solo la situazione.

Mi chiudo la porta alle spalle, guardo un plico di specifiche sui legnami del Camerun, ma prima di affrontarlo devo organizzarmi la serata di domani: «Mario! Ohi, come stai, tutto bene? Ti chiamavo perché domani sera andiamo a casa di Tommaso con Claudio e due sue amiche di un paesino del bresciano. Delle troie pazzesche: Claudio dice che vogliono centomila lire a testa e che poi fanno dei numeri da circo. Anche in gruppo! Lui sostiene che i soldi sono un pro-forma, che scopano solo perché si divertono. Grande, no?»

«Giacomo, mi sembra di vivere un déja-vu: ti ricordi quando stavi con Annalisa? Esci con Monica da un paio di mesi ma non è proprio cambiato niente per te...»

«Come non è cambiato niente? Scherzi?! Monica mi piace da impazzire, per me è la donna della mia vita!»

«Ma se hai appena finito di dire che vuoi farti le bresciane!»

«E no, vedi che ti confondi. Ho detto "di un paesino del bresciano", non "bresciane"!»

«Giacomo, quando fai così ti prenderei a schiaffi! Hai capito benissimo cosa intendevo dire. Mi parli di amore e poi pensi solo a scopare in giro!»

«Ma io *amo* Monica. Forse adesso è un po' presto, ma se continua così credo che le chiederò di sposarmi. Non capisco cosa c'entra questo con il fatto che esco con gli amici a divertirmi. Tanto lei mica lo viene a sapere, no?»

«Vabbe', fai un po' come ti pare. Io non so se amo Jennifer, ma ti assicuro che penso solo a lei, per cui non mi calcolare per il vostro giochino. Piuttosto, mi serve un favore: Jennifer mi ha chiesto della bamba per venerdì sera. C'è una serata con dei suoi colleghi della televisione. Non è che riesci a procurarmene ancora? Quella della settimana scorsa è finita.»

«Nessun problema, però senti: mi sembra che lei abbia una certa propensione verso lusso, soldi, coca... Obiettivamente non mi sembra molto la ragazza per te...»

«Senti da che pulpito...» il suo tono è decisamente stizzito «e poi non sono affari tuoi Giacomo, hai capito?»

«Mario, sei scemo? Dici sul serio?»

Sembra veramente incazzato: «Senti, per una volta che sono al centro del mondo, che esco con una ragazza bellissima e che lavora anche in televisione, che mi vuole per quello che sono e non perché sono tuo amico o perché mi ha trovato nella casa di un qualche figlio di miliardario della Milano da bere, tienitene fuori!» Pausa. «Me la procuri la bamba oppure no?»

«Scusa, Mario. Ma perché dovrei farmi problemi per procurarti qualche grammo? Forse hai ragione, non sono io la persona più indicata a farti la paternale, solo... Vorrei che ti ricordassi che io ti ho sempre apprezzato anche quando ti piaceva vivere ai margini delle cose e non necessariamente al centro della situazione, magari con la stellina del momento.»

«Strano che tu me lo dica per la prima volta proprio adesso.»

A. *Poiché la velocità è data dal rapporto fra lo spazio percorso e il tempo impiegato, ogni persona si trova a vivere un tempo diverso in rapporto alla velocità alla quale viaggia: all'aumentare della velocità, il tempo personale rallenta per mantenere costante la velocità della luce, che è una costante assoluta.*

Albert Einstein, «Teoria della Relatività Spazio Tempo»

Guardo l'orologio e sono quasi le otto. Il tempo, un secondo dopo l'altro. Un orologio che lo segna. Un'invenzione dell'uomo per scandire la sua vita. Il tempo. Non passa mai. *Tac, tac, tac...* Un secondo dopo l'altro, la noia aumenta e vuoi scappare perché non basta cambiare lavoro, passare dal bancone di un bar alla comoda scrivania di un ufficio in centro, non basta rispondere al telefono o scrivere al computer una lettera o dire sissignore al tuo capo, non basta un lavoro qualsiasi che ti sei trovato per sfuggire a te stesso e per cancellare i ricordi che ti fanno paura, non basta una pillola dietro l'altra e non bastano i farmaci di nuova generazione e le dosi calanti e l'umore che cala con loro nell'affanno di una vita così breve, troppo breve per essere passata nel chiuso di un ufficio qualunque di Milano.

Cerco nella giacca il pacchetto di sigarette e sento un fruscio tra le dita. La lettera. Apro la busta e dispiego nuovamente il foglio di carta azzurra, sarà la decima volta che la leggo da quando è arrivata, e ogni parola mi fa sobbalzare il cuore.

Ciao Andrea,
ne è passato del tempo, vero? Chissà se ti ricordi ancora di me, sono passati quattro anni da quell'estate, il tempo vola e si porta via anche i ricordi. Qualche volta sembra un soffio che ti at-

traversa, leggero e quasi impercettibile, a volte è una brezza primaverile che ti riapre alla vita, altre un uragano che ti cresce dentro e distrugge tutto quello che trova sul suo cammino.
A volte mi chiedo cosa avrai fatto in questi anni. Mi piacerebbe che Saint Tropez fosse ancora nel tuo cuore, così come è nel mio.
Sono andata via un giorno, ricordo che piovigginava e l'autunno milanese era già entrato nella sua fase grigia, quella che a noi non piaceva, perché stende un manto sulle case e sugli alberi, nei parchi e sulle strade e rende tutto uguale e indistinguibile. E poi sono arrivata qui in questa nuova terra, e sono sola perché mio papà è stato più spesso via che con me.
I primi tempi sono stati davvero difficili, non capivo una parola di quello che gli altri mi dicevano e non riuscivo a comunicare con nessuno. Poi, con il passare dei mesi, è stato come incominciare una nuova vita, nuovi amici e un'università che è molto diversa da quelle italiane: pensa che qui le lezioni e gli esami si svolgono come ai tempi del liceo!
E tu invece? Che cosa hai fatto in tutto questo tempo?
Magari sei andato a vivere da solo, oppure ti sei trovato una fidanzata (se ti sei sposato però giuro che ti tolgo il saluto!), sono stata egoista con te, e sono partita quando probabilmente avevi bisogno di qualcuno che ti stesse vicino. Forse siamo stati entrambi molto più soli da quell'ultimo pomeriggio.
Eravamo molto giovani e immaturi, forse lo siamo ancora adesso, e mi sa che la vita non ti prepara mai abbastanza per superare tutte le prove che ti mette davanti ogni giorno.
Ho tenuto delle foto sai? E anche le tre rose sopravvissute al "temporale" di Jakazaa (guarda che l'ho sempre saputo che il roseto l'avevi falciato tu con la macchina di Tommaso, non sono mica scema...) le ho fatte seccare e sono ancora belle come quando le ho raccolte. Gli ho dato pure dei nomi, i nomi che preferivo in quell'esatto momento: Andrea, Giacomo e Luca.
Credo che porterò sempre nel mio cuore quei pochi giorni che hanno unito i nostri destini e, talvolta, mi sorprendo a pensarti con i tuoi due amici. Si vedeva da lontano che tra voi c'era una corrente speciale, qualcosa che vi univa profondamente.

Un po' ero gelosa della vostra amicizia, chissà se è rimasta o se il tempo pian piano se l'è portata via. Ero gelosa perché avevo capito che l'amore non dura per sempre, ma l'amicizia sì, perché è più complessa, è fatta di mille sfaccettature, è un sentimento sofisticato e allo stesso tempo ti rende davvero libero.
Chissà cosa starai pensando ora di me, forse mi mancano solo i miei diciott'anni e quello che hanno rappresentato: quando sono triste o mi sento sola, allora penso a Xanadù e come per incanto tutto mi appare diverso. Mi è capitato diverse volte, in questi anni americani, di tornare indietro nel tempo con la velocità che solo i ricordi ti possono dare, e il mio pensiero ha attraversato l'Oceano Atlantico, per giungere in un istante al blu del Mediterraneo, per stare lì con voi.
Ma adesso basta con questa malinconia. Uffa, sto proprio sbagliando tutto in questa lettera, non doveva essere così, ho lasciato che la penna scrivesse da sola ed ecco i risultati!
Non so se mi risponderai, io spero che tu lo faccia perché mi piacerebbe invitarti qui a trascorrere qualche settimana, se tu lo vorrai.
Seattle è un posto fantastico e c'è molto da vedere negli Stati Uniti, potremmo prendere la macchina e scendere giù in California, oppure andare verso il Midwest, o a Nord per perderci nei boschi del Canada! Che ne dici di una vacanza americana? Ti va?
Tra poco finirò l'università (mi laureo in letteratura inglese) e voglio prendermi un anno sabbatico per andare in giro per il mondo, a vedere tutto quello che fino ad ora non ho avuto tempo e occasione di scoprire. Ma mi sa che non mi basterebbe una vita per farlo...
Se quei due matti di Giacomo e Luca sono ancora della partita, potremmo anche darci appuntamento con loro da qualche parte. Che ne dici?
Intanto ti lascio il mio numero di telefono di casa che è 001-425-936-7329, tieni presente che Seattle ha nove ore di fuso orario indietro rispetto a Milano, quindi vedi di non chiamarmi nel cuore della notte!
Ah, dimenticavo: mio papà mesi fa ha visto la foto di una co-

sa, si è innamorato subito e ha deciso di comprarla. Io non ti dico nulla, è una sorpresa che vorrei tu vedessi con i tuoi occhi. Del resto, se non ti do qualche stimolo per venirmi a trovare... Saresti anche capace di inventarti qualche scusa per startene a casa!

Ora ti saluto e ti mando un abbraccio affettuoso.

Ti voglio bene,
Sonia

Richiudo la lettera e la rimetto con cura nella busta. D'impulso afferro il telefono e compongo velocemente un numero che negli ultimi mesi mi è diventato sempre più familiare.

«Chi è?» mi risponde Giacomo cercando di superare il baccano intorno a sé.

«Ciao Giacomo. Sono la tua coscienza e la tua sveglia, e bando ai convenevoli.»

«Come sempre, con te si passa subito al sodo.»

«Ho bisogno di un favore e questa volta è grosso. Almeno, dal mio punto di vista lo è.»

«Cioè, cosa?» posso quasi vedere la perplessità farsi strada sul suo viso.

«Mi serve un milione.»

«Un milione...» silenzio per qualche secondo, il baccano intorno a Giacomo prende il posto delle nostre parole, musica distorta e voci incomprensibili e persone che non conosco ed eventi di cui non saprò nulla si intromettono tra me e la mia fuga.

«Giacomo... Ci sei?»

«Be', non è poco. Insomma... Fammi pensare un secondo. Ma scusa, a cosa ti serve un milione? Cos'è, te ne vai in America a tentare la fortuna?»

Fortuna. In fondo un po' è anche così.

«Cazzo, come hai fatto a indovinare? Mi servono per un biglietto aereo, passo da casa tua più tardi verso le dieci. Ok?»

«Va bene, ma non ci casco. Spero almeno che sia per una buona causa, e per buona intendo una ragazza.»

Metto giù il telefono e infilo la porta dell'ufficio. Sono sicuro che le volte che vedrò questo posto ormai le posso contare sulle dita di una sola mano.

L. «Sveglia! Siamo arrivati!»

Arianna ha una guancia arrossata e i quadretti della trama del cuscino impressi sulla pelle, si solleva lentamente dallo scomodo sedile e si stira allargando le braccia. Il sole non è ancora sorto ma nelle strade polverose della cittadina c'è già un'intensa attività. Uomini dalle gambe magre e svelte trasportano pacchi avvolti in plastica strappata, lenzuola vecchie, sacchi di iuta e nylon. Con il vento arriva un odore marcio di acqua stantia mischiato a nafta e olio, il porto non deve essere lontano. Ci carichiamo gli zaini in spalla alla ricerca di un carretto ambulante per mangiare qualcosa.

«Ammetto che hai avuto ragione», confesso ad Arianna mentre faccio raffreddare la zuppa piccante che ho voluto provare per colazione, imitando i lavoratori attorno a noi. «Accettare l'offerta dei tuoi di venire a prendere Giulia per l'ultima parte del viaggio è stata una decisione più che saggia.»

«Lo sai come la pensavo», mi risponde lei mentre inzuppa le sue gallette secche in una tazza di tè al latte. «Io non l'avrei proprio portata. È ancora troppo piccola.»

«Però condividere tutti assieme la scalata del monte è stata un'esperienza straordinaria. Questo almeno me lo devi concedere.»

«Sì, certo. A posteriori lo è stata. Ma quello che non riesci ancora a capire sono i rischi che abbiamo corso. Ti devi rendere conto che hai delle responsabilità che vanno al di là del quotidiano.» Inzuppa un altro biscotto e aspetta di averlo deglutito interamente prima di riprendere: «Luca, quante volte l'abbiamo fatto questo discorso? Quante volte mi hai detto di averlo capito, di essere d'accordo e poi te ne sei fregato altamente?»

«Così sei ingiusta, però. Lo sai che non è vero che me ne frego. È che per me ci sono cose altrettanto importanti nella vita che il futuro e la sicurezza. Secondo me è necessario trovare un giusto equilibrio tra esperienze grandi e piccole, tra la quotidianità e le cose che ti arricchiscono e ti cambiano. E a volte è necessario rinunciare a qualcosa in termini di comodità e anche di sicurezza per ottenere qualcosa di più grande.» Cerco gli occhi di Arianna. «Purtroppo la vita non si può vivere a posteriori, bisogna decidere e agire senza conoscere tutto quello che c'è da sapere. Io mi butto, forse un po' troppo. Ma per fortuna ho trovato chi mi inculca un po' di razionalità in questa testa da idealista…»

L'ultima meta del viaggio è a due giorni di barca, risalendo il fiume verso l'interno del Paese. Una città fantasma nel mezzo della giungla, le ultime vestigia di un impero scomparso, un segreto tenuto nascosto per secoli e reso ancora più affascinante dalle difficoltà del percorso. Contrattiamo il prezzo con diversi barcaioli, prima di trovare quello che ci ispira fiducia.

Salgo sulla barca e ne controllo la solidità, do un'occhiata anche al motore, fingendo un'espressione da grande esperto. Poi sollevo il pollice e annuisco con la testa. Per quanto ne so potremmo colare a picco a dieci metri dal molo, ma vale la pena tentare.

«Cosa ne pensi?»

«Mi sembrano tutte delle gran bagnarole», risponde Arianna. «Ma almeno questa ha dei colori vivaci e il capitano sembra simpatico.»

«Ok, vada per questa.»

Passo un malloppo di banconote scolorite al capitano e a gesti cerco di spiegargli che il resto lo vedrà all'arrivo.

Il motore tossisce in modo preoccupante, poi si stabilizza su uno scoppiettare ripetitivo. Entriamo in uno stato di dormiveglia, e questo rumore monotono ci culla.

Arianna continua a filtrare la realtà che ci circonda attraverso l'occhio della sua macchina fotografica. Scruta il panorama che scorre lentamente al di là delle sponde del fiume, poi si concentra su un'immagine che la colpisce e inizia a scattare, cambiando i diversi obiettivi per allargare, espandere, focalizzare, esaltare la sua visione. So già che si estranierà in questa sua ricerca per tutto il viaggio, mi arrampico sulla fragile tettoia che ripara la barca e mi accendo una sigaretta. Tutt'attorno il fiume ha perso la sua forma definita e si fonde con la pianura circostante in un acquitrino melmoso dal quale spuntano alberi isolati. Ogni tanto qualche capanna e piccoli villaggi affascinanti. Piccole figure anfibie con grossi aratri sulle spalle sono legate a dei bufali d'acqua, e non si capisce chi sia a sostenere il peso maggiore. Arianna scatta foto a ripetizione, cerca di estrarre più immagini che può da questa cornucopia di luci e forme così lontane da quelle che conosciamo. Io non capisco perché cerchi sempre un'interazione così mediata con la vita, perché voglia affidare alla pellicola il compito di interpretare i ricordi e le emozioni. Aspiro profondamente dalla sigaretta e il tabacco locale mi brucia la gola. Forse non lo capisco perché non ho una passione vera e profonda. Strizzo gli occhi accecato dal riflesso del sole e seguo il fiume fino all'orizzonte. Ovunque vedo percorsi possibili, dettagli sempre nuovi che mi incuriosiscono e che ogni volta sembrano suggerirmi una nuova direzione. Penso che a volte mi piacerebbe essere come Arianna, così concentrato da rendermi impermeabile agli stimoli estranei al mio centro di gravità. Incrocio lo sguardo del barcaiolo che mi regala un sorriso sdentato. Lui sa dove andare, deve solo trovare il modo migliore per arrivarci. Mi chiedo se una vita così mi renderebbe felice, poi aspiro nuovamente dalla sigaretta, mi sdraio sulla tettoia, abbasso il cappello sugli occhi e smetto di pensare.

«Non sento niente!» urlo sopra il ronzare dei motorini, cercando di fare arrivare le parole ad Arianna che mi sfreccia di fianco.

Lei scuote la testa e si indica l'orecchio con una mano, aggrappandosi subito con entrambe le mani al ragazzino con il cappello da baseball che guida il suo motorino. I due Honda degli anni Sessanta sfrecciano sulla strada sterrata cercando di evitare sassi, buche e pozzanghere, saltellando sul terreno sconnesso. Sembrano dover cadere a pezzi da un momento all'altro, ogni nuovo sussulto si trasmette amplificato in tutto il corpo tra le nuvole di polvere che ci inseguono aspettando di ricoprirci non appena ci fermeremo. Non è ancora l'alba e fa freddo. Corriamo verso la giungla per arrivare prima dei raggi del sole. L'esaltazione che sento cancella ogni sensazione spiacevole, ogni dolore, e quasi trasforma lo stridio acuto dei piccoli motori a due tempi in una dolce cantilena. All'improvviso la vegetazione s'arresta, timorosa, ai margini di una piccola radura. Una muraglia sgretolata dal tempo l'attraversa andando a perdersi nella giungla. Nel mezzo, una porta controlla imperiosa l'accesso alla città sacra, ai suoi lati due enormi elefanti scolpiti ci osservano passare, placidi nella loro possanza. A stento riesco a controllare la mia crescente eccitazione, un fremere crescente, un senso di instabilità, di ingordigia, la voglia di assorbire l'universo in un unico gigantesco boccone. Il sole comincia a filtrare tra le foglie e dona vita agli immensi sorrisi enigmatici sulle torri del tempio. Quegli sguardi di pietra, tranquilli e saggi, sembrano capire come mi sento. Isolo i dettagli, li accarezzo con gli occhi e mi sembra di toccarli, come se potessi percepirne la concretezza attraverso la pelle. Non capisco cosa mi stia succedendo ma non ho paura. Mi sento svanire in miliardi di molecole che si fondono con le piante, l'aria, la pietra, gli uccelli. La profondità e la bellezza di queste sensazioni sono così forti che mi fanno male, mi bruciano in gola, mi sciolgono i muscoli. Sto piangendo. Lacrime calde e salate che mi bagnano le labbra per poi perdersi nella polvere della strada.

G. «Giacomo! Quella invece? Non ti piace?»

«Amore, sì, mi piace. Però preferisco la mia di macchina.»

Monica distoglie lo sguardo dalla macchina e si guarda intorno indifferente. Poi il suo tono si fa più secco: «Amore, intendevo solo dire che quella secondo me si addiceva molto di più al tuo stile da uomo d'affari. Sai come la penso su questa tua Bmx turbo: è da ragazzino».

«*Gt* turbo, Monica, la Bmx è una bicicletta. Pensa che figata: una bicicletta con il turbo!»

«Ti prego, Giacomo, non riesci a essere serio per una volta?»

«Ok, ok. Comunque me l'hai già fatto altre volte questo discorso, a me piace questa di auto. Poi se vogliamo una macchina con un po' più di classe prendo quella dell'ufficio, no?»

Sembra che Monica se la sia presa, ha la faccia imbronciata. Da questo punto di vista è una scoperta, anche positiva: all'inizio mi dava sempre ragione, anche troppo.

«Mamma che zona, Giacomo. Manca molto a casa di Mario?»

«No, è là dietro, in una traversa dopo viale Cassala.»

«Non credevo esistessero dei quartieri così a Milano. Forse era meglio se prima mi portavi a casa, così andavo a dormire presto.»

«Eh no, carina... Guarda lì, che culo! Un parcheggio proprio di fianco al portone. Speriamo ci sia abbastanza posto tra il divano e la lavatrice...» e sorrido a Monica sarcastico. Lei guarda davanti a sé schifata e sbotta: «Cavolo, quella è veramente una lavatrice! Ma chi ci abita in queste case, degli aborigeni? Cosa avranno nella testa per "parcheggiare" divani e lavatrici in strada?» e scuote la testa. «Giacomo, non ti dispiace se ti aspetto in macchina, vero?»

«No, però è questione solo di cinque minuti, perché non sali anche tu? Non mi va di lasciarti giù da sola.»

«No, veramente. Non ne ho voglia. Mario non mi piace come persona, lo sai. Preferisco aspettarti qui: sono solo cinque minuti, no?»

«Monica, devi capire che Mario sta attraversando una fase particolare della sua vita. È andato giù di testa per questa ballerina e lei gli ha fatto il lavaggio del cervello. Anche la coca che gli porto su adesso: quando facevamo le nostre serate, erano più le volte che rifiutava di quelle che tirava.»

«Ti prego, non ricordarmi cosa siamo venuti a fare qui. Pensa solo se ci fermassero con la droga in macchina.»

Faccio un sospiro di sufficienza, ma con lei mi viene naturale fermarmi un secondo in più e riprendere la calma: «Monica, non ci può succedere niente. Quando mai beccano una persona "normale" con la coca? E poi, anche se fosse? Per due grammi credo che non ti possano neanche fermare. Poi non ho capito: spacciano tutti liberamente e devono mettere in gabbia me?»

«Comunque, io ti aspetto qui.» Il suo tono è fermo ma dallo sguardo sembra mi stia supplicando.

«Vabbe' ho capito. Senti, facciamo scendere lui.»

Mario esce dal portone dopo un paio di minuti. Da qualche tempo è effettivamente diverso: quando apre la portiera per sedersi accanto a me, al posto che gli ha liberato Monica, noto che è dimagrito ancora di qualche chilo.

«Ciao Monica, ciao Giacomo. Tutto bene?»

«Ehi, sogliola! La prossima volta entri con la portiera chiusa, tanto adesso riesci a passare dalla fessura, no?»

«Siamo in serata, eh? Sì, ho perso qualche chilo, mangio poco e sono un po' nervoso in questo periodo. Andiamo a berci una cosa intanto, così non stiamo inchiodati sotto casa dei miei.»

Incrocio lo sguardo di Monica e ricaccio in gola la risposta: «No, facciamo una cosa rapida. Monica ha un appuntamento e io non ho voglia di risvegliare la gastrite».

«Ok, come vuoi. Ce l'hai, vero?»

«Certo.» Gli allungo un sacchettino di plastica trasparente, con all'interno una pallina avvolta nell'alluminio.

Si gira e mi fa un inaspettato sorriso di riconoscenza: «Grazie mille Giacomo. Mi hai fatto ancora un grosso favore». Ora sembra quasi imbarazzato. «Per i soldi ci mettiamo d'accordo poi. Allora, visto che siete di fretta, io mi sciacquo.» Allunga il braccio e apre la portiera per scendere.

C'è qualcosa che non va: non è possibile che la persona impacciata, intimidita e con l'aria del cane bastonato sia «il mio amico Mario».

«Aspetta, Mario! Scendo con te, ho una cosa da dirti.»

Ci mettiamo a camminare a qualche metro dal portone di casa sua, sul lato opposto della strada.

Mi chiede preoccupato: «Be', cosa succede?»

«Questo vorrei chiederlo io a te. Ti sei visto?»

«Giacomo, mi sembra che abbiamo già affrontato un discorso simile non più di qualche giorno fa.»

Mi spingo in avanti verso di lui, qualche centimetro troppo vicino al suo viso: «Ascolta, a me non interessa se ne abbiamo già parlato. Io voglio riparlarne, e voglio farlo ora. Ti chiedo ancora una volta se ti rendi conto della faccia cadaverica che hai, e del tuo comportamento nevrotico».

«Forse sei tu, Giacomo, che non ti rendi conto che hai appena descritto te stesso otto mesi fa, quando stavi facendo quei due esami e ti calavi un Plegine e mezzo al giorno. Tutti i giorni.»

Scandisco le parole per non alzare troppo il tono della voce: «Io l'ho fatto per l'università, con l'idea di fare uno sforzo per un mese! Io avevo la situazione sotto controllo. Io. L'ho fatto per poter studiare quattordici ore al giorno, non per fare il figo con gli amici della mia ragazza!»

«Giacomo, ma ti senti?! Ooooh! Guarda che è con me che stai

parlando! Sono quello che ti ha visto tirare su tanta bamba da poterci asfaltare piazza del Duomo! Per non parlare delle canne e dell'alcol. Il punto è che adesso sei tu che ti sei rincoglionito, un po' per via della tipa che hai in macchina e un po' perché hai la gastrite e ogni volta che ti infili una sigaretta in bocca o butti giù un sorso di Negroni ti viene da vomitare. Altrimenti mi staresti vicino come lo sono stato io con te!» scatta in avanti poi si ferma subito: «Pensaci bene, va'».

«Senti, io non rinnego niente di quello che ho fatto. Certo che cambierei delle cose del mio passato, ma penso che chiunque guardandosi indietro lo farebbe. Non lo nego, alcune cose che hai detto sono vere: la gastrite mi sta fottendo, ma grazie a dio al mio fianco ho una ragazza che mi fa star bene anche senza dover buttare giù un litro di whisky a sera. Ma il punto adesso sei *tu*, non *io*. Sei *tu* che sembri un cadavere.»

«Giacomo, tu non capisci... Jennifer...» c'è un luccichio nei suoi occhi. «Le cose che tu immagino provi per Monica... Be', moltiplicale per cento, mille, un milione! Quella ragazza ha rivoluzionato il mio mondo, ha cambiato il mio modo di vedere le cose, di respirare. Adesso è fissata con i suoi amici della televisione, con il fatto che deve "apparire" per fare strada, e la coca che non può mancare. Ma a me l'ha detto che è solo una situazione di adesso, che per lei non sono importanti né la cocaina né quell'ambiente, e neanche lo saranno in futuro. Io farei qualsiasi cosa per lei e tutto quello che mi serve adesso sono i soldi. Capisci? Tanti e fottuti soldi, perché lei sia felice e io con lei. Ma è solo per adesso, dopo tutto tornerà come all'inizio e io sarò più tranquillo di prima. Magari non necessariamente "il Mario" che conoscevamo entrambi qualche tempo fa... Ma perché no, forse anche migliore.»

«Non so, probabilmente hai ragione, mi sto facendo troppe paranoie per niente. Forse avevo bisogno di sentirti parlare.»

«Sai, anch'io adesso che ti ho parlato mi sento meglio. Era come se avessi qualcosa bloccato sullo stomaco. Amici?»

«Che cazzo, certo! Amici!» Mario mi abbraccia e io rimango per un secondo come un bambolotto di pezza, con le braccia rigide lungo i fianchi. Poi gli restituisco l'abbraccio.

Monica è in macchina che sbuffa perché l'ho fatta aspettare: «Hai ragione, scusami, ma era importante».

«Be', se era importante non c'è problema. Domani però per farti perdonare mi porti a cena al Savini.»

«Va bene, amore. Tutto quello che vuoi.» Monica mi stringe sempre più forte fino a quando fa uscire un piccolo urlo di felicità.

Siamo già a cento all'ora sulla parallela di viale Cassala, e suona il cellulare: «Mario? Ti manco già?»

«Non abbastanza da farmi spendere le 2000 lire che mi costerà questa telefonata al tuo cellulare da capitalista: senti, nell'imbarazzo e nell'euforia di prima mi sono dimenticato di chiederti un altro favore. Un po' mi vergogno...»

«Non dire cazzate, spara.»

«Io e Jennifer dobbiamo andare alla festa di un importante agente dello spettacolo nella sua villa sul lago e vorrei farle una sorpresa portandola là con la tua macchina. Pensa che faccia farebbe...»

«Era ora che mi chiedessi in prestito la macchina! Mi stavo disperando, pensavo che non l'avresti mai fatto.»

Monica tira su la testa di scatto e mi guarda incazzata.

«Davvero non ti scoccia? Grazie ancora Giacomo. Insomma: 2000 lire spese bene, buonanotte.»

«'notte.»

«Ma scusa Giacomo! Gli dai la tua macchina?» Avevo visto giusto, Monica non l'ha presa bene.

«Be', che problema c'è?» Ora lei è interamente girata verso di me: «Non lo so, ti sembra sufficientemente a posto per dargli la tua auto? Se te la rompe? Se noi ne abbiamo bisogno?»

Per un attimo questo suo atteggiamento così egoista mi indispettisce, ma poi capisco che dice così perché si preoccupa per me, non per la macchina.

«Se ne abbiamo bisogno ne prendiamo un'altra. Magari quella che piace a te», e le faccio l'occhiolino. «La Mercedes nera dell'azienda.»

A. «Apri! Sono io!» grido nel citofono.

«Io chi?» mi risponde lui.

«Quello delle pizze», gli dico reggendo il gioco.

«Ah, ok. Mi raccomando che siano ancora calde altrimenti non gliele pago. Faccia in fretta!» e lo sento ridacchiare mentre con uno scatto il portone si apre.

Entro nell'elegante androne pensando che è da un sacco di tempo che non vedo Giacomo, ci sentiamo spesso ma negli ultimi tempi ci siamo frequentati poco, presi entrambi dal vortice del lavoro.

Chiamo l'ascensore, le porte si aprono silenziosamente e un campanello trilla nel silenzio del cortile interno, illuminato dalla tenue luce gialla dei lampioncini antichi appesi alle volte del porticato. Schiaccio il pulsante del quinto piano e le porte si richiudono con un fruscio, avverto appena la leggera spinta verso l'alto. Tutto è così diverso dalla mia abitazione di Corsico e così uguale alla mia vecchia casa di via Jacini… Rivedo i visi degli amici del liceo che ho perso di vista, li rivedo sorridenti pensando che qualcuno di loro forse si è trovato una ragazza fissa, qualcuno è ancora all'università pieno di entusiasmo o forse è solo in attesa di essere parcheggiato in qualche angolo della vita e del lavoro.

Secondo. Terzo.

Poi penso a Luca: lui sì che ha preso una buona strada e con un po' di invidia penso che ha già una bambina, e cerco di immaginare come deve essere tornare a casa e avere una compagna e una figlia che ti aspettano, un punto fisso che cresce, si sviluppa e prende le onde della vita assieme a te.

Quarto.

Con amarezza sento di non appartenere a questo circuito, forse sono ancora troppo immaturo e irresponsabile e poi forse l'apparente pienezza della vita di Luca è solo una prigione…

Quinto.

Le porte dell'ascensore si aprono, sono arrivato in cima al palazzo. Sono entrato in una scatola al livello della strada e ne sono uscito quindici metri più in alto. Nessuna fatica, nessuna gioia per una scalata così grande in venti secondi.

«Credo che Luca dovrebbe essere di ritorno, ormai sono mesi che è in giro per l'Asia con Arianna.»

«Bella questa poltrona, vero? L'ho comprata un mese fa da un designer fuori di testa. Abita in una specie di casa-laboratorio di 400 metri quadri praticamente in centro», mi dice Giacomo cercando di cambiare discorso.

«L'avrai pagata un botto, allora. Gli hai ceduto le tue quote in azienda per saldare il debito?» gli rispondo ironico.

«Vabbe' non capisci niente di design, tu. Mi sa che la vita di Corsico ti ha annacquato il senso estetico...» e si prende subito una rivincita.

Cerco di portare il discorso su Luca, sulla nostra amicizia, ma Giacomo, sdraiato su una chaise longue, sbuffa. Non ne ha voglia, è nervoso, mentre io giocherello con il cordino di caucciù che porto sempre al collo, a cui ho agganciato la monetina di Tallinn, quella che ha deciso la sua sorte e la scommessa tra me e Luca.

«Quand'è che ti togli quel ciondolo, Andrea? Fa schifo.»

«Non capisci proprio niente, Giacomo», gli dico io sorridendo e ricordando la sua faccia fuori dal bordello di Tallinn.

«Vabbe', vuoi un'altra Adelscott?» si alza di scatto e lo sento armeggiare in cucina.

Quando torna, indica una rivista appoggiata sul tavolino e mi chiede: «L'hai letta?»

«No. Perché? Dovrei?»

È «Yacht Capital».

«Ma cos'è? Sei abbonato?»

«No, abbonato no. Però la compro sempre, ci sono delle barche della madonna.»

«Cribbio, Giacomo! Sei proprio un fighetto!»

«Guarda qui e zitto.» Apre la rivista e mi mostra un articolo in cui si annuncia la vendita di uno splendido ketch Sangermani a un americano.

Leggo il nome della barca, sillabandolo: «Xa-na-dù».

«Sì, Xanadù. Questi bastardi si stanno comprando tutto, anche i nostri sogni.» Giacomo ha gli occhi inaspettatamente lucidi. Ci guardiamo come se un'epoca fosse finita per sempre.

Mentre sto per uscire mi ferma: «Aspetta! Non mi sono dimenticato...» Mi abbraccia come un fratello e senza chiedermi nulla mi infila nella tasca del giubbotto una busta bianca con su scritte le sue iniziali: «G.G.»

Un giorno glieli renderò, è un patto non scritto.

L. Quando tocchiamo terra all'aeroporto di Milano vorrei quasi inginocchiarmi e baciare il suolo, come il capo improvvisato di una religione che non esiste.

Ho ancora il sacchetto per il mal d'aria in mano, ma la sofferenza fisica è solo una piccola componente del mio stato d'animo. Dopo cento e uno giorni di peregrinazioni per l'Asia, la voglia di tornare si è fatta sempre più forte e adesso mi colpisce allo stomaco, lavorandomi indefessa come un vecchio pugile che ha perso la destrezza ma non lo spirito. Ho resistito a malapena per quel giorno in più che mi serviva per sorpassare i cento, ma è stato un vero sforzo. Mi dà fastidio sentirmi così provinciale da provare nostalgia per una casa che non so più neanche dove sia, in quale città, in quale continente. Soprattutto perché so che tra un paio di giorni, dopo aver dormito nel mio letto e rivisto gli amici, questa nostalgia lascerà il posto all'irrequietezza e alla voglia di partire ancora.

In aeroporto, ovviamente, la guardia di finanza mi ha fermato e ha voluto controllare il contenuto del mio zaino. Poi non sono più riuscito a rimettere dentro la roba, così adesso ho magliette sporche sotto entrambe le braccia e un cappello verde militare in testa, completamente inadeguato alla situazione.

«Sempre peggio dopo ogni viaggio! Ma come fai a stargli vicino?» commenta una voce ruvida che subito non riesco a riconoscere. Tra la gente ammassata davanti alle transenne degli arrivi internazionali cerco la faccia a cui dovrebbe appartenere quella voce. La vedo spuntare da un colletto azzurro incravattato, sopra un abito grigio ferro teso perfettamente sulle spalle, nascosta dagli occhiali scuri, ma con la bocca che si apre in un sorriso.

«Giacomo!» sto quasi urlando mentre semino le mie magliette tra la folla e lo stringo in un abbraccio esagerato. Lui si ritrae, ma più per mantenersi fedele al personaggio che per un vero gesto di fastidio. Anzi, potrei quasi giurare che sia contento della mia dimostrazione d'affetto.

«Cosa ci fai qui? Come hai fatto a scoprire quando saremmo arrivati?» aggiungo mentre ci incamminiamo verso la sua macchina.

«Ho appena raccontato tutto ad Arianna, poi ti fa il resoconto quando arrivate a casa», taglia corto lui.

«Sono felice di ritrovarti come ti ricordavo, temevo che il lavoro ti avesse inaridito.»

«Allora? Ce l'avete fatta a resistere in viaggio assieme per più di tre mesi? Nessun cedimento?» prosegue Giacomo impermeabile al mio sarcasmo, mentre fa lampeggiare con il comando a distanza le frecce di una Mercedes nera parcheggiata in doppia fila.

«A parte le coltellate nel sonno e le spinte giù dai dirupi direi che ce la siamo cavata, eh Luca?»

«Se mi sopporti ancora direi proprio di sì», e mi infilo sul sedile posteriore assieme ad Arianna.

Giacomo ha un attimo di esitazione, poi mette in folle e si viene a sedere anche lui con noi. Arianna gli mette un braccio attorno al collo e gli chiede: «Vuoi parlarci di qualcosa Giacomino? Mi sembri un po' irrequieto».

Giacomo raddrizza la schiena, gonfiando un po' il petto e confessa: «Ragazzi, stavolta mi sono innamorato davvero».

Il mio «ma va a cagare» dalla perfetta cadenza milanese si mischia al «che bello» di Arianna.

«Non sto scherzando, Luca. Sono già tre mesi che esco con questa ragazza, Monica, e mi sento come non mi era mai capitato prima.» Mentre lo dice guarda Arianna, cercando in lei un appoggio.

«Certo, ogni volta come la prima volta», dico quasi per riflesso. Ma nel suo sguardo c'è un disperato bisogno che io creda alle sue parole.

«Lascialo perdere», dice Arianna spingendomi via. «Raccontami di Monica. Cos'ha di speciale?»

«Tutto!» risponde lui troppo in fretta, poi comincia ad ammassare aggettivi esagerati uno sull'altro, e questa descrizione non mi sembra per nulla spontanea.

«Quindi tu hai lasciato l'ufficio a metà giornata per venirci a raccontare questa favola divenuta realtà...» mi intrometto non appena lui fa una pausa. «Con questa esplosione di sentimentalismo tipica del tuo animo sensibile. Giusto?»

Solo alla fine mi accorgo che questa volta forse ho esagerato, e cerco di addolcire un po' il tono: «Cioè, mi sembra un po' strano... Non è che tu sia proprio sempre pronto a parlare dei tuoi sentimenti... e poi venirci a prendere alla Malpensa... lasciando il lavoro...» sono davvero imbarazzato, e per un attimo nessuno riempie il silenzio impacciato creato dalle mie frasi lasciate a metà.

Poi Giacomo sbotta: «Sono venuto perché mi faceva piacere. Sono più di sei mesi che non ci vediamo!» Questa sua sincerità, diretta e senza sfumature, mi stupisce. Prima che possa reagire, gli schiocco un sonoro bacio sulla fronte: «Bravo, Giacomo. Così ti voglio». Poi scendo e risalgo al posto dell'autista: «Dove, signori?» domando, e senza aspettare una risposta lascio l'aeroporto sgommando.

Un trillo acuto interrompe le nostre chiacchiere. Il silenzio improvviso amplifica il secondo squillo e l'attenzione è tutta per il led rosso lampeggiante vicino al cambio. Il terzo squillo scuote Giacomo dall'immobilità: «Mi raccomando, muti! Che questo è mio padre», dice serissimo. Poi sgancia il ricevitore e con un tono ancora più serio continua: «Sììì, pronto? Sì papi, sono quasi a Milano... Stavo...» un attimo di esitazione poi riprende: «Sono andato dal Giroldi per quella...» si ferma di nuovo. «Ma sì, sto tornando in ufficio, ci metto dieci minuti.» Mentre parla agita le mani in zona inguinale per farci capire quanto suo padre gliele stia facendo ingrossare.

«Coniglio», dico mascherando le parole con un colpo di tosse.

«Nessuno, papi. Sono da solo.»

«Stronzate», e tossisco di nuovo.

«Ti dico che è la radio», cerca di giustificarsi Giacomo. «Ma dove vuoi che vada col Mercedes della ditta? Senti, adesso arrivo e...»

Faccio segno ad Arianna perché lo provochi: «Dài Giacomino, metti giù che ho voglia», dice lei con una voce sensuale.

Giacomo cerca di ritirarsi nell'angolo più lontano del sedile, allungando il filo il più possibile.

«Ma che troie? Ma cosa dici papà? Ma ti rendi conto?»

Adesso suo padre urla così tanto che riesco a sentirne la voce anche io.

«Tra cinque minuti arrivo, così vedrai che non c'è nessuna troia! Ciao!» E sbatte giù il telefono. «Sarete contenti adesso. Bello scherzo del cazzo. E io che sono anche venuto a prendervi.»

«Come la fai lunga... Non sapevo che fossi così schiscio con il "papi"», dico esagerando l'accento milanese.

«Pirla, non è solo il "papi". È anche il mio capo. E questa abbinata non facilita certo le cose.»

«Sarà... Comunque una bella scrollata di spalle per liberarsi dal giogo paterno non ti farebbe male.»

«C'è qualcosa che non torna, Giacomo», s'intromette Arianna. «Da quando ti conosco vivi da solo, della tua famiglia non parli mai, sembra che dei tuoi genitori te ne freghi... E adesso sembri un cagnolino ubbidiente al guinzaglio del "papi"...»

«Hai ragione, Arianna. In apparenza Giacomo è la persona più emancipata del mondo, ma in realtà il suo animo è fragile, nonostante il suo super io così ipertrofico...» Non riesco a concludere perché Giacomo mi interrompe: «Quando hai finito di dire stronzate fammelo sapere, non vorrei che ti si bloccassero in gola appestandoti l'alito». Arianna gli si avvicina, gli bacia una guancia e gli dice: «Dovresti tirar fuori di più le tue emozioni. Ti rendono molto più attraente e simpatico».

Lui abbozza un sorriso, ma è solo un lampo sul suo volto, e in un attimo appassisce nuovamente nell'espressione grigia di un passante milanese.

Di vedere i suoceri adesso non se ne parla nemmeno. Decido di fermarmi al Grand Cafè. Non ho voglia di stare solo. Cerco una moneta dorata da duecento e la infilo nel telefono. Risponde la voce di Andrea, registrata. Almeno non ha cambiato numero.

«Ciao pirla! Sono al Grand Cafè e ci resto finché non vieni a prendermi. Quindi vedi di muoverti.» Poi aggiungo: «Cerca di venire! Che è una vita che non ci si vede». E metto giù.

G. «Giacomo!» il mio nome urlato da mio padre attraverso il telefono mi colpisce come uno schiaffo. «Cosa hai fatto? C-o-s-a h-a-i f-a-t-t-o?»

Il cuore ha un'accelerazione improvvisa e una sorta di nebbia mi avvolge intorpidendomi. Inaspettatamente la voce mi esce strozzata: «Papà, cos'è successo? Non so di cosa parli».

«Mi ha telefonato adesso la polizia per l'incidente. Cosa aspettavi a dirmelo, deficiente? Eh? Cosa aspettavi a dirmelo?»

«Ma di quale incidente parli? Perché mi urli addosso così!»

«Come di quale incidente? La tua macchina contro il muro, Giacomo, la tua macchina e i due ragazzi in ospedale. Tu dove eri, si può sapere o no? D-o-v-e c-a-z-z-o e-r-i?»

Entro al Niguarda di corsa, ma per raggiungere la corsia devo superare una porta bianca, quella che divide il mondo dei sani da quello dei malati. Alcune persone sedute qua e là nella sala d'attesa mi fissano inespressive e sconsolate.

Suono ripetutamente il campanello accanto alla porta. Dopo qualche minuto arriva un uomo con un camice bianco aperto, forse il capo sala. «Mi scusi», ma mi trema la voce. «Hanno ricoverato qui un ragazzo, si chiama Mario Rossi...»

«Lei chi è, un parente?»

«No, sono un amico. Credo che la madre sia già...»

Mi interrompe brusco: «Allora non può entrare. Mi dispiace».

«Sì, ma io...» ma ha già richiuso la porta.

Porca troia, pezzo di merda! Trattengo a fatica l'istinto di spaccare tutto quanto. Poi mi viene in mente che potrei contattare un amico che ha il padre primario in questo ospedale. Dopo un paio di tentativi a vuoto riesco a rintracciarlo: «Ciao, scusa. Sì, no, ho bisogno d'aiuto. Guarda, è successo un disastro: un mio amico, sì, ha fatto un incidente con la mia macchina. Lui e la sua ragazza sono entrati al Pronto Soccorso, ma io non riesco ad avere nessuna notizia. Forse li hanno portati in qualche reparto... Lui si chiama Mario Rossi, lei Jennifer qualcosa. Ok. Allora mi richiami tu appena tuo padre sa qualcosa. Grazie, sei un amico».

Continuo a passeggiare avanti e indietro in attesa che mi richiami, e continuo a ripetermi che se avessi ascoltato Monica questa tragedia si sarebbe potuta evitare...

Finalmente lo squillo che aspettavo: «Pronto. Gli ha parlato? Ok. A nome di tuo padre. Di chi devo chiedere? Professor Lamera, reparto ortopedia. Grazie mille, sono in debito».

Esco di corsa dal Pronto Soccorso e vado all'ingresso principale dell'ospedale. In reparto riesco a incontrare il professore: «Buongiorno. Lei è l'amico, vero? Ho ricevuto la telefonata dal mio collega. La tua amica non ha niente di grave: a parte lo stato di shock nel quale versa, ha una frattura scomposta del perone e alcune costole rotte. Devo premetterle subito che invece Rossi non è in buone condizioni... Ha una lesione midollare mielica lombare, in corrispondenza delle vertebre L3 e L4: sopravvivera, ma non potrà più camminare».

Sono sconvolto: «Mi scusi, ma ne è certo? Come può esserne così sicuro?»

L'ortopedico spalanca gli occhi: «Guardi, posso capire il suo dolore, ma conosco il mio mestiere: una lesione alla colonna vertebrale non è curabile. Purtroppo il suo amico non camminerà più».

Come fa ad esserne così fottutamente sicuro, che cavolo di esami avrà mai fatto per poter dire con sicurezza una roba del genere? Devo parlare con sua madre per farlo portare in una clinica e farlo vedere da un dottore che possa curarlo veramente. Questo non è un film, porca troia, queste cose non succedono se non le vuoi far succedere!

Mi faccio indicare la stanza di Mario: fuori dalla porta il padre accarezza la testa della madre, in lacrime, appoggiata sulla sua spalla.

Non so assolutamente come affrontare né i genitori né la situazione, avrei bisogno che Monica fosse qui con me: «Signor Rossi, signora... Mi dispiace».

La madre di Mario mi fissa come se avesse visto un fantasma. Avvicina titubante la mano al mio viso e lo accarezza lentamente: «Giacomo!» poi scoppia a piangere: «Mario... Mario...» le lacrime le impediscono di parlare, mentre il padre mi fissa immobile, in silenzio.

Vorrei chiederle com'è successo ma in fondo non mi interessa veramente. Meglio dirle subito che bisogna portare via di qui Mario, che si può salvarlo, ma appena lo vedo le parole mi si bloccano in gola. Mi avvicino al suo letto camminando piano, come se fossi su un terreno delicato, troppo facile da rovinare.

Quando sono accanto a lui mi viene naturale sollevargli la mano in cui sono infilati dei tubicini, e stringergliela. Ma è pesante, come fosse senza vita.

Lo guardo e non capisco l'innaturale espressione di tranquillità che attraversa il suo viso nel sonno, un sonno dei giusti nonostante la vita con lui non sia stata né giusta, né onesta, né caritatevole. Dovrei pensare che è stato fortunato a non morire. Che in fondo abbiamo sentito solo il parere di un dottore di un ospedale pubblico, che ha ancora tutta la vita davanti a sé, ma non ci riesco. Riesco solo a vedere un ragazzo come me, un amico che resterà per sempre mutilato, nel corpo e nell'animo.

Decido di parlare ai suoi genitori: «Signora Rossi, Signor Rossi, non trovo parole per questa situazione». *Silenzio.* «Voglio solo dirvi che conosco dei dottori, dei dottori di fama internazionale che sono sicuro potranno fare qualcosa per Mario. Li sentirò oggi stesso e poi vi farò sapere.»

Il padre di Mario mi guarda e dice finalmente qualcosa: «Non ci servono i tuoi dottori, come prima non ci serviva la tua macchina. Ora ti prego di lasciarci in pace».

Uscendo dall'ospedale riprende il bruciore allo stomaco, intenso e ed esteso.

Nelle tasche trovo un blister con alcune pastiglie di Maalox e ne metto subito in bocca due. Non sufficientemente in fretta forse, perché mi faccio sorprendere sui gradini da un conato di vomito.

Sputo le pastiglie, e con la mano premuta contro la bocca cerco un angolo nascosto dove vomitare. Niente da fare, solo marciapiede e macchine. Un altro conato e poi un altro ancora, ma niente vomito.

Piegato su me stesso, sputo solo saliva.

Un'altra sequenza di tre conati e lo stomaco fortunatamente si ferma.

Al riparo dal mondo, chiuso nella Mercedes, chiamo Monica con il cellulare: «Amore, c'è stato un incidente».

«Cosa ti è successo, come stai?»

«No, io sto bene. Mario e Jennifer... Sono finiti contro un muro con la Mitsubishi e adesso sono in ospedale.»

«Ma com'è successo? E la macchina? Distrutta? Te l'avevo detto che Mario non è un tipo a posto. Non dovevi dargliela la macchina!»

«Monica. Mario è grave. Non è in pericolo di vita, ma parlano...» *non riesco a dirlo, non riesco a dirlo* «...parlano di paralisi alle gambe.»

«Cavolo, mi dispiace. Poveraccio... Ma tu come stai?»

«Come sto... Sono a pezzi... Mi dispiace. Mi dispiace che sia successo: vorrei non avergli mai dato la macchina, vorrei poter far tornare indietro il tempo o anche solo poter fare qualcosa adesso. Ma non so cosa fare, mi sento impotente e anche solo pensare di parlargli mi fa crollare. Cosa gli dirò quando si sveglierà? "L'importante è che tu sia vivo"? "Poteva andarti peggio"? Mario non camminerà più, capisci, non muoverà più le gambe in vita sua! E questo per quel cazzo di macchina!» urlo nel telefonino.

«Giacomo, capisco come ti senti. Dispiace anche a me, ma scusami se ti dico che Mario se l'è cercata. Quella fuori di testa con cui usciva, tutta quella cocaina, quell'atteggiamento di "chi è sempre figo per forza". Chissà come stava guidando quando ha fatto l'incidente... E la ragazza? Quella come l'ha ridotta?»

Mi sento svuotato, privo di forze: «Monica, ma come fa uno a meritarsi la sedia a rotelle? Come puoi anche solo pensare una cosa del genere?»

«Giacomo, non ho detto che se l'è meritata, ho solo detto che se l'è cercata: c'è una bella differenza. Con il tipo di vita che faceva, sai bene che se c'era uno che poteva finire così, quello purtroppo era lui.»

«Quindi vuoi dire che se uno si beve mezza bottiglia di whisky, ci fuma sopra tre canne e poi fa serata in discoteca con un mezzo grammo di coca, non può pensare di finire in un modo molto diverso? Paralisi o morte?»

«No? Perché secondo te a cosa può aspirare una persona così?»

«Monica, tu in questo momento stai parlando con un morto. Anzi, con una persona che sono anni che è morta.»

«Giacomo, ma cosa stai dicendo? Senti, te lo ripeto: anche a me dispiace per Mario, e molto, ma...»

«Ascolta, adesso sono troppo stanco per questi discorsi: ora voglio solo pensare a come stargli vicino e a come aiutarlo. Ci sentiamo più tardi.»

Immobile e svuotato, guardo fuori dal finestrino, confortato dalla sicurezza che mi dà il mio piccolo mondo protetto.

Quanto vorrei essere una di quelle persone capaci di piangere.

Quando ero bambino ricordo che c'erano momenti nei quali sentivo che non potevo più esistere da quanto stavo male.

Poi piangevo, sempre più forte, fino quasi a farmi mancare il respiro.

Finché arrivava una carezza. Allora smettevo di singhiozzare e il dolore, per quanto potesse essere immenso, spariva come per magia. Una splendida magia, che si ripeteva ogni volta che volevo e rimarginava le ferite.

Ecco, adesso vorrei che quella magia tornasse. Mi sforzo di cercare dei ricordi, delle scene, delle emozioni, ma non riesco a trovarne che un paio in cui sia presente anche Mario. Negli ultimi due anni ci siamo visti poco e male, e questi pensieri non riescono a scalfire la pelle che non è più quella morbida e delicata di un bambino. Forse è per questo, o forse invece è per via di quello strano meccanismo che mi fa pensare solo al presente, dimenticare il passato e ingannare il futuro, prendendosi in pegno i miei ricordi. Io lo so che gli voglio bene, che oggi si è aperta una ferita profonda dentro di me, però ho gli occhi asciutti e non riesco a far uscire il mio dolore. Ma non lo voglio nemmeno portare con me.

A. Arrivo al Grand Cafè con il vecchio Zündapp sferragliante.

Mi infilo nella stretta via che costeggia il bar, spengo il motore e appoggio la moto al muro. Ormai non ci provo neanche più a mettere il cavalletto.

Forse se ne è già andato, penso tra me e me e per un attimo lo odio: lo sa che non li sopporto più i locali alla moda. Perché mi ha dato appuntamento qui?

«Il solito pesce fuor d'acqua», sento dire alle mie spalle.

«Luca, vecchio bastardo. Finalmente!»

Stiamo per sederci ma lui ha un ripensamento: «Che palle questi posti pieni di fighetti!» esclama a voce alta.

«Convengo», rispondo io.

«Andrea ce l'hai un altro casco?» poi aggiunge: «No, ovvio che non ce l'hai. Non fa nulla, andiamo lo stesso».

«Dove?»

«In un posto fighissimo. Tu pensa a guidare che la strada te la dico io, sempre che me la ricordi...»

«Sarebbe questo il posto fighissimo?» gli domando mentre mi siedo su una panchetta di legno pericolante e Luca cerca di rimanere in equilibrio su un vecchio sgabello.

«Qui fanno il miglior caffè di Milano, fidati.» Poi fa un cenno al cameriere che avanza verso di noi strascicando i piedi. Tutto l'ambiente è quanto di più decrepito si possa chiedere a un bar di Milano, anche se è vicino al parco Sempione. Ovviamente, mi sento del tutto a mio agio.

«Allora, per me una granita al caffè che so essere la vostra specialità. Il mio amico invece vuole degustare un frullato, sempre al caffè. Grazie.»

«Degustare?» chiedo sottovoce a Luca.

«Mi spiace signori, ma non abbiamo caffè. Se volete posso portarvi qualcos'altro, è tutto scritto sul menu», risponde il cameriere con un filo di voce, quasi dovesse morire da un momento all'altro.

«Ah, allora due frappè al caffè, l'ultima volta che li ho provati erano squisiti», controbatte Luca.

«Squisiti? Ma come parli?»

«Signori, ve lo ripeto. Non abbiamo il caffè», risponde il cameriere ora leggermente alterato.

«Ha detto che non hanno il caffè, Luca.» Ho intuito il suo scherzo e rilancio: «Prendiamo qualcosa da bere?»

«Ok, allora due espressi. Grazie. Il mio, macchiato caldo», dice Luca chiudendo la lista e porgendola al cameriere, stabilendo con questo gesto che la decisione finale è stata presa.

Scoppio a ridere e cerco di tapparmi la bocca con la mano, poi mi chino sulle ginocchia, facendo finta di allacciarmi le scarpe, mentre tiro due pugni sulle gambe di Luca per implorargli di smetterla.

Il cameriere, rassegnato, prende la lista e fa per andarsene, poi si volta verso di noi e dice: «Sono stato giovane anch'io, sapete, e con i miei amici ci divertivamo a prenderci gioco degli adulti. Poi si diventa vecchi e non si ha più voglia di giocare e di divertirsi, ti accorgi che il tempo non è la medicina che cura tutti i mali ma è solo un ingannevole artificio che proietta la tua giovinezza sempre più lontano».

Non ce l'aspettavamo questa reazione, siamo davvero imbarazzati. Ci guardiamo e assieme ci alziamo dal tavolino. In un attimo siamo fuori dal bar.

Camminiamo fianco a fianco per qualche minuto, entriamo nel parco Sempione e sfiliamo davanti al Castello Sforzesco.

«Lo scherzo è divertente. Ma tu ti aspettavi che il cameriere reagisse in quel modo?» chiedo a Luca.

Lui fa un cenno con la mano, quasi a voler scacciare il discorso e mi chiede: «Quand'è che parti?»

«Te l'ha detto il carogna, vero?»

«Mi ha detto che ti ha prestato una barca di soldi e che vuoi fare il giro del mondo.»

«Eh, una barca di soldi. Un gommone con dentro qualche lira... Comunque parto fra un paio di giorni, vado negli Stati Uniti a trovare un'amica.»

«A trovare Sonia...»

«Io non l'ho detto...»

«Aspetta, fammi capire: dopo quattro anni Andrea si fa prestare dei soldi, parte per gli Stati Uniti e va a trovare la sua fidanzata.»

«Amica», preciso io. «Sono passati quattro anni dall'ultima volta che ci siamo visti... Ma come hai fatto a capire che vado da Sonia?»

«Non è che ci volesse molto a immaginarlo. Hai sì e no quattro amiche, e vivono tutte a Milano tranne una che vive a Seattle. Non è che ci volesse molto.»

«Comunque ti invidio, Luca. Tu non hai bisogno di cercare un po' di stabilità. Tu hai Arianna e Giulia.»

«E questo cosa vuol dire?» mi chiede perplesso.

«Vuol dire che probabilmente hai già trovato quello che cercavi e anche se avere una famiglia a 23 anni non è certo una cosa comune, è anche probabile che dia più stabilità e sì, insomma, qualcosa che ti faccia crescere e sentirti responsabile e quindi tu...»

«Oh, oh, frena, frena. Guarda che non è per niente così. Io sto con Arianna e sì, è vero, c'è Giulia, ma questo non significa che abbia tutta questa stabilità... Invece sono io che invidio te, che dopo quattro anni hai ricevuto una lettera da una tua ex fidanzata che non ti ha dimenticato e che ti vuole vedere. Ti invidio perché quando arriverai a Seattle e scenderai dall'aereo, sentirai di nuovo il cuore martellarti nel petto e quando vedrai Sonia probabilmente non saprai cosa dirle né come dirlo, e vi girerete intorno per giorni e giorni e...»

«Oh, oh, frena tu adesso. Te lo ripeto: vado solo a trovare un'amica, non a ritrovare l'amore della mia vita.»

«Lo credi davvero?» mi chiede Luca soffiando in alto il fumo della sigaretta che si è appena acceso, come se volesse scacciare da sé lo spettro di una stabilità che non vuole, forse addirittura il peccato mortale della *maturità*.

Imbocchiamo un sentierino in terra battuta che ci allontana dal Castello, superiamo una coppia di anziani seduti su una panchina, si tengono per mano e questa scena mi intenerisce. Provo a immaginare come debba essere una vita trascorsa sempre con la stessa persona, qualcuno che ti vuole bene davvero e che ti aiuta a crescere, e con cui invecchiare assieme.

«Quindi è molto meglio non avere un posto dove andare, nessuno con cui parlare e condividere le cose, nessuno che ti aspetti quando torni tardi dal lavoro?» gli dico io dopo un po' che siamo in silenzio.

«Non ho detto questo. Ho detto solo che la stabilità a tutti i costi, un matrimonio che dura tutta la vita, l'amore eterno, tutte queste cose... Insomma, sono delle gran cazzate. La vita è fatta di istanti, di attimi, di periodi. Non si è mai la stessa persona, ci si evolve, si cambia in continuazione, e quello che ti piaceva ieri ti fa schifo oggi e allora è il momento di cambiare tutto di te, di cambiare lavoro e città. Chi lo sa, magari anche la tua donna se non è cambiata con te...» Poi, prima che io riesca a intervenire riprende: «Attenzione, ho detto *con* te e non *per* te. Una donna che cambia per te è la peggior maledizione del mondo».

«Quindi secondo te il massimo gesto d'amore è la suprema condanna della coppia? Va bene parlare per paradossi, ma adesso mi sembra che tu stia sparando un po' troppe cazzate», gli rispondo io provocandolo.

Luca si schiarisce la voce: «Mi spiace doverti far ammettere i tuoi errori ancora una volta, mio caro discepolo», dice camminando con le mani dietro la schiena, «ma lo faccio per il tuo bene. Vedi, prima di tutto il massimo gesto d'amore non è il cambiare, ma l'accettare. Cambiare vuol dire non amarsi abbastanza, vuol dire comprare l'affetto altrui cedendo in cambio la propria dignità, e questo non può che distruggere la coppia, perché uno dei due si consuma lentamente fino a diventare trasparente e insignificante per l'altro. E questo non è amore». Si ferma e mi guarda: «Non dirmi che non te ne rendi conto». Lentamente mi passa un braccio sulle spalle e ricomincia a camminare.

«Maestro, insegnami di più», lo sfotto. «Quindi tutte le teorie per cui la vita di coppia è un eterno compromesso, un delicato gioco di equilibri sui bracci instabili delle relative bilance sentimentali sono completamente prive di ogni senso? E se estendiamo questo concetto al suo estremo, allora non si rischia la totale indifferenza, l'individualismo completo?»

«È qui che entra in gioco l'amore, mio miope scolaro. Che cos'è l'amore se non la perfetta risonanza di due anime che sanno mutare ed evolvere assieme, una capacità di comprensione complementare...»

«Allora, *sensei*, tu credi nell'esistenza dell'anima gemella?»

«Mio caro amico, sei ancora così ingenuo. Le cose non sono mai o bianche o nere, ma si colorano di infinite tonalità di grigio. Quanto ti ho insegnato è il bianco, ma nella vita troverai solamente le diverse sfumature della realtà, dove sono il compromesso e la dialettica ad aiutare i poveri mortali nelle loro relazioni quotidiane.»

«Maestro, sono confuso...» dico trattenendo a stento le risa. «Non vedo la via che mi stai indicando. Sarà forse perché neanche tu hai la più pallida idea di quello che stai dicendo?»

Ormai le nostre risate sono incontenibili, e continuiamo a camminare abbracciati, poi lui di botto mi chiede: «Ci vediamo là?»

«Là dove?»

«Negli Stati Uniti. Io torno in California, tu sei a Seattle. Diamoci un appuntamento, il mio numero ce l'hai.»

«Sì, certo. Hai visto? Alla fine siamo tornati all'inizio.» Lui mi guarda senza capire e io gli indico una casa giallina sull'altro lato della strada, con due immense terrazze da cui spuntano fiori di ogni tipo. «Abitavo lì una volta. Ecco il super attico con la piscina.» Nella voce ho un filo di nostalgia.

«Ah è quello allora? Ma l'acqua era bassa o mettevi i braccioli per stare a galla?»

Ci guardiamo per un istante, poi scoppiamo a ridere entrambi e ci sdraiamo a terra sul marciapiede, incuranti dei passanti che ci osservano incuriositi. E con le nostre risa copriamo tutto il rumore della città intorno.

L. Lo Zündapp sparisce scoppiettando in una nube biancastra di olio incombusto. Andrea è come la sua moto, sembra sempre sull'orlo di mollare, di sfasciarsi in mille pezzi lungo la via, e invece con un po' di pazienza, due bestemmie e un paio di calci ben assestati riparte ogni volta. Mentre lo vedo allontanarsi, inghiottito dalla città, mi chiedo che fine farà in America e se mai ci rivedremo.

Ora che si è fatta notte e sono rimasto solo, tutta la fatica del viaggio, le ore di fuso orario, i mesi passati a dormire su materassi scomodi e bitorzoluti, il tempo trascorso su autobus, camion, motorini e barche mi piombano addosso tutti in una volta. Ordino un caffè doppio al baracchino davanti alla Triennale e mi accendo una sigaretta. Un metronotte sta mangiando un panino alla porchetta sul cofano della sua macchina. Si accorge che lo sto guardando e si irrigidisce. Prendo un respiro profondo nella speranza che l'ossigeno mi svegli. Poi provo con la nicotina. Niente. Il metronotte mastica rumorosamente e mi fissa da sotto la visiera del cappello. L'ombra del lampione gli deforma la faccia in espressioni maligne e grottesche. Oppure è solo la stanchezza che me lo fa vedere così. Forse dovrei camminare. Attraverso la strada senza guardare e imbocco il ponte sulla ferrovia. C'è un silenzio innaturale, anche se mi sembra ancora di sentire il metronotte che mastica. Cammino al centro della strada, verso via XX settembre. Una signora in bicicletta passa scampanellando, poi si volta e non capisco se mi sorrida o stia ringhiando. Un battito delle palpebre ed è già lontana. L'aria è calma e le case ricoperte di edera dormono tranquille con dentro i loro segreti. Raccolgo un sassolino e lo scaglio contro una persiana chiusa. Aspetto. Un pipistrello attraversa il fascio di luce che mi circonda. Prendo un sasso più grosso e colpisco di nuovo la persiana. Un leggero rintocco. Non era il suono che mi aspettavo, non sono per niente soddisfatto. Ne trovo uno grosso come una palla da tennis, lo soppeso tra le mani e mi metto in posizione per lanciarlo. Una presenza alle mie spalle. Il rumore di un automobile. Dentro una Fiat Uno bianca il metronotte sta finendo il suo panino e mi fissa. Lascio cadere il sasso e ricomincio a camminare lungo la linea bianca che divide le corsie.

Penso a Giulia e Arianna, foto sbiadite di ricordi piacevoli. Mi sento in colpa perché non sento la loro mancanza, anche se mi hanno insegnato che dovrei. Ma ora devo riconquistare questa città che non si ricorda di me e che ho voglia di fare di nuovo mia. Corso Magenta sembra più stretto di come lo ricordavo, macchine parcheggiate e palazzi, le stelle intrappolate nei cavi del tram. Qualcosa è cambiato davanti al San Carlo, non mi ci ritrovo più. Il posto dove parcheggiavo la moto è sparito, le prospettive sono tutte sbagliate, è tutto più scuro, senza colore. Nessuno in giro, non una macchina, un netturbino, neppure un metronotte affamato. I negozi non li riconosco, ci sono insegne nuove, nuovi cartelli stradali, sensi unici che vanno nelle direzioni opposte. Mi accendo un'altra sigaretta. Vorrei poterne offrire un'altra a una persona qualunque, camminare al suo fianco e lasciare che sia lei a raccontarmi di nuovo la città: i palazzi e i monumenti, chi vive dove e con chi, quali sono i posti segreti da godersi in solitudine e quali i nuovi locali da scoprire. Mi farei spiegare le vie e le piazze principali, sono il figliol prodigo che ha conosciuto il mondo e ha deciso di tornare a casa. Per un po' almeno, finché non mi sentirò di nuovo in trappola, imprigionato in uno spazio limitato che non mi consente di esplorare, conoscere e sbagliare. Di essere più libero e profondo degli altri. Ma per quel poco tempo che resterò qua sarebbe bello tornare a casa e sentire che c'è sempre un posto per me, che ha mantenuto la mia sagoma e dentro il quale mi incastro perfettamente, come se non me ne fossi mai andato.

Pane fresco! Seguo il profumo fiutando l'aria come un segugio. La saracinesca è abbassata ma dietro si sente qualcuno cantare. Busso. Il canto si interrompe, allora busso più forte.

«Ma chi l'è?» domanda una voce sospettosa.

«Vorrei un pezzo di pane», rispondo, ma la mia voce si fa flebile e mentre parlo perde vigore diventando quasi un lamento.

«Va' a laura', barbùn!» e riprende a cantare.

Busso di nuovo.

«Non sono un barbone. E nemmeno un drogato, né un ladro. Sto solo cercando di fare pace con Milano. Perché non mi dà una mano?»

Si apre uno spioncino nella saracinesca e due occhi piccoli e arrossati mi scrutano attentamente.

«Uè balurd, se te rieset a fa la pas dim cume te fa, che sta Milan l'è dre a metemela in del cû da quarant'an.» Mi passa un sacchetto di carta marrone e aggiunge: «Mill franc».

Il pane ancora caldo profuma di paradiso e di famiglia. Lo avvicino al volto per sentirne il tepore e riprendo a camminare, nell'immobilità di questa notte stanca.

Cerco di concentrarmi a mettere un piede davanti all'altro per rimanere in equilibrio lungo le rotaie del tram. Ho già cantato *Vita spericolata* cominciando dalla fine, letto ogni parola di una pagina svolazzante del «Corriere» e adesso sto facendo l'equilibrista per rimanere sveglio. Ho sempre pensato che fosse impossibile addormentarsi camminando e invece non è così, pian piano si rallenta senza accorgersene, ci si perde a osservare un particolare o dietro un pensiero vacuo e lentamente la mente si spegne. Allargo le braccia e fingo di perdere l'equilibrio, mi fermo a guardare il baratro immaginario che si apre sotto i miei piedi, laggiù in fondo, a centinaia di metri di distanza le persone sono piccole piccole e stanno con il fiato sospeso nella speranza inconfessabile che qualcosa vada storto, che un incidente gli faccia sobbalzare il cuore in gola per poi applaudire con rinnovato vigore alla fine dell'impresa. Riposiziono il baricentro e continuo lungo la fune tesa che adesso curva dolcemente a sinistra in un arco perfetto. Lontano, alla fine della corda, le colonne di San Lorenzo mi aspettano pazienti e impassibili di fronte alle mie abilità. Chissà quante ne avranno viste... Un gatto gironzola lì attorno e si ferma ad annusare un barbone addormentato. Le colonne lo osservano, confortanti nella loro immobilità. Sfilo al loro fianco senza fermarmi, resta solo il lampeggiare giallo e ipnotico che si riflette sotto le arcate di un palazzo.

Porta Ticinese troneggia grigia e sola in mezzo alla piazza vuota. Le lunghe colonne spoglie non sembrano per niente a loro agio, nude e imbarazzate. Attraverso la piazza senza guardare, incurante di tutto nei primi bagliori dell'alba. Con questa luce la porta è ancora più brutta e sproporzionata, una spilungona di pietra che apre la via alla Milano squallida al di fuori dalla seconda circonvallazione. Un taxi passa rumoroso sull'asfalto, facendo stridere le ruote quando gira attorno alla rotonda. Guardo dentro stropicciandomi gli occhi insabbiati di sonno. Indaffarato a rovistare dentro una diplomatica di pelle nera mi sembra di vedere mio padre. Ma nel tempo che il mio cervello impiega a farmi alzare un braccio e gridare «papà», il taxi è gia lontano.

Le saracinesche sono tutte abbassate. Firme strane e incomprensibili riempiono i muri vecchi lungo la strada. Il deposito dei tram è qui vicino. Mi viene in mente Aristide, il conducente del 33 che già quando facevo il liceo sembrava vecchissimo. Quante discussioni squinternate, cercando di difendere idee che lui trovava inconcepibili, contrarie al buon senso e ai valori giusti.

Chissà se lavora ancora...

Spinto da questo pensiero mi lascio trasportare dentro l'ombra enorme del deposito.

«Mi scusi...»

Busso sul vetro di un gabbiotto.

Una faccia affilata e cattiva si gira indispettita.

«Sto cercando mio nonno Aristide», mento con un sorriso stropicciato.

«Chiedi là in fondo», e mi indica un gruppetto di meccanici indaffarati. «Uè!» mi grida dietro scortese mentre attraverso il capannone, «segui la striscia gialla, che non abbiamo bisogno di altri casini stamattina.»

I meccanici mi mandano nella stanza conducenti, dove rimedio un caffè e dei biscotti secchi. Dopo un minuto lo vedo uscire dal bagno, con il vestito impeccabile e i capelli bianchi appiccicati all'indietro.

«Aristide!» La mia voce è piegata dall'emozione e non me lo sarei aspettato.

Lui mi guarda, ma sembra non aver capito chi sono.

«Sono Luca. Quello del San Carlo, quello con le idee balorde...»

I ricordi si rimettono in moto e il viso gli si allarga in un sorriso sincero.

«Ooooohhh Luca! Quanto tempo!» dice con una voce di Nazionali e serate al bar. Poi, guardando l'orologio alla parete: «Sono di turno adesso».

«Che linea fai? Posso venire con te?»

«Ormai sposto soltanto tram fuori servizio da un deposito all'altro, ma se ti va sali pure che ci facciamo una chiacchierata come ai vecchi tempi.»

Il tram parte con uno scatto, scintillando sugli intrecci metallici dei cavi della corrente. Fuori la città sta riprendendo a pulsare, scrollandosi di dosso il mantello d'indolenza della notte. I palazzi scorrono piano al di là dei finestrini, e le sue opinioni non mi sembrano più così impossibili come pensavo negli anni del liceo. Cullato dal dondolio mi ritrovo a domandarmi se da vecchio sarò soddisfatto come lui. E devo averlo detto ad alta voce, perché adesso Aristide mi sta insegnando il suo segreto.

G. Un sentiero nel corridoio del reparto di neurologia del Niguarda, un sentiero isolato e solo per noi, fatto di silenzio, imbarazzo, sensi di colpa, impotenza e altre palpabili sensazioni a cui non riesco a dare un nome. Attraverso questo sentiero spingo la sedia a rotelle.

Mario è seduto in modo scomposto, innaturale, indossa un grembiule di un usurato cotone verdognolo, aperto sul retro, e si lascia spingere incurante di tutto quello che avviene attorno e dentro di lui.

Gli guardo la nuca e i capelli corti dal taglio simmetrico e regolare: non è più il ragazzo timido dell'università che dentro di sé ribolliva e non è neanche quell'amico brillante e pieno di desideri nel quale si era trasformato.

Lo spingo e cerco dentro di me le parole giuste da dirgli in questo momento o in quello che si presenterà fra un attimo, quando i nostri occhi si incroceranno di nuovo, ma non trovo niente.

Sembra un controsenso, perché mi ci è voluto quasi un mese di preghiere e adulazioni, di minacce e insulti per arrivare a questo punto: al punto di avere la sensazione di poterlo aiutare, e solo perché spingo la sua sedia a rotelle.

Ma questo non serve a farmi trovare le parole adatte per parlare veramente con lui, a farmi sentire più vicino.

«Ti prendo qualcosa da bere, vuoi un succo di frutta?»

«Per carità, basta. Sono stufo di essere trattato come un bambino. Il succo di frutta...»

«Mario dovrai pure mangiare, no?» ma ho sbagliato tono, e me ne accorgo troppo tardi. Lui si innervosisce: «Perché, se non mangio cosa succede? Muoio?» si spinge sulle braccia per ruotare il più possibile il busto verso di me, mostrando involontariamente come gli arti inferiori non gli appartengano più, messi lì come sono per impedirgli il movimento e non per permetterglielo. «E se mangio invece cosa succede? Torno a essere normale? Le gambe ricominciano a muoversi?» all'improvviso sferra un colpo violento con il pugno destro sulla coscia e digrigna i denti come se non li controllasse più. Per lo sforzo repentino, un rivolo di bava gli fuoriesce incontrollato dalla bocca.

«Mario. I dottori ti hanno spiegato che il dolore che adesso senti dentro poco a poco sparirà, e ritroverai la tua vita, sicuramente diversa, più dura, ma comunque con ancora tante possibilità.»

«È facile parlare quando ti reggi sulle tue gambe», e sottolinea quel «tue». «Ma vorrei vedere te quando la ragazza che ami non si fa più vedere, perché "anche se arrivassi un giorno a perdonarti per l'incidente, comunque la nostra vita insieme sarebbe solo una foto sbiadita del rapporto che avevamo". Vorrei sapere se ci riusciresti ancora a crederci a queste balle, quando vedi gli sguardi commiserevoli degli altri prima che girino la testa imbarazzati, oppure quando ti svegli la mattina e la prima cosa a cui pensi è che non sarai più una persona normale. Allora Giacomo, ti assicuro che è tutta un'altra storia.» Mario non aspetta neanche una risposta, si libera di me e inizia a spingere da solo la sedia a rotelle.

Resto fermo a osservarlo mentre si allontana, poi semplicemente a fissare un punto non definito del corridoio.

Non trovo la forza per aiutarlo.

«Amore, passa la tua giacca al signore.» *La voce di Monica.*

Il cameriere è fermo di fronte a me con le braccia tese in avanti come per reggermi nel caso dovessi cadere: «Cosa? Ah sì, mi scusi, ecco a lei».

«Non si preoccupi.» Il cameriere del Boeucc mi sorride: «L'autunno è arrivato così all'improvviso che spesso ci si dimentica quanto si è coperti. I signori hanno prenotato?»

«Sì, Galli. Non si disturbi, vedo i miei genitori in fondo alla sala, grazie.» Poi verso Monica: «Scusami amore, mi ero distratto, stavo pensando ad altro». Lei mi guarda con un sorrisetto ironico, con l'aria di chi ha capito più di quanto le è stato detto: «Giacomo, tu sei ancora con la testa in ospedale. Continuare a pensare a Mario, soprattutto dopo quello che ti ha detto oggi, è comprensibile, ma non per questo vuol dire che sia giusto».

Mi prende il viso fra le mani e lo avvicina al suo: «La sua vita deve andare avanti, e a maggior ragione la tua. E poi lo sai come la penso: al di là della situazione attuale, secondo me il suo rifiuto nei tuoi confronti ha radici lontane. La sua era solo un'amicizia interessata e adesso che le sue esigenze sono diverse tu non sei più nelle sue priorità».

«Giacomo! Siete arrivati!» Sorpresa, Monica si gira di scatto, mutando la sua espressione di bambina comprensiva in quella di una donna attenta e formale: «Buonasera signora, buonasera dottore».

Mio padre si fa avanti per stringerle la mano: «Ciao Monica, questa sera ti sei superata: complimenti per la tua bellezza».

Monica piega leggermente il capo verso il basso, simulando un imbarazzo che non sente: «Grazie mille. Tutto merito del vestito».

Saranno i miei genitori, sarà la situazione di Mario, ma sento una carica negativa crescere dentro di me e mi sembra che sia per gran parte diretta verso Monica.

«Ciao mamma», mi allungo per darle un bacio e stringo poi la mano a mio padre: «Papà...»

Evito attentamente di farmi coinvolgere in qualsiasi tipo di discorso. Questa sera non sono in vena di discussioni e faccio finta di niente quando Monica mi lancia delle occhiate invitandomi a partecipare alla conversazione. Ad ogni modo, anche se non parlo, mio padre occupa tranquillamente i suoi spazi e quelli che noi lasciamo vuoti.

Monica si muove in questa situazione come se ci fosse nata, ma si capisce che non accetta il fatto che io mi sia estraniato così tanto. È poco rispettoso.

Continuo imperterrito a mangiucchiare con noncuranza dei «portafogli di vitello con carciofi». In questo momento non mi interessa niente della forma, né di Monica, né della tenuta di caccia di mio padre in Slovenia.

Monica è sempre più melliflua: «Amore, non mi avevi detto che tuo padre è anche un esperto cacciatore! Anatre, conigli, cinghiali, cervi... Persino orsi!»

«Ah no? Ma dai?! Veramente me ne sono scordato?» mi esce un'espressione di sorpresa così finta da sentirmela appoggiata sulla faccia. «Sono proprio imperdonabile. Be', facciamo un rapido riassunto allora, onde evitare simili errori in futuro: mio padre si è laureato in Legge e poi in Economia all'Università Bocconi, che io ho il privilegio di aver frequentato, è diventato dirigente all'età di 29 anni per poi aprire la sua azienda a 31. Il primo miliardo l'ha fatto...»

«Basta così Giacomo!» mio padre è rigido sulla sua posizione dopo aver battuto deciso la mano aperta sul tavolo.

Mi rendo conto di aver esagerato. In fondo non ce l'ho né con mio padre per i suoi soldi, o per il fatto che io ne debba fare altrettanti; e neppure con Monica, la cui unica colpa, benché mi sia reso conto in questo momento che è la figura femminile forse più distante dal mio ideale, è quella di trovarsi al mio stesso tavolo.

«Scusa papà, scusa mamma. Non volevo fare questa sceneggiata, solo non mi sento per niente a posto.» Appoggio il tovagliolo accanto al piatto e mi alzo. Monica accompagna i miei movimenti con uno sguardo allucinato. «Ci perdonerete se vi lasciamo prima del tempo, ma adesso dobbiamo proprio andare.»

I miei genitori sono sbigottiti ma non dicono nulla, Monica al contrario è una maschera di rabbia e risentimento. Si alza e riavvicina al tavolo la sedia senza nemmeno guardarmi in faccia, forse per evitare di vomitarmi addosso tutti i suoi insulti.

Usciamo dal Boeucc mentre lei ancora sorride forzatamente al cameriere che le ha infilato la giacca. So che è solo il preludio alla tempesta, ma sono tranquillo e non ho recriminazioni nei suoi confronti. Ora l'unico mio desiderio è quello di stare solo con i miei pensieri.

«Come cavolo ti è venuto in mente di inscenare quella pagliacciata prima e di mollare tutto dopo? Dico, sei impazzito?»

«Volevo scusarmi con te senza che ci fossero i miei. Il fatto è che non mi sento bene e ho bisogno di stare per conto mio. In questi ultimi giorni mi sono accorto che forse non siamo fatti per stare insieme. Non c'entra Mario, credo semplicemente che siamo troppo diversi. Mi dispiace.»

«Giacomo, stai scherzando spero...»

«Guarda, Monica, non mi va di litigare, te lo dico con tutto il cuore. Penso solo che siamo troppo diversi.»

«Giacomo! Ma se fino a qualche settimana fa parlavamo di andare a vivere insieme!»

«Monica, tu ne parlavi. Intendiamoci, io credevo di essere innamorato di te. Ma è come se il velo che avevo davanti agli occhi fosse caduto e ora ti vedo come una persona diversa. Non sei la stessa persona che credevo di amare.»

«Così adesso ci salutiamo e amici come prima?»

Silenzio. Non rispondo e guardo l'orologio: «Monica, si è fatto tardi, ti accompagno a casa». Le prendo il braccio ma lei si libera dalla mia presa con uno strattone. Ora ha le lacrime agli occhi: «Non mi sta bene, Giacomo. Io credevo in te! Credevo fossi un uomo, una persona responsabile: avevamo fatto dei piani, stavamo bene insieme e adesso per una stupidata, perché ti senti colpevole per l'incidente di un drogato, butti all'aria tutto quello che abbiamo costruito».

«Monica… Ti accompagno.»

«Lasciami! Prendo un taxi: se non posso avere un uomo al mio fianco… Preferisco un tassista a un bamboccio.»

Dovrei essere incazzato, abbattuto, incattivito. Invece mi sembra quasi che tutto questo *Monica… I miei genitori…* Sia successo a qualcun altro.

Non me ne frega niente.

Percorro lentamente le strade di Milano e osservo quello che mi accade intorno, filtrato dal comodo schermo del vetro della mia auto: un gruppo di ragazzi e ragazze è seduto sulle panchine di un parchetto di fronte alla chiesa di piazza Paolo VI, dalla posizione e dai gesti direi che si stanno fumando qualche canna.

Mi rendo conto che sto cercando nelle facce della gente il sorriso di Mario, nei loro abiti le sue magliette lise, fra i loro capelli il suo taglio arruffato.

Ma invece no, queste sono tutte persone diverse e ognuna di loro rappresenta una vita. Una vita intera, indipendente da quella di chiunque altro e nello stesso tempo indissolubilmente legata a quella di tutti: un mondo di oggetti, un'infinità di emozioni, sentimenti, esperienze, pensieri, aspettative e delusioni, lacrime e sorrisi. Un mondo intero. Ognuno un intero universo. Questo pensiero per un attimo mi fa girare la testa. Ognuno un intero universo… Eppure io in questo momento non riesco a vedere oltre quello di Mario.

A. *Indipendentemente dal loro peso e dalla loro massa, due oggetti rilasciati nello stesso istante toccano il suolo contemporaneamente a una velocità che subisce incrementi costanti in uguali intervalli di tempo successivi, attraversando degli spazi che stanno tra loro come il quadrato dei tempi.*

Questa legge prende il nome di accelerazione gravitazionale e, trascurando gli effetti dovuti all'attrito dell'aria, sulla superficie terrestre ha un valore di 9,8 m/sec^2

Da uno studio congiunto di Galileo Galilei, nato nel 1564 e morto nel 1642, e Isaac Newton nato nell'anno della morte di Galileo e morto nel 1727

Mi concentro su quello che dice la voce in inglese, ma sono attratto dal flusso ininterrotto di persone che transita per il terminal 5 dell'aeroporto di Heathrow. Davanti a me sfilano uomini e donne di razze diverse, cammino in mezzo a loro cercando di attraversare le mille lingue e accenti che si fondono le une dentro gli altri. Dovrei sentirmi eccitato, esaltato, ma sento solamente un gigantesco vuoto impossibile da colmare, un senso di solitudine che a poco a poco diventa dolore fisico.

Entro di corsa in una toilette e apro l'acqua a cascata raccogliendola con le mani, me la spruzzo in faccia ma non è abbastanza, così infilo la testa sotto il lavandino e in un attimo sono bagnato fradicio, l'acqua gelida mi scorre dentro la camicia e lungo la schiena, cerco nelle tasche una pastiglia o un tranquillante, una qualunque droga legale e certificata da una ricetta che mi stordisca per un attimo, uno solo.

Non finirà mai tutto questo.

E in un istante, proprio nell'attimo in cui la mia mente comincia a placarsi, mi rendo conto di essere solo al mondo.

Esco dalla toilette, non so quanto tempo è passato, mi avvicino alla fila di telefoni appesi a una grande vetrata e afferro una cornetta. Inserisco frenetico le monetine e compongo un numero scritto su un foglietto che tengo tra le pieghe del portafoglio.

«Hello», mi risponde una voce calda.

«Buongiorno dormigliona! Che ora è lì?»

«Andrea, ciao! Qui è mattina. Sei già a Londra, vero? Quando decolli?» mi risponde Sonia strascicando le vocali con un lieve accento americano. Quasi grida per superare i disturbi della linea.

«Parto fra un paio d'ore, alle otto e mezzo.» Le monetine vengono mangiate dal telefono una dietro l'altra, ne inserisco a ripetizione ma lui è più veloce di me e continua inesorabile a divorarle.

«Sono contenta di rivederti, sai? Senti, ma stai bene? Ti sento strano, distante.»

«No, scusa, è che sono emozionato. È da tanto tempo che non ci vediamo. Saremo molto cambiati?» le chiedo mettendo le mani a coppa sul ricevitore per escludere il mondo intorno a me, per fermare il tempo. Sento l'eco della mia voce, la parola «cambiati» parte da Londra, esce dall'atmosfera e viene rimbalzata da un ignaro satellite, poi giù sempre più veloce verso un altro continente, verso un'altra realtà.

«Penso che avremo il tempo di scoprirlo», mi risponde lei abbassando il tono della voce. Guardo oltre la vetrata che mi divide dal Boeing 747, il personale di servizio sta provvedendo al rifornimento e agli ultimi controlli prima del decollo. Pioviggina, le gocce battono sul vetro poi scivolano giù, lentamente.

«Non vedo l'ora di essere lì. Cosa fai oggi?» le dico io dopo qualche secondo di silenzio.

«Sono all'università fino alle sei, ci sono gli esami di fine anno. Poi vado a casa a cambiarmi e vengo a prenderti in aeroporto. A proposito, arrivi a Seattle alle nove e mezzo di stasera, giusto?»

«Minuto più minuto meno. Senti, mettiti qualcosa di molto carino, in modo che non abbia alcun dubbio nel riconoscerti.»

«Non ti deluderò.» E me la immagino che sorride, con negli occhi quello splendido bagliore.

«Allora a più tardi.» La saluto ma non vorrei mai smettere di parlare con lei, vorrei che la sua voce mi accompagnasse per tutto il viaggio, fino a Seattle.

«Ciao. A stasera, allora...» e con un click la comunicazione si interrompe.

Vado al bar e ordino un caffè. Lascio tutto il resto alla cameriera su un piattino, la sento alle mie spalle che mi chiama ma il flusso di umanità del terminal mi ha già riassorbito.

«Il classico italiano in vacanza», mi dice un uomo sui trentacinque anni sdraiato su una panchetta davanti a me con il braccio a penzoloni che sfiora il pavimento.

«Il classico romano rompicoglioni», gli rispondo io senza guardarlo.

«Dove sei diretto?» mi chiede mettendosi a sedere e accendendosi una sigaretta.

«A Seattle, e tu?»

«Io non ho una destinazione, non ho una meta», mi risponde.

«Avrai pure un biglietto, sei dentro l'area d'imbarco quindi un biglietto ce l'hai per forza.»

«Vuoi sapere una cosa? Ne ho due di biglietti, uno per Luanda, in Africa, e un altro per Taiwan.»

«Non puoi avere due carte d'imbarco», obietto io.

«Se hai due passaporti e hai solo il bagaglio a mano sì», mi risponde lui sventolandomi le carte d'imbarco e i passaporti.

«Molto brillante», gli dico tirando fuori dallo zainetto un fumetto di Diabolik e cominciando a sfogliarlo.

«Ma cosa vai a fare a Seattle?»

«Vado a trovare un'amica che non vedo da tempo.»

«Dalla faccia che hai, non mi sembra che tu ne abbia molta voglia.»

«Certo che ne ho...»

«È solo che hai paura.»

«Paura? Paura di cosa, scusa.» Ma in fondo so che ha ragione lui.

Mi guarda con un sorriso tirato, spegne la sigaretta e ne accende subito un'altra, poi mi dice: «Comunque anch'io non ho voglia di andare né in un posto né nell'altro. Tanto, che cosa ci potrei trovare?»

«Dipende da cosa stai cercando», gli rispondo mentre con lo sguardo cerco un'altra panca libera per togliermi da questa conversazione.

«Un giorno qualcuno mi ha detto che avrei dovuto viaggiare a lungo e allora io ho viaggiato ovunque, ho attraversato tante di quelle frontiere che neanche più ricordo il numero esatto, sono stato in aeroporti, stazioni, fermate di autobus e porti, ma ho trovato sempre le solite facce, quelle che da anni incontro sul mio cammino, i soliti sguardi vuoti e persi. Dappertutto indifferenza e freddezza, persone che si guardano intorno senza vedere nulla, luoghi morti ormai da secoli, pioggia e freddo ovunque, vento che ti entra nella testa e ti porta via l'anima.»

«Va bene, basta così», dico io stizzito da questa improvvisa confidenza, gli volto le spalle e faccio per allontanarmi ma con uno strattone lui mi ributta a sedere accanto a sé.

«Non ho ancora finito.» Ma non c'è cattiveria nelle sue parole, e neppure nel suo sguardo. Sembra davvero che stia soltanto cercando qualcuno con cui parlare, qualcuno che lo ascolti.

«Mi sembra difficile che uno che ha viaggiato per tutto il mondo non abbia mai trovato nessuno capace di regalargli un sorriso o un'emozione. Avrai pure incontrato delle persone felici, qualcuno che ti ha stupito con una frase o anche solo con uno sguardo...»

«Sì, qualche volta è successo. Hai ragione. Ma poi ho visto solo stupide vendette di stupide donne, e uomini falsi. Perso in questa umanità ho provato mille modi diversi di essere e di esistere, ma nessuno mi ha ascoltato e sono andato giù, sempre più giù, come se avessi un masso legato ai piedi e mi sono sentito affogare, mi mancava l'aria e avrei voluto urlare e piangere e dire: "Basta, ora guardatemi meglio perché non mi avete mai visto e non mi avete capito, non avete saputo guardare oltre quella misera superficie che vi ho offerto". Ma niente, tutti persi nelle cazzate e nelle macchine veloci, dietro alle moto, agli appartamenti e ai soldi, alle cose all'ultima moda, all'essere fichi nel giro dei locali giusti, tutte quelle cose in cui siamo sprofondati. Ho provato di tutto: droga, alcol, farmaci, ho vagato per anni da uno psichiatra all'altro e da un amico a un finto amico e tutti a dirmi quello che dovevo o non dovevo fare perché l'avevano letto il giorno prima in uno dei tanti manualetti del saper vivere senza dolore e nella felicità, ma senza avere la più pallida idea di cosa stavano dicendo, facevano così solo perché potevano farsi belli e forti davanti a me, per potermi schiacciare definitivamente.»

Lo guardo attonito, in tutto il suo monologo non si è fermato un solo istante. Le sue parole mi rimbalzano nella testa e mi fanno vacillare.

«Ma chi sei tu?» mi alzo, ma subito torno a sedermi sull'altra panca. Non riesco ad andarmene, ad allontanarmi, e poso a terra lo zainetto blu.

«Chi pensi che io sia?» mi guarda di sbieco, dopo un minuto passato a fissarmi.

Cerco una risposta ma allo stesso tempo vorrei chiudere qui questo dialogo assurdo. Non voglio più sentirlo, le cose che dice sono le stesse che mi hanno spinto a chiudermi in una macchina in Sardegna...

Poi ritrovo nella mia memoria una frase, e gliela dico: «Un mio amico un giorno mi ha detto: non sono le persone e non sono i luoghi, sei tu che vedi quello che vuoi vedere». E penso che in ognuno di noi, nascosta in un angolo della nostra mente, c'è una fiammella di speranza, per quanto la vita ci abbia bastonato e soffocato e spento e azzannato.

Rimaniamo in silenzio, ognuno sulla propria panca, a dividerci uno spazio minimo, che potremmo superare se solo allungassimo le mani. Tiro fuori dal giubbotto la mia carta d'imbarco e la guardo per qualche istante. Guardo le sue, appoggiate sul tavolino di fronte a noi, e le prendo entrambe.

«Hai detto che un posto vale l'altro e che non vale la pena vivere perché tanto la vita è un videogame, no?» gli chiedo con aria di sfida, mettendo le tre carte sul tavolino.

«Esatto.»

«Allora giochiamo.»

L. Il ronzio metallico si interrompe di colpo. Il silenzio sospeso nell'aria si riempie di curiosità, apprensione, inquietudine.

«Fatto!» proclama Filippo soddisfatto.

«Spostati, voglio vedere!»

«Aspetta, aspetta. L'ultimo ritocco. Questo è il tocco di classe che non ti aspetti.» Infila un asciugamano sotto l'acqua bollente del rubinetto e me lo sbatte in faccia all'improvviso. La sberla mi fa quasi ribaltare dalla sedia. Mi guardo allo specchio e di fronte a me c'è un Luca paonazzo, gocciolante e pelato.

Mi passo una mano sulla testa un paio di volte. Non mi riconosco del tutto, mi sembra di incontrare per la prima volta un fratello che non ho. Gli occhi più grandi, accesi, il naso che quasi non si nota, la bocca che ha acquistato più importanza.

«Allora?» domanda Filippo spazientito.

«Allora mi piace. Bravo Filippo!» e muovo la testa in tutte le direzioni con gli occhi sempre fissi sullo specchio.

«Quando avete finito di fare conoscenza fammelo sapere...» Si accende una sigaretta e mi lascia solo con la mia nuova immagine.

«Prova a chiamare Arianna e senti se è pronta, che la passiamo a prendere.» La faccia nello specchio apre la bocca in maniera esagerata, stacco lo sguardo dal nuovo me per spogliarmi e infilarmi nella doccia.

La aspetto in piedi di fronte alla macchina per non perdermi la sua espressione quando aprirà il portone.

«Noooo!!!» grida, ma dal brillare degli occhi ho già capito che il primo impatto è stato positivo. Mi corre incontro e subito mi accarezza la testa: «Che impressione!»

Le sue dita sui capelli cortissimi mi mandano brividi lungo la schiena.

«Dài che siamo in ritardo!» fingo un'urgenza che non c'è ma non riesco a staccarmi dalle sue carezze.

«In ritardo per cosa?» chiede Arianna.

«È il grande mistero di Luca», spiega Filippo. «Da una settimana non parla d'altro.»

«Sei sicuro che non faccia male?» mi chiede per l'ennesima volta Arianna.

«Se quello è il tuo unico dubbio, non ti devi preoccupare», la rassicura Filippo.

«Nel senso che fa male senza alcun dubbio», preciso io. «Ma il dolore fa parte dell'esperienza: è il sacrificio che te la farà ricordare e apprezzare ogni volta che lo guarderai. È una conquista, una scelta sofferta per fissare un momento nel tempo.»

«Ok. Ma se poi non mi piace?»

«Fidati. Sono sicuro al cento per cento che ti piacerà. L'ho disegnato io», dico orgoglioso. «Se non ti piace lasciamo perdere tutti e tre e ce ne andiamo a bere una birra.»

«A me l'idea piace. Un po' kitsch, un po' melensa. Bisogna interpretarla nel modo giusto. Tutto sta nel disegno.» Filippo mi sorprende. Credevo non avrebbe mai accettato.

«Il disegno è una figata, vedrete...» Riesco a malapena a contenere l'eccitazione. «Mi sarei aspettato che la definissi la solita idea "Made in Luca". Ti stai rammollendo, eh Filippo? Stai diventando un tenerone...»

Arianna cammina con la fronte corrucciata, ora guarda in alto verso i tetti delle case, ora i suoi piedi sul marciapiede. Lo so che non è tranquilla: «Dài, Arianna. Cosa vuoi che sia? Dieci minuti di dolore per un qualcosa che resterà con noi per sempre».

«Dove lo facciamo?» chiede guardandomi seria.

«All'inguine, così...» Inizio a spiegare, ma lei mi interrompe subito.

«Va bene», dice. «Va bene.» e sorride fiduciosa. La stringo a me facendola girare in un abbraccio strettissimo.

Filippo ci guarda e accende una sigaretta, poi ne prende altre due e ce le offre. Fumiamo in silenzio assaporando quello che stiamo per vivere, di questo momento catturiamo le immagini che non vogliamo dimenticare. Fumiamo la nostra giovinezza, che ci ha unito e che non vogliamo abbandonare. Respiriamo tutti i momenti che ci hanno fatto crescere e ci hanno cambiato. Riempiamo i polmoni con i pianti, le risa, i baci, le canne, i bagni al mare, le lotte con il cibo, le poesie non scritte, i tramonti, le albe, la musica, le bigiate, le risse, i balli e tutta la vita che abbiamo bruciato per arrivare a questo punto.

Alle mie spalle ci aspetta una porta con una placca d'ottone: «Queequeg Tattoo Studio».

Io sono l'ultimo ad andare sotto. Arianna ha prima voluto osservare il tatuaggio affiorare sulla pelle di Filippo, che se ne stava comodamente sdraiato sulla vecchia poltrona in cuoio a chiacchierare con il tatuatore. Al suo turno aveva sobbalzato quando l'ago aveva perforato l'epidermide per la prima volta. I contorni scuri del disegno si delineavano quasi per magia sulla pelle chiara al passaggio dell'ago, coprendosi subito di piccole gocce di rugiada rossa. La pelle si arrossava e tendendosi faceva emergere il disegno. Mi stringeva la mano più forte quando l'ago calcava in profondità e ripassava sui punti indolenziti e continuava a cercare di sbirciare, muovendosi e contraendo gli addominali, e ogni volta il tatuatore le poggiava una mano ruvida sullo stomaco e la faceva tornare giù.

Quando mi alzo anch'io dalla poltrona, Arianna e Filippo si avvicinano e osserviamo tutti assieme il tatuaggio che ci unirà per sempre: tre punti interrogativi disposti a triangolo con al centro tre punti esclamativi a formare una stella.

G. Spingo la carrozzina sul marciapiede di viale Cassala e mi sento finalmente leggero dopo settimane. «Mi sa che lì non ci passiamo, Giacomo.» Il tono disteso della voce di Mario non smette di stupirmi: forse saranno le lacrime che ha già versato.

Di fronte a noi una Jeep Renegade marrone, con le ruote BigFoot, occupa tutto il marciapiede consentendo, forse, il passaggio di una sola persona per volta. Non certo di una sedia a rotelle.

Spero proprio di incrociare quel figlio di puttana che ha parcheggiato così. Ma niente. Non c'è nessuno.

«Giacomo, torniamo indietro. Là c'è spazio sufficiente per scendere dal marciapiede», mollo un po' la presa sui manubri che stavo strizzando per il nervosismo e lascio che Mario spinga sulle ruote in senso inverso, per girare su se stesso.

Passo di fronte a lui per aiutarlo a scendere dal marciapiede senza l'aiuto di uno scivolo: «Ecco, qui sarebbe un po' complicato muoversi da soli», mi dice senza malignità. «Secondo te è più colpa del tizio che ha parcheggiato così oppure del comune che non ti permette di salire e scendere dai marciapiedi?»

«Per me è colpa del tizio con la macchina da terrone, non credi che...» un fischio improvviso mi mette in circolo un overdose di adrenalina. Poi due lunghi e fastidiosi colpi di clacson. Un'auto nera ha inchiodato a poche decine di centimetri da me e da Mario.

«Che cazzo fate in mezzo alla strada?! Imbecille, sposta quella cosa sul marciapiede!» Mi sembra di vedere un ragazzo con i capelli rossi che si sporge dal finestrino. Mi sembra, perché sono come impazzito e tiro calci alla portiera senza neanche avere il tempo di alzare la testa. Lui si mette a urlare, poi riparte di colpo e si allontana. Dopo una trentina di metri il tizio inchioda di nuovo, scende e ricomincia a urlarmi contro: «Ooooohhh! Ma cosa fai? Chi t'ha fatto niente?» Parto di corsa verso di lui ma prima che possa beccarlo è già ripartito sgommando.

Mario intanto si è messo al sicuro, torno da lui con il fiatone e lo aiuto a tornare sul marciapiede: la collera non è ancora scemata.

«Questo è il Giacomo che conosco! Ma dove si era nascosto?» poi aggiunge ironico: «Bentornato. Ci voleva un tuo amico immobilizzato su una sedia per ritrovarti!»

«Scusa Mario, lo so: ho esagerato. Ma quando ho visto come si comporta la gente, con quale menefreghismo, ho perso completamente la testa.» Lui si mette a ridere.

«Be'?! Cos'hai adesso? Cos'è che ti fa ridere tanto?»

«L'insieme, Giacomo. L'insieme.»

Mi spazientisco, ma riesco a controllarmi: «Quale insieme, di cosa parli?»

«Parlo di uno con una jeep che parcheggia come hai sempre fatto tu: su un marciapiede o in doppia fila. E di un altro che guida come hai sempre guidato tu: al massimo, e fregandosene degli altri. La cosa però più ridicola è come tu adesso abbia iniziato a vedere quello che abbiamo sempre avuto davanti agli occhi. Figurati che anch'io l'ho scoperto solo qualche settimana fa...» Si interrompe per un attimo e rilassa la schiena. «Eravamo egoisti quando pensavamo solo a noi stessi e lo siamo anche ora che riteniamo che tutti debbano pensarla come noi. Noi per primi abbiamo sempre visto le cose esattamente come loro le vedono adesso. Scusa il gioco di parole, ma credo di aver reso l'idea.»

Le parole di Mario mi impressionano. Ma più ancora delle parole mi colpisce la sua assenza di rabbia. Fino a qualche giorno fa c'era solo quella: rabbia verso il suo corpo, verso i suoi amici, verso i suoi ricordi, rabbia verso tutto. E ora sembra dimostrare più forza di quella che ho io. È tornato alla vita.

Mentre procediamo in silenzio verso casa sua, gira la testa di qualche grado, il massimo possibile: «So cosa stai pensando adesso...»

«Avanti, Nostradamus. Illuminami d'immenso sui miei pensieri e sulle tue facoltà di veggente.» Il suo tono si fa improvvisamente più basso: «Stai pensando che mi sento meglio. E forse è vero, Giacomo: mi sento meglio. Sai, mi sto impegnando, cerco di crederci davvero che un'altra vita è possibile. Ma è dura. È molto dura, Giacomo. Quelle cose che ti avevo detto... Non è che non le penso più. A volte il desiderio di mollare tutto, di mandare affanculo la vita è anche più forte di prima, ma ho anche voglia di provarci...» Rivedo quella smorfia, simile a un sorriso nato incompleto, che avevo visto in ospedale. «Voglio provare a guadagnarmi la mia indipendenza, dimostrare agli altri che non merito e non voglio la loro compassione, che se anche il destino mi ha diviso a metà io rimango una persona con un'anima intera. Dopo tutto, ho ancora una famiglia, il mio lavoro in banca, i miei amici. Ho tutto quello che serve, no?»

Sento la scarsa convinzione che ha messo in quest'ultima frase, ma non dico nulla. Arrivati davanti al portone del suo palazzo, guardando di fronte a sé, riprende: «Ora per favore Giacomo, vorrei che mi lasciassi da solo».

«Certo, Mario. Nessun problema.» Lascio la presa sulla sedia e aspetto che si giri verso di me per salutarmi. «Ci vediamo domani, allora. Probabilmente passo verso sera perché ho un po' di cose da fare per mio padre.»

Lui mi guarda dritto negli occhi: «No, Giacomo. Io vorrei che non venissi più. Vorrei che tu capissi: è troppo duro per me tutto questo, i ricordi, i confronti... Ti prego, lasciami solo per un po'. Mi faccio sentire io quando me la sento, ok?»

Il suo tono di voce, fermo e tranquillo, esclude ogni possibilità di replica. La decisione è stata presa. Abbasso il capo finché non trovo la forza di rialzarlo: «Non sono sicuro di capirti», abbozzo un sorriso che nasce inevitabilmente ridicolo. «Ma accetto la tua decisione. Me ne starò in disparte fino a che non ti sentirai pronto per continuare la nostra amicizia.» Poi lo guardo dritto negli occhi: «Però siamo amici, vero Mario?»

«Certo, Giacomo. Noi siamo amici.»

Salgo sulla Mercedes e giro la chiave. Il tempo di sentire il motore che gira silenzioso sotto il cofano e lo spengo subito.

Non so dove andare. Mi rendo conto di quanto sia insensato, ma la mia mente da giorni è occupata soltanto da Mario. E da me stesso. Mi guardo nello specchietto e vedo una persona in totale confusione: con gli affetti, le sue abitudini, i suoi punti fermi. Con tutta la sua vita. Questa vita che all'improvviso è cambiata e io non ne sono più il regista. Forse uno dei protagonisti, ma non il regista.

Assurdo. Mi viene in mente adesso una frase di Mario di qualche anno fa: «Il bello della vita è che va dove cazzo vuole lei».

Negli ultimi mesi ho scoperto che la ragazza che per me era come un angelo in realtà non l'amavo, ho visto il destino fare a pezzi un amico, mi sono ritrovato a scambiare il rum con l'aranciata e a seppellire marijuana e cocaina. E poi, nonostante la mia ultima piazzata, mi sembra quasi di avere finalmente fatto pace con mio padre. I suoi discorsi non mi feriscono, la sua presenza non mi intimorisce più. Mi sento e sono nonostante tutto più forte.

La coca, l'alcol e la maria... Non so ancora se avere abbandonato queste cose vada messo tra le cose positive: in fondo mi divertivo molto di più prima che adesso. Era più facile.

La differenza è che adesso queste cose non le desidero più. Come se avessi la certezza che fanno parte di un passato che non ritorna, che mi ha annoiato e ormai non mi diverte più.

Guardo fuori dal finestrino la sera che sta diventando notte, questo inchiostro nero che cade da un punto indefinito del cielo e avvolge tutto...

Mi è rimasta un'assurda voglia di sesso. Un desiderio, totalmente fisico, che mi lascia sfibrato. Riaccendo la macchina e faccio inversione per dirigermi in via dei Mille. Fino ad oggi non l'avevo mai fatto, non così.

Mi metto in coda sul lato destro della strada, dietro ad altre tre macchine.

Quando arriva il mio turno, abbasso il finestrino: «Ciao ragazze, siete... libere?»

Sono tutte e due sorprese: suppongo sia l'«effetto Mercedes».

Sono entrambe bionde, una molto magra più bassa, l'altra alta, di corporatura più robusta, con un seno straripante. Avranno sì e no la mia età, forse qualcosa meno, sui vent'anni. Sicuramente vengono dall'Est.

Quella più piccola dà un'occhiata alla macchina e infila dentro la testa appoggiandosi alla portiera. Smette di masticare la cicca solo per il tempo della domanda: «Ciao tessoro, vuoi venire con me o con mia amica? Sempre sono 70 mila».

«Quanto per tutte e due?»

La ragazza tira indietro la testa e dice qualcosa all'altra, che le risponde restando impassibile. Non ho capito una sola parola di quello che si sono dette. «Va bene tutti e due, andiamo a casa mia. Pero sono duescento mila.» Annuisco e mi allungo ad aprire la portiera per farla salire, mentre l'altra sale dietro.

«Va dritto di là. Dico io quando giramo a destra», seduta di fianco a me si sistema il trucco con lo specchietto del parasole, indirizzandomi a monosillabi per una strada che conosce a memoria senza doverla neanche guardare.

Ogni tanto scambia qualche frase con la sua amica.

Amica poi... Chissà.

Ci fermiamo in una delle viuzze insipide accanto alla circonvallazione esterna, di fronte a un palazzone di una decina di piani con le piastrelle color marrone sbiadito e i balconcini un metro per due tutti uguali con la ringhiera mezza arrugginita. Scendiamo, mi guardo attorno, ma sono completamente perso: la successione di sensi unici mi ha completamente disorientato.

La ragazza bionda più silenziosa mi fa segno di entrare: la seguo, ipnotizzato dal rumore dei loro tacchi troppo alti che riecheggiano nell'androne come note di un canto afrodisiaco.

Mi guidano oltre gli ascensori, in un seminterrato. Quando entriamo mi indicano con gesti automatici di sedermi sul divano letto che domina l'unica stanza dell'appartamento. La ragazza più alta butta la borsa dentro un armadio, mentre l'amica infila una cassetta porno nel videoregistratore e viene da me: «Sono duescento mila».

Io mi risveglio di colpo e prendo il portafoglio: «Già, scusa. Ecco».

La sua amica nel frattempo torna dal bagno, si apre anche l'ultimo lembo della camicetta per mostrarmi orgogliosa il suo seno. Mi spinge sul letto, ci sale sopra anche lei con le ginocchia e inizia ad aprirmi la cerniera dei pantaloni con la mano sinistra, mentre con la destra già fruga nei miei boxer, con un preservativo in mano.

Ci raggiunge la sua amica che fa per togliersi le scarpe con i tacchi: «Aspetta! Per favore, non te le togliere...»

Lei annuisce e si allunga su di me con la bocca socchiusa.

Cerco di baciarla ma lei evita volutamente la mia bocca e mi spinge decisa verso uno dei suoi seni, mentre l'altra ha iniziato ad andare su e giù con la testa tra le mie gambe, dove indugio alla ricerca del suo sguardo. Mi riempio la bocca dei suoi seni e mi lascio andare alle scariche di emozioni e di piacere. Riesco per un attimo a riemergere dall'oblio nel quale mi sto perdendo e biascico qualcosa: «Ascolta: come ti chiami?»

«Linda.»

«Ok, Linda. E la tua amica?»

«Pav. Ma non è suo vero nome.»

Voglio essere io però ad avere il controllo: comincio a masturbare Linda e allungo una mano per prendere i capelli di Pav e seguire i movimenti della sua testa. Mi perdo nell'insieme confuso di sensazioni quando all'improvviso un forte piacere mi taglia in due: «Ehi piano! Così mi uccidi!» le alzo la testa e le faccio segno di sdraiarsi. Voglio che Linda le si sieda sulla faccia e si faccia leccare mentre mi muovo dentro di lei. Linda inizia a gemere e io spingo ancora più veloce, più forte. Afferro la caviglia di Pav e mi metto la sua gamba sulla spalla, per poi allungarmi a sfiorare la sua lingua tra le curve di Linda. *È tutto troppo bello.* Esco da Pav e ansimando penetro di nuovo Linda muovendomi con foga. Le mani di Pav seguono i miei movimenti pelvici, accarezzandomi tra le gambe. Poi mi tolgo il preservativo e vengo addosso a tutte e due, esplosivo. L'orgasmo è una scossa che mi tramortisce, lasciandomi sfinito sul letto, senza più energia o desideri. Faccio in tempo a sentire dei mugolii troppo accentuati che hanno probabilmente accompagnato tutto il rapporto senza che me ne accorgessi. Nessuno sconforto dentro di me: avevo bisogno di sesso, niente di più. Senza quello scomodo manto di eccitazione che mi copriva dalla testa ai piedi, ora riesco a vedere il mondo di nuovo con occhi normali. Di fronte a me ci sono due ragazze bionde che si stanno rivestendo, incuranti della mia presenza, che mi hanno appena dato il loro corpo per duecentomila lire.

E pensare che credevo di essere diventato una persona diversa, che non avrebbe più cercato situazioni così al limite. Può darsi che sia davvero una persona diversa, semplicemente non sono quello che avevo in mente un'ora fa: sono solo più complesso e sfaccettato. Una complessità che non è così immediato vedere e capire, neanche per me.

Certo che andare con due puttane… Le guardo ancora una volta mentre si rifanno il trucco: be', adesso mi lasciano qualche domanda, ma fino a un attimo fa…

( )
Un'ora e cinquantuno minuti.
Circa.

«Buonasera signore e signori, qui è il Comandante Eric Lyon che vi parla e vi dà il benvenuto a bordo del volo 278 British Airways, in rotta da Londra a Seattle.

Abbiamo lasciato l'aeroporto di Heathrow da quaranta minuti e stiamo volando a 41.000 piedi sopra il livello del mare con prua 326, la temperatura esterna è di 46 gradi sottozero e la nostra velocità relativa al suolo è di 470 nodi. In questo momento stiamo sorvolando il Canale del Nord che divide l'Irlanda dall'Inghilterra ed entro pochi minuti lasceremo le coste dell'Europa. Punteremo a nord-ovest attraversando il Circolo Polare Artico, per poi sorvolare la Groenlandia. Entreremo quindi nello spazio aereo canadese sopra la baia di Hudson per dirigerci verso Seattle, dove prevediamo di atterrare tra sette ore e cinquanta minuti, alle 21.30 ora locale. Tra qualche minuto il nostro personale di bordo vi servirà la cena e nel frattempo *enjoy your flight.*»

Ascolta con attenzione le istruzioni date dal comandante, disegnando mentalmente la rotta dell'aereo, mentre la hostess serve la pessima cena inglese peggiorata dal servizio in classe economica, e alla fine si fa portare una tazza di caffè, purtroppo molto americano e molto annacquato.

Quarantanove minuti.

Sfoglia distrattamente una rivista ma ben presto decide di abbandonarla, dà un'occhiata all'orologio e vede che è passata solo un'ora dall'annuncio del comandante. Il tempo passa con lentezza.

Avvicina il viso al finestrino e in lontananza gli sembra di intravedere delle luci, forse la costa dell'Islanda. Ha la tentazione di sdraiarsi sui sedili lasciati liberi, ma alla fine decide di reclinare completamente lo schienale del suo, lasciandosi cullare dal rombo monotono dell'aereo e in pochi istanti si assopisce, immaginando una nuova avventura oltre oceano, là che lo aspetta.

Solo poche ore ancora.

Quattro minuti.

Lo sveglia all'improvviso un sibilo proveniente da un punto poco distante dal suo sedile. Apre gli occhi ma gli sembra che tutto sia normale, gli altri passeggeri non si sono accorti di nulla, c'è chi legge e chi sonnecchia, qualcuno guarda il film nel grande monitor appeso alla parete. Incrocia lo sguardo di una hostess, sembra sorpresa ma non particolarmente allarmata.

Guarda fuori dal finestrino, verso i motori alloggiati sotto l'ala vicina alla sua poltrona, il suo sguardo è attirato da un bagliore bianco proveniente dal motore più vicino alla fusoliera, a tre metri da lui, ma scompare subito nel riflesso della Luna che, gialla ed enorme, sta sorgendo dall'oceano. Sotto non si vede nulla, solo le nuvole.

Valuta se avvisare la hostess di quello che ha visto ma decide di lasciar perdere, è stato solo un riflesso.

Si rilassa sul sedile e cade di nuovo nel dormiveglia, gli scorrono davanti alcuni ricordi di tanti anni prima, la mente ricompone immagini e suoni, profumi, un sorriso e uno sguardo sciolgono i pensieri e le emozioni, i sentimenti riprendono a scorrere, come se si fosse rotta la diga che li conteneva, il passato si dilegua e si scioglie e ora si sente fluire di nuovo verso la vita, la può vedere e toccare come fosse lì, come una cosa viva che danza davanti ai suoi occhi. Gli succede sempre così quando si imbarca per una nuova avventura, è questo quello che ha sempre cercato e sentito dentro e che ora è libero di uscire con un urlo.

Un urlo.

Solo pochi secondi.
Adesso.

Un colpo fortissimo, spalanca gli occhi improvvisamente aspirato indietro dal suo sogno da una corrente d'aria disumana che mai avrebbe immaginato di sentire su di sé e che penetra in lui con la violenza di un colpo di cannone in ogni cellula del corpo e lo risucchia. Fa in tempo a vedere una luce accecante e solo quella perché lui sta entrando nell'ultimo secondo e non registra l'ulteriore fragore assordante che accompagna il lampo, la luce è molto più veloce del suono.

Cerca di formulare un pensiero, ma non ha neanche il tempo di iniziarlo.

Poi solo il buio e il gelo del Circolo Polare Artico a 41.000 piedi di altezza, ad avvolgere per l'ultima volta la sua incoscienza.

I primi ad accorgersene furono i controllori di volo di Reykjavik, nello stesso istante in cui quel pensiero si era frantumato sopra l'oceano. Nei centoventi secondi successivi, come da procedura, il centro di Reykjavik chiamò il volo 278 British Airways, ma non ottenne alcuna risposta né dai piloti né dal transponder installato sull'aereo. La sottile scia disegnata sugli schermi radar si era spenta in una frazione di secondo e il giroscopio aveva ruotato a vuoto, una volta e poi una seconda, e poi ci aveva riprovato per tre e quattro e cento volte scandagliando impassibile il cielo fattosi improvvisamente nero. La scia non riappariva e il punto che rappresentava il 747 continuava a rimanere invisibile, sostituito da un leggero cicalino che avvertiva dello stato di preallarme.

Tutti i centri di avvistamento della zona, compresa Londra, vennero messi in allerta secondo il codice NAV-12, che indica la perdita apparente ma non confermata di un aereo civile, e Seattle venne informata tre minuti più tardi.

La notizia trapelò immediatamente fuori dalle sale di controllo e viaggiò prima via etere, disturbata e quasi incomprensibile, sulle onde lunghe dei radioamatori abusivamente in ascolto delle comunicazioni aeronautiche, poi si commutò passando su frequenze più stabili e modificò la sua natura divenendo una certezza fredda come il ghiaccio e continuò via cavo la sua inarrestabile corsa verso tutte le agenzie di stampa del mondo, rimbalzando sulle scrivanie dei telegiornali in quel momento in diretta che riportarono il flash con qualche scarno dettaglio, i pochi disponibili.

Il Boeing 747 British Airways in rotta da Londra a Seattle con 260 persone a bordo era scomparso dagli schermi radar duecento miglia al largo delle coste dell'Islanda, due ore e trentuno minuti dopo essere decollato da Londra Heathrow e a nulla erano valse le chiamate dai centri di controllo.

Venticinque minuti più tardi due ricognitori della marina islandese confermavano la notizia e non davano spazio a nessuna speranza. I detriti del 747 risultavano sparsi in un raggio di una ventina di chilometri dal punto dell'incidente e non c'era nessun focolaio d'incendio, essendo gli ultimi tenui fuochi causati dall'esplosione già spenti dal freddo oceano. Niente dava l'impressione che così tante vite fossero state spezzate in un battito di ciglia e neanche i detriti, che ormai ridotti a polvere galleggiavano sul mare erano testimonianza di un qualcosa che prima era esistito.

Alcuni pescatori che si trovavano quasi sulla verticale del Boeing riferirono alla guardia costiera di Reykjavik di aver visto una enorme palla di fuoco rossa e silenziosa che per un attimo aveva rischiarato il cielo a Occidente. Quasi mezzo minuto più tardi avevano sentito chiaramente due colpi, il secondo più forte del primo, l'eco delle forti detonazioni che avevano frantumato l'aereo.

La luce è sempre più veloce del suono.

Non si erano resi conto che quel bolide era un aereo che si stava disintegrando nell'atmosfera, a loro era apparso come un gigantesco fuoco d'artificio, di quelli che disegnano nel cielo un numero infinito di scie luminose e con indolenza scendono a terra ispirando negli spettatori la malinconia delle cose belle che durano lo spazio di un attimo, e poi si spengono lentamente con un lieve batticuore.

Era l'alba sull'Atlantico quando Sonia, ignara di tutto, arrivò all'International Airport di Seattle e le bastò uno sguardo, uno solo, al bancone degli arrivi, per capire.

Uscendo dall'università, dopo le sei ore di test, avrebbe potuto dare un'occhiata al televisore di uno dei tanti bar che, sintonizzati sulla Cnn trasmettevano la notizia, ma passò oltre per andare a casa.

Non rispose alle continue telefonate di suo padre, diventato direttore della pianificazione strategica di Microsoft e uno dei più importanti azionisti della società.

Era sotto la doccia mentre suo papà tentava disperatamente di contattarla e Sonia aveva continuato a ignorare il telefono preferendo scegliere qualcosa di molto carino da indossare. Per Andrea.

Le inchieste tecniche e le scatole nere ripescate a duemila ottocento metri sotto il livello del mare assieme ai frammenti più grossi dell'aereo spazzarono via gli ultimi dubbi di chi aveva immaginato un attentato, accertando che un'aletta del compressore del motore numero 3 si era deformata a causa di un surriscaldamento ed era stata proiettata verso la turbina, attraversando tutto il motore come un dardo impazzito. Schegge di metallo incandescente si erano diramate verso i serbatoi di carburante posti sotto l'ala destra. La combustione si era poi propagata in un millesimo di secondo ai serbatoi centrali alloggiati sotto la fusoliera e quindi a quelli dell'ala sinistra, coinvolgendo tutto l'aeromobile. Come sempre avviene nei disastri aeronautici, la sequenza di eventi che aveva portato al collasso dell'aereo era iniziata con un fatto controllabile e di poco conto, probabilmente un led luminoso di allarme da pochi dollari che non si era acceso sul quadro di controllo in cabina di pilotaggio, o un sensore posto nel compressore che aveva mancato di indicare il surriscaldamento, ma la stessa causa aveva generato altri eventi a catena che, saldandosi l'uno dentro l'altro e traendo forza e alimentandosi a vicenda, avevano portato al disastro.

Le ricerche furono condotte quasi con svogliatezza e in un clima rassegnato, perché si capì subito che non c'erano superstiti: quello che rimaneva della maggior parte dei passeggeri e di quattordici membri dell'equipaggio fu identificata nei giorni successivi.

Gli altri, quelli più vicini alle ali, erano stati polverizzati dalla violentissima esplosione e i loro resti si perdevano nel mare. Per alcuni non fu neanche possibile il riconoscimento tramite Dna.

Tra loro anche Andrea De Nardi, uno dei pochi italiani a bordo in base alla lista ufficiale dell'ultimo volo di quel giorno da Londra per gli Stati Uniti.

L. Sto applicando vaselina sul tatuaggio di Arianna e lei mi guarda con un misto di orgoglio e curiosità. Il tempo scorre lento nell'ozio di una domenica pomeriggio di fine estate. Il telegiornale in sottofondo sta riassumendo il nostro Paese. Arianna sobbalza: «Mi fai il solletico!» Poi torna a sonnecchiare.

«Ancora due giorni e poi di nuovo in California...» lascio morire le parole sotto il peso delle loro implicazioni. «Chissà quanto ci vorrà stavolta perché inizi a stufarmi anche di Los Angeles. Almeno ci sarà il nuovo lavoro a tenermi interessato per un po'.»

Tutto quello che ottengo da Arianna è un mugugno.

Resto in silenzio a spalmare vaselina e immaginare il futuro.

«Tragedia nei cieli», annuncia il televisore con voce importante. «Un aereo diretto a Seattle è esploso... Non se ne conoscono ancora le cause... Nessun sopravvissuto... Sei italiani tra i passeggeri...»

Chiudo la vaselina e la tiro sul tavolino. Mi ronza nella mente il nome di quella città: Seattle. Il tubetto compie la sua traiettoria, atterra sul piano di vetro, ma la sua corsa non si arresta e scivola giù, dall'altra parte. Mi accendo una sigaretta. *Seattle? No, non può essere.* Accendo lo Zippo e rimango a osservare la fiamma blu e gialla. Ma quel pensiero non mi abbandona...

«...nessuna conferma sui passeggeri effettivamente a bordo. Abbiamo la lista, fornitaci dalla compagnia aerea, degli italiani che avevano acquistato il biglietto. Questi i nomi di quanti effettivamente si erano imbarcati: Abrami Marisa, Abrami Paolo, Abrami Vittoria, Colantuoni Salvatore, De Nardi Andrea, Notari Stefano...» De Nardi Andrea. Quel nome mi colpisce come un pugno al volto. Mi alzo di scatto.

G. Fisso le sigarette sul tavolo, mentre la sigla del Tg1 scorre sul televisore Sony ultrapiatto del mio salotto: il richiamo del pacchetto è troppo forte per sentire quello che esce dalla bocca del giornalista.

Ma che cazzo, non saranno un paio di Marlboro a farmi venire l'ulcera.

Con la coscienza a posto mi allungo avido e sereno sul pacchetto rosso. Do una forte tirata e l'idea del proibito dà al fumo della sigaretta che mi scende nei polmoni un sapore unico.

La testa rivolta verso l'alto, soffio fuori il fumo soddisfatto e provo nuovamente ad ascoltare quel che esce dagli altoparlanti di fronte a me.

«...sono quindi sei gli Italiani morti nell'esplosione dell'aereo della British Airways...»

Un altro aereo che cade. Tendo un attimo l'orecchio per capire da quale repubblica centroafricana provenisse o dove cavolo stesse andando e la schiena mi si irrigidisce di colpo. «Seattle».

L. Scorro con il dito la guida telefonica, poi schiaccio con forza i numeri del tastierino. Occupato.

Riprovo. Stesso risultato.

Compongo altri numeri a memoria, nessuno è a casa. Provo l'ufficio della British Airways. Occupato. Digito di nuovo i numeri dati dal telegiornale ma sono sempre tutti occupati. Sbatto la cornetta sul tavolo.

«Cazzo!» urlo con tutta la forza che mi rimane. Giulia comincia a piangere dall'altra stanza.

Non so più chi chiamare. A casa De Nardi il telefono sembra staccato, gli uffici informazioni sono sempre occupati, nessuno degli amici risponde, compreso Giacomo. In preda alla disperazione ho provato persino in ufficio.

Con una manata sbatto il telefono per terra e lo prendo a calci.

«Vado da Giacomo!» grido ad Arianna e mi precipito giù dalle scale.

Corro così veloce che la milza sembra scoppiarmi dopo poche centinaia di metri, ma continuo a correre.

G. «Giacomo...»

«Sì, l'ho appena sentito al telegiornale...» mi giro per non guardare l'espressione vuota dei suoi occhi: «Luca, magari non era su quell'aereo. Magari lui si è salvato. Tutto può essere, no?»

Luca è immobile. Cerca di dire qualcosa dopo quel «Giacomo» ma le parole non gli escono dalle labbra.

Fa un passo per entrare in casa ma poi si ferma di fianco a me: «È andato. Stavolta se n'è andato davvero».

L. Le immagini del telegiornale continuano a rincorrersi per informare il mondo che Andrea è sparito e che quello che non è riuscito a fare da solo l'ha portato a termine il destino proprio quando lui aveva deciso che questa vita poteva in fondo anche viverla.

Giacomo mi passa una sigaretta, l'accendo e lascio che il fumo mi entri negli occhi, accecandomi.

G. Il televisore adesso parla di coltivazione del pomodoro… Così, senza nessuna continuità con la tragedia che ha appena vomitato fuori.

Un impulso mi spinge verso il mobile dei liquori, e mi rendo conto di quanto sia difficile vivere una realtà che non mi appartiene. Riempio di whisky un bicchiere fino all'orlo, Luca prima scrolla la testa poi lo prende quasi incosciente.

Io mi attacco alla bottiglia con l'avidità con la quale cercherei la bocca della donna che amo.

Non voglio pensare, non voglio rendermi conto e fanculo tutto!

L. Butto giù il whisky solo perché Giacomo mi ha messo in mano il bicchiere. Trattengo a stento un conato di vomito e lentamente i pensieri si rimettono in moto, e con essi anche il dolore. Apro la bocca di nuovo e finisco il bicchiere.

«Versa» e più che un ordine è una preghiera che Giacomo esaudisce.

G. Riempio di nuovo il bicchiere di Luca e bevo tre sorsate consecutive dalla bottiglia, incurante dell'acidità. Il limite l'ho già superato, non sento più neppure lo stomaco. Ormai non riesco ad articolare nessun pensiero. Sento solo che mi faccio un po' schifo per quello che sto facendo. Cosa dico… Per *come* lo sto facendo. Un amico scompare e io non trovo di meglio che annegare i miei sentimenti nell'alcol? Tornare ai soliti errori? Ma non ci posso fare niente. Niente.

Faccio l'ultimo sorso per finire la bottiglia e aspetto la vampata di calore che mi scalderà la gola anestetizzandomi la testa.

Mi alzo barcollando, la bottiglia scivola per terra e, non so come, sono di fronte al letto e ci cado sopra. Lascio che i miei pensieri viaggino liberamente, ma senza di me.

L. È rimasta solo la televisione a riempire il silenzio della stanza vuota. Mi chiedo che cosa sono venuto a fare da Giacomo. Ci siamo scambiati due parole, una pacca sulle spalle, una bottiglia di whisky, e poi silenzio. Ognuno isolato nella sua bolla di incredulità e di dolore a consumarsi in pensieri circolari senza considerare nient'altro al di fuori di se stesso. Silenzio. Solo suoni inarticolati dal televisore.

Aspetto.

Penso.

Piango.

Il respiro di Giacomo nella sua stanza si fa più profondo e regolare, scandisce un tempo che si dilata inesorabilmente, è il presagio di una notte che per me sarà lunghissima e piena di vuoto. Trovo la forza di alzarmi e premere il pulsante rosso del telecomando. Click.

Buio.

Guardo fuori ma c'è solo la notte di Milano priva di stelle. La luce in camera di Giacomo è ancora accesa, lui dorme abbracciato a un cuscino. Apro la bocca per parlare, ma poi ci ripenso e spengo la luce. Per un attimo resto fermo con le dita sull'interruttore e ripenso a me bambino, quando avevo paura che il mondo sparisse con quel semplice gesto delle dita e potesse non riapparire mai più. Riaccendo la luce per un istante per sincerarmi che tutto sia ancora qui, poi la spengo di nuovo e me ne vado.

Quando mi sveglio ho la testa affondata nei peluche di Giulia e Arianna si sta accendendo una sigaretta. Fumiamo assieme, io con la testa sul suo seno e lei che mi accarezza i capelli, con le gambe intrecciate. Quando la luce inizia a filtrare dalle finestre mi alzo, faccio una doccia e preparo il caffè. Ne porto una tazza ad Arianna e la saluto.

«Vado da Giacomo», le dico piano nell'orecchio.

Lei annuisce, senza aprire gli occhi.

G. «Giacomo. Ehi, Giacomo. Svegliati!» Apro gli occhi e giro la testa in direzione della voce, ma la fitta che ne segue mi fa pentire di essermi mosso.

Un mezzo sorriso, in mano una tazza di caffè fumante, un'immagine che porta i miei incubi fuori dal sonno, alla luce del sole: «Ciao Luca, grazie». Assaporo con il naso il fumo che esce dalla tazzina. «Sai, per un attimo, prima di aprire gli occhi, ho pensato...» ma vedo la sua espressione e preferisco fermarmi.

Un sorso di caffè: «Mi dispiace per ieri sera. Avrei dovuto stare lì con te, avrei magari dovuto, non so...»

«Ognuno la vive a modo suo, Giacomo...» fa una pausa e il peso delle sue parole rimane nell'aria asfittica della stanza. «Forse avrei dovuto stordirmi anch'io come hai fatto tu...»

Sforzo i movimenti del dopo sbornia e cerco di alzarmi dal letto. Sfuggo di proposito il suo sguardo. Nessuno di noi due trova la forza per parlare di Andrea.

L. «Come ti senti?» chiedo titubante.

«Non mi sento.» Pausa. «È come se non ci fossi.» Pausa. «Non mi ricordo neanche come mi sentivo ieri sera... Sarà stato il whisky, Mario, la mia famiglia, Monica...» Pausa. «Il mio livello emotivo ha raggiunto il massimo. Non sento niente e non so neanche cosa vorrei sentire.»

Le parole di Giacomo si fanno via via vaghe e sfuggenti, le frasi si accorciano fino a diventare un'eco di monosillabi che si allontana.

Citofoniamo a casa di Andrea ma non risponde nessuno, com'era prevedibile. Siamo insieme per inerzia, rimbalzando da un luogo familiare a un altro, rincorrendo una presenza che si fa ricordo. Guardo l'orologio con un senso di claustrofobia crescente.

«Io devo andare, Giacomo. Ho delle cose da sistemare. Fra qualche giorno riparto per gli States...»

«Già... Mi avrebbe fatto piacere averti vicino adesso.»

Annuisco e abbracciandolo aggiungo: «Fammi sapere se parli con la mamma di Andrea».

«Ok», risponde senza pensarci. «Anche tu fatti vivo se riesci a sentire Sonia.»

Non sento la necessità di rispondere. Annuisco e procedo per la mia strada.

G. Un mese di ricerche e l'oceano non ha voluto restituire nemmeno un piccolo ricordo di Andrea su cui fermarci a pensare. Una messa e nessun corpo.

Mi faccio strada attraverso una folla inaspettata che blocca l'ingresso del Gonzaga, con il pensiero fisso di entrare in chiesa senza fermarmi a parlare o ad ascoltare frasi e commenti sulla scomparsa di un amico. Il *mio* amico.

Chi sono tutte queste persone? Dov'erano quando gli hanno fregato tutti i soldi e faceva il cameriere in un bar o quando era ricoverato in clinica?

Qualche titolo sui giornali e Andrea è diventato il migliore amico di tutti: tutti lo ricordano e si sono costruiti un aneddoto personale da condividere addolorati con gli altri. Non voglio sentirli, non voglio vederli. Ma io? Sono stato veramente un buon amico per lui? C'ero quando ha avuto bisogno di aiuto?

Certo, lui aiuto non lo chiedeva mai. La sua specialità era nascondersi, far finta di niente e poi al limite sbottare, com'è successo molte volte a Milano, a Saint Tropez, a Tallinn quando quasi ci prendevamo a pugni.

Fermo sulla porta della cappella, più piccola di come me la ricordassi da ragazzino, sento decine di sguardi che frugano tra le pieghe delle mie emozioni. Decido di sedermi defilato, in quinta fila. Sull'organo accanto a me, inchiodata nel legno, c'è una targa: «Dalla famiglia De Nardi ai fratelli Lasalliani per il loro continuo impegno profuso nell'educazione e nella crescita dei nostri figli». Cerco di nascondere il ghigno improvviso che mi cresce sul viso: in occasione di un litigio finito a pugni con uno del quinto anno, mio padre, per non farmi espellere, aveva donato dieci biciclette alla scuola. Chissà che cazzata deve aver combinato Andrea per obbligare suo padre a regalare un intero organo…

L. Entro in chiesa che la messa è già cominciata. Il prete finisce di leggere il Vangelo e per qualche secondo scorre le file di volti pettinati e truccati, quasi volesse fare l'inventario di chi è presente. Cerco Giacomo con lo sguardo, e lo vedo seduto nelle prime file. Dalle finestre al primo piano nevica un chiacchiericcio lieve di studenti curiosi venuti a vedere il funerale senza corpo del gonzaghino scomparso in un incidente aereo. Il prete riprende a parlare con la sua voce cantilenante e lamentosa: usa parole come «caro», «vicino», «buon cristiano». Poi è il turno degli amici. Guardo l'orologio.

«Direi che di stronzate ne abbiamo sentite abbastanza, non crede?» mi rivolgo alla signora alla mia destra e, senza aspettare che mi risponda, mi incammino verso l'altare.

Il rintocco dei miei passi sul marmo lucido sveglia chi stava sonnecchiando, il prete mi guarda impacciato e inizia a sfogliare la lista delle intenzioni per cercare di inquadrarmi nel suo programma attentamente pianificato, ma il mio nome non c'è. Mi infilo davanti a un ragazzo alto e magro con la faccia triste e sbatto contro il microfono. Il colpo amplificato viaggia veloce nell'aria. Tutti trattengono il respiro.

«Andrea. Scusaci per tutto quello che hai dovuto ascoltare finora. A te non sarebbe mai piaciuta una cerimonia di questo tipo.» Cerco lo sguardo di Giacomo. «Sei morto due volte ma hai vissuto mille vite. E quelle vite continuano ancora in tua madre, in Carolina, in Giacomo e in me. Naviga felice sulla tua Xanadù.»

Stacco il microfono dal leggio e con uno strattone strappo il cavo che non vuole sganciarsi dalla presa. Poi scendo i gradini e mi avvio verso l'uscita centrale. Come strascico un lungo cavo di plastica nera.

G. *Un pazzo. Un pazzo.* Ma questa volta ci stava tutta, questa processione ridicola andava fermata in qualche modo. *Lo penso o l'ho detto?* L'anziano signore alla mia sinistra che mi fissa attonito sembrerebbe confermare la seconda ipotesi.

Meglio così. Nel silenzio generale, squarciato solo dal rumore della plastica di un cavo che striscia lungo la navata centrale, mi alzo e seguo Luca fuori dalla chiesa.

«Ehi, ehi! Va bene la cafonaggine, però aspettami, cazzo! Io mica ti ho fatto niente. Ma poi tu non dovevi essere in California?»

Luca finalmente rallenta e si ferma. Sono pronto ad affrontare il fiume di parole che adesso mi investirà: «Che massa di stronzi! Non ci volevo credere... Ma tu ti rendi conto della farsa che hanno messo in piedi? E il prete? Fantastico quello...»

«Luca...»

«Ok, ok. Mi devo calmare, lo so, ma mi è salito un nervoso che...»

«Che hai dovuto andare al leggio, prendere il microfono e insultare indistintamente tutti gli occupanti della chiesa.»

«Merda...» Ora guarda un punto fisso nel vuoto di una strada. «Ho esagerato, eh?» Poi si gira e ricomincia a camminare con passo veloce, borbottando tra sé.

«E dài, aspettami! Comunque una preoccupazione ce l'ho», faccio una pausa per dare più enfasi a quello che sto dicendo. «La mamma di Andrea.»

Ci fermiamo entrambi, il nome del nostro amico occupa lo spazio vuoto sul marciapiede tra di noi. Mentre un tram arancione sferraglia al nostro fianco, mi affretto a precisare quello che ho in testa: «Mi spiego meglio: la mamma di Andrea "potrebbe" non aver gradito la tua uscita».

«E se andassimo a casa sua? Così magari le chiedo scusa. Non vorrei mai che lei la prendesse per quello che non è...»

«Non è cosa?»

«Come, cosa?»

«Cosa, non è?»

«L'intervento!»

«L'intervento? E se non è un intervento, allora cos'è?»

«Come cos'è?» Per un attimo Luca si spazientisce, poi finalmente capisce che lo sto prendendo un po' in giro, che desidero andare oltre, far sì che tutto torni come prima anche se ad entrambi manca qualcosa di importante e allora mi sorride: «Andiamo a prenderci un cappuccino?»

L. Mentre beviamo i cappuccini ci accordiamo su come comportarci con la signora De Nardi. Sembra tutto perfettamente logico ed efficiente, stile Giacomo Galli S.p.A.

Carolina ci apre la porta di casa senza mai guardarci in faccia, poi corre in camera sua lasciandoci in soggiorno con la mamma. Attacco io secondo il piano.

«Signora, vorrei scusarmi per questa mattina al Gonzaga...» mi schiarisco la voce, «spero di non esserle sembrato, come dire... Troppo intraprendente.»

«O inopportuno...» aggiunge Giacomo annuendo ripetutamente.

«Ma vede... Come forse avrà già capito, insomma... Mi sembrava che quelle persone non riuscissero a comunicare...»

«Grazie, Luca», dice la signora De Nardi accarezzandomi per un attimo il volto. «Ho capito che l'hai fatto per Andrea. Forse in maniera un po' troppo impulsiva, vista la situazione...»

«In effetti...» commenta Giacomo guardandomi con disapprovazione, secondo il copione da lui stesso suggerito.

«Ma in fondo era anche per questo che Andrea ti ammirava», continua lei. «Per questo tuo modo di essere genuino e originale in ogni circostanza. Così mi diceva...» E per un attimo allontana lo sguardo verso il cielo.

Affondiamo in un silenzio imbarazzante nell'attesa che la mamma di Andrea riprenda le parole lasciate in sospeso, ma lei resta immobile a guardare fuori dalla finestra. Scuoto con il ginocchio la gamba di Giacomo invitandolo a intervenire con gli argomenti che avevamo stabilito.

«Signora...» tenta lui timidamente, ma lei si volta improvvisa verso di noi: «Vi faccio un tè. Lo facevo sempre anche per Andrea». Poi si alza senza guardarci e in tono quasi gioviale dice: «Volete anche un Buondì Motta? Era la merenda preferita di Andrea».

Mentre si allontana verso il cucinotto guardo Giacomo aggrottando la fronte, e muovendo solo le labbra, senza far rumore, dico: «È fuori!»

G. Faccio spallucce e approfittando dell'assenza della madre di Andrea lo riprendo sotto voce: «Prova tu a perdere tua figlia, poi vedi se non vai fuori...»

Lui sbuffa, manda uno sguardo verso il cucinotto e riprende: «Non hai capito cosa intendevo...»

Abbasso ancora, per sicurezza, il tono della voce: «Se non ti spieghi non è mica colpa mia, parli che sembri l'oracolo di Delfi, sei da interpretare!»

La madre di Andrea continua imperterrita a preparare il tè e adesso mi sembra addirittura di sentirla canticchiare.

«Se tu invece mi lasciassi finire di parlare, magari riesco a dare un senso a quello che dico, no?»

Adesso è colpa mia. Mi allungo verso di lui: «Mi dici che quella non ci sta con la testa e poi ti devo lasciare parlare?»

Ora Luca alza davvero la voce: «Oooh! Perché vuoi sempre avere ragione anche quando è chiaro che non ce l'hai?»

La madre di Andrea sobbalza lasciando scivolare un piattino nel lavabo: «Luca, cosa succede? Parli con me?»

«No, mi scusi Signora De Nardi», mi guarda incazzato poi farfuglia qualcosa che lo tiri fuori dalla situazione: «È che...»

«Che ancora non vuole accettare il fatto che, benché lei lo abbia perdonato per quello che è successo in chiesa, è un cafone senza speranza e questa cosa... Questa cosa, be'... Lo dilania.»

Dilania? Come cacchio m'è uscita?

«Signora, le dispiace se io e Giacomo nel frattempo andiamo a salutare Carolina?» Luca mi fa cenno di alzarmi in fretta e di seguirlo.

Lei sembra per un attimo dubbiosa, come se non le facesse piacere: «Certo... Ma vi pregherei di non toccare niente», e aggiunge con un tono inspiegabilmente allegro: «Fate in fretta che si fredda il tè!»

Nel corridoio mi fermo a fissare la foto di una bellissima ragazza sorridente con alle spalle una spiaggia: «Che bella topa!»

Luca si gira e poi mi dice stizzito: «Non lo vedi che è Sonia?»

«Ma va? Cavolo, com'è... donna. Sì, "donna" è la parola giusta.»

«Senz'altro meglio che "bella topa", Giacomo.»

Tengo in mano la cornice di pesante argento lavorato, sembra così fuori posto in mezzo ai poveri oggetti che la circondano.

L. «Il tè è pronto!» La voce ci sorprende alle spalle.

Giacomo sobbalza, facendo ondeggiare pericolosamente la cornice prima di riuscire a rimetterla al suo posto, mentre la mamma di Andrea ci osserva attentamente, appoggiata alla porta della cucina.

«Signora, ha saputo più niente di Sonia?» chiedo mentre ci accomodiamo di nuovo in soggiorno.

«Poco. Andrea non me ne parlava mai. Non credo si siano più sentiti da quando lei è andata in America.»

«Senta... Non so proprio come chiederglielo...» mi schiarisco la voce. «Ma io e Giacomo ci chiedevamo se per caso lei...» Il mio tono serio e l'evidente imbarazzo che mi provoca la domanda che sto per fare la mettono in allerta, e mi fissa. Per la prima volta da quando io e Giacomo siamo entrati in casa. «Sappiamo che ultimamente la sua famiglia ha dovuto affrontare... Diciamo così, un periodo di difficoltà finanziarie... Mi scusi se mi permetto, ma noi vorremo sapere se possiamo esserle d'aiuto...»

«Quello che Luca sta cercando di dire, signora», interviene Giacomo, «è che noi saremmo lieti di offrirle un sostegno economico per aiutarla a far fronte a questa situazione.»

La signora De Nardi torna ad appoggiarsi allo schienale e ci guarda con tenerezza.

«Vi ringrazio, siete molto gentili. Ma non ce n'è veramente bisogno. Tra il rimborso della compagnia aerea e l'assicurazione sulla vita, almeno dal punto di vista finanziario adesso non dovremmo proprio preoccuparci più...»

Spingo la leggera porta in ferro con la vernice scrostata del palazzo e accompagnati dal suo cigolio siamo di nuovo all'aria aperta, nel cortile di cemento e erbacce. «Sai, Giacomo. Con quell'ultima frase la mamma di Andrea mi ha messo una strana idea in testa. Pensi anche tu quello che sto pensando io?»

«Cioè?» mi chiede lui riprendendo a camminare, con le mani

in tasca e lo sguardo perso sopra l'orizzonte circondato da blocchi di cemento abitati.

«Mi sarei aspettato di trovare una madre distrutta dal dolore di aver perso un figlio, non pensi?»

«Non lo so, Luca. Come fai a definire strano il comportamento di una donna che in pochi anni ha perso il marito, i soldi, le amicizie e un figlio? La gente reagisce in modi che non ti aspetteresti...» Sembra voglia aggiungere altre parole che invece gli rimangono intrappolate tra le corde vocali, strette da un nodo per il quale non ha ancora un nome.

Sull'auto di Giacomo fa caldo. Apro il finestrino e i rumori del mondo esterno coprono la musica che esce dall'autoradio. Giacomo preme un pulsante e ricrea l'isolamento di prima, poi ne preme un altro e blocca i comandi dei finestrini. Ruoto la manopola del climatizzatore e direziono tutte le bocchette dell'aria verso di me. Questo silenzio mi fa impazzire, non riesco più a trattenermi: «Secondo me c'è qualcosa di strano...» Mi sposto più vicino, cerco di contagiarlo con una scintilla della mia curiosità.

«Luca, sto guidando. È pericoloso.»

Pericoloso? Ha detto veramente "è pericoloso"?

Per la prima volta mi rendo effettivamente conto di quanto Mario abbia sconvolto la sua vita. O forse Mario è stato solo l'elemento che ha scatenato il collasso inarrestabile di un modo di essere e di esistere che per lui era divenuto insostenibile. Alzo il volume della musica per rimanere più solo con i miei pensieri.

G. Guardo fisso di fronte a me e giro il volante con ampi e lenti movimenti delle braccia. Movimenti meccanici, accompagnati dal ronzio del cambio automatico che mi culla nella sua tranquillità.

Luca ha uno sguardo calmo, apparentemente sereno. E guarda fuori dal finestrino in silenzio. Ma è proprio questo silenzio che non mi lascia tranquillo. Siamo amici da anni noi due. Claudio, Tommaso, gli altri? Boh. Non credo. Mario è un grandissimo amico, Andrea lo era, nonostante spesso ci scontrassimo. Ma Luca è come un fratello.

Ed è per questo che il silenzio che c'è ora tra di noi mi pesa.

C'è come qualcosa di irrisolto e sento che vorrei riempire il vuoto in qualche modo. Qualsiasi modo. Ma non trovo le parole, non so cosa dire... In fondo è la voglia di parlare che manca.

Probabilmente Luca non c'entra neanche. Mi tornano in mente un sacco di ricordi che credevo seppelliti: il rapporto con mio padre, la biondina di Saint Tropez, Annalisa e il modo in cui l'ho sempre trattata, la depressione di Andrea, l'incidente di Mario, la morte di Andrea.

La morte di Andrea.

Più di quattro anni che ci conosciamo e l'amicizia di Luca mi ha accompagnato dentro e fuori da tutte queste esperienze. Non l'abbiamo sempre vista nello stesso modo, questo sicuramente no. Non gli ho neanche mai detto tutto quello che si poteva dire... Come quello che è successo quella notte in Costa Azzurra, o con Annalisa quando la credevo incinta, o le mie paure, il senso di impotenza e di inadeguatezza nei confronti di mio padre...

Si è sempre aperto molto di più lui con me di quanto l'abbia fatto io con lui. E se penso ad Andrea... Lui forse si è aperto ancora meno di me. Eppure sicuramente voleva bene a Luca quanto gliene voglio io.

Giro la testa verso di lui, come per assicurarmi che non stia ascoltando i miei pensieri, ma sta ancora guardando dritto davanti a sé, muovendo quasi impercettibilmente la bocca sulle note di *Enjoy The Silence*: *Words are very unnecessary, they can only do harm...*

Questi pensieri mi raggiungono come una vampata di calore alla testa: se degli amici come loro mi sono vicino, non posso essere quella persona vuota e inconsistente che mi sento. Luca è troppo intelligente per non capire cosa sono e anche cosa non sono. Almeno, a me piace pensare così.

«Mi sa che abbiamo fatto un po' tardi. Nel caso Arianna si incazzasse... dài pure la colpa a me.»

«Non ti preoccupare, non è il tipo da arrabbiarsi per ritardi di questo genere. Piuttosto sarà preoccupata per il fatto che sono in giro con te...»

«Chissà che idea si sarà fatta di me...» gli lancio queste parole sperando che mentre scende dalla macchina gli rimangano attaccate.

Ma Luca non sembra aver sentito. «Un'idea sicuramente migliore di quello che sei veramente!» mi urla da dietro la portiera già chiusa e mentre si allontana cerca i miei occhi per vedere se la sua ironia ha fatto effetto.

L. Nella penombra della sera osservo la macchina di Giacomo scomparire lontano. È l'ultima sera in Italia e Milano mi appare finalmente docile e accogliente. La gente è diversa, cammina lenta e sorride. Ho la piacevole sensazione che allungando una mano potrei toccare qualsiasi cosa veda.

Chiamo mio padre e ci incontriamo in un ristorante che non mi potrei permettere da solo, ma che mi lascerà un buon sapore in bocca tanto da scacciare l'amaro che non pensavo questo addio mi avrebbe fatto assaggiare. Aiutati dal vino parliamo tanto, poco di lavoro, molto di coppia e famiglia e figli. In tutti questi anni non sono mai riuscito a chiedergli perché. Perché aveva deciso di andarsene? Perché si era risposato? Perché aveva dedicato la sua vita al lavoro e non a noi, la sua famiglia, a me, suo figlio? Perché c'era così tanto di lui in me anche se non lo avevo mai voluto? Ma adesso tutte queste risposte mi sembra di averle sempre conosciute e la loro importanza svanisce con l'eco delle nostre parole. Poi, tra il fumo delle sigarette che ci avvolge nella nostra intimità, mi vedo seduto sulla sua sedia e al mio posto Giulia, senza nessuno a cui rivolgermi o sul quale scaricare colpe e rabbie per decisioni sbagliate e mi viene voglia di scusarmi per i suoi capelli bianchi, le rughe in mezzo alle sopracciglia e le due ulcere. Invece sorrido e lo porto al bar Magenta per una birra. Lui non è bravo con i saluti, quindi continuiamo a parlare come se fosse una qualsiasi altra serata, mentre svuotiamo gli ultimi bicchieri appoggiandoli sul bancone e ci incamminiamo lentamente verso casa.

Sdraiato sul letto accendo la mia ultima sigaretta milanese. Fuori dalla finestra la luna splende dentro la mia vecchia stanza per l'ultima volta. Sul muro una fotografia di Francesca mi regala un ultimo sorriso. Domattina sentirò mio padre socchiudere la porta di questa camera e nel silenzio mandarmi un ultimo bacio pensando di non essere notato e io per un'ultima volta glielo lascerò credere. Poi salirò sulla Mercedes di Giacomo per un ultimo passaggio all'aeroporto, un ultimo addio e il primo saluto di due amici sulla soglia del domani.

G. Un'altra domenica afosa. Metà ottobre e questa estate sembra non voler finire. *Che palle.*

Nello specchio dell'ascensore analizzo il mio volto che si sta imperlando di tante goccioline di sudore e sono ancora indeciso se prendere la macchina per farmi i duecento metri che mi separano dall'edicola oppure andare a piedi.

Nelle giornate di noia totale anche la decisione più insulsa sembra quella decisiva. Mi viene in mente che potrei occupare parte del pomeriggio andando in palestra e schiaccio il pulsante di stop per tornare in casa a prendere la sacca e andare al Conti.

Se non avessi dovuto fare da baby-sitter a quei clienti tedeschi ieri sera, in questo momento potrei essere a mollo nell'acqua di Romazzino o a Cala di Volpe. Prendere un aereo la domenica per tornare il mattino dopo mi sembrava veramente un controsenso, ma adesso che sono a Milano a marcire mi sembra proprio di avere fatto una cazzata a non partire.

Il borsone è già pronto, me lo carico su una spalla ed esco immediatamente. In meno di due minuti sono già di fronte all'edicola a pensare con che cosa posso riempire la monotonia della giornata: escludo un ammiccante «Le Ore» per familiarità con l'edicolante, ripiego su «Il Giornale», «Class», «Yacht Capital» e risalgo velocemente in macchina.

La prima pagina del giornale non mi dice niente di nuovo: ancora nessun responsabile per l'autobomba di via Palestro, le solite liti tra politici a favore e contro Mani Pulite... Non c'è mai niente per cui stupirsi in Italia, un Paese dove prima sono tutti monarchici, poi tutti fascisti, poi tutti antifascisti, poi tutti qualcos'altro e subito dopo il suo contrario... L'unica cosa davvero importante è capire dove tirerà il vento. Riaccendo la macchina e abbasso pigramente il piede destro sull'acceleratore.

Dovevo andarci, in Sardegna, non sono abituato a stare da solo, non fa per me. Questa sensazione di solitudine che mi pervade adesso, in realtà la sento anche quando sono in giro con gli altri. La morte di Andrea, Mario, il ritorno di Luca negli Stati Uniti mi hanno steso.

Quando ero troppo occupato a divertirmi non è che ci pensassi molto all'amicizia, poi il divertimento è finito, si è ridimensionato, e l'amicizia è diventata più importante, anche se ora mi verrebbe da rimettere tutto in discussione. Dovrei sentirmi uno stronzo per questo?

Passo attorno al Castello Sforzesco isolato nel mio spazio a temperatura controllata, le persone stese sul prato sembrano contente di questa giornata apatica e soffocante. Loro.

Nel corso degli anni ho conosciuto un sacco di gente, a Milano, a Porto Cervo, a Cortina, al Forte, a Santa, a St. Moritz, tanti italiani e anche parecchi stranieri, ma non riesco a togliermi dalla testa un dubbio: avrò fatto le scelte giuste?

Mi sembra di avere vissuto più nell'ultimo anno che in tutta la mia vita, ma allora perché adesso mi sento solo?

E questa grande amicizia con Luca dove è andata a finire?

Al telefono ci promettiamo che ci vedremo presto, che faremo qualcosa insieme, che partiremo per un lungo viaggio in Australia o in Sudamerica. E lui dice sempre che Arianna capirà, che non mi devo preoccupare...

L'ultima che ha tirato fuori è di andare sugli altipiani andini dell'Argentina a seppellire una bottiglia di vino che poi torneremo a berci dopo dieci anni. Ma lo faremo veramente?

Tutti i nostri programmi per il futuro, i nostri sogni, sembra già che abbiano vita propria, come se non fosse più nemmeno necessario viverli. Avremo la forza, il desiderio, la costanza di portarli a termine, di non permettere che la nostra amicizia si spenga come si sono spente tante altre cose importanti che abbiamo vissuto in questi anni?

Ci si conosce, ci si frequenta, si condividono tante esperienze, ci si affeziona, poi la vita per una ragione o per l'altra decide che è arrivato il momento di dividersi. A quel punto, come se nulla fosse, ognuno per la sua strada. Nuove esperienze, nuove amicizie, nuova vita. Il bello, o il brutto, di questo gioco è riuscire a trovare nuovi scambi, nuovi equilibri. Perché noi cambiamo, sì, ma mai completamente. Qualcosa di noi che c'era, c'è ancora, e ci rimarrà sempre attaccata indipendentemente dalle esperienze che facciamo. È quello che ci circonda a cambiare, anche se sembra non muoversi mai. Basta girarsi un attimo ed è tutto scomparso.

Mi attacco al collo della bottiglietta d'acqua che tengo nella borsa della palestra e la svuoto. Il parcheggio di fronte al Conti è deserto. La voglia di entrare in palestra è evaporata con il resto del contenuto della bottiglia.

Abbasso ulteriormente la temperatura dell'aria che esce dalle bocchette e prendo in mano i giornali. Sono attirato dalla copertina di «Yacht Capital» con il nuovo yacht dell'Aga Khan e mi perdo per qualche minuto nelle sue infinite cabine, tra i suoi tessuti pregiati, i mobili su misura e le rubinetterie d'oro, poi leggo che all'interno la rivista promette un servizio sulle barche a vela più belle degli ultimi dieci anni. Mi fisso su una foto a doppia pagina di un ketch Sangermani.

Io la conosco questa barca.

La mia curiosità viene prontamente esaudita, una grossa X e poi il resto del nome: *Xanadù.*

C'è un'immagine molto ravvicinata del pozzetto, dove sono sedute un gruppo di persone, all'incirca una decina. Sono incredulo, ma tra loro c'è Sonia. Mi viene da sorridere al pensiero che sia proprio lei su quella barca. Non trattengo un sorriso di soddisfazione per questa coincidenza. Non ci avrei scommesso niente. Se non sbaglio, Andrea mi aveva parlato del padre come di un mezzo fallito che mi pare lavorasse alla Microsoft. Ma ora sulla rivista c'è scritto chiaramente che è lui il proprietario della barca. Deve averne fatti di soldi. *L'americano...*

Guardo bene la foto ma non riconosco nessun altro: qualcuno è coperto, gli altri sembrano tutti vecchi a parte forse un paio di ragazzi. Quello che sorride alla sinistra di Sonia deve essere il padre, le assomiglia molto.

Alla destra di Sonia c'è un altro ragazzo, un po' defilato, che forse avrà la sua età, ma ha il viso abbassato e l'ombra del cappellino dei Seattle Supersonics gli nasconde completamente il viso.

Sonia… Mi piacerebbe provare a rimettermi in contatto con lei. Non so bene cosa potrei dirle, né se adesso potremmo avere qualcosa in comune a parte Andrea, ma vorrei parlarle. Ci sono delle domande che vorrei farle, situazioni che vorrei mi chiarisse. E poi vorrei chiederle che cosa pensava veramente Andrea di me, almeno quello che pensava quando stavano ancora insieme.

È solo una speranza, ma mi piacerebbe scoprire che Andrea riuscisse a vedere al di là dei miei atteggiamenti, del mio modo di vivere a volte troppo sopra le righe, che insomma mi volesse bene per quello che ero, anche se io stesso magari in quel periodo di bene non me ne volevo poi molto.

Non riesco a smettere di guardare quella che è stata la barca delle nostre vacanze. La nostra barca.

Nella foto Sonia ha uno strano luccichio sul petto. Ci metto un po' a focalizzare il dettaglio ma finalmente credo di capire a cosa corrisponde quello scintillio. È un ciondolo.

Ha un aspetto familiare. Rotondo… Sì, rotondo come una moneta, forata al centro…

Cazzo!

1995 (o giù di lì)

Scivolo a destra e poi a sinistra. Il mio corpo rotola indolente verso il centro del letto, mi lascio trasportare nelle nebbie del sonno senza contrastare i miei spostamenti, ora impercettibili ora più accentuati, senza dovermi sforzare di ritrovare l'equilibrio con la rabbia di prima, di quando credevo che fosse tutto perduto, di quando mi sentivo solo e non avevo più amici, o almeno così credevo.

Sento nell'aria ancora il suo profumo, di fiori e di fresco, sul lenzuolo c'è l'impronta del suo corpo, una coperta leggera è piegata con cura ai piedi del letto, ascolto lo scrosciare della doccia e la sua voce che intona una canzone.

Sorrido.

Mi riaddormento.

Il sole deve aver girato, o forse siamo noi che ci siamo girati e abbiamo navigato da ovest a est e abbiamo cambiato direzione infinite volte, cercato la rotta giusta e ci siamo smarriti per poi ritrovarci casualmente.

La casualità.

Quanto è importante certe volte.

Cerco di osservare me stesso da lontano mentre mi metto a sedere sul letto, guardo con distacco l'ambiente che mi circonda, i raggi di luce che entrano dagli oblò e che prima illuminano la parete di fronte e poi quella a sinistra.

Tutto cambia, tutto si evolve.

Faccio qualche passo e attraverso la cabina, il mio corpo abbronzato e rilassato si riflette nello specchio, cammino fiero assecondando il leggero rollio della barca. Anche lei si muove su una superficie mutevole e incerta che cambia forma in continuazione, si adatta al vento e alle correnti, al caldo e al freddo, diventa ghiaccio e si solidifica, poi si fa gassosa per librarsi nell'aria e quindi torna a terra come gocce di pioggia, o grandine, o neve.

Dipende.

Prendo un costume da bagno un po' consumato dal tempo e scolorito dal sale, apro un cassetto, cerco una maglietta.

Te la ricordi quella che avevo comprato fuori da quel locale, quella discoteca in Francia dove andavamo a fare casino... Come si chiamava?

Non me lo ricordo, aiutami tu. Hai buona memoria, sei preciso e ordinato, niente ti sfugge e sai qual è la tua strada.

Perché tu eri quello che aveva una strada ben precisa, se non ricordo male.

O ricordo male?

Amico mio.

Il cassetto, una busta e dei ritagli, dei pezzi di carta, nascosti in fondo come se appartenessero a un'altra persona.

Prendo i pezzettini più piccoli, non li ho buttati perché ho deciso di non distruggere più niente e di mantenere intatti anche i frammenti casuali della mia vita.

Nomi di città e sigle, sono andato in tante città, sai, da ovest a est, ho seguito il vento e le correnti, mi sono lasciato trasportare.

No, non è vero.

Stavo solo fuggendo, ancora una volta, perché avevo paura, e di cosa poi?

Di essere felice, qualche volta ci ho pensato sai, e ho lottato contro di me e mi sono bruciato le ali, mi sono messo a terra e mi sono umiliato da solo.

Quante città, una dopo l'altra, una più lontana dell'altra eppure ognuna di esse sempre più vicina alla meta, ogni secondo sempre più vicino a casa. Ogni chilometro più vicino a casa.

Guardo bene nel cassetto, fogli più grandi e stampati in varie lingue, li ho ritagliati accuratamente uno dopo l'altro, uno per ogni città in cui mi sono fermato, quante lingue e alcune non le capisco, ma le foto parlano chiaro.

O almeno, quel poco che c'era da fotografare.

Un mare freddo e scuro, il flash della macchina fotografica in un timido tentativo di scaldare il ghiaccio e il gelo, solo per un secondo, solo per segnalare che qualcuno era passato di lì e lì si era spento, in un secondo.

La casualità è tutto nella vita, è quell'attimo che ti permette di trovare un lavoro che ti piace o di accettare un invito senza riflettere, o incontrare una persona che mai avresti pensato, quando credevi che non avresti più avuto una vita, ecco che succede.

Succede tutto in quel momento, in quel secondo.

Quel secondo che qualcuno ha percorso velocemente, così velocemente che è stato sbattuto a terra con violenza.

Quel secondo in cui invece altri avevano continuato a volare e si erano spostati nel tempo e nello spazio, come cavallette che saltano da un continente all'altro.

Mi trapassa un pensiero ed è doloroso e forse tu puoi aiutarmi a sentirmi meno in colpa. C'è un enorme aereo che scivola all'indietro nella notte, trascinato via dal terminal da un carrello elettrico, di quelli che si usano negli aeroporti per dirigere il traffico a terra. È incredibile pensare che un aereo, così grande e maestoso, a terra non riesca a muoversi da solo e abbia bisogno di qualcuno che lo guidi.

Sbirciando dai piccoli finestrini ovali, cerco di distinguere i passeggeri e uno in particolare, non ho alcun dubbio che se lui mi vedesse mi sorriderebbe con aria trionfale perché ha vinto il gioco, ma l'oscurità della notte è già scesa e le gocce di pioggia mi sbarrano lo sguardo. Pochi minuti e l'aereo è partito, lanciato a tutta velocità sulla pista di decollo con i motori spinti al massimo e il carrello che si ritrae, la sagoma che via via si fa sempre più indistinta, i flash verdi, rossi e bianchi sulle ali e la fusoliera, luci sbiadite dalla pioggia sempre più fitta e dalla nebbia e in un attimo le nuvole inghiottono tutto quanto.

Il silenzio irreale, dopo.

Un pensiero, un attimo di malinconia, un «se solo fossi a bordo di quell'aereo», poi una voce che a tutto volume chiama un altro volo, la corsa forsennata verso un'altra porta d'imbarco e il passaggio precipitoso oltre la hostess di terra, così veloce da non darle il tempo di leggere il nome sul biglietto, un istante ancora e lo sbattere del portellone che si chiude e la compressione della cabina, via in una destinazione opposta e in un altro continente.

Rimetto a posto i ritagli di giornale, li ripiego accuratamente seguendo il filo e il loro bordo, qualcuno è un po' ingiallito anche se è trascorso poco tempo, qualcuno già consumato, una piega fatta male e un piccolo strappo, un'impercettibile lacerazione nella carta.

In definitiva, amico mio, neanche un graffio.

Ma li terrò quei ritagli, te lo prometto. Sai quanto mi sono fermato al passato, quante volte ti ho detto: «Se solo...»

Però, sai, qualche volta fa bene fermarsi e guardare indietro, capire che ci si era sbagliati a non prendere le opportunità del momento, perché si pensava con disperazione che tutto sarebbe fuggito via, per sempre. Be', non sempre è così, amico mio.

Le cose belle, qualche volta, tornano.

Anzi, non se ne vanno affatto.

Chiudo il cassetto, rimane stretto nella fessura un altro pezzettino di carta, il più piccolo di tutti.

Il giro del mondo da ovest a est, sempre verso il sole, sempre contro di esso per lasciarsi il passato alle spalle, tagliare tutti i fusi orari e attraversare di slancio la linea del cambiamento di data, per non fermarsi su niente e riemergere con la stessa velocità nello splendore dell'alba di un giorno nuovo.

Rimetto a posto il pezzetto di carta tra tutti gli altri e per un attimo appare una scritta: «Luanda», la prima destinazione, la prima carta d'imbarco. Ora se hai tempo ti racconto una storia, è una storia breve di quando ho capito che potevo essere felice.

Immagina l'Equatore, 35 gradi di giorno e di notte. Immagina l'Angola, Luanda, l'Africa. Ero perso quando sono arrivato lì, perso. Ma ho scoperto che ci sono persone molto più povere di me, che però rispetto a me sono ricchissime. Perché queste persone ridono, amico mio, se la ridono proprio di gusto, sono felici solo per il fatto di esistere, solo perché al mattino possono guardare il sole sorgere e alla sera lo vedono tramontare. Non sono come noi, storditi dalle preoccupazioni e dalla solitudine, e dagli amici che non ti sono amici come vorresti tu e dalle ragazze che non ti amano come vorresti che ti amassero. In Africa l'individualità non conta nulla, vince la squadra, la tribù, la famiglia, chiamala come vuoi. Il gruppo. Nelle settimane in cui ho vissuto lì ho costruito due case tirandole su dal nulla, segando le assi in legno delle fondamenta e poi misurando le altezze dei soffitti e delle porte e delle finestre. Io lì mi sono sentito, davvero, felice.

Lì ho stabilito che era giusta la mia meta, ma era troppo presto per raggiungerla. E sono ripartito, lasciandomi guidare dal caso.

Esco in coperta e aggrappandomi alle battagliole vado a passi incerti verso poppa, il ponte si inclina lentamente sotto i miei piedi e aumenta la velocità di sbandata. Pochi istanti dopo è già scivolato di trenta gradi sulla sinistra adattandosi alle onde lunghe di questi oceani, lo scafo precipita nella valle che si apre davanti a noi e la prua scende e va giù e temo che questa sia l'ultima volta che la vedrò sprofondare, e che non potrà più risalire. Ma la barca affronta le migliaia di litri d'acqua che le vengono incontro e sembrano volerla sommergere, non si lascia spaventare e fende l'oceano come un rasoio affilato, risale un centimetro dopo l'altro e si scrolla lentamente il mare di dosso, proseguendo nella sua ascesa e puntando dritta verso la cresta dell'onda. L'orizzonte diventa il cielo azzurro, e il mare è la terra.

La poppa segue la prua come in una danza e i tre puntini disegnati sullo scafo sembrano voler indicare la sospensione del tempo e degli spazi come se nulla potesse mai finire veramente e il suo nome con la grande X rimane un'incognita da svelare e un mondo da scoprire.

Te lo ricordi quel nome, amico mio?

L'aria vortica intorno a me e mi avvolge, avverto i lievi spostamenti del vento intorno alla direzione principale, lo sento esitare e tentennare e prendere tempo, incerto su quale grado collocarsi e senza preavviso lo sento rinforzare e in un attimo scegliere una direzione precisa e diventare potentissimo.

Sento gli scricchiolii dell'albero di maestra e i fischi acuti dell'aria tra le sartie che vibrano come corde di violino sapientemente attraversate dall'archetto. Sento le vele sbattere con uno schiocco secco e poi accogliere il vento e controllarlo gonfiandosi. La cresta dell'onda sfila sotto di noi, la planata improvvisa e il mare ora solo sfiorato e appena avvertito, quasi la grande X volesse decollare per smettere di essere barca e farsi aereo.

E poi... E poi amico mio vedo un bagliore, un riflesso del sole sul suo collo, lo seguo e le vado incontro. Dovresti conoscerlo quel bagliore, lo abbiamo messo apposta su quella foto perché tu lo notassi.

Scusa, non mi sono preso gioco di te, lo sai anche tu che non era questo l'intento.

Era solo per dirti che ora c'è lei accanto a me e sento il suo calore, il suo respiro e la freschezza della sua pelle e gli occhi che brillano e il tepore della sua bocca e lascio che questa immagine mi circondi e mi porti via con sé in un luogo sicuro, mentre i suoi lunghi capelli castani avvolgono il mio viso, spinti appena da un mulinello di vento e i contorni e i dettagli si confondono, e io sono lei e lei è me.

Sento che quest'attimo è ciò che di più vicino alla vita potrò mai raggiungere. È un'elegia della vita stessa, dell'amore, dell'amicizia, il seme con le radici, il gambo che cresce, la linfa che lo nutre e un fiore che sboccia.

E quel bagliore che ammicca ti dice che le cose belle, qualche volta, ritornano.

Anzi, che non sono mai andate via.

RINGRAZIAMENTI

Per questo libro dobbiamo fortunatamente ringraziare poche, ma preziose persone: in primo luogo Lorenza Dalai, che ha creduto nel nostro lavoro e se n'è fatta promotrice all'interno della sua casa editrice; Francesco Colombo, che ci ha dato una direzione, nella quale dopo qualche importante sacrificio crediamo tutti; Stefano Travagli, che ha fatto «il lavoro sporco» e si è anche dovuto sorbire le nostre lamentele: un vero «mediano» da casa editrice!

Un grande ringraziamento anche a chi, in Baldini Castoldi Dalai *editore*, ha lavorato e lavora «dietro le quinte» per noi.

Inoltre grazie anche a chi ci ha dato una mano in mille altri modi: Claudia, Federica, Stefano, Tommaso, Irene, Paola, Nicoletta, e Adalgisa.

Infine una piccola, parziale, autocelebrazione: un sentitissimo grazie a Lionello Guelfi che ha fatto di Andrea e Giulio due «scrittori».